우리의 노래를 불러라

おれたちの歌をうたえ

2

ORETACHI NO UTA WO UTAE
by GO Katsuhiro

Copyright © 2021 GO Katsuhiro
All rights reserved.
Original Japanese edition published by Bungeishunju Ltd., in 2021.

Korean translation rights in Korea reserved by Blue Hole Six under the license
granted by GO Katsuhiro, Japan arranged with Bungeishunju Ltd., Japan
through JM Contents Agency Co., Korea.

이 책은 JMCA를 통해 일본의 Bungeishunju Ltd.와 독점 계약하여 한국어판 출판권이 블루홀식스에 있습니다.
저작권법에 의해 한국 내에서 보호를 받는 저작물이므로 무단 전재와 복제를 금합니다

우리의 노래를 불러라
おれたちの歌をうたえ

2

오승호(고가쓰히로) 장편소설
이연승 옮김

블룸6

차례

1권

	작가의 말	007
서장	1972년	011
1장	안녕을 고하는 오늘에—2019년	015
2장	모든 청춘이여—1976년	091
3장	추억의 하이웨이—2019년	275

2권

4장	강하고 덧없는 자들—1999년	009
5장	거인—2019년	183
6장	누군가 이 아이에게 사랑의 손길을—2020년	395
	옮긴이의 말	429

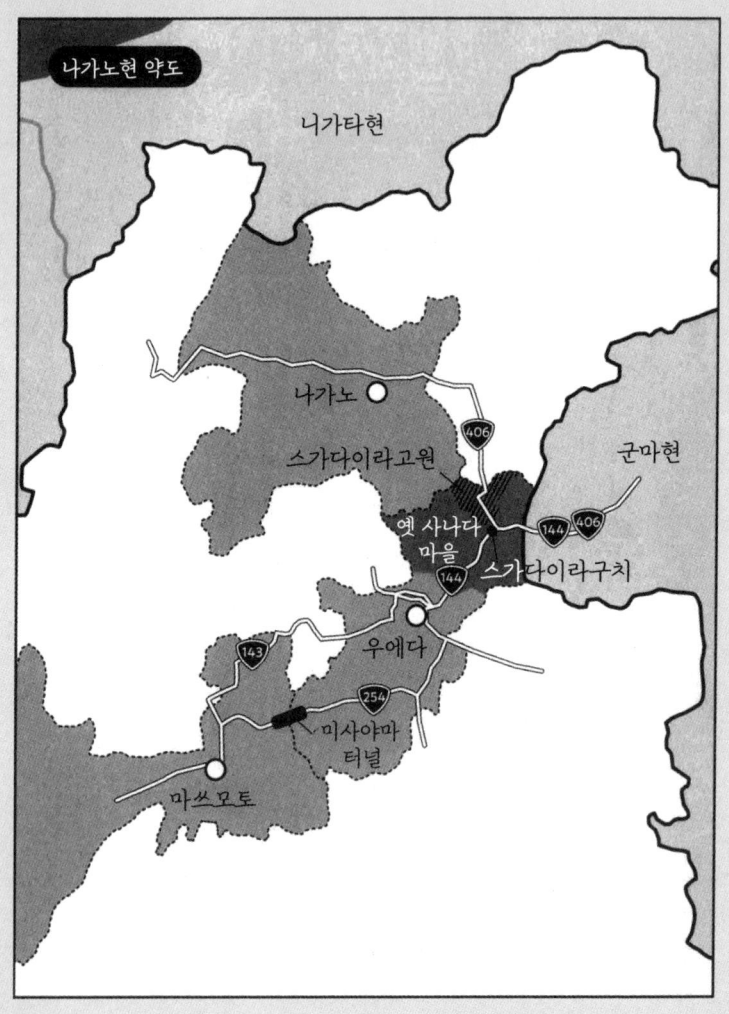

∞∞∞ 주요 등장인물

영광의 5인조

가와베 히사노리
고미 사토시
소토야마 고쇼
이시즈카 긴타
다케우치 후카

도쿄도

에비누마 SRP 엔터프라이즈 대표
아난 경시청 수사1과 강력계 계장
사사키 경시청 수사1과 강력계
우모토 도쿄 지방 검찰청 검사
아카호시 주도 고센 그룹 대표

나가노현 우에다시

다케우치 미키히코
다케우치 지유리
이와무라 기요타카
최영기(이와무라 히데키)
최리자(이와무라 사토코)
최문남(이와무라 후미오)
최춘자(이와무라 하루코)
이자와 노부오
소토야마 교헤이

곤도 마사토

나가노현 마쓰모토시

시게타 토무 고미 사토시의 뒤를 봐주던 건달
반도 샤인 뷰의 전직 두목
차보 반도의 부하
키리이 반도의 부하

일러두기

· 본문의 각주는 전부 독자의 이해를 돕기 위한 옮긴이 주입니다.
· 작품 속 시간 흐름에 의거해 등장인물의 호칭이 달라질 수 있습니다.
· 과거 시대상을 반영하여 현대에는 쓰이지 않는 어휘나 표현이 들어갈 수 있습니다.

4장
강하고 덧없는 자들—1999년

아난 - 검찰의 움직임이 불투명해지고 있다. 정보가 내려오지 않는다. 부장 선에서 멈춰 있는 것 같다.

사사키 - 가스미가세키 루트로도 알아봤지만 반응 없음. 특수부 안건이 된 걸까요.

아난 - 그럴 수도 있지만 이쪽도 쉽게 물러설 수 없다. 과장은 의욕적이다. 줄다리기가 될 것이다.

큰 땀방울이 수첩에 얼룩을 만들었을 때 삐리리리 하고 전자음이 울렸다. 아랑곳하지 않고 펜을 움직였다. 에너지 절약은 매년 여름 슬로건이지만 화장실과는 무관하다. 가와베가 경시청에 배속된 이후부터 줄곧 냄새나고 더운 그대로다. 개인 칸의 변기 뚜껑에 앉아 조금 전부터 한 줄을 쓸 때마다 땀을 닦고 있다.

아난 - 구로베는 정말 쓸모없는 놈이다. 무능, 쓰레기.

휘갈겨 쓴 글자는 가끔 자신도 못 알아볼 때가 있다. 그래도 속도가 우선이다. 한 마디 한 마디 기억이 확실할 때 남겨 둬야 한다.

아난 – 하루빨리 사라져 주면 안 될까.
사사키 – 전적으로 동감입니다.

젠장. 또 땀이 떨어졌다. 그러지 않아도 엉망진창인 글자가 추상화가 됐다. 삐리리리……. 시끄러워!

일부러 소리 내어 화장지를 감아 당겼다. 그 김에 땀도 닦는다. 수첩을 바지 뒷주머니에 밀어 넣고 물을 내렸다. 밖에 누군가가 있을 때 일부러 오래 앉아 있었다고 생각하게 하기 위한 꼼수다.

도어 후크에 걸린 재킷 안에서 전자음이 계속 울리고 있다. PHS라는 이 소형 전화기가 가와베는 불쾌하기 짝이 없었다. 편리하다고 권해서 샀건만 어디로도 도망칠 수 없게 하는, 마치 허리에 묶인 포승줄 같았다.

전화기를 집고 문을 열었다. 아무도 없다. 재킷을 어깨에 걸친 채 세면대 앞에서 통화를 했다.

"뭐야?"

에비누마의 쓴웃음 섞인 목소리가 들렸다.

―오래 기다리게 해 놓고 인사가 너무하신데요.

"이런 장난감을 들고 '여보세요?'라도 하란 말인가? 소꿉놀이를 할 거면 번지수가 틀렸어."

―너무 구식이시네요, 선배. 머지않아 공중전화가 없어질 거라던데.

바보 같은 소리.

거울을 보며 머리를 만졌다. 경찰관이 된 이후 계속 변함없는 짧은 머리도 최근 몇 년 사이 이마 선이 후퇴했다. 마흔이 안 됐다고 믿기 힘들 정도로 흰머리도 눈에 띈다.

"용건이나 말해."

―당연히 고센 건이죠.

고센 그룹. 겉으로는 투자 자문 회사, 실상은 기업에 달라붙는 총회꾼* 비슷한 존재다. 그룹을 이끄는 아카호시 주도는 '가부토초의 어둠의 신사'라 불리며 정재계에 영향력을 행사해 왔다.

하지만 그 위세도 최근 몇 년 사이 버블 경제의 후유증이 분출한 금융 쇼크로 인해 완전히 빛이 바랬다. 아카호시 체포가 초읽기에 들어갔다는 소문이 돌기 시작한 지난달 중순, 그의 오른팔로 여겨진 남자가 도쿄 시내 호텔에서 발견됐다. 욕조에 가라앉은 변사체로.

―저희 수사2과, 지검, 국세청까지, 아카호시의 목을 노리던 녀

---

* 주주 총회에서 회사에 금품을 요구하거나 의사 진행을 방해하는 등의 행위를 통해 부당한 이익을 취하는 자를 일컫는 용어.

석들이 모두 수사1과의 개입에 전전긍긍하는 중입니다.

"개입이라고? 같은 말을 그놈 무덤 앞에서 해 보지 그래."

─자살로도 볼 수 있는 시신이었다고 하던데요.

무심코 혀를 찰 뻔했다. 욕조 안에서 손목을 그은 시신에서는 알코올과 수면제 성분이 검출됐다. 방에 있던 협탁에는 위스키병과 수면제 봉지. 유서 없음. 누군가 방에 출입했을 가능성은 충분하고, 제대로 된 CCTV도 없는 오래된 비즈니스호텔을 택한 것이 본인의 의지인지도 의심스럽다. 하지만 '의심스럽다'라는 선에서 멈추고 우리 영역에 침범하지 마라. 이것이 에비누마를 비롯한 수사2과의 본심일 것이다.

"우리는 우리 일을 한다. 그쪽은 그쪽대로 움직이면 되는 거고."

─그러지 마십쇼. 아카호시를 잡아들이고 끝날 일이 아닙니다. 그 녀석과 깊이 연루된 회사가 한둘이 아니에요. 일부 상장 기업, 그리고 CF로 익숙한 이곳저곳도.

"제2의 '노무라·일권' 사건으로 만들려는 건가?"

재작년 봄, 총회꾼에 대한 부당 이익 제공 혐의로 도쿄 지검 특별 수사부가 제일 권업 은행에 압수 수색을 감행했다. 사건에는 노무라 증권을 필두로 한 4대 증권사가 휘말려 전후戰後 최대 규모의 금융 스캔들로 발전했다. 권업 은행에서는 수많은 체포자와 심지어 자살자까지 나왔고, 전 사장이 체포된 야마이치 증권은 폐업했다. 유력 총회꾼에게 부당하게 흘러간 돈이 2백억에서 3백억 규모에 달한다고 했다.

─그것과 비교하면 아카호시는 소소한 편이지만, 일권 사건 때 저희는 들러리였잖습니까. 이번에 또 뒤처지면 대대손손 수치라고 다들 전전긍긍하고 있습니다. 짜증 나죠. 자존심으로 밥 벌어 먹고 사는 타입의 상사들은.

농담 섞인 쓴웃음을 진지하게 받아들일 생각은 없다. 검은돈을 표적 삼는다는 점에서는 2과와 비슷한 특수부지만, 돌파력과 정치력은 월등하다. 비단 특수부에 국한되지 않고 전통적으로 경찰보다는 검찰이 우위라는 풍조가 있어서 검사가 기소하지 않으면 장사를 접어야 하는 경찰은 추상열일의 배지 앞에서 어쩔 수 없이 열등감을 느끼게 된다.

하지만 물론 말이 통하지 않는 바보도 있다.

─저희 과장의 계획은 이렇습니다. 시의원의 작은 뇌물 의혹으로 아카호시를 끌어들여 놈의 체세포가 완전히 뒤바뀔 때까지 집요하게 조여 나간다. 어떤가요? 멋진 방침 아닙니까?

"일본 변호사 협회가 들으면 기쁨의 눈물을 흘리겠군."

─선배님. 솔직히 말씀드리면 그게 살인이라고 해도 이런 타이밍에 아카호시가 했을 리는 없습니다. 그 녀석이 그 정도로 노망들지는 않았어요. 그 일은 분명 다른 쪽의 소행일 겁니다.

불과 몇 년 전 거품처럼 돈이 휘날리던 시절에는 음모와 폭력이 당연하게 횡행했다. 재개발을 위해 동네 식당에 분뇨 수거차를 몰고 가 들이받는 야쿠자가 대형 건설사와 연결돼 있어도 놀랄 일이 아니었다. 하물며 더러운 총회꾼의 금고지기가 어디서 누군가의 원한을 사서 어떤 이해관계에 따라 세상에서 제거됐든 수사 관계자들은 눈썹 하나 까딱하지 않을 것이다.

─그걸 모를 정도로 그쪽도 멍청하지 않을 겁니다. 즉, 이런 겁니다. 수사1과는 저희나 특수부가 고개를 숙이기를 기다리고 있는 거죠. 체면을 세워 달라는 얘기겠죠? 지긋지긋합니다. 그런 시시한 체면 놀음 따위. 아마 아난 계장과 사사키 씨 정도의 속내일 텐데 선배, 적어도 저희만이라도 제대로 된 수사를 해야 하지 않을까요?

맑은 것보다 탁한 것을 좋아하는 남자가 할 말은 아니다. 함께 콤비로 뛴 게 몇 년인데. 가와베는 에비누마만큼 야심에 불타는 수사관을 알지 못했다.

2과라고 해서 검찰과 끝까지 맞서려는 생각은 없다. 말하자면 멋있어 보이고 싶을 뿐이다. 말 그대로 체면 놀음.

"완전히 그쪽 물이 들었군."

─어느 쪽 물도 아닙니다. 전 멸사봉공하는 사람이니까요.

웃기지도 않은 소리. 그렇게 대답하기 전에 에비누마가 목소리를 낮췄다.

─수사1과에 '에스'가 있다는 소문도 들립니다.

가와베는 숨을 죽였다. '에스'는 스파이를 뜻하는 은어다.

―아카호시가 실토해서 곤란해질 사람들은 기업의 높으신 분들보다 나가타초*선생님들입니다. 증거 인멸을 위한 시간 벌기로 살인 수사를 질질 끌라는 밀명이 내려왔을지도 모릅니다.

가와베는 대답하지 않았다. 아무리 사람 없는 화장실이라고 해도 위험한 말을 섣불리 입에 담을 수는 없다.

―저희 쪽에 까마귀가 섞여 있어도 이상하지 않죠. 제가 믿을 수 있는 건 '철벽 가와베' 선배 정도뿐입니다.

"……멍청하다는 소리로도 들리는데."

―말도 안 됩니다. 오히려 전 화가 나 있어요. 선배를 구석으로 밀어내려는 이 조직의 체질에.

가와베는 흥 하고 콧방귀를 뀌었다.

"됐어. 똥을 하루 종일 싸냐고 욕먹겠다."

―전 믿습니다. 아카호시를 때려잡을 때가 다가오면 반드시 제게도 알려 주실 거라고.

통화를 마치고 PHS를 보며 가와베는 한숨을 쉬었다. 직접 만나지 않고도 화장실에서 은밀한 대화를 나눌 수 있는 시대가 왔다. 범죄의 형태도 변할 것이다. 따라갈 자신은 없다. 삐삐도 제대로 못 쓰던 사람이다.

---

* 도쿄 지요다구 남단 지구. 국회 의사당과 수상 관저 등이 있어 '정계'를 뜻하는 말로도 통용된다.

화면에 뜬 디지털시계가 눈에 들어오자 깜빡하고 쓰지 못한 게 떠올랐다. 조금 전 그 페이지로 수첩을 펼쳐 맨 위에 덧붙였다.

8월 3일, 아침 조회 후, 아난 데스크 앞

"가와베 형사님."
심장이 덜컥해 수첩을 꽉 움켜쥐었다. 화장실 입구에서 들여다보는 얼굴을 무심코 노려봤다. 제복 차림의 젊은 직원이 겁먹은 듯이 몸을 뒤로 뺐다. 그는 "죄, 죄송합니다!" 하고 떨리는 목소리로 사과하고 "저……" 하고 조심스럽게 말을 꺼냈다.
"전화가 왔습니다. 소토야마라고 하면 알 거라고……."
"뭐?"
이번에는 가와베의 목소리가 떨렸다. 소토야마라는 성을 듣고 떠오르는 얼굴은 하나밖에 없다.
하지만 갑자기 왜, 고쇼가?

산겐자야역에서 자자와도리 거리를 북쪽으로 걷다가 음악 학원 간판을 내건 4층 건물을 발견했다. 학원의 젊은 직원 말에 따르면 최고층은 주거 공간이라고 한다. 엘리베이터에서 내려 현관문을 열자 안쪽에서 음악이 들려왔다. 외국의 로큰롤이다. 곡명은 모르겠다. 통로 끝은 거실로 이어져 있었다.

"아일랜드 키친이라고 해."

거실을 향해 열린 대면식 부엌을 흘깃 보며 소파에서 다리를 꼬고 있는 남자에게 가와베가 물었다.

"편리해?"

그러자 남자는 어이가 없다는 듯이 입술을 비틀었다.

"20년 만에 하는 대화가 이건가?"

"와이프가 아일랜드 키친에 관심이 많아서."

"됐어. 평소 대화가 없는 부부한테는 어색하기만 할 뿐이야."

"대화는 해."

"훗. 거짓말하기는."

가와베는 소파에 앉은 남자를 다시 한번 유심히 바라봤다. 부분 염색한 갈색 머리에 가죽 바지. 검정 바탕 티셔츠에는 으스스한 일러스트가 그려져 있다. 젊어 보이려는 차림새도 탄탄한 체형 덕분인지 어색해 보이지 않는다. 세월에 지지 않고 한때 미남이었던 소년의 면모를 확실히 간직하고 있다.

소토야마 고쇼와 마지막으로 만난 건 고등학교를 졸업한 해였다. 만난 시간으로 치면 10분도 채 안 됐다. 서로 도쿄에 간다는 걸 넌지시 확인하고 다시 만나자며 마음에도 없는 약속을 했다.

가와베가 자신의 눈가를 가리키며 물었다.

"집 안에서도 끼고 있나?"

그러자 고쇼는 파란 렌즈의 선글라스를 밀어 올렸다.

"널 만나니 특별히 좋은 걸 꺼냈지."

감동적인 재회와는 거리가 멀었다. 그렇다고 어색하지도 않았다. 이렇게 얼굴을 마주하고 있다는 사실을 받아들이면서도 지난날의 친근함을 되찾기에는 뭔가 부족한 느낌이었다.

가와베는 하얀 벽의 방을 둘러봤다. 버블 경제의 곰팡내 같은 게 풍긴다. 그렇게 느끼는 건 편견일까.

"잘 나가는 것 같네."

"덕분에. 학원은 시부야에도 있어."

"청년 CEO라 이거군."

"결국은 고용 사장일 뿐이야. 아오야마의 일등지는 아니지."

고쇼는 "이제는 청년이라 부를 나이도 아니고" 하고 빈정거리듯 말했다.

벽에는 젊은 여자들의 포스터와 상장이 걸려 있다. 손으로 브이 자를 그린 소녀 옆에 고쇼가 서 있는 사진도 있다. 하지만 날짜는 전부 3년 이상 지난 것들뿐이었다.

"혹시 나도 알 만한 가수가 있나? 방송에 나온 곡이나."

"배우 학교도 모르는 사람한테는 무슨 말을 해도 소용없을 것 같은데."

"이름은 들어본 적 있어. 노래도 아마 귀에 익을 거야."

"네가 미소녀 유닛에 열을 올리는 모습은 볼 만하겠군."

가와베는 업계의 시세를 알지 못했다. 고쇼가 히트곡 차트를 석

권하는 괴물 밴드의 프로듀서일 가능성도 배제할 수 없다. 설령 먼지가 눈에 띄는 바닥에서 한낮부터 캔 맥주를 마시고 있다고 해도.

"내 얘기는 어디서 들었어?"

"작년에. 이래 봬도 인맥이 넓거든. 올림픽 이야기를 하다가 경시청에 나가노 출신이 있다는 소문을 들었지."

"수사1과에 신세를 자주 지는 녀석들과 친한 건가?"

"그런 사람들 말고도 뭐 이런저런. 연예계잖아. 별의별 일이 다 있어."

그렇게 말하고 고쇼는 맥주를 들이켰다. 이어서 다음 한 병을 더 딴다.

"밴드 붐은 이제 끝나 가고 있어. 당분간은 유로비트나 걸스팝이 주류일 거야. 테크노는 너무 고급져서 안 돼. 재즈도 그렇고. 음악 이론이나 그런 거에 젊은 놈들은 관심이 없거든. 어차피 우리나라 국민성은 봉오도리*니."

하하 하는 건조한 웃음을 가와베는 말없이 받아들였다.

"힙합도 일본에선 안 통해. 펑크도. 역시 아이돌이 좋아. 그건 고급스럽지 않으니 강하지. 특히 여자애들은 다루기도 쉽고."

"돈이 되나?"

"오해하지 마. 본인들도 원하는 거니까. 기브 앤 테이크지."

---

* 음력 7월 15일 밤에 남녀들이 모여서 추는 일본 전통 윤무.

날카로운 표정은 곧 누그러졌다.

"요즘 애들은 강해. 근성이 흘러넘쳐."

자포자기한 듯한 미소.

"만약의 경우에는 협박도 통하고."

어떤 협박인지는 묻지 않았다. 묻고 싶지도 않았다.

침을 뱉는 대신 재킷에서 담배를 꺼냈다. 럭키 스트라이크.

"안 돼."

날카로운 목소리로 제지당했다.

"당연히 안 되지. 날 간접흡연으로 죽일 셈이야?"

농담하는 기색은 없었다. 가와베는 가슴에 치솟는 불길을 느꼈다. 단순히 분노라고 하기에는 뭔가 부족한 감정. 그것을 어떻게든 다시 억누르며 담배를 재킷에 도로 넣었다.

"날 부른 목적이 뭐지? 문화 강좌를 하고 싶은 거면 다른 데를 알아보는 게 좋을 텐데."

"그냥 옛정을 나누는 건 안 되나?"

"그럼 마실 거라도 좀 내놔."

고쇼는 "아, 참" 하고 고개를 숙였다. 정수리가 조금 허전해 보인다.

"협박받고 있어."

갑작스러운 고백이었다.

"분명히 말하지만 너도 무관하지 않아. 그래서 연락한 거야."

"······무슨 말인지 모르겠는데. 이렇게 만나는 건 20년 만이고, 난 정말 연예계랑은 거리가 멀거든."

"그러니까, 20년 전 이야기."

20년 전 이야기.

가와베는 말없이 듣는 자세를 취했다. 열 명은 앉을 법한 소파 뒤에 선 가와베에게 앉으라는 말 한 번 하지 않고 고쇼는 맥주를 홀짝이며 말을 이어 갔다.

"정확히는 22년 전인가. 잊을 리 없지. 최문남을. 다케우치가 총으로 쏴 죽인."

"교수라고 해. 그게 더 알아듣기 쉬워."

고쇼는 순간 어두운 시선을 던지더니 가와베의 말을 무시했다.

"그때 다케우치는 우리의 농담을 진담으로 듣고 최 씨 일가를 모조리 쏴 죽였어."

"농담이라고?"

"당연하지. 그때 우리는 고등학생이었잖아. 아무리 진지해도 애들은 상대하지 않는 게 어른의 도리야."

"당시 교수는 정신적으로 힘든 상태였어."

"그래서 뭐? 어떤 이유가 있든 살인은 살인이야. 형사 주제에 살인자 편을 들려는 건가?"

주먹으로 낮은 테이블을 내려치자 빈 맥주 캔이 쓰러졌다. 고쇼는 아랑곳하지 않고 목소리를 높였다.

"우리는 아무것도 하지 않았어. 그렇지?"

"……그래. 그렇지."

아무것도 하지 않은 게 아니라 아무것도 할 수 없었던 거야……. 그런 생각은 집어삼켰다.

"그래. 우리에게는 죄가 없어. ……그렇다고 해도 전혀 무관하다고는 할 수 없지. 적어도 구경꾼들은 재미있게 떠들어댈 거야. '일가족 참살의 원인을 제공한 5인조의 현재'라고 하며."

가와베를 올려다보는 표정에 기묘한 우월감이 감돌았다.

"경시청의 능력 있는 형사님도 곤란하겠지? 그래도 명색이 공무원인데."

"구체적으로 협박 내용을 말해 봐."

"여유 부리지 마, 가와베. 난 네 상황도 들었어."

"뒷이야기는 술 깨고 나서 할까? 영원히 취할 작정이면 여기서 끝내도 좋고."

탁한 목소리의 남자 보컬이 뭔가를 외치고 있다. 물론 걸스팝은 아니고 유로비트도 아닐 것이다.

"……오케이. 나도 다툴 생각은 없으니까."

고쇼는 지친 듯이 소파에 등을 기댔다.

"그 사건의 상세 내용을 르포로 정리하고 있다더라. 발표를 막으려면 한 사람당 2백만. 다섯 명이 총 1천만 엔을 한 달 안에 준비하래."

"전화로?"

"뭐?"

"전화로 협박했나?"

"아, 그래. 맞아. 전화."

"번호는?"

"……알려 주지 않았어. 아마 공중전화였을 거고, 너무 갑작스러워서."

"너무 갑작스러운 말을 곧이곧대로 믿었군."

"의심할 여지가 어딨지? 우리가 사건에 관여한 건 사실이야."

"협박할 만한 증거는? 그게 없다면 상대할 필요도 없어."

"있다고 하잖아."

"그러니까 그걸 어떻게 믿냐는 거야."

"너야말로 날 못 믿는 거야? 그래도 친한 친구였던 것 같은데."

"인간은 성장하기 마련이야."

"푸핫!"

고쇼는 호들갑스럽게 몸을 뒤로 젖혔다.

"그래. 틀릴 게 없네. 맞아. 나도 성장했어. 너희에게 매일같이 바보 취급을 당했지만 결국 꿈을 이뤘으니."

"바보 취급한 적 없어."

"아니, 했어. 기억나. 음악으로 먹고살겠다고 하니, 세상 물정 모르는 바보라고."

말없이 고쇼를 보고 있자 고쇼가 먼저 눈을 피했다.

"아무튼, 납득할 만한 증거가 있으면 되는 거지?"

낮은 테이블에 엎어 둔 종이를 슬쩍 앞으로 내민다.

"이걸 보면 믿을 수 있을 거라고 팩스로 보내왔어."

가와베는 손을 뻗어 종이를 펼쳤다. 면허증 사본이었다. 검게 칠해진 주소. 이름과 흑백 얼굴 사진.

눈을 깜빡이는 것도 잊었다. 20년의 세월이 흘렀다. 그러나 한눈에 확신했다. 둥근 얼굴. 볼륨 있는 단발머리. 수수한 분위기지만, 강한 의지가 엿보이는 눈빛.

"……하루코인가."

고쇼가 깊숙이 고개를 끄덕였다.

"목소리도, 본인이었어."

"틀림없어?"

"난 귀로 먹고사는 사람이야."

자신감과 약간의 자조가 전부 느껴지는 말투였다.

"성은……."

그 부분도 검게 칠해져 있다.

"바뀌었나 보군."

"글쎄……. 못 찾게 일부러 지웠을지도 모르지만."

생년월일과 면허 등록 번호도 지워져 있었다.

"르포는 사실을 조금 더 자극적으로 각색했다더라. 꼭 우리가 일부러 다케우치를 부추겨서 살인을 저지르게 한 것처럼 읽히도록."

"말도 안 돼. 우리가 교수를 부추길 이유가 뭐지?"

"최 씨 가문을 향한 괴롭힘. 조선인 차별."

팩스 용지를 꽉 쥐었다. 과연. 그럴듯하다.

"이제 와서 무슨 의미가 있다고."

"나한테는 있어. 내 입장을 생각해 봐. 내 경력은 스폰서들도 전부 확인해. 사실 여부와 상관없이 그런 소문이 도는 것 자체가 치명적이라는 소리야. 역시 경찰관 나리께는 남의 일인가?"

가와베는 한숨을 내쉬었다.

"탈탈 털어도 그런 거금은 없어."

"사채를 써."

"그럴 바에는 너한테 빌리지. 일수라도."

고쇼는 흥 하고 코웃음을 쳤다.

"미안하지만 나도 없어."

"이렇게 번듯한 집에 사는데도?"

"고용 사장이라고 했잖아. 요새는 오너도 절약이 취미야."

버블 붕괴의 후유증.

"오해하지 마. 제이팝은 괜찮아. 나도 곧 반등할 거야."

자신감인지 허세인지 따져 물을 생각은 없었다.

"하지만 현재로서는 우리 둘 다 빈털터리인데, 어떡하지?"

"다른 녀석들한테 연락해 보는 수밖에."

사토시, 긴타, 후카.

"특히 긴타. 그 녀석은 어디 은행에 취직했다더라. 분명 돈이 있을 거야."

고쇼는 "어쨌든" 하고 말을 이었다.

"나 혼자 준비해 봐야 의미 없어. 1천만 엔이 없으면 폭로를 막을 수 없으니까. 머릿수가 필요해."

"그 녀석들도 순순히 줄 것 같지는 않은데."

"그래도 끌어들일 수밖에 없어. 너도 알잖아? 이건 우리에게 찍힌 낙인이야. 여기서 청산해야 해. 과거에서 완전히 도망치려면."

과거에서, 도망치다.

"그리고 사람을 찾는 건 너한테는 식은 죽 먹기 아닌가?"

"……그 녀석들과 연락은?"

고쇼는 고개를 흔들었다.

"긴타가 은행원이 됐다는 건 형한테 들었어. 벌써 10년도 더 전에."

"가끔 고향에 가나 보네."

"가끔은 무슨. 아마 얼굴을 마주치는 날 형은 날 목 졸라 죽일걸."

고쇼는 지역 연줄로 긴타에게 연락하는 건 어려울 거라고 했다. 이시즈카 집안까지는 닿아도 거기서 본인에게 연결되지 않는다. 동창회 같은 곳에 나온 흔적도 전혀 없었다.

"사토시는 어떻게든 될 거야. 그쪽은 내가 알아서 할 테니 넌 긴타를 부탁해."

"……후카는?"

"뭐 단서라도 있어?"

"아니, 전혀."

"그래……. 그럼 일단 나중으로 미루자."

고쇼가 "알겠지?"라고 한 번 더 확인해서 가와베는 "그래"라고 대답할 수밖에 없었다.

연락처를 교환하자 자연스럽게 말이 나왔다.

"하루코를 만날 수는 없을까?"

고쇼는 어안이 벙벙한 얼굴로 가와베를 봤다.

"정말 본인인지 확인하고 싶어서. 아니, 솔직히 말하면 그냥 만나보고 싶은 것일지도 모르지만."

"그만해. 역효과야. 그 정도는 너도 알잖아."

가와베는 고쇼를 뚫어지게 바라봤다.

"……알겠어. 다음에 또 연락 오면 물어볼게. 아마 안 될 것 같지만."

부탁한다는 말을 남기고 거실을 나서려다가 멈췄다.

"딥 퍼플은 어때?"

"뭐?"

"딥 퍼플은 인기 없나? 전에는 멋지다고 했잖아."

고쇼는 멍하니 있다가 "그런 것까지 기억하다니!" 하고 머리를 쓸어 올렸다.

"너, 내 팬이었어? 그럼 사인 해 줄게."

말없이 뒷이야기를 기다렸지만 고쇼의 입술은 일그러진 채 열리지 않았다. 가슴의 불꽃이 사그라든다. 조용히 납득했다. 시간이 흘렀다. 의심할 여지도 없이.

"아까부터 나오는 건 무슨 곡이야?"

"글쎄. 유선 방송이야."

가와베는 "그렇군" 하고 다시 현관으로 향했다.

다행인지 불행인지 시간은 많았다. 울던 아이도 뚝 그치게 한다는 경시청 수사1과 강력계 소속 수사관으로서는 상상할 수 없을 정도의 자유가 그 사건 이후에 넘쳐나고 있다. 고쇼의 귀에 가와베의 이름이 들어간 계기도 나가노 올림픽보다 오히려 이게 이유 아니었을까.

지난해 가을, 롯폰기의 어느 회원제 클럽에서 집단 강간 사건이 발생했다. 20대 남자들이 VIP룸으로 여자를 데려가 술을 먹이고 범행을 저질렀다. 입막음용으로 범행 장면을 비디오로 찍기도 했다. 그 후 도망갈 수도 있었겠지만, 얼마 지나지 않아 강간범 중 한 명이 자수했다. 양심의 가책을 견디지 못했다는 그는 관할 경찰서가 아니라 곧장 경시청을 찾아왔다. 무리의 리더가 어느 유명 연예 기획사 임원의 아들로, 지금껏 그 인맥을 이용해 경찰 사건을 무마해 왔기 때문이다. 관할 경찰서로는 안 된다고 나름대로 우려한 듯했다.

대응에 나선 가와베는 즉시 움직였다. 그가 가져온 비디오테이프에는 주범인 남자를 비롯해 나머지 일당도 선명히 찍혀 있었고, 피해 여성이 저항하는 모습도 담겨 있었다. 임의동행을 건너뛰고 체포해도 될 만한 내용이었다.

그런데 실제로 체포 영장을 신청한 직후 위에서 중지 명령이 내려왔다. 뒤이어 자수한 그 남성이 증언을 뒤집었다. 전 거짓말을 했습니다. 그건 여자도 동의한 플레이였습니다.

터무니없었지만 가와베는 담당에서 제외됐다. 남자 형사가 맡지 않는 편이 좋다는 이유로 정작 피해 여성을 만나는 것조차 허락되지 않았다. 견제당하듯 시시한 잡무를 떠맡았고, 그 일을 처리하는 동안 결국 사건은 흐지부지되고 말았다.

연말이 다가올 무렵에 피해 여성을 만나기로 결심했다. 상처를 다시 헤집는 건 아닐지 자문도 했지만 의사만큼은 확인해야겠다고 망설임을 떨쳤다. 처음에는 겁에 질린 모습이던 그녀는 이내 마음을 다잡은 것처럼 고백했다. 자신을 찾아온 경찰 관계자와 가해자 측 대리인을 자처하며 연락한 남자들. 경찰 관계자는 성범죄 재판이 얼마나 굴욕적인지, 그리고 그 과정에서 소문이 퍼질 위험성 등을 늘어놓았고 가해자 측 대리인은 돈으로 해결하자고 제안해 왔다. 한마디로 압력이다. 그녀는 얼굴을 붉히며 목소리를 짜냈다. 납득할 수 없다. 억울하다.

가와베는 몰래 복사해 둔 테이프를 건넸다. 어떻게 할지는 스스로 결정하라고 했다. 어느 쪽을 선택하든 당신 편이 되어 줄 거라고 했다. 얼마 지나지 않아 사건은 표면화됐다. 그녀는 모든 것을 드러낼 각오로 피해 신고를 했다.

체포할 수밖에 없었다. 기소할 수밖에 없었다. 윗선 입장에서는 체면을 구긴 꼴이 됐다.

이후 가와베는 수사반에서 제외됐다. 예비역 취급을 받는 남자에게 주어진 일은 청소와 커피 심부름. 사실상의 처분 보류 혹은 자진 퇴직 루트에 들어선 거나 다름없었다.

죄책감은 있었다. 처음부터 끝까지 혼자 움직인 것도 아니었다. 직속상관에게 모든 걸 순순히 털어놓고 절차를 밟았다. 그때 상관은 오히려 가와베를 격려했다. 억울한 사람의 편을 형사가 들어 주지 않으면 누가 들어 주겠냐며.

그런 과거가 마치 환상이었던 것처럼 지금 상관인 사사키는 윗선에 아부를 하고 있다. 가와베를 무너뜨리려는 선봉에 선 아난에게.

오늘은 무단으로 외출했다. 고과 점수에 영향을 미칠 것이다. 점수라기보다 구실일까. 아난은 가와베를 오지로 보내기 위한 꼬투리 찾기를 우표 수집을 하듯 즐기고 있다. 매번 책상으로 불러서 무능하다, 쓸모없다고 반복하는 것도 가와베의 자존심을 깎아내리는 게 그의 취미가 되었기 때문이다.

이런 상황에서 굳이 하루코의 고발을 두려워할 이유가 있을까. 조만간 경찰 내부에서는 설 자리가 없어진다. 조직에 매달린다고 해도 20여 년 전, 그 과실이라고 하기도 어려운 행위가 무슨 의미가 있을까. 아일랜드 키친조차 사지 못하는 집안 형편상 2백만 엔을 날려 버릴 여유도 없다.

발걸음이 멈췄다. 어느새 시부야역 앞 스크럼블 교차로까지 걸어왔다. 109 빌딩에 설치된 대형 디스플레이가 국기 및 국가법을 심의하는 참의원의 모습을 비추고 있다. 땀에 젖은 이들이 빽빽하게 땅을 메우고 있다. 체취, 담배 냄새. 그러고 보니 담배를 피우지 못한 지 오래됐다. 신호가 바뀌자마자 가와베는 고개를 숙이고 사람들 옆을 스쳐 가며 JR 고가를 지났다. 도중에 또다시 발걸음이 멈췄다. 문득 의문이 스쳤다. 이대로 경시청으로 돌아가는 건가. 무엇을 위해.

그때 뒤에서 누군가가 어깨를 툭 쳤다. 나이 든 회사원이 혀를 차며 지나간다. 순간 몸 깊은 곳에서 열기가 올라왔다. 저 개자식. 움켜쥔 주먹에서 손톱이 살갗을 파고들었다. 꽉 다문 어금니에서 빠득 소리가 났다. 분노가 의식을 일깨웠다. 충동에 따라 발꿈치를 돌렸다. 왔던 길을 성큼성큼 되돌아간다. 앞에서 걸어오는 젊은이들 무리를 가로질러 나아간다. 뭐야? 하고 위협하는 듯한 소리가 들린다. 어이. 아저씨, 까불다가 맞는 수가 있어!

가와베는 걸음을 옮기며 등으로 대꾸했다.

할 수 있으면 해 봐라, 이 빌어먹을 꼬맹이 자식들아. 날 무시하냐? 제기랄. 이 녀석이든 저 녀석이든 전부 사람을 뭘로 보고. 젠장. 젠장. 젠장.

언제부터 이렇게 돼 버렸을까.

언제부터 이렇게 한심한 어른이 됐을까.

뭔가를 바꿔야 한다는 건 알고 있다. 하지만 무엇을 어떻게 바꿔야 할지를 찾지 못한 채 발버둥 치고 있다. 되찾고 싶다. 그 마음은 거짓이 아니었다.

다시 시작해야 한다. 하지만 그렇다면 대체 어디서부터?

당연하다. 22년 전부터다.

어느새 가와베의 머리는 긴타의 소재를 알아낼 방법을 궁리하기 시작했다.

도쿄대학에 한 번에 합격했다는 소문은 들었다. 그 직후 가족이 도쿄로 이사했다고도 들었다. 얼굴을 마주치기는커녕 '축하한다'라는 말도 하지 못한 채 가와베의 인생에서 긴타는 사라졌다.

담배 세 개비를 다 피웠을 때 고쿄가이엔 쪽에서 양복 차림의 남자가 종종걸음으로 다가왔다. 히비야 공원 분수 광장의 벤치에 앉아 있는 가와베 앞에 멈춰 서서 그는 거칠게 숨을 내쉬며 말했다.

"아이고, 힘들어 죽겠네."

남자는 손수건을 들어 신경질적으로 땀을 닦았다.

"일하는 도중에 이렇게 갑자기 부르면 어떡합니까? 전화로 하셔도 될 텐데."

전화로 하면 이런저런 핑계를 대며 안 도와줄 거잖아. 이렇게 직접 만나 으름장을 놓아야 엘리트 양반이 말을 듣지.

가와베는 말을 신중히 고르며 입을 열었다.

"자네들의 문제점이 바로 운동 부족이야. 좁은 방에서 서류만 들여다보고 있으니 배가 그 모양이지."

동그란 눈이 한껏 치켜 올라갔다.

"아령 대신 육법전서와 장부를 들고 다닙니다. 그게 백 배는 더 힘들어요."

남자의 이름은 우모토라고 한다. 이래 봬도 도쿄 지검 소속 검사다. 아직 초년병이기는 하지만 젊은 유망주라 할 만하다. 활동 범위가 전혀 다른 가와베가 이 남자를 처음 만난 곳은 사쿠라다몬의 청사나 법원 복도가 아닌 가부키초의 터치 펍이었다. 3년 전, 아직 에비누마와 함께 일할 때다. 당시 쫓고 있던 사건의 탐문을 위해 손님으로 위장해 들른 술집에서 한 남자가 여종업원에게 고함을 치기 시작했다. 비틀거리는 걸음걸이로 보아 술을 마신 게 분명했다. 그럼에도 미흡한 서비스를 비난하는 말은 명료하고도 유창해서 귀에 쏙쏙 들어올 정도였다. 말릴지 그냥 모르는 척할지 고민하던 찰나, 에비누마가 가와베의 귀에 대고 속삭였다. 소리치는 놈 옆에 있는 저 뚱보 자식, 조직원입니다. 에비누마에게 그를 맡기고 고래고래 설교를 늘어놓는 남자를 가게 밖으로 데리고 나갔다. 어깨에 얹은 가와베의 손을 뿌리치며 그가 소리쳤다. 이 무례한 놈 같으니라고! 국가 사법기관의 일원인 내 몸에 함부로 손을 대?

비둘기 떼가 하늘로 날아올랐다.

"그래서."

우모토가 불쾌한 것처럼 입을 열었다.

"무슨 일입니까?"

"당신네 직장에는 똑똑한 놈이 많겠지? 그중 기업과 한통속인 조폭을 평범한 회사원으로 착각하는 세상 물정 모르는 바보가 한 명 있긴 한 것 같지만."

우모토의 얼굴이 새빨개졌다. '기업 협박꾼'이라 불리는 그들은 기업 임원이나 관리직뿐 아니라 관공서의 창구 직원에 이르기까지 눈독 들일 만한 인재에게 접근해 온갖 방법과 수단을 동원해서 정보와 인맥을 얻으려 한다. 물론 경찰관도 그들의 대상이다. 정직하게 사는 게 바보처럼 느껴질 만큼 호화로운 생활을 경험하게 해서 결국 넘어간 사람도 적지 않다.

우모토에게 접근한 남자도 그런 부류의, 이른바 공작원이었다.

"언제까지 틈만 나면 옛날이야기를 할 겁니까? 저도 인내심에 한계가 있습니다."

"그래. 나도 틈만 나면 옛날이야기를 하지 않아도 되는 훌륭한 검사님이 곁에 있어 주는 게 더 도움이 되니까."

이를 가는 소리는 못 들은 척하며 가와베는 긴타가 입학한 대학 이름을 댔다.

"이 대학의 졸업생을 소개해 줘. 가능하면 78학번, 아니면 그 전후 3년 정도."

"……무슨 수사입니까?"

"대단한 건 아니야. 그냥 사소한 사실 확인."

"잠깐만요. 그래도 그 정도는 설명해 주셔야 저도 도울 수 있습니다. 지금은 실수하면 큰일 나는 시기라."

아카호시 건을 말한다는 걸 알아차렸다. 역시 특수부 안건이 되어 있나 보다.

"날 수사1과의 꼭두각시로 의심하는 건가?"

우모토는 입을 다물고 가와베를 노려봤다. 3년 만에 제법 위압적인 표정을 지을 수 있게 됐다.

"생각이 너무 과해. 어차피 특수부가 움직이기 시작하면 우리나 2과는 입 다물 수밖에 없어. 무리하게 당신들을 앞지르려 하는 것보다 협력해서 실적을 올리는 게 더 현명하지 않겠나?"

"진심으로 하는 말씀인가요?"

"맹세하라면 뭐든 맹세하지."

가와베는 "게다가" 하고 말을 이었다. 어차피 우모토도 가와베의 사정을 알고 있다.

"지금 나로서는 1과에 도움을 줄 이유도 없고."

"이걸 발판 삼아 재기하시려는 건 아니고요?"

무심코 어안이 벙벙해졌다. 그리고 곧 머릿속이 찌릿했다. 날 많이 오해하고 있군.

"그렇군. 그런 방법도 있었나."

가와베는 어렴풋이 미소 지었다. 일부러 상대를 화나게 해서 상황을 살피는 건 흥정할 때 흔히 쓰는 수법이다. 동요하면 불리해진다. 하지만 설마 우모토에게까지 이런 수를 당하다니.

가와베는 어깨를 으쓱했다.

"내가 출신 대학으로 스파이를 찾으려 한다고 보나? 만약 상대가 곤란한 위치에 있다면 그냥 모르는 척 넘어가도 돼."

우모토의 눈빛이 가와베의 진의를 가늠하고 있다. 가와베는 그를 마주 봤다. 뜨거운 분노는 이상하게 사라지고, 오히려 폭염과 어울리지 않는 서늘함이 배 속 깊이 퍼졌다.

"조만간 연락드리겠습니다."

그렇게 말하며 우모토는 자리를 떴다. 담배를 문 가와베는 땀으로 지도가 그려진 그의 등을 향해 말했다.

"조심해. 하수처럼 보일지 모르지만 아카호시는 백전노장의 악당이니까. 부주의하게 날개를 펴다가 덥석 잡아먹히는 수가 있어."

"가와베 씨. 전 그날 이후 술을 한 방울도 마시지 않고 있습니다."

멀어져 가는 그를 보며 거짓말이 아닐 거라고 생각했다. 문득 몸에서 힘이 풀려 담배가 바닥에 떨어졌다. 배에서 느껴진 서늘한 기운의 정체를 깨닫고 경악했다. 질투였다. 우모토의 성실함과 젊음을 난 질투하고 있었다.

가와베는 벤치에서 허리를 숙인 채 한동안 일어나지 못했다.

우모토의 일 처리는 빨랐다. 그날 밤 개인 이메일 주소로 익명의 메일이 도착했다. 이름과 직책도 없이 '1978 학번'이라는 사실만 간결하게 적혀 있다. 한 번에 입학했다면 가와베와 같은 39세나 40세. 경찰관이라면 계급은 경정, 혹은 관할 경찰서장이어도 이상하지 않을 나이다.

정체를 알 수 없는 상대를 믿는다는 불안도 있지만 지금은 그런 걸 따질 때가 아니다. 가와베도 간결하게 '이시즈카 긴타'가 지금 일하는 곳을 알고 싶다고 답장을 보냈다.

성실한 건지 조급한 건지 한 시간도 되지 않아 답장이 왔다. 자신은 면식이 없고 이름도 모른다는 것. 동기에게 물어보니 아마도시 은행에 취직했을 거라는 것. 그 동기도 얼굴만 아는 사이고, 졸업 후 연락을 주고받은 적이 없어 지금은 어떻게 지내는지 모른다는 것.

감사 메일을 다 쓸 때쯤에 현관문이 열리는 소리가 들렸다. 이사 온 지 8년째인 관사는 유난히 소리가 잘 들린다. 익숙해졌다고 생각한 그 소리가 최근 다시 신경 쓰이기 시작했다. 정시에 퇴근해 아내의 귀가를 맞이하게 되면서부터.

서재에서 나가 현관에 얼굴을 내밀었다. 현관 턱에 앉아 구두끈을 푸는 야스에의 뒷머리와 등이 보였다. '어서 와' 하고 말을 걸면 좋으련만 제대로 입 밖에 낸 적은 없다. 우두커니 서서 아내를 지켜보다가 결국 "아, 다녀왔어" 하고 아내에게 선수를 빼앗겼다.

"저녁은?"

형식적이고 한숨 섞인 질문이었다.

가와베의 대답도 간단했다.

"먹고 왔어."

"그렇구나. 다행이네."

아내는 가와베를 제대로 보지도 않고 거실로 사라졌고 가와베도 뒤따르지 않았다. 곁에 있으면 있을수록 어색함만 커진다. 고쇼가 지적한 대로다.

작업실로 돌아가 컴퓨터 책상 앞에 앉았다. 화면과 키보드 모두 이 정도 크기면 나도 잘 다룰 수 있을 것 같다. 그런 쓸데없는 생각을 하는 것도 현실 도피가 분명했다. 지금 막 담배에 불을 붙인 것도.

부부 사이에는 어느덧 회복 불가능한 균열이 생겼다. 무엇이 계기였냐고 하면 작년의 그 강간 사건일 것이다. 경찰관들만 사는 관사에서 공동체의 서열은 남편의 계급과 실력에 비례한다. 말썽을 부린 가족에게 친절한 사람은 없다. 야스에에게도 지난 반년은 가시방석이었을 것이다.

그러나 그건 단지 계기일 뿐이다. 부부 사이 균열은 훨씬 오래전부터 진행되고 있었다. 예컨대 재작년, 예컨대 3년 전, 예컨대 4년 전, 예컨대…….

여성을 사랑하는 걸 완전히 믿지 못하고 있다는 걸 깨달았을 때 이미 간극은 생긴 뒤였다. 돌이켜보면 분명 불타오르는 듯한 사랑은 아니었다. 상사의 주선으로 만나 어쩌다 보니 사귀기 시작했고, 거절할 이유를 찾지 못한 채 결혼에 이르렀다. 보통 사람들처럼 성욕이 있고 곁에 있으면 친밀감도 느꼈다. 가와베는 가사, 야스에는 안정된 삶을 상대에게 바라는 부분도 맞았다. 그러나 결혼에 실감을 느끼지 못하던 가와베를 결단으로 이끈 건 야스에의 사소한 한마디였다. 어느 날 밤, 장난삼아 "내 어디가 좋아?"라고 물었다. 사귀기 시작하고 몇 번인가 물어본 질문이었다. 수줍음 많은 야스에는 그럴 때마다 대개 '그냥 왠지', '안심이 돼서'라는 식으로 애매하게 대답했고, 자신도 야스에가 물으면 비슷한 대답을 했기에 특별히 기대한 것도 아니었다. 그러나 그때 야스에는 조금 부끄러워하며 이렇게 중얼거렸다. 냄새가 좋아. 당신의 피부 냄새가.

웃어넘길 수 없었다. 오히려 납득이 갔다. 제대로 된 이유가 있다는 것에 안도감이 들었다. 그렇다. 냄새라면 그리 쉽게 변할 리 없다. 그렇다면 잘해 나갈 수 있을지 모른다.

결혼할 무렵 관할서에서 수사1과로 발탁됐다. 업무량은 늘었고, 다루는 사건의 잔혹성도 높아졌다. 가차 없는 선배들의 지도, 혐

오스러울 만큼 교활하고 비겁한 범죄자들. 1년, 2년이 지나 가와베가 서른다섯 살이 됐을 때 야스에는 갑자기 아이를 낳고 싶다고 했다. 결혼 직후, 수사1과 일이 익숙해지고 나서 생각해 보자고 하고 방치한 지 5년. 여섯 살 연하인 야스에는 그새 스물아홉이 돼 있었다.

그때가 아마 마지막 기회였다. 적어도 가능성은 있었을 것이다.

돌이켜봐도 잘 모르겠다. 왜 자신은 그토록 아이를 갖는 일에 냉담했던 걸까. 똑같이 일에 매진하고, 비슷한 급여를 받는 동료 대다수가 자연스럽게 아버지가 돼 있었다. 냉담한 것과 조금 다를 수도 있다. 지금 생각해 보면 겁쟁이였던 것 같다. 가와베는 "조만간"이라고 했고, 그날을 기점으로 부부 관계가 줄었다.

어느 날 밤 가와베가 오랜만에 야스에를 원했다. 그녀는 침대로 들어오는 남편을 거부하며 이렇게 말했다. 당신 몸에서 피 냄새가 나.

가와베는 천장을 향해 담배 연기를 뿜었다. 그때를 떠올릴 때마다 몸 깊은 곳이 아프고 떨린다. 등을 돌린 야스에의 어깨를 두 손으로 붙잡아 뒤집고 올라타려고 한 기억. 충혈돼 있었을 자신의 눈. 거친 호흡. 꼭 엊그제 일처럼 선명하다.

봄부터 야스에는 일하러 나가기 시작했다. 의료 관련 일이라고 하는데 자세히 듣지는 못했다. 아마 정사원이 될 수 있는 직장일 것이다. 가와베 곁에서 그녀가 사라질 카운트다운은 이미 시작되고 있었다.

"어이, 구로베. 이리 와 봐."

아난의 목소리를 듣고 가와베는 일어섰다. 책상 의자에 두꺼비 같은 얼굴을 한 거구가 거만한 자세로 앉아 있다.

"야, 똥멍청이. 뭘 하겠다고 빈손으로 와? 머저리 같은 자식이. 가서 차나 떠 오라고. 뭐 하나 제대로 할 줄 아는 게 없네, 이 등신이."

말없이 뒤돌아선다. 먼저 차를 가져왔다면 '멋대로 움직이지 마!'라고 화냈을 것이다. 그전에 '차 가져갈까요?'라고 물으면 '멋대로 지껄이지 마!'라고 했을 것이다.

"서둘러! 뛰어! 3초 안에 안 돌아오면 스쿼트다. 그렇지? 사사키."

아난 옆에 서 있는 가지 같은 얼굴의 사사키가 억지웃음으로 호응하고 있다. 구로베. 아난이 지어 준 별명이다. 가와베의 '가와' 대신 구로黑를 붙였다. '구로'는 '검다'라는 뜻인데, 이는 '검은 심보'를 뜻하기도, '배신자'라는 의미로도 쓴다. 겉으로는 동료인 척하지만 속으로는 배신할 거라는 뜻으로 지은 별명이다.

아난과 사사키의 찻잔에 차를 따라 맨손으로 가져갔다. 쟁반에 올려서 가져가면 건어차인다. 엎질러진 차를 바지로 닦으라고 지시한 적도 있다.

책상에 올려놓자 아난은 코딱지를 후비던 검지를 잔에 넣어 빙빙 휘저었다. 이런 버릇 때문에 그의 차는 항상 미지근하게 해서 갖다줘야 한다.

두 사람 다 가와베를 무시하고 대화를 시작했다. 마음대로 자리를 떠나면 명령 위반이라고 트집을 잡기 때문에 가만히 기다렸다.

"아카호시 주변이 말이야. 요즘 들어 전부 튀고 있다고 해. 야쿠자 출신인 건달까지 깨끗하게 사라지고 없다던데."

"네. 사람뿐만 아니라 말단 가게 장부까지 완전히 다시 쓰고 있다고 합니다."

"제대로 된 탐문 조사도 못 하고 손해 보는 건 우리뿐이지. 살인범은 지금쯤 태국이나 싱가포르, 아니면 오호츠크해 밑바닥에 있겠지. 이거 어디선가 정보가 새고 있는 거 아니야?"

"그럴 수도 있겠네요. 아카호시는 사람을 잘 홀린다고 하니까요."

"범죄자가 사람을 홀리다니. 주제도 모르고."

아난은 손가락으로 계속 차를 휘젓고 있다.

"그러고 보니 우리 쪽에도 있잖아. 사람을 홀리는 건지, 여자를 꼬시는 건지 모를 놈이."

아난이 가와베 쪽을 힐끗 쳐다봤다.

"외간 여자 앞에서 꼴값 떨며 발정 난 개마냥 날뛰던 망신 덩어리 말이야. 그런 놈은 형사 자격도 없는 쓰레기 새끼지."

가와베는 우두커니 서서 비아냥거리는 그의 목소리에 집중했다.

"어이, 사사키. 너는 애가 몇이더라?"

"네. 셋째가 유치원에 막 들어갔습니다."

"오, 난 넷이야. 우리처럼 마누라랑 뒹굴어서 애를 만들어 가족을 꾸리는 게 인간의 도리 아닌가? 그런 당연한 것도 못 하고 누군지 모를 창녀한테 빠져서 조직을 개판으로 만든 놈이 있다지? 씨 없는 수박이라 그런지 정조 관념도 없는 자식이. 안 그래? 사사키."

아아, 네. 그렇죠, 뭐. 사사키의 대답에 저속한 웃음으로 화답한 아난이 방금 막 깨달은 것처럼 연기하며 가와베 쪽을 돌아봤다.

"오, 구로베, 너 있었냐? 말도 없이 거기서 뭐 해? 목마르지? 자, 마셔라."

손가락을 넣은 찻잔을 내민다. 받으려는 순간 아난은 이번에는 차 안에 침을 뱉었다.

인내심이 한계에 다다랐다. 터질 것 같다. 사사키는 난처한 얼굴로 어색하게 웃고 있다. 여기서 손에 든 차를 아난에게 끼얹어 버리면 얼마나 속이 시원할까. 하지만 그러면 끝이다. 승패로 치면 패배. 손바닥 위에서 춤추는 원숭이가 떨어졌을 뿐.

가와베는 일부러 찻잔을 바닥에 떨어뜨렸다.

"이 새끼가 지금 뭐 하는 거야!"

역시나 아난은 발길질을 했다. 그 기세로 비틀거리는 척하며 무릎을 꿇고 뒷주머니에 넣어 둔 행주로 재빨리 바닥을 닦았다.

머리 위에서 혀 차는 소리와 함께 "급식 당번이냐" 하고 비웃는 소리가 들렸다. 가와베는 무시했다. 평범한 아침 일과일 뿐이다. 아난이 만족하면 끝난다.

"어제는 직업 소개소에라도 갔나?"

가와베는 머리를 들어 고개를 살짝 갸웃거렸다. 그러자 짝 하고 따귀를 맞았다.

"야, 구로베. 넌 정말 나약한 놈이구나."

아난은 굵은 손가락으로 정좌 자세로 앉은 가와베의 뺨을 꼬집었다.

"이렇게 친절히 가르쳐 주는데도 아직도 자기 처지를 모르다니. 지금 네 꼬락서니를 거울로 봐라. 내가 네 엄마라면 한심해서 목을 매고 말겠다. 아무리 멍청해도 이제는 결단할 때라는 걸 알 법도 한데 말이야."

가와베는 말없이 아난을 바라봤다. 두 손으로 뺨을 꼬집고 있어서 입을 열고 싶어도 열 수 없다.

"마누라도 힘들어하겠지? 머리카락도 빠지고 있다면서?"

순간 머리에 피가 쏠렸다. 주먹을 꽉 쥐었다. 야스에의 원형 탈모증이 대체 누구 때문에.

손이 닿을 거리에 얄밉게 웃는 아난의 얼굴이 보였다. 두꺼운 피부, 납작한 코. 그것을 부러뜨리는 건 쉬울 것이다. 마음이 들뜨고 몸이 경직됐다.

그러나 이쪽을 바라보는 저속한 눈에서 계산적인 빛을 발견하고 가와베는 체내의 마그마를 달랬다.

아난의 얼굴에 아쉬운 표정이 스쳐 지나갔다.

"어이, 사사키. 어떻게 하면 이 성불구자를 일으켜 세울 수 있을까? 좋은 방법 좀 알려줘 봐."

아, 그게 말이죠. 하하……. 사사키가 한심하게 억지웃음을 지어 보였다.

아난이 가와베에게 얼굴을 바짝 들이밀었다.

"내 엉덩이를 핥고 싶어지면 언제든 말해. 그것도 못 하겠다면 얼른 정하고 사라지든가, 제거되든가. 어느 쪽이 될지 기대하고 있을게."

뺨을 한 대 더 맞았다. 그것을 신호로 가와베는 고개를 숙이고 다시 바닥을 닦았다.

8월 4일, 조례 후 아난 책상 앞

아난 - 우리 쪽에도 여자를 꼬시는 건지 모를 놈이 있다. 외간 여자 앞에서 꼴값 떨며 발정 난 개마냥 날뛰던 망신 덩어리가. 사사키, 넌 애가 몇이더라?

사사키 - 셋째가 유치원에 막 들어갔습니다.

아난 - 애를 만들어 가족을 꾸리는 게 인간의 도리다. 구로베는 그런 당연한 것조차 못하는 씨 없는 수박. 창녀한테 빠져서 조직을 개판으로 만들었다. 정조 관념이 없다.

사사키 - 네, 맞습니다.

화장실 칸막이에 들어가 수첩에 필사적으로 기록한다. 기억나는 모든 대화를 작은 글씨로 적는다. 대화 중 당한 일들을 덧붙인다. 차에 침을 뱉은 것, 그걸 마시라고 강요한 것, 발로 찬 것. 따귀를 두 번 맞은 것과 사사키의 실실 웃는 얼굴까지 전부. 글자가 넘쳐난다. 그만큼 땀도 흐른다. 이를 너무 꽉 물고 있어서 어금니가 쑤셨다.

이래 봐야 의미는 없을 것이다. 이런 걸 증거라고 할 수도 없다. 감찰에 가져가도 상대해 주지 않을 게 뻔하다. 요즘 직장 내 괴롭힘을 근절해야 한다는 목소리가 높아진다고 하는데, 경찰 조직에서 그게 문제가 되는 건 의사의 진단이 필요할 만큼 큰 부상을 입었거나 피해자가 자기 머리를 권총으로 쏴 버렸을 때뿐이다.

그래도 가와베는 이 습관을 멈출 생각이 없었다. 당한 일, 던져진 말을 글로 옮기는 건 그것을 소화함과 동시에 각인하는 의식이기도 했다. 설령 수십 년이 흘러 기억이 흐릿해져도 이 수첩만 있으면 사실은 되살아난다. 분노를 잊지 않을 수 있다.

하지만 과연 무엇을 위해 분노하고 싶은 걸까.

메모를 마친 직후에 무시무시한 공허함에 휩싸였다. 늘 그렇다. 고개를 들어 무미건조한 화장실의 벽과 천장을 본다. 바깥 햇살이 밝으면 밝을수록 칸막이 안에는 짙은 그림자가 스며들었다.

재킷 주머니에서 PHS가 울렸다. 퍼뜩 정신을 차리고 일어섰다. 앉아 있던 변기 뚜껑을 올리고 말아 놓은 휴지를 버린 후 물을 내리고 칸막이에서 나갔다. 전화를 건 사람은 에비누마일까, 아니면 생활 안전부의 동기일까. 에비누마에게 어젯밤 메일로 알려 준 도시 은행 관계자를 소개해 달라고 했다. 그 대가로 1과의 동향을 전하겠다고 약속했지만 물론 입 발린 소리일 뿐이다.

전화기 디스플레이에 표시된 건 동기 남자의 번호였다. 통화 버튼을 누르고 부탁한 일에 대해 감사를 전했다. 상대 이야기에 맞장구를 치며 화장실을 나섰다. 형사실을 등지고 계단으로 걸어갔다.

마루노우치의 영국식 펍에서 만나기로 한 남자는 초조해하고 있었다. 강제로 불려 나온 데다 지각까지 했으니 무리도 아니다. 그러나 가와베도 신경이 곤두선 건 마찬가지였다. 탐문 조사로 이리저리 돌아다니느라 몸과 마음이 지쳐 있었다.

"먼저 한잔했습니다."

미안해하는 기색은 전혀 없다. 가와베보다 한 세대는 어려 보인다. 깔끔한 차림새가 몸에 밴 티가 났다.

"네. 마음껏 드셔도 됩니다."

스스로도 무뚝뚝하다고 느끼며 메뉴를 펼쳤다. 가게 내부 인테리어는 세련됐다. 그러나 하루의 끝에 선술집에서 술을 마시는 심정은 이해할 수 없다. 게다가 이 가격에.

영어와 가타카나로 가득 찬 종이를 찢어 버리고 싶을 때쯤 가와베는 "그건?" 하고 남자가 손에 든 병을 가리켰다. 스핏파이어라는 대답이 돌아왔다. 다가온 직원에게 같은 것을 주문했다.

"인사는 생략해도 되겠죠?"

남자가 확인했다. 서로 이름을 밝히지 않겠다는 뜻이다.

"네. 좋습니다. 이시즈카 긴타에 대해 들을 수만 있다면 당신이 영국인이라고 해도 믿겠습니다."

남자의 찌푸린 표정을 보고 자신을 꾸짖고 싶어졌다. 현장을 떠난 시간만큼 자제심도 느슨해졌다.

"죄송합니다. 실은 이시즈카와는 초등학생 시절부터 친했던 친구입니다."

"흠……."

서둘러 꺼낸 카드는 미묘한 반응밖에 끌어내지 못했다. 그래도 약간은 호기심을 자극한 듯하다. 스핏파이어가 도착하자 남자가 다음 병을 주문했고 가와베는 병을 기울였다. 과연. 맥주였군.

남자의 두 번째 병이 도착하자 다시 물었다.

"이시즈카의 후배였다고 들었습니다. 이시즈카가 3년 전 은행을 그만뒀다고도."

"네. 1996년, 미쓰비시와 도쿄 은행이 합병한 해죠. 그걸로 도시 은행은 열 개가 됐습니다. 작년에는 다쿠쇼쿠 은행이 사라졌고요. 아마 이런 재편의 흐름은 더 가속화될 겁니다."

새 병을 반쯤 비우고 나서 그는 말을 이었다.

"선배는 절묘한 타이밍에 빠져나갔다고 할 수 있습니다. 금융

위기는 진짜니까요. 안타깝게도 와이드 쇼의 연출이 아닙니다. 버블 시기의 부실 채권은 손도 못 대고, 정리되지 않은 편법 대출도 넘쳐흐를 만큼 남아 있죠. 윗선의 책임 회피로 피해를 보는 건 언제나 말단들입니다."

"죄송하지만 경제 정세는 제 관할 밖이라. 일개 공무원에게는 버블이고 뭐고 없으니까요."

경찰학교 입학이 1978년. 그때 세상은 엔고 불황의 한가운데였고 사금융의 높은 이자와 추심에 못 이겨 넘쳐나던 자살자가 사회 문제시되던 시절이었다. 버블 경제라 불리는 1980년대 중반쯤에는 파출소에서 관할 경찰서로 근무지를 옮겨 일인분 몫을 하려고 수련에 매진하고 있었다. 땅이든 주식이든 줄리아나*든 형사에게는 범죄의 동기나 배경일 뿐이었다.

"형사님은 운이 좋으시네요."

남자가 맥주병을 가볍게 흔들었다.

"부침을 겪은 이들은 힘들 겁니다. 겉으로는 빠져나간 척하지만 실제로는 서서히 목이 조여 오는 사람도 많아요. 도산에 야반도주, 자살. 당분간은 그게 트렌드 아닐까요. 웃기는 일이죠. 이제 곧 21세기 아닙니까? 그런데도 벌어지는 짓은 대공황 때랑 다를 바

---

* 1990년대 운영된 도쿄의 전설적인 디스코텍. 일본 버블 경제의 상징적인 장소로 알려졌다.

가 없어요."

말투가 비꼬는 듯한 투로 바뀐다.

"뭐, 그래도 요즘 학생들보다는 나을지 모르죠. 앞으로는 깜깜한 해저 터널을 지나는 것 같은 시대가 올 겁니다. 무거운 수압의 세계로 잠수해서 들어가는 거죠. 출구가 지상에 있는지조차 의심스러운 어둠 속으로. 뭐, 이것도 다 선배한테 들은 얘기지만요."

가와베의 머릿속에 긴타의 목소리가 재생됐다. 고등학생치고는 꽤나 앳된 목소리가.

"선배가 보기에는 저도 그 딱한 요즘 젊은이 중 하나였겠죠. 사실 정말 짜증 납니다. 버블의 희생자라니, 그런 말 자체가 저희 입장에서는 기만일 뿐이에요. 버블의 희생자? 아니죠. 당신들의 희생자지. 욕심을 부리다가 망한 어리석은 도박꾼들. 그들이 피해자인 척하는 걸 보면 역겨워서 토할 것 같습니다. 그렇지 않나요? 적어도 그들에게는 선택지가 있었잖아요. 우리에게서 미리 빼앗아 간 선택지가."

"그것도 이시즈카에게 들은 말인가요?"

"아뇨. 어떤 칼럼니스트의 말입니다."

두 병째 병을 비우고 세 병째를 주문한다. 빅 잡.

"미리 말씀드리지만 제가 특별히 귀여움을 받은 건 아닙니다. 그분이 법인 영업과장이었을 때 잠시 모셨을 뿐이에요. 솔직히 그분은 아랫사람한테 전혀 관심이 없었습니다. 관심도, 기대도. 아니,

은행이라는 곳 자체에 질린 듯한 느낌이었달까요."

"그만둔 이유는?"

"글쎄요. 실력이 있었던 것만은 틀림없습니다. 하지만 출세 코스는 아니었죠. 그분은 계산에 뛰어났지만……."

"났지만?"

"사람을 얕잡아보는 버릇이 있었어요."

남자가 기쁜 듯이 미소 지었다.

"그래서 다들 싫어했습니다. 고객에게도 상사에게도 진정으로 신뢰받지 못했어요. 쉽게 말해, 함께 일하고 싶지 않은 사람이었죠. 아, 이건 전부 단지 몇 년간 그분에게 신세를 진 불쌍한 젊은이의 비뚤어진 비아냥거림 정도로 들어주십시오."

가와베도 맥주를 홀짝였다. 문득 흘려듣던 가게 음악이 귀에 들어왔다. 영어로 된 감미로운 여자의 노랫소리다. 남자는 빅 잡을 한 손에 들고 밖을 보고 있다. 노려보고 있다. 붉게 물든 피부에는 주름 하나 없지만 눈빛은 울적하고 흐려 보인다. 그렇게 느끼는 자신이야말로 비뚤어졌을 수도 있다. 가와베는 마지막 한 모금을 목으로 넘겼다.

"그래서, 지금 이시즈카가 어떻게 지내는지는?"

"모릅니다. 몇 사람에게 물어봤지만 소득이 없었어요. 다만 뭘 하든 돈 되는 일을 하고 있을 겁니다. 그건 무조건 확실해요."

가와베는 눈빛으로 호소했다. 어떻게 그렇게 단언할 수 있는 건가?

　남자가 어깨를 으쓱했다. 익살스러운 영국인이 흐린 하늘을 한탄하듯.

　"그러지 않고서야 은행을 그만둘 리도 없으니까요. 분위기가 거북했을 거라느니, 주눅 든 게 아니냐느니 하는 건 그 사람에게는 산들바람 같은 이야기입니다. 철저하게 합리적이고 이익 우선주의자였죠. 아주 비인간적일 정도로요."

　유라쿠초의 고가 아래는 평일인데도 술 취한 사람들로 넘쳐났다. 번잡함에서 도망치듯 길을 벗어나 히비야 거리를 따라 도쿄가이칸 쪽으로 북상했다. 고쿄 가이엔을 곁눈질하며 PHS를 꺼내 등록된 번호로 전화를 걸자 바로 "여보세요" 하고 고쇼가 전화를 받았다.

　가와베는 오늘 밤의 성과 없는 결과를 간단히 전했다.

　―젠장.

　귀에 침이 뱉어진 기분이었다.

　―한 발짝도 못 나갔다고? 말도 안 돼. 그런 보고는 듣고 싶지 않아.

　불평을 흘려들으며 가와베는 '이 녀석 목소리가 원래 이렇게 고음이었나' 하고 생각했다.

　―어이, 가와베. 그 은행원을 나한테 보내 줘. 내가 직접 물어

볼게.

"말도 안 되는 소리 하지 마."

─뭐가 말이 안 돼. 그럼 네가 어떻게든 해 봐. 진심을 보이라고! 경시청 형사라고 거들먹거리면서 미지근하게 굴지 말고.

"네 앞에서 거들먹거린 기억은 없는데."

─바로 그거야. 지금 그 말투.

"고쇼."

할 말은 있었다. 자꾸 헛소리하지 마라. 너야말로 나한테 거들먹거릴 처지인가? 난 여기서 손을 떼겠다. 너 혼자 마음대로 해라. 고발? 그런 건 내 알 바 아니다. 어차피 난 잃을 게 없다.

그러나 가와베는 그 모든 말을 집어삼켰다.

"하루코에게서 연락은?"

혀 차는 소리가 들렸다.

─……그보다 긴타를 찾는 게 우선이야.

"우선 질문에 대답해."

─없었어. 연락이 왔으면 말했을 거야. 나도 마음이 편치 않다고.

"그래. 그럼 먼저 하루코를 찾자."

─뭐?

"받은 팩스, 설마 버리지는 않았겠지."

고쇼가 "아, 그래. 그건……" 하고 웅얼거렸다.

"거기에 발신자 번호가 있을 거야. 그걸로 대략적인 위치는 특정할 수 있어. 아마 그 주변에 살거나 일하고 있을 가능성이 크겠지. 나머지는 수소문해서 찾으면 돼. 사흘이면 충분히 찾을 수 있을 거야."

대답이 끊겼다. 가와베는 걸음을 멈췄다. 도쿄 가이칸을 지나자 길 끝에 수도 고속도로의 고가가 보였다.

침묵이 말이 되기까지 3초 정도 걸렸다.

─어쨌든 긴타를 찾을 필요는 있어.

"하루코를 만나면 굳이 안 그래도 될 거야."

─……그게 무슨 뜻이지?

"고발을 단념시키면 되니까."

고쇼는 '어떻게?'라고 묻지 않았다. 다만 뭔가 망설이는 듯한 숨소리가 들렸다.

"팩스 번호를 알려 줘."

─……알겠어. 그런데 가와베. 하루코 쪽은 나한테 맡겨 줄 수 없을까?

"너 같은 아마추어가 틈틈이 할 수 있는 일이 아니야."

─아니, 부탁할게. 나도 하루코에 대해서만큼은 이런저런 생각이 있어. 제발. 부탁해.

가와베는 그 목소리 톤에 귀를 기울였다.

─애초에 하루코는 나한테 연락한 거잖아. 우선 내가 앞에 나서는 게 좋을 것 같아. 그리고 넌 역시 긴타를 찾아 줬으면 해.

"사토시는 어떡할 거지?"

―아……. 글쎄. 어떡할까. 별로 도움 될 것 같지는 않은데. 그런데 가와베, 너 그 녀석네 집 회사가 문을 닫고 야반도주한 건 알아? 투자 사기에 휘말려서 부도가 났다더라.

고쇼는 "꽤 오래전 일이지만" 하고 말을 이었다.

―그래서 그 녀석도 별로 여유가 없을 거야.

"세이 씨는?"

자연스럽게 그 이름이 입에서 나왔다.

"세이 씨는 어떻게 지내는지 아나?"

―글쎄……. 넌 알아?

"아니, 다행인지 불행인지 아직까지 엮인 적이 없어."

야쿠자 전문이 아니더라도 소문 정도는 들었을 법도 하다. 하물며 상대가 주목받는 거물이라면.

고쇼는 "그렇군" 하고 중얼거리고는 곧 "가와베" 하고 말을 이었다.

―부탁할게. 긴타를 찾아 줘. 아니, 넌 분명 해 줄 거야. 난 그렇게 믿어.

가와베는 발걸음을 떼는 동시에 전화를 끊었다.

괴롭힘은 점점 더 심해지는 반면 무단 외출에 대해서만큼은 아난은 주의를 주지 않았다. 예년처럼 8월 말경에는 가을 인사이동이 발표된다. 인사과를 장악하고 있다고 해도 적어도 중순까지는 평가를 마쳐야 한다. 그때까지 가와베를 쫓아낼 '정당한 사유'를 준비하라고 지시받았을 것이다. 직무 태만, 명령 위반. 만약 가와베가 내부 고발에 나서기라도 하면 이런 실적은 대외적으로 활용된다. 이 사람은 신뢰할 만한 사람이 아니라는 방증으로.

확실히 길은 점점 막히고 있었다. 그 젊은 은행원의 말이 머리를 스쳤다.

선택지. 그것이 없는 고통.

영국식 펍에서 그를 만난 지 이틀이 지난 금요일에 할 이야기가 있다며 야스에가 말을 걸어 왔다. 식탁에서 마주 앉았다. 그녀는 잠시 친정에 다녀오겠다고 했다. 일단 일주일. 이유에 대한 특별한 설명은 없었고, 가와베도 묻지 않았다. '이혼'이라는 단어 역시 명확하게 언급되지는 않았다.

"엄마랑 오랜만에 이것저것 이야기하고 싶어서."

"그래."

"당신도 가끔 숨통이 좀 트였으면 하지?"

"그래, 그렇지."

헤어지고 싶은 거야? 그렇게 물으면 모든 게 일사천리로 굴러갈 게 뻔하다. 그러나 어떤 표정으로 그 말을 해야 할지 가와베는 알 수 없었다.

"무슨 일 생기면 전화 줘."

"아니. 아무 일도 안 생길 거야."

야스에가 무표정한 얼굴로 가와베를 바라봤다. 관찰이라 해도 좋을 것이다. 아니면 자문. 나는 왜 이 사람과 함께하게 된 걸까.

"당신한테도 뭔가 미안해."

그 공허한 말은 대화의 형태를 띠었지만 실은 엇나가고 있었다. 그리고 그 순간 가와베는 깨달았다. 취조실에서 마주한 범인의 본심을 파악했을 때처럼 야스에의 마음이 확실히 읽혔다.

야스에는 야스에대로 자신이 결정하기를 주저하고 있는 것이다. 마지막 결정은 가와베에게 맡기려는 것이다.

쿵, 하고 마음속에서 뭔가가 부서지는 소리가 들렸다.

"치사하네."

"응?"

"장모님 말이야. 일주일이나 당신을 독차지할 테니."

그러자 야스에가 다시 "응?" 하고 의아해했다.

"돌아오면……."

가와베는 최대한 부드럽게 말했다.

"이번에는 내가 독차지할 차례야."

야스에의 눈빛이 굳어졌다. 그 안에서 가와베는 놀라움과 분노를 읽었다. 비겁한 인간. 그런 비난이 전해져 왔다.

가와베는 팔짱을 끼고 입술을 떨고 있는 아내를 바라봤다.

내가 먼저 헤어지자고 할 것 같아?

붙잡고 있을 거야. 당신도, 경찰에도 끝까지 매달려서 내 무게를 짊어지게 하겠어.

서재에서 PHS 소리가 들렸지만 둘 다 움직이지 않았다. 가만히 굳은 채로 있었다. 이제는 돌이킬 수 없다. 귀에 거슬리는 벨 소리와 어렴풋한 예감이 숨을 막히게 했다.

잠시 후 가와베가 먼저 자리에서 일어났다. 부엌을 나서려는 찰나 시야 한구석에서 야스에가 고개를 푹 숙이는 게 보였다.

계속 울리는 PHS를 거칠게 움켜쥐었다. 디스플레이에 090으로 시작하는 열한 자리 숫자가 표시돼 있다. 이른바 휴대 전화라는 걸까. "네" 하고 전화를 받을 때 의문이 머리를 스쳤다. 이 번호를 아는 사람은 번호가 전부 저장돼 있을 텐데.

―여어.

상대가 대답했다.

―22년 하고도 6개월 만이네. 히짱.

10시에 가치도키바시 다리 중간에서 만나자. 그 말을 끝으로 전화가 끊겼다. 다시 걸어 봤지만 받지 않았다. 관사에서 바로 나가면 정확히 맞출 수 있는 시간이라는 게 섬뜩했다.

택시를 타고 다리 앞 교차로에서 내렸다. 거대한 철골 아치 아래는 예상외로 교통량이 많았다. 생각 없이 횡단보도를 건너고 나서야 어느 쪽 보도인지 확인하지 않았다는 걸 깨달았다. 망설이는 사이 시간은 점점 다가왔다. 어쩔 수 없이 가와베는 그대로 다리를 건너기 시작했다.

하루미의 바람이 느껴졌다. 탁 트인 촉감과 향기. 나가노현에는 바다가 없다. 도쿄만을 그렇게 부르면 비웃음을 살지 모르지만, 그래도 가와베는 하루미 너머의 아리아케, 오다이바 같은 임해 부도심을 보며 묘한 흥분을 느꼈다. 그러고 보니 얼마 전에 막 생긴 도쿄 빅사이트에 야스에를 데려간 적이 있다. 전시나 식사보다는 밖을 걷고 싶어 하는 가와베 때문에 야스에는 녹초가 됐다.

꽉 쥐고 있던 PHS가 울려서 가와베는 곧장 통화 버튼을 눌렀다.

"어디야?"

―거기서 멈춰. 쓰쿠다 대교 쪽을 봐.

지시받은 대로 가와베는 왼쪽을 향했다. 반대편 인도에 사람 윤곽이 보인다. 통통한 체격에 짧은 편인 다리. 계절과 어울리지 않는 정장 차림에 둥근 챙 모자를 쓰고 있다. 거리는 약 20미터 정도. 차가 앞을 지나칠 때마다 가와베는 눈을 찌푸리며 상대의 얼굴을 확인하려 했다.

―『스미다강』 기억해?

명랑하고 즐거운 듯한 목소리가 귓전을 때렸다.

―나가이 가후 씨가 1909년에 발표한 중편소설. 첫 번째 공부 합숙 때 교수가 낭독용으로 고른 거야.

"추억 이야기는 얼굴을 보고 하자."

차도 좌우를 확인했지만 무리하게 건널 만한 교통량과 거리가 아니었다.

"둘 다 다리를 건너도 되고, 내가 그쪽으로 가도 돼."

―아니. 네가 거기서 움직이는 순간 난 사라져 버릴 거야.

"긴타."

이제는 친근함의 조각도 없는 부름이었다.

"처음부터 날 만날 생각이 없었던 거야?"

교차로에서 지켜보고 있었을 것이다. 그리고 가와베와 반대편 보도를 선택했다. 가와베가 사는 관사, 그리고 오늘 밤 집에 있는 것도 전부 파악하고 있었다고 봐야 옳다.

"왜 피하지? 네가 먼저 연락했으면서."

―먼저 접근해 온 건 너잖아. 난 그런 걸 내버려 두지 못하는 타입이야. 상사나 후배가 나에 대해 말하는 모든 걸 데이터로 남겨서 하나하나 대응하고 싶을 정도로.

태연한 말투에 등줄기가 서늘해졌다.

"영국식 펍에 온 그 사람한테 뭔가 한 건 아니겠지?

하하, 하는 천진난만한 웃음.

―오해하지 마. 난 히짱이 번거로워질 만한 거친 행동은 싫어해.

"무사한지 묻는 거야."

―무사해. 설령 직장을 잃더라도 굳세게 살아갈 수 있을 거라는 의미에서는.

가와베는 눈치채지 못하게 심호흡을 했다.

―한 사람을 기능 불능 상태로 만드는 건 사실 그리 어렵지 않거든. 돈의 세계에 푹 빠진 녀석이라면 더 쉽지. 수도꼭지를 잠그기만 하면 되니까. 자금이라는 수도꼭지를. 그것만으로도 그들은 질식해. 그게 기업한테는 대출이고, 샐러리맨한테는 급여겠지.

"은행을 그만둔 네게 그의 일자리를 빼앗을 힘은 없을 텐데."

―물론 직접적으로는 그렇지. 하지만 방법은 있어. 녀석의 불투명한 우회 대출이나 공무원을 상대로 한 과도한 접대, 중소 공장에서 받은 리베이트 금액, 날짜, 장소 등을 전부 자료로 정리해 금융청이나 공정거래 위원회, 국세청 조사부나 어디든 제출할 수 있고, 노력을 아끼지만 않는다면 그를 주인공으로 한 대규모 희극을 연출해 클라이맥스에 10년 정도의 징역을 선물하는 것도 꼭 못 할 건 없으니까.

긴타는 "하지만 뭐" 하고 말을 이었다.

―그 녀석한테 그만한 가치는 없어. 별 볼 일 없는 자회사로 의미 없는 전근을 보내는 정도로 용서할까 생각 중이야.

"그는 아무것도 하지 않았어."

―내 험담을 했잖아. 그럼 적 아닌가?

숨을 삼켰다. 그 자리에 누군가를 잠복시켰을까. 옛 직장인 도시은행에 정보망이 있어서 그 젊은 은행원의 동향이 모두 새어 나간 것이다. 상대는 신원을 밝히지 않았지만 가와베는 이름과 직업, 연락처를 전부 알려 줬다. 그래서 이 통화가 성사된 것이다.

"다시 한번 말할게. 부끄러울 게 없다면 얼굴을 보여."

―부끄러운 건 오히려 너 아니야?

"……고쇼도 널 보고 싶어 해."

―푸핫!

모자를 쓴 사람이 배를 잡는 게 보였다.

―보고 싶어 하다니! 멋진 표현이네. 그래, 그 말이 맞아. 걔는 날 만나고 싶어 해. 왜냐하면 지금 정확히 그 녀석의 수도꼭지가 막히려 하고 있으니까!

가와베는 말없이 다음 말을 기다렸다. 스포츠카가 눈앞을 질주했다. 붉은 프렐류드.

―설마 모르는 건 아니겠지? 고쇼가 운영하는 연예 기획사와 음악 학원, 둘 다 경영 상태가 벼랑 끝이래. 소속 연예인 월급조차 제대로 못 주고 있다더라. 뭐, 그 업계에서 특히 젊은 친구들에게는 그런 일이 드물지도 않지만, 어쨌든 그런 식으로는 끝이 뻔해. 참고로 오너는 이미 도망갔어.

알고 있었다. 영국식 펍에서 긴타의 전 부하를 만난 날 오후. 생활 안전부 동기의 도움을 받아 TV 관계자부터 이벤트 업체, 롯폰기의 클럽 직원까지 업계 관계자들을 만나고 다니며 고쇼에 관한 정보를 모았다. 온갖 안 좋은 소문이 난무하는 가운데 어느 광고 대행사 직원이 이런 말을 흘렸다. 오너가 남기고 간 빚 중에 출처가 꽤 위험한 것들도 있다던데요.

―부모님과 친척에게도 빚을 잔뜩 졌대. 그리고 그걸 떼먹어서 절연 당했다는 소문까지 돌고 있어. 한마디로 고쇼가 원하는 건 내 돈이야.

눈앞으로 대형 트레일러가 지나갔다.

―넌 돈 문제 쪽으로는 별로 믿음직스럽지 않아 보이지만, 그래도 수사가 전문이니까. 대체 얼마에 날 찾는 일을 맡은 거야?

"공짜. 오히려 동료에게 빚을 졌지."

―오. 왜 그런 자원봉사를?

왜? 이유가 필요할까. 아니, 필요할 수도. 나도 고쇼를 조사했다. 사람의 말을 있는 그대로 믿을 수는 없다. 무려 22년 동안 그런 삶을 살아왔으니까.

"만나서 사정을 설명해 줄게. 그 정도는 들어도 손해 보지 않을 거야."

간단히 하루코의 협박 이야기를 전하자 예상대로 긴타처럼 보이는 인물이 웃는 게 보였다.

―대단하네! 설마 그런 허튼소리를 믿는 거야?

"운전면허증 사진은 진짜였어."

―응, 협박은 있을 수 있어. 고쇼가 사람들 눈에 띄는 일을 하는 것도 사실이고. 하지만 우리한테서 모은 돈을 고쇼가 하루코에게 제대로 전달할까? 정말 그럴 거라 생각해?

1천만 엔. 자기 몫을 제외하면 8백만 엔. 그 정도만 있으면 빚을 갚지 못해도 어디론가 도망칠 수는 있다.

―말도 안 되는 소리지. 길가에 돈을 그냥 뿌린다는 게 딱 이럴 때 쓰는 말 같은데?

"하루코를 만날 수 있을지도 몰라."

대답이 멈췄다.

"이번 기회를 놓치면 다음 기회는 없을 거야."

하루코의 진의는 알 수 없다. 고발하겠다는 말이 진심인지도 불분명하다. 가벼운 용돈벌이 정도로 생각하다가 일이 꼬이면 슬그머니 모습을 감출 가능성도 있다.

하지만 가까이 있다. 지난 20여 년 동안, 가장 가까운 거리에.

―어차피 고쇼가 방해해서 끝날 거야. 모은 돈을 들고 도망치려는 사람이 우리를 만나게 해서 득 될 게 뭐가 있겠어.

"그럴지도 모르지. 하지만 난 또 20년을 기다리고 싶지는 않아."

―……이제 와서 만나서 뭘 어쩌려고?

"그건 스스로 생각해."

답은 가와베도 가지고 있지 않다. 하루코와 얼굴을 마주하고 뭘 어떻게 해야 할까. 무엇을 전해야 할까. 하루코는 나에게 무엇을 요구할까.

트럭이 연이어 세 대 지나갔다. 미지근한 바람이 불었다. 상쾌함은커녕 코를 찌르는 매연만 느껴졌다.

―조건이 있어.

긴타 앞에 차가 멈춰 섰다. 검정 벤츠다.

―후카와 세이 씨를 찾아줘. 그럼 나도 생각해 볼게.

"후카와 세이 씨? 잠깐. 그건 왜……."

―다음 주 월요일에 진행 상황을 알려 줘. 오늘과 같은 시간에 전화할 테니, 반드시 세 번 울리기 전에 받아야 해. 그러지 않으면 끝이야.

멀리 있는 사람이 벤츠에 타는 모습이 보였다. 붙잡을 새도 없이 통화가 끊겼다. 달려가는 벤츠를 바라보며 소용없는 걸 알면서도 다시 전화를 걸었지만, 전원은 이미 꺼져 있었다.

신주쿠의 과일 파르페 가게에 나타난 남자는 보라색 칼라 셔츠의 가슴께를 헐렁하게 열어 놓고 있었다. 맨살에는 금목걸이를 늘어뜨리고 있다.

"나이 들어도 의외로 금세 알아보겠네!"

의자에 털썩 앉는다. 손목에도 번쩍이는 금시계. 그리고 반지.

"퀴즈였다면 상금은 따 놓은 당상일 텐데."

"이런 가게에 혼자 있는 아저씨를 누가 못 알아보겠어?"

그런 장소를 지정한 당사자가 헤헤 웃으며 가슴을 펴고 가와베의 손에 시선을 보냈다.

"커피? 뭐야, 재미없게."

"술 마시려고 만난 건 아니야, 사토시."

얇은 입술이 살짝 일그러졌다. 도발하듯 가와베를 보다가 웨이트리스를 불러서 "맥주!" 하고 소리친다.

"그리고 티라미수 파르페. 나타데코코 토핑으로."

그런 서비스는 하지 않습니다. 표정으로 그렇게 호소하는 웨이트리스는 사토시의 옷차림을 보자마자 서둘러 테이블을 떠났다.

"블랙커피에 설탕을 많이 넣어 달라고 해 볼까?"

"됐어. 신고라도 당하면 어쩌려고."

"그렇게 화내지 마. 반가워서 들떠 있는 건데."

길쭉하고 세련된 유리잔에 맥주가 도착하자 사토시는 맛있는 것처럼 반쯤 비웠다.

"헤헤. 표정이 왜 그래. 그나저나 평소에 이발소는 잘 다니고 있어?"

사토시가 자기 머리를 쓰다듬었다. 까까머리였던 머리가 지금은 반짝이는 올백으로 바뀌었다.

"손목시계는 카시오? 세이코? 경시청 형사가 그런 거 차고 다니면 무시당하지 않아?"

"줄 거면 받아 줄게. 그 번쩍이는 장신구들도 철창 안에선 똥값일 테니."

"겁주지 마. 나, 이래 봬도 정직한 사업가라고."

뻔뻔하기는. 그러나 사토시의 경쾌한 말투와 친근한 웃음은 짜증을 지속시키지 않는 힘이 있다. 어깨에 힘을 주고 있는 게 바보 같아진다.

놀랄 만큼 거대한 파르페와 별도의 접시에 담긴 나타데코코 토핑이 도착했다. 와, 대단하네! 사토시는 기뻐하며 손으로 바나나를 집어 먹었다.

"어디서 뭘 하는 사업가지?"

"여기저기서 이런저런 일을 해. 원래 사업가라는 게 그런 거 아냐?"

진지하게 말하는 바람에 하마터면 웃음이 나올 뻔했다. 만약 이게 취조였다면 한 방 먹은 상황이다.

"돈 벌 방법이 필요하면 소개해 줄 수도 있는데."

"됐어. 후환이 두려워."

"경찰관 고객도 몇 명 있어."

친근함이 경계심으로 바뀌었다. 사람을 홀리는 재주로 치면 이 녀석은 천재다.

"그래서?"

커피를 다 마시고 나서 물었다.

"굳이 둘이 만나자고 한 이유가 뭐야?"

긴타가 후카와 세이 씨를 찾아 달라고 요청한 시점에 사토시를 이번 계획에 끌어들이기로 결정했다. 고쇼에게서 연락이 와 오늘 밤 신주쿠에서 만나기로 약속했다. 그런데 오후에 사토시가 전화를 걸어 와 먼저 만나자고 했다. 그래서 이렇게 약속 시간 한 시간 전, 여성 손님들로 붐비는 과일 파르페 가게 구석에서 또래 아저씨를 기다리게 된 것이다.

뒤늦게 도착한 친구는 미안한 기색도 없이 생크림을 떠먹었다.

"너와 속마음을 나누고 싶어서."

"속마음?"

"고쇼가 지금 어떤 상황인지 알지?"

"너희는 계속 연락하고 지냈어?"

"내가 도쿄에 온 지 얼마 안 됐을 때니 아마 10년 전쯤이었던 것 같네. 아마 그다음 해에 소련이 무너졌던가. 그런 연말 TV 뉴스를 여기서 봤던 기억이 나."

"사나다 마을의 집은 정리했나? 힘들었다고 들었는데."

사토시는 입꼬리만 올려 웃더니 "넌 어때?"라고 물었다.

"아버지, 어머니, 누나들은 잘 지내나?"

"글쎄. 아버지는 퇴직하고 어머니랑 둘이 살고 계셔. 누나들은 잘 지내겠지만 벌써 몇 년째 못 만났고."

야스에와의 결혼식에 왔을 때 본 것이 마지막이다. 설날에도 일을 핑계로 귀향하지 않았다.

"만나지 않을 이유가 있나? 넌 나와 달리 어엿한 형사님이 됐는데."

"서로한테 딱 좋은 거리야. 이 정도가."

아버지는 일 핑계만 대면 어떤 불효든 눈감아 준다. 전직 경찰관이라서 이해한다고 하지만 사실은 아들의 얼굴을 별로 보고 싶지 않은 게 아닐까. 끝까지 사무직이던 아버지와, 경시청 수사1과 형사가 된 아들. 부자 관계는 원만하기는커녕 삐걱거리는 냉전이 계속됐다. 아들을 자랑하는 성격도 아니고, 가와베도 그걸 바라지 않는다. 오히려 잘난 척하며 '내가 키웠지'라는 식으로 말하면 아버지 앞에서 밥상을 엎을지도 모른다.

어머니만 일 년에 몇 번 전화를 걸어 온다. 그것도 겨우 안부나 묻는 대화가 10분을 넘기기 힘들고 마지막에는 꼭 "애는?" 하고 물어서 진절머리가 났다. 작년쯤 야스에의 몸에 문제가 있는 게 아니냐고 해서 크게 다툰 것이 마지막 통화였다.

"글쎄. 우리 집도 비슷한 상황이지만 고쇼도 마찬가지겠지. 그 녀석은 가출하다시피 상경해서 고엔지 쪽에 살다가 선배와 밴드를 결성했어. 혹시 알아? 걔, 사실 음반도 냈다고."

"아니, 처음 들어."

"도쿄에 올라와서 우왕좌왕하고 있을 때 우연히 녀석이 하는 밴드 전단지를 봤거든. '론섬 보이스'라니, 그런 촌스러운 이름이 어딨어? 아무튼, 몰래 라이브 하우스에 가서 끝날 때 분장실 뒤에서 기다렸어. 혼자 있을 때를 노려 뒤에서 목에 팔을 두르고 '꼼짝 마!'라고 하니까 걔가 얼마나 겁을 먹었는지 알아? '누구세요? 혹시 누구누구 씨 남자 친구분이세요? 제발 용서해 주세요. 저희, 그런 관계 아닙니다' 하고 울면서 애원해서 '멍청아, 나다'라고 하니 진짜로 화를 내더라. 헤헤. 그때는 녀석도 활기찼어. 밥도 제대로 못 먹을 만큼 가난하기는 했지만."

그날 이후 두 사람은 가끔 얼굴을 봤다. 그리고 얼마 지나지 않아 고쇼는 밴드를 포기하고 자신이 돕던 음악 사무소 일에 빠져들게 됐다.

"프로듀싱이라고 하나? 난 잘 모르겠지만, 아무튼 몇 년 뒤부터는 꼭 부자처럼 차려입고 다니더라고. 음반이 잘 팔리냐고 물었더니 '이제는 CD의 시대야. 콤팩트디스크 혁명!' 하면서 날 바보 취급하더라. 근데 예전부터 그런 면이 있었잖아. 고쇼는."

실제로 CD가 불티나게 팔린다는 건 가와베도 알고 있었다. 최근 들어 밀리언셀러라는 광고 문구를 자주 봤고, 바로 얼마 전에도 어느 록밴드 콘서트에 20만 명이 모인 것이 화제가 됐다.

"뭐, 업계 전체가 승승장구 중인 것 같더라. 말도 안 되는 소문도 많은 것 같고. 록밴드의 누구누구가 호텔에서 AV 배우 열 명을 모아 난교 파티를 했다느니, 실력이 초등학생만도 못한 연예인이 노래하고 춤춰도 월수입 몇백만은 거뜬하다느니. 심지어 어떤 광고 대행사는 송년회 때 고급 클럽을 통째로 빌려서 샴페인을 채운 수영장에 신입 사원들을 다이빙시키면서 논대. 하하, 정말 코미디 같은 세상이지?"

"됐고, 고쇼 이야기나 해."

"미안, 미안. 근데 뭐, 완전히 무관한 이야기는 아니야. 물론 잘 나가는 놈들은 하늘을 나는 새도 떨어뜨릴 기세지. 근데 양지가 밝을수록 짙은 그늘이 생기는 게 세상 이치잖아. 원래 연예계가 아슬아슬한 줄타기를 하는 곳이기도 하고. 벼락부자들의 그늘에서 겨우 목숨만 부지하는 녀석들도 많대. 그런 녀석들은 빌딩이나 사무실 운영 자금도 위험한 융자와 공수표로 때워 왔어. 확실히 그때는 빚을 갚는 가장 현명한 방법이 더 많은 빚을 지는 시대이긴 했지. 그러니 은행이 회수에 나서자마자 허둥대는 거야. 사업보다는 도박으로 먹고살던 녀석들은 특히나 그래. 주식에 선물, 환치기. 업계라고 해도 천차만별이야. 부도칸에서 콘서트를 여는 거나 디스코 파티 입장권을 파는 거나 흥행이라는 점에서는 같으니까."

말하면서 사토시는 능숙하게 파르페를 퍼먹었다.

"고쇼는 실패한 쪽이야. 재작년쯤부터 날 찾아와서 나도 몇 번인가 돈을 빌려줬어."

"……그것도 처음 듣는 이야기네."

"너한테 말할 리 없잖아. 그리고 녀석은 아마 이번에 날 끌어들이고 싶지도 않지 않았을까? 내가 돈 갚으라고 할까 봐."

확실히 고쇼는 돈 문제로는 믿을 만하지 않다며 사토시를 멀리하려 했다.

"근데 그건 지나친 걱정이야. 빌려준 돈이라고 해 봐야 쥐꼬리만 한 수준이니까. 뭐, 그 정도 액수에 허덕일 만큼 벼랑 끝에 몰렸다고 볼 수 있겠지만.”

사토시는 웃으며 말을 이었다.

“그리고 처음 재회했을 때 나도 그 녀석에게 신세를 졌어. 나에게 첫 아르바이트를 소개해 줬거든. 금방 그만뒀지만 도움이 됐어. 그러니 은혜를 갚고 싶어. 이해하지? 난 교수의 제자니까. 다른 건 몰라도 의리만은 잃고 싶지 않아.”

쑥스러움이나 자아도취는 찾아볼 수 없다. 블랙커피에 설탕을 넣어 달라는 것과 비슷한 어조로 교수의 제자라고 말하는 친구에게 가와베는 당혹감을 감추지 못했다.

사토시는 스푼에 묻은 생크림을 핥으며 무심하게 말했다.

“후카와 세이 씨의 행방은 모르겠어. 전혀.”

“정말? 짐작 가는 데가 있다고 한 거 아니야?”

“실은 거짓말을 했어. 그렇게라도 하지 않으면 고쇼가 날 만나려 하지 않을 테니까. 그리고 2백만. 더 정확히 말하면 너와 고쇼 몫을 합쳐서 6백만. 아무래도 그건 내가 갚을 은혜를 넘어서는 수준이지. 아니, 물리적으로도 불가능해. 만약 너희가 은행이라도 털겠다면 번호판 없는 밴과 모형 권총 정도는 준비해 줄 수 있지만.”

“농담 그만해. 긴타한테서 10시에 전화가 올 거야. 둘을 찾을 가망이 없다고 하면 이야기는 그걸로 끝이야.”

“뭘 그래. 거짓말 좀 하면 되잖아.”

"긴타한테?"

"그래. 단서는 있지만 시간이 좀 더 걸릴 것 같다고. 후카는 그렇다 치고 세이 씨는 아타미 쪽에 산다는 걸 알고 있다거나, 뭐 그런 식으로 둘러대면 되지 않겠어?"

"……그 녀석은 그렇게 만만하지 않아. 잠깐 얘기해 봤는데 전보다 더, 뭐랄까……."

"냉혈한이 됐나?"

가와베는 어깨를 살짝 으쓱했다.

"아무튼 본인을 확인하지 않고 돈을 낼 리는 없을 거야."

"그래도 상관없어. 단순한 시간 벌기야. 덤으로 고쇼도 그렇게 하게 만들자."

"그 녀석도 속이겠다는 거야?"

"그러려고 지금 너랑 작전 회의를 하는 거 아냐."

"이유는?"

가와베는 의자에 기대며 팔짱을 꼈다.

"왜 그런 귀찮은 짓을 하려는 건데?"

"하루코 때문에."

사토시의 표정은 진지함 그 자체였다.

"너희는 어떨지 모르지만 사실 난 22년 전의 고발 같은 건 아무렇지도 않아. 내가 샐러리맨도 아니니 마음대로 해도 돼. 하지만 상대가 하루코라면 이야기가 달라져. 난 걔를 만나고 싶어."

"만나서 뭐 하게?"

"행복하게 해 줄 거야."

예상도 못 한 말에 허를 찔렸다. 가와베는 어이없어하며 천장을 올려다봤다. 하지만 그건 속임수였다.

사실 가와베도 하루코를 만나고 싶었다. 이 소동에 관여하는 주된 이유라고 해도 좋을 정도다. 그러나 왜 만나고 싶은지, 만나서 뭘 하고 싶은 건지는 도무지 말로 표현할 수 없었다.

그런데도 사토시는 담담하게 그 답을 내뱉었다.

"물론 아내로 맞이하겠다는 뜻은 아니야. 아무튼, 하루코를 만나려면 고쇼가 그렇게 생각하게 만들어야 해. 고쇼가 그렇게 생각하게 만들려면 긴타의 협력이 필요하고, 그 긴타를 놓치지 않으려면 후카와 세이 씨라는 미끼가 필요하지. 둘 다 정 못 찾을 것 같으면 거짓말을 할 수밖에 없지 않겠어?"

단순했다. 역시 사토시답다고 납득할 뻔했다.

하지만.

"나한테는 왜 전부 말하는 거야?"

모두를 한꺼번에 속일 수도 있는데.

"뭐야. 날 의심하는 건가? 이래서 형사들은 곤란하다니까."

사토시는 장난스럽게 두 팔을 펼쳤다.

"딱히 깊은 이유 같은 건 없어. 긴타와의 연락 창구가 너잖아? 아마 녀석은 나나 고쇼와는 말하지 않을 거야. 무슨 짓을 저지를 지 모르는 양아치들하고는."

사토시는 즐겁게 웃으며 남은 맥주를 비웠다.

"그 점에서 넌 안심이야. 잃을 게 있으니까."

아마 그렇게 보일 수도 있다. 어쩌면 유일하게 긴타가 잘못 읽는 부분일지도 모른다. 수치심과 체면을 버리고도 매달리겠다는 결심이 과연 양아치나 건달보다는 나은 걸까.

"한 가지 의문이 있어."

가와베는 자조를 밀어내고 사토시를 응시했다.

"긴타가 협력의 조건으로 후카와 세이 씨를 언급한 이유가 뭐라고 생각해?"

눈살을 찌푸리는 사토시를 보며 가와베는 말을 이었다.

"후카는 가해자 가족이야. 이제 와서 하루코에게 협박당해서 돈을 낼 입장도 아닌데."

그러니 가와베와 고소도 후카를 동료로 끌어들일 이점이 없다고 극히 자연스럽게 생각했다.

"그 사건 이후 세이 씨는 하루코의 가족을 거둬 줬어. 두 사람이 지금도 연결돼 있다면 공범이어도 이상하지 않지. 세이 씨를 찾으라는 건 언뜻 일리 있어 보이지만……."

뭔가 석연치 않았다. 배후에 누가 있든 하루코를 설득하는 게 필수적이라는 점은 변함없다.

"긴타의 의도를 상상할 수 있어?"

사토시는 잠시 멍한 표정을 지었다.

"……글쎄. 정신 나간 수재의 뇌 구조를 어떻게 알겠어."

영수증을 들고 일어섰다.

"가자. 동창회 시간이야."

집합 장소를 노래방으로 정한 사람도 사토시였다.

"개인실이라 방음도 되고 밀담을 나누기에 안성맞춤이라고 추리 소설에 나오더라고."

예약자 이름을 밝히자 접수 직원이 "일행분이 기다리고 계십니다"라고 알려 줬다.

"지금도 소설을 읽고 있어?"

지정된 방으로 걸어가며 사토시는 쑥스러운 듯이 미소 지었다.

"지금도, 라니. 너희와 달리 난 교수의 숙제도 항상 빼먹었는데."

교수는 교과서에 없는 작품을 일부러 골라 베껴 써서 갱지에 복사해 나눠 줬다. 그러고는 꼭 감상문을 요구했다. 교육이라기보다 거의 교수의 사적인 취미에 가까웠다.

"그건 교수의 실수였어. 한창 놀기에도 바쁜 아이들에게 나가이 가후니 모리 오가이니, 고문이나 다름없었지. 덕분에 난 글자가 빽빽이 적힌 종이만 봐도 현기증을 느끼는 어른이 됐고."

음료 서버를 지나쳤다.

"넌?"

"난 매일 읽고 있어. 사건 조서, 감식 보고서 등."

"거기에 백지 영수증도? 흥, 경마 신문이 그나마 낫겠네."

러브호텔 같은 복도 모퉁이를 돌자 목적지인 방이 보였다.

"소설에서는 엘리트 경감이 트로트를 부르던데……."

문을 열었다.

"사이좋게 지각이네."

소파에 앉은 고쇼가 더없이 날 선 태도로 두 사람을 맞이했다.

"5분 늦었어. 내 허락도 없이 둘이 뭘 하고 있었던 거야?"

"큭."

사토시가 머리를 쓸어 넘기며 목소리를 가다듬었다.

"정말 정이라고는 눈곱만큼도 느껴지지 않는 인사잖아. 하바롭스크의 러시아 마피아도 너보다는 상냥하겠다."

그러지 않아도 가늘고 긴 고쇼의 눈이 선글라스 안쪽에서 더 치켜 올라갔다.

"둘이 나 몰래 뭘 했는지 물었어."

"하긴 뭘 해. 바나나 먹고 왔어. 생크림을 듬뿍 발라서."

사토시는 장난 섞인 어조로 대답하고 'ㄷ' 자로 깔린 소파 안쪽에 자리 잡았다.

가와베의 맞은편에서 분노에 찬 고쇼가 이를 갈았다. 그의 앞 테이블에 유리잔이 놓여 있다. 호박색 액체. 위스키 향이 난다. 바로 조금 전 사토시의 맥주를 나무란 자신이 바보같이 느껴졌다.

세 사람은 정확히 삼각형 모양으로 서로 마주 보고 앉았다.

"좋네, 이 긴장감."

사토시는 소파 끝에서 두 팔을 벌린 채 느슨하게 기대앉았다.

"꼭 사형 선고를 기다리는 죄수 기분이야."

"죄목은 뭐지?"

가볍게 묻는 가와베를 보며 입꼬리를 씩 올린다.

"그야 그 과거 일이겠지."

눈은 웃고 있지 않다.

"그것 말고 뭐가 있겠어? 근데 판결은 이미 내려졌어. 집행유예 22년. 그게 지났을 뿐. 아니, 따라잡혔다고 해야 하나."

"웃기지도 않는군."

고쇼가 감정 섞어 내뱉었다.

"갑자기 성자 행세인가? 십자가를 지고 싶으면 너 혼자서 져."

"청산하려는 거 아니었어?"

가와베의 물음에 푹 팬 볼이 꿈틀거렸다.

"……아, 그래. 하지만 그건 보상으로 되는 게 아니야. 적어도 내가 보상할 이유는 없어. 그건 너희가 앞서나가는 바람에 초래된 일이니까. 너희와 이시즈카 긴타가 말이야. 난 경찰에 맡겨야 한다고 계속 말했었어."

"진심인가?"

사토시가 이마를 탁 치며 말했다.

"머릿속이 꽃밭이네. 혹시 그 술에 알약이라도 넣었어? 엑스터시를 과하게 하면 기억 장애가 온다던데."

"무슨 뜻이지?"

"그만해."

가와베는 화난 목소리로 제지했다.

"시시껄렁한 말다툼은 내가 사라진 다음에 해."

"봐, 혼났잖아. 우리 같은 양아치들이 국가 권력에 거역하면 안 되겠지."

노려봐도 사토시는 아랑곳하지 않고 히죽거렸다.

가와베는 짧게 한숨을 내쉬었다. 동창회. 이 얼마나 우스꽝스러운 울림인가.

"……쓸데없는 이야기 그만하자. 사토시, 네가 먼저 세이 씨에 대한 정보를 들려줘."

"세이 씨는 마쓰모토에 살고 있어."

아타미 이야기를 들을 준비를 하던 가와베는 무심코 "뭐?"라고 되물었다.

"물론 그전까지는 이쪽에 살았지. 내가 신세 진 6, 7년 전에는 우구이스다니에 있었어. 도쿄 안의 시골 같은 곳이지만 눈에 띄고 싶지 않다고 하더라고. 그 사람은 소위 말하는 전업 트레이더였어. 알지? 직업 없이 주식으로 먹고사는 사람. 원래 속해 있던 조직을 나와서 혼자 독립한 거야. 도카이 은행과 리크루트에도 손을 뻗쳤다더라. 시트로엥을 몰고 다니면서 아르마니를 날마다 맞춰 입었으니 진짜였겠지. 역시 대단해. 그 사람은."

과일 파르페 가게에서 들은 이야기와 너무 달랐다. 이것이 고쇼를 속이기 위해 지어낸 이야기인지 즉시 판단할 수 없어 가와베는 일단 당혹감을 감추고 듣는 역할에 충실했다.

"돈을 잔뜩 벌었고 퇴장도 화려했지. 1995년에 있었던 그 사고 기억해? 다이와 은행 뉴욕 지점의 11억 달러 손실 은폐 사건. 그걸 계기로 정리 준비를 시작해서 재작년에 깨끗이 손을 씻고 시골로 은거한 거야."

"너한테 지금껏 그런 얘기는 한 번도 못 들었어."

고쇼의 의문에 사토시는 여유로운 태도로 대응했다.

"듣고 안 듣고를 떠나 말할 기회도 없었잖아. 잘 나가기 시작한 뒤로 매일 바쁜 척만 했으면서."

"척한 게 아니야. 정말 바빴어."

"언제였지? 말없이 전화번호를 바꾼 게."

고쇼의 긴 손가락이 살짝 움직였다.

"이사가 먼저였나? 뭐, 이해해. 가난뱅이 양아치가 옆에 있어 봐야 귀찮기만 할 테니까. 실제로 너한테 자주 밥을 얻어먹기도 했으니 정이 떨어졌어도 어쩔 수 없지. 덕분에 막다른 골목에 몰린 난 거기서 벗어나고 싶은 일념으로 세이 씨를 찾아갔어. 그 사람의 제자가 되어 공부하며 어떻게든 여기까지 온 거야. 샴페인은 무리여도 맥주 풀장쯤은 만들 수 있는 신분으로."

"옛날이야기는 됐고, 요점만 말해."

"이봐, 고쇼. 지금 네 처지를 잊은 거 아니야? 날 그저 선량한 사채업자 정도로 생각하는 거면 충격인데."

고쇼는 반박하지 않았지만 빨개진 얼굴이 모든 걸 말해 주고 있었다.

"지금도 연락이 되나?"

가와베는 꼭 도와주려는 게 아니라 진심으로 궁금해져 물었다.

"은퇴한 선수에게는 더 이상 관여하지 않는 게 내 방침이야. 마쓰모토로 돌아간 뒤에는 연하장도 주고받지 않고 있어."

간결한 설명은 편의적인 얼버무림으로 해석될 수도 있었다.

"일단 마쓰모토로 이사한 건 확실해. 우선 그것으로 긴타를 설득하는 건 가와베에게 맡기고."

사토시는 고쇼를 힐끗 쳐다봤다.

"고쇼, 넌 하루코를 설득해. 한 번이라도 좋으니 우리와 만나자고."

"말은 쉽지. 그쪽에서 먼저 연락이 안 오면 어쩔 도리도 없는데. 그걸 떠나 협박범이 스스로 얼굴을 내밀 것 같아?"

"여자 꼬시는 건 식은 죽 먹기 아닌가? 세상 물정에 밝은 록스타에겐."

고쇼는 상반신을 앞으로 숙인 채 가만히 위스키 잔을 바라봤다.

이윽고 그 잔을 단숨에 비우고 고쇼는 "넌 명령만 하는 거야?" 하고 사토시를 몰아세웠다.

"맥주 풀장을 만들 수 있을 정도면 우리 몫까지 기분 좋게 내주는 게 어때?"

"그래, 좋아."

사토시는 선뜻 대답했다. 전부 사전 회의에서는 없었던 말들뿐이다.

"전부는 무리지만 백만 엔씩, 대신 내줄 수 있어. 단……."

그러고는 가와베에게 시선을 던진다.

"내 일을 도와줘."

"뭐?"

고쇼가 입을 벌렸다. 가와베도 같은 심정이었다.

"그런 표정 짓지 마. 너희에게 위험한 일을 시키려는 건 아니야. 아, 아니지. 나 자신도 위험한 일은 안 한다. 그런 설정을 깜빡하고 있었네."

천진난만하고 마음의 벽을 쉽게 넘어오는 미소.

"예를 들어 가정용 인터넷 계약 대리점 같은 건 어때? 사무실을 빌리고 영업사원을 모아 집집마다 방문해서 인터넷 회선을 팔아먹는 거야. 요새 TV 와이드 쇼 같은 곳에서 2000년 밀레니엄 문제니 뭐니로 떠들썩하니 인터넷에 관심 많아진 노인네들이 많아. 거의 공짜나 다름없는 모뎀을 '이번만 특별히 무료'라고 미끼로 던지면 옳다구나 하고 덥석 물걸."

"잠깐만."

가와베가 끼어들었다.

"사업이든 인터넷이든 난 전혀 관심 없어. 솔직히 말해서 돈벌이 같은 것도."

"오, 너답네. 그래, 이해해. 당장 나도 뭘 어떻게 하자는 건 아니야. 언젠가 준비해서 다시 설득하러 올게. 그러니 지금은 구두 약속으로 충분해. 그런 미래가 있다는 걸, 잊지 않아 줬으면 좋겠어."

순간 노래방 안이 조용해졌다. 근처 방에서 누군가 밖에 나간 듯하다. 우워어, 우워어 하는 남자 손님의 거슬리는 샤우팅 소리가 들렸다.

"상관없어."

손에 든 빈 잔을 보며 고쇼가 중얼거렸다. 그러더니 한 번 더 "상관없어"라고 반복했다. 선글라스 때문에 표정은 알아볼 수 없다.

"미래의 약속? '그래, 알겠어. 기대하며 기다릴게'. ……이럼 만족하나? 이런 애매한 말로도 괜찮다면 만 번이라도 외쳐 주지."

"사랑과 꿈과 미래는 뮤지션의 전매특허라고 들었는데."

"정말 하나부터 열까지 짜증 나게 하네."

잔을 쥔 고쇼의 손에 힘이 들어갔다. 깨지지 않을까 걱정될 정도로.

"사토시. 너, 스스로를 승자라고 생각해? 농담하기 전에 거울부터 봐. 머리부터 발끝까지 시골뜨기 냄새가 풀풀 나는 조폭 양아치 주제에. 그런 놈을 누가 믿겠어?"

"난 잔 같은 걸 받은 적 없어."

"그러니 어중간하다고 하는 거야. 야쿠자가 아니면 증권맨이라도 돼? 변호사 자격은? 아무것도 없잖아. 텅 빈 깡통 주제에."

"어이, 그만."

"가와베. 너도 여유 부리면서 관망이나 하는 마당에 할 말 없어. 넌 예전부터 그랬어. 휘저어 놓기만 하고 막상 감당이 안 되면 피해자 행세를 했지. 정의의 사도 놀이에 심취한 무책임한 자식."

"고쇼."

"그 사건 때도 마찬가지야. 네가 범인 찾기 같은 이야기를 꺼내지만 않았어도 후미오와 사토코 씨는 죽지 않았을 거야. 다케우치도 마찬가지고. 그럼…… 그럼 하루코도 이런 짓을 하지 않아도 됐을 테고."

고쇼는 열에 들뜬 것처럼 말을 이어 갔다.

"할 말 있으면 해 봐. 지유리 씨 장례식 후에 늘 모이던 창고 앞에서 네가 그랬지? 혼자라도 범인을 찾겠다고. 다른 선택지 따위 없다고. 그때는 어땠지? 기분 좋았나? 최고로 짜릿했어?"

시야가 좁아졌다. 야비하게 웃는 고쇼의 얼굴에 초점이 좁혀져 갔다.

"아니면 진지하게 받아들인 거야? '좋은 일을 해 봅시다'라는 후카의 말을."

순간 쩍 하고 마음에 균열이 생겼다. 가두고 있던 것들이 그곳을 통해 넘쳐흐르려 한다. 칠흑 같은 강가의 길, 검게 칠해진 겐가산. 달, 휘파람. 귓가에 남은 이름 모를 멜로디.

"결국은 다 폼 잡는 허세에 불과했던 거야."

"난 좋아했어. 론섬 보이스."

사토시가 밝은 목소리로 말했다.

"'내 이름을 모르겠어'는 특히 명곡이었지. 네가 기타를 잘 치는지 못 치는지는 전혀 알 수 없었지만."

잔이 날아갔다. 사토시의 얼굴 바로 옆 벽에 부딪혀 깨진다. 파편이 소파 위에 흩어졌다.

이제는 끝이다. 가와베는 얼어붙은 이성으로 그렇게 확신하는 자신을 느꼈다. 우리는 이제 끝난 것이다.

자연스럽게 주먹을 쥐었다. 일어서려 했다. 사토시를 노려보는 고쇼의 옆모습. 선글라스 틈새로 보이는 눈빛.

전자음이 울렸다. 가와베는 반쯤 일어선 채 정신을 차리고 PHS를 꺼냈다.

"긴타야?"

사토시가 묻는 것과 동시에 통화 버튼을 눌렀다. 약속한 세 번째 벨 소리였다.

"여보세요."

—어디?

긴타의 목소리가 들렸다.

"신주쿠 노래방. 사토시와 고쇼도 있어."

—그래. 그럼 그 방에서 나가.

"……뭐 하러?"

—너하고만 이야기할 거야. 옆에 누가 있다고 느껴지면 아웃. 싫으면 끊을게.

가와베는 두 사람을 쳐다봤다. 사토시의 얄미운 미소, 고쇼의 날카로운 눈빛.

"잠깐 나갔다 올게."

"왜?"

고쇼가 물었다.

"그냥 여기서 해."

"그게 조건이래."

"말도 안 돼. 바꿔 봐."

"괜찮아? 돈 필요한 거 아니야?"

고쇼가 눈에 띄게 당황했다. 그것은 어쩌면 옛 친구들 앞에서 절대 보이고 싶지 않았던 감정이었을지 모른다. 고쇼에게서 눈을 돌리고 가와베는 문밖으로 나갔다.

좁은 복도 끝으로 가서 다른 손님이 없는 것을 확인했다.

"목소리 정도는 들려주는 게 어때?"

―내 목소리를 들려줘서 득 될 게 뭐가 있지?

긴타가 우스운 듯이 말했다.

―득 대신 손해라면 당장 일곱 개는 꼽을 수 있겠네. 불쾌함, 답답함, 협박당할 가능성. 그리고 소리 지르는 걸 들으면 나도 귀가 아파.

"알았어. 됐어."

―실망이라는 것도 있겠네.

"그건 피차일반 아닐까."

잠시 침묵이 흐르고 후후 하는 웃음소리가 들렸다.

―기대해야 실망도 있는 법이지. 그럼 내가 그걸 느낄 일은 없겠네. 조금 전 말은 철회할게.

허무함 외에는 공유할 수 있는 게 없다.

"세이 씨는 마쓰모토에 있어. 정확한 주소는 모르지만 찾을 수는 있을 거야."

―정말? 겸업으로는 어려울 것 같은데.

"그럼 본격적으로 할게. 다행히 시간은 어떻게든 되니까."

긴타는 "흐음" 하고 대답했다.

"일단 본인을 찾을 때까지 결론을 보류해 줘. 물론 지금 당장 협력을 약속해도 상관없지만."

―후카는?

"그쪽은 아직이야. 단서가 너무 부족해."

처지를 고려하면 이름을 바꿨을 수도 있다. 국내에 있는지조차 의심스럽다.

"쉽지는 않겠지만 할 수 있는 데까지 해 볼게."

가와베는 대답을 기다리지 않고 덧붙였다.

"그래서 그런 건 아니지만, 이쪽 부탁도 들어줬으면 좋겠어. 아주 간단한 부탁이야. 우리가 하루코를 만날 수 있게 고쇼에게 조건을 제시해 줘."

─고쇼와 대화할 생각은 없는데?

"알아. 내가 거짓말을 할 거야. 미리 알려 주는 거야."

어이없어하는 기색이 전해져 온다.

─그 번거로운 성격은 여전하네.

"만에 하나를 위해서야. 혹시라도 네가 고쇼와 연락할 가능성도 없진 않으니까."

─뭐, 마음대로 해. 하지만 참 별난 취미네. 그런 쓸데없는 일에 이런저런 노력을 들이다니.

"쓸데없는 일?"

─응. 얼마 전부터 계속 생각해 봤는데 역시 하루코를 만나는 건 무의미해.

그러더니 긴타는 "있지, 히짱" 하고 말을 이었다.

─시장 가격이 어떻게 결정되는지 알아? 그래. 수요와 공급의 균형이지. 하지만 실제로 많은 투자자들에게 그건 싸게 사서 비싸

게 팔기 위한 지표일 뿐이야. 왜냐하면 금 선물 거래에서 실제 금을 사는 건 극소수의 업자뿐이잖아? 시장을 드나드는 대부분의 사람들은 숫자를 사고팔아 차익을 남기지. 밀이나 옥수수 같은 것도 마찬가지고. 결국 상품은 이름에 불과하고, 물건 자체와 물건의 가치는 본질적으로 무관하며, 숫자의 오르내림만이 중요하다. 즉 머니 게임을 지배하는 건 투자가 아니라 투기라는 말이야. 그래서 가격도 이게 상한선이다, 하한선이다 같은 게 정해져 있지 않아. 경험치에 근거해 이 정도일 거라고 예측은 할 수 있어도 절대적인 건 아니지. 예를 들어 지금 네가 있는 노래방 체인의 주가가 지난 20년간 한 번도 3만 엔을 넘은 적이 없다고 해도 오늘, 지금 당장 3만 1엔이 되지 않을 거라는 보장은 없어. 아무리 데이터를 쌓고 역사를 분석해도 그걸 결정하는 건 불가능해.

그러니.

―과거에는 그 어떤 의미도 없는 거야.

말이 목에 걸렸다. 어처구니없었다. 궤변조차 되지 않는다. 그런데도 긴타의 어조에는 농담의 기색이 전혀 없었다.

―알겠지? 다시 한번 말할게. 과거는 무의미해. 그건 '현재'가 열화된 쓰레기인 동시에 배설물에 지나지 않아. 물론 경험이 의사 결정의 지침은 될 수 있어. 하지만 그것도 하나의 종목일 뿐이야. 현재 상황에 따라 가격이 결정되는 종목. 우리의 과거는 수많은 종목들 가운데 하나에 불과해.

"그럼 왜 후카와 세이 씨에게 집착하지?"

분노가 아니었다. 짜증과도 달랐다. 스스로도 이해할 수 없는 감정으로 가와베는 물었다.

"너도 너 나름대로 과거에 대한 애착이 있기 때문 아닌가?"

—아니.

즉답이었다.

—아니야. 완전히 틀렸어. 청춘의 나날? 달콤쌉싸름한 추억? 그런 건 썩은 마들렌보다도 흥미 없어. 난 그저 내 실수를 확인하고 싶을 뿐이야.

"실수?"

—설마 모르는 거야? 지유리 씨의 죽음, 그 시신에 담겨 있던 또 하나의 가능성.

가와베는 침묵했다. 경찰이 되고 형사가 되어 문득 머릿속 한구석에 싹튼 의문. 누구 앞에서도 밝힐 일이 없을 거라고 믿은 그 번뜩임.

"……사망 추정 시각인가."

—그래!

들뜬 맞장구가 귓가를 때렸다.

—지유리 씨는 1976년 12월 27일에 실종돼 다음 해 1월 16일에 시신으로 발견됐어. 우리는 아주 자연스럽게 살인을 실종 직후쯤으로 생각했지만 실제로는 알 수 없지. 왜냐하면 그때 사나다

마을, 특히 스가다이라에는 영하의 날씨가 계속됐으니까. 시신이 부패하지 않을 환경이라 살해된 게 12월인지 1월인지 구별할 수 없었어.

"경찰도 바보는 아니야. 그런 가능성을 다 고려해 수사했을 거야."

―동시에 빨리 마무리 짓고 싶어 했던 것도 사실이잖아?

부정할 수 없다. 경찰 조직의 어두운 면이라면 지금도 경험하고 있으니까.

"그렇다고 해서 사건의 양상이 크게 바뀌는 건 아니야."

―진심으로 하는 말이야?

도발적인 질문에 가와베는 어금니를 꽉 깨물었다.

―지유리 씨가 실종 직후 살해된 게 아니라면 그날 알리바이가 있었던 모든 사람에게 용의자 자격이 있다는 말인데.

예를 들어 지유리 씨가 어딘가에 숨어 있었다면. 실종의 목적이 도피였다는 걸 고려하면 아예 불가능한 이야기는 아니다. 그다음 날 이후 몸을 숨기고 있던 그녀를 살해하고 시신을 스가다이라구치 교차로 부근에 버리는 것도 가능하다.

―사망 일시가 모호한 건 동반 자살의 주모자로 지목된 곤도 마사토도 해당돼.

곤도는 당시 산속에 주차된 세단 안에서 죽어 있었다. 난방이 꺼진 차 안은 바깥과 비슷한 온도였을 것이다.

―내 생각으로는 이런 점들을 통해 당시 범인이 왜 지유리 씨의 시신을 버릴 곳으로 그 국도의 커브길을 선택했는지도 설명할 수 있어.

가슴이 철렁했다. 절벽이 아닌 풀숲에 시신을 버린 이유. 산길 내리막 차선을 타고 가다가 편한 곳에 버린 게 아닌, 일부러 그 장소를 선택했다는 걸까.

―그래서 후카와 세이 씨를 만나고 싶어.

"말도 안 돼. 두 사람이 지유리 씨 살해에 연루됐다는 거야?"

―성급하게 굴지 마. 난 아직 거기까지 가지 않았어. 다만 두 사람이 매우 중요한 증인이 될 거라고 확신해. 그리고 어쩌면 너도.

나도?

"제대로 설명해!"

고함을 지르자 근처 방에서 손님이 얼굴을 내밀었다. 호기심 어린 눈빛을 등지고 가와베는 흐트러진 호흡을 가다듬었다.

"……두 사람을 찾으면 모든 걸 말해 주겠다고 약속해."

―조건을 내걸 입장이야? 내 돈에 의지하는 주제에.

"닥쳐. 돈 따위 필요 없어. 애초에 난 고발에도 관심이 없고."

―그래, 그렇구나. 드디어 알겠다.

"뭘?"

―네가 하루코를 만나려는 이유, 메리트. 히짱, 너, 지금 하루코를 제거하려는 거지?

긴타의 말에 사고가 멈췄다.

―그렇다면 고발을 두려워할 필요가 없겠지. 돈도 필요 없을 테고. 어때, 내 말이 맞아? 고쇼라면 동의할 것 같은데. 혹시 사토시의 아이디어인가?

긴타는 신이 난 듯했다. 가와베의 감정은 뒤처져 있다. 사고는 혼란 속에서 형체를 이루지 못했고, 조여 오는 가슴이 갑갑했다.

어떻게 이런 발상을 할 수 있을까. 아니, 이게 옳은 걸까. 합리적인 걸까. 손익을 저울질했을 때 도출되는 가장 단순한 답이 제거인 걸까.

할 수 있다. 가와베는 할 수 있다. 수사의 노하우를 아는 건 완전 범죄의 수법을 아는 것과 같다. 사건화되지 않게 하면 된다. 자살, 실종. 젊은 여자 하나쯤이야 어떻게든 될 것이다. 사토시와 고쇼의 협력이 있다면 더 쉽게 목적을 달성할 수 있을 게 분명하다.

하지만, 긴타.

이게 네가 찾던 그 '진실 같은 것'인가? '아름다운 것'인가?

―다음은 사흘 후인 12일로 하자. 정오에 전화할 테니 성과를 준비해 둬. 물론 벨 소리가 세 번 울리기 전에 받아야 해. 그러지 않으면 끝이야.

"끊지 마. 잠깐만."

전화를 끊으려는 걸 억지로 막았다.

"10분. 10분만 이대로 있어."

긴타의 대답을 듣지 않고 복도를 성큼성큼 걸어갔다. 피가 끓어올랐다. 모든 게 어처구니없었다. 분노의 화살은 자신에게도 꽂혀 있다.

우리는 이제 끝인 걸까. 정말로 끝난 걸까.

다시 시작할 수 없는 걸까.

복도를 걷는 동안 아난의 거만한 얼굴, 사사키의 비굴한 미소, 그리고 야스에의 떨리는 눈동자가 떠올랐다. 다시 시작할 마음은 이미 사라졌다. 무너지더라도 끝까지 매달려 모두를 황천길 동무로 삼을 생각이다.

하지만 난 정말 그걸 원하는 걸까.

문을 열고 들어온 가와베에게 고쇼와 사토시의 시선이 집중됐다. 어색한 시간의 여운을 느끼며 소파에 앉아 PHS를 테이블에 올려놨다.

"고쇼, 노래해."

"뭐?"

고쇼가 눈을 휘둥그레 떴다.

"노래하라고. 아니면 난 여기서 관둘 거야."

"뭐? 잠깐. 가와베. 너 대체……."

"됐으니까 불러."

이의를 제기할 틈을 주지 않았다. 가와베는 팔짱을 끼고 고쇼를 뚫어지게 바라봤다.

"비틀스든 마카로니든 상관없어. 아무튼 불러. 뭐가 됐든, 우리의 노래를."

고쇼는 말문이 막힌 듯했다.

웃음소리가 들렸다.

"포기하는 게 좋을걸."

사토시가 히죽거렸다.

"그런데 못 부를 건 없지. 여긴 노래방이잖아. 나도 한 곡 듣고 싶어."

선곡 리모컨과 마이크를 받고 고쇼는 머리를 감싸 쥐었다.

"너희는 대체 뭐 하는 녀석들이야!"

가와베는 잠자코 기다렸다. PHS 쪽은 보지 않았다. 아직 연결돼 있을까. 아니면 이미 끊겼을까.

고쇼가 결국 체념하고 리모컨을 두드렸다. 곡이 입력되자마자 노래가 시작됐다. 고다이고의 '옐로 센터 라인'.

I'm driving through a mist at night 안개가 자욱한 밤, 인적 없는 산길에서
On a lonely mountain road 난 차를 달리고 있네

수준급이었다. 노골적으로 투덜거리는 듯한 창법이 노래와 잘 맞는다. '역시 뮤지션이구나' 하고 솔직히 감탄할 수밖에 없다.

I'm trying to keep my weary eyes 지친 눈을 부릅뜨고
On that yellow center line 노란 중앙선을 응시해도

Now and then my eyes go blind 가끔은 아무것도 보이지 않고
I lose control of the wheel 운전도 아슬아슬해지네
But just before I hit the curve, 하지만 커브에 들어서기 직전에
I see the yellow line 그 노란 선이 나타나네

취재한 관계자는 말했다. 원래 고쇼의 회사는 프로덕션이고 학원은 나중에 생겼다. 그러나 자랑할 만한 실적은 없었다. 공들여 데뷔시킨 펑크 밴드는 소리 소문 없이 사라졌다. 그런데도 90년대 중반 자사 빌딩을 지을 정도로 자금이 풍부했던 건 부동산으로 재산을 모은 오너의 재력만이 이유는 아니었다. 학원을 세우면서 회사의 성격을 근본적으로 바꿨다. 걸스 팝, 섹시 아이돌. 모인 학생들 중에서 눈에 띄는 여자에게 접근해 접대부로 파견했다. 때로는 더 돈이 될 위험한 영업도 맡았다. 즉, 매춘 알선이다.

Single yellow center line 싱글 옐로 센터 라인
Keeps me on the road 덕분에 길을 잃지 않을 수 있었어
Single yellow center line 싱글 옐로 센터 라인
Keeps me hanging on 네가 있기에 올바른 길을 갈 수 있어

꿈을 안고 도쿄로 상경한 여자들을 데뷔를 미끼로 순종하게 만드는 것. 업계에 뿌리박힌 고질적인 비즈니스. 지혜 없는 자는 이용당하고, 힘 있는 자에게 굴복한다. 이는 업계에만 국한되지 않는 세상의 이치. 고쇼는 그걸 배우고 실천했을 뿐일까. 거리에 버블 경제의 여운이 남아 있던 시절. 사치스러운 유흥의 마지막 불꽃을 즐길 수 있었던 시간.

> Single yellow center line 싱글 옐로 센터 라인
> Don't mean much anymore 더는 별로 도움이 되지 않아
> Single yellow center line 싱글 옐로 센터 라인
> I don't need it anymore 이제는 필요 없네

노래 가사가 나오는 모니터를 향한 고쇼의 옆모습이 가와베의 눈에 뚜렷이 보였다. 마지못한 듯이 노래하는 친구의 선글라스 틈새로 보이는 피부가 보랏빛으로 부어 있다. 명백한 폭력의 흔적이다. 사토시도 화면을 보고 있다. 농담을 던질 기색은 없지만 그렇다고 즐기는 것 같지도 않다. 아마 자신도 비슷한 표정을 짓고 있을 것이다. 동창회. 만약 내 인생이 영화고, 지금 이것이 마지막 장면이라면 그럴싸한 해피엔딩으로 보일까.

> Now I can't believe it 이런, 믿기 힘들지만

But the mist is clearing up 안개가 걷히기 시작했어
Yes, I made it down the mountain, 그래. 산에서 내려온 거야
But it sure took a long long time 참 오래 걸렸네

고쇼가 노래를 끝내고 반주도 사라지자 가와베는 입을 열었다.
"난 다시 시작할 거야. 내 인생을."
그 선언에 두 사람은 말없이 시선을 보냈다. 당혹감과 냉소가 전해지지만 가와베는 그것을 받아들였다. 망설임은 없다. 다시 시작한다. 다시 시작해야만 한다. 지금껏 속여 온 22년을.
PHS를 바라봤다. 긴타의 전화는 이미 끊겨 있었다.

골든가의 아치 아래에 사토시가 혼자 서 있었다. 고쇼와 헤어진 후 둘이 만나기로 약속한 장소였다.
사토시는 가와베를 보자마자 히죽 웃으며 "너도 참 대단한 놈이야" 하고 담배를 입에서 뗐다.
"느닷없이 '노래해'라니. 혹시 이상한 종교에라도 빠진 줄 알고 걱정했다고."
"그건 내가 할 소리야."
가와베도 럭키 스트라이크를 꺼내 불을 붙였다.
"세이 씨가 마쓰모토에 있다니, 사전 회의에서 그런 이야기는 한마디도 없었잖아."

"미안, 미안. 그냥 그 자리 분위기에 휩쓸려서."

"역시 즉흥적으로 지어낸 거군."

실망감을 담아 내뱉은 연기를 사토시는 "아니" 하고 손으로 저었다.

"마쓰모토에 은거한 건 사실이야. 내가 한때 그 사람의 제자였던 것도."

"……속은 건 나였나."

"뭐, 그렇게 되겠지."

사토시는 태연하게 인정하고 다시 웃었다.

"화내지 마. 넌 형사고, 고쇼는 궁지에 몰렸고, 긴타는 도통 이해할 수 없는 녀석이잖아. 그런 상황에서 속내를 다 털어놓으면 오래 살기 힘들걸? 게다가 최근에는 정말 연락이 끊겼고."

"내가 형사인 것도, 고쇼가 궁지에 몰린 것도, 긴타가 이해할 수 없는 것도 단 하나도 변한 게 없어. 오래 살기를 포기하고 싶어진 이유가 뭐지?"

"비꼬지 마. 그냥 왠지, 왠지 모르게 너희 앞에서 거짓말을 그만하고 싶어졌어."

사토시는 눈을 돌리며 땅에 담뱃재를 떨어뜨렸다. 구부정한 그의 윤곽을 네온사인 불빛이 비추고 있다.

"맨날 거짓말만 하다가 염라대왕에게 혀를 뽑히면 딥 키스도 못하게 될 텐데."

"……너처럼 시끄럽게 재잘대는 것도 혀가 뽑히는 건 마찬가지일걸."

 가와베는 "그럴지도" 하고 담배 연기를 깊이 빨아들이고 크게 내뿜었다.

 "가와베, 그러는 넌? 너도 전부 사실은 아니지 않아?"

 긴타와 나눈 통화를 뜻한다. 창구는 가와베로 한정할 것. 다음 연락이 올 12일까지 최소한 세이 씨의 정보를 입수할 것. 그리고 하루코와 직접 만날 수 있게 주선할 것. 이를 지키지 않으면 돈은 한 푼도 주지 않겠다고도 했다.

 "거짓말한 건 없어. 분명히 긴타와 나눈 약속이야."

 "하루코에 관한 것도?"

 "동의는 했어."

 사토시는 "그렇군" 하고 입가를 일그러뜨렸다. 고쇼는 더 불쾌한 표정을 지었다. 그런 건 하루코 쪽에서 알아서 할 일이라고 독설을 퍼부으며 노래방 테이블을 발로 찼다.

 "후카와 세이 씨를 찾는 이유는?"

 "알려 주지 않았어."

 사토시는 몸을 돌려 가와베를 올려다봤다.

 "묻기는 했지?"

 "그래. 신중하게 하고 있어. 돈줄의 마음이 바뀌기라도 하면 끝장이니까."

"숨기고 싶다면 애초에 찾으라는 조건도 걸지 않았겠지."

"무리한 요구를 해서 주도권을 잡으려는 방법도 있어. 단지 만나고 싶을 뿐인데 쑥스러워서 숨기는 것일 수도 있고."

"긴타가 세이 씨를? 그럴 리 있나."

"뭐 짚이는 거라도 있나?"

"지금 내가 묻고 있잖아."

"나랑 기싸움 하자는 거야?"

사토시는 "쳇!" 하고 다시 고개를 돌렸다.

"역시 짭새들이랑은 말이 안 통한다니까."

가와베는 그 악담을 흘려들었다. 가슴 깊은 곳에 무시할 수 없는 의혹이 스쳐 지나갔다. 긴타가 언급한 지유리 씨 살해의 새로운 가능성. 곤도 마사토가 주도한 동반 자살이 아니었다는 이야기. 만약 그게 사실이라면 누군가가 그녀를 살해한 것이 된다. 진범이 있다면 곤도 역시 그에게 살해됐다고 보는 게 자연스럽다.

긴타는 명확히 말하지 않았다. 그가 무슨 생각을 하는지 전부 알 수는 없다. 하지만 한 가지, 진범의 조건은 제시할 수 있다.

차를 운전할 줄 알아야 한다는 것이다.

그러지 않으면 그 커브길에 시신을 버릴 수 없다.

"꼭 짭새라서 그런 것도 아니야. 오래전부터 넌 고집이 셌어. 같이 하기 힘든 성격이야."

한때 경트럭으로 친구들을 스가다이라구치까지 태워 준 남자가 쓴웃음을 지으며 피우던 담배를 바닥에 던졌다.
"그러니 다시 시작하겠다느니 그런 순진한 소리도 할 수 있는 거고."
"같이 가자. 마쓰모토에."
세이 씨를 찾는 건 가와베의 몫이다. 고쇼는 하루코 설득, 사토시는 후카의 행방 찾기와 자금 조달을 각각 맡는다. 하지만 그 합의가 겉치레에 불과하다는 것은 아무리 형사의 감이 무뎌졌다고 해도 쉽게 알 수 있었다.
"난 마쓰모토에 대해 잘 모르니까. 도와주는 사람이 있으면 좋을 것 같아. 네가 고쇼 대신 하루코를 찾겠다면 그것도 좋고."
"아니, 난 빠질 거야."
불의의 일격이었다. 놀란 나머지 피우던 담배가 손가락에서 떨어졌다.
"그런 표정 짓지 마. 파르페 가게에서도 말했잖아. 협박 같은 건 상관없다고."
"……하루코를 행복하게 해 줄 거라고도 했잖아."
동요를 삼키고 간신히 그 말만 했다.
"그래, 맞아. 그건 진심이야. 너희와 언젠가 같이 일해 보고 싶다는 것도."
하지만.
"다들 각자의 사정이 있겠지."

사토시는 가와베를 보지 않았다. 가와베가 떨어뜨린 담배를 에나멜 구두로 밟았다.

"그럼……."

오늘 밤에는 왜 온 거지? 고쇼의 유혹에 넘어가 굳이 날 따로 만나면서까지 해서.

그러나 그 질문은 중단된 채 밤에 흡수됐다. 묻지 않아도 알 수 있다. 의미 없는 참여. 즉흥적인 제안, 책략. 그건 어떤 계산도 없이 그저 가슴이 시키는 대로 따른 철없는 행동일 뿐이다. 왜냐하면 이 녀석은 고미 사토시니까.

그리고 또 하나.

"하루코는 네게 맡길게."

맡기기 위해서였나. 나에게.

"……그래, 알겠어. 그 애를 만나면 전화할 테니 꼭 받아."

"알겠다고 하고 싶지만, 이 번호는 이제 곧 못 쓰게 될 거야."

사토시는 잠시 서쪽 지방에 가야 할 일이 생겼다고 했다. 봄에는 덴노쇼*, 여름에는 고시엔, 부럽지?

왜라고 묻지는 못했다. 묻는 순간 틀림없이 자신은 형사의 얼굴을 할 것이기에.

"하지만 뭐, 네 번호로 내가 전화하면 되니까."

---

* 일본 중앙 경마회(JRA)가 봄과 가을에 각각 개최하는 최고 등급(GI)의 경마 대회.

"받을게. 세 번 울리기 전에 받겠다는 약속은 못 하겠지만."
사토시가 바지 주머니에 손을 넣었다. 그리고 혼자 웃었다.
"그나저나 놀랐어."
"뭐가?"
"고쇼 말이야. 아니, 고쇼가 아니라 후카라고 해야 하나."
고쇼의 조롱이 되살아났다. 진지하게 받아들인 거야? '좋은 일을 해 봅시다'라는 후카의 말을.
"난감하더라."
사토시가 아스팔트를 걷어찼다.
"이제 와서 새삼스럽지만, 참 힘든 타입이야."
"……그래. 20년이 넘게 지났는데도."
"이제 우리 다 나이 든 아저씨와 아줌마들이잖아. 웃기지도 않지."
고쇼가 언제 후카에게 그 이야기를 들었는지는 알 수 없다. 사토시와 후카의 관계도 지금은 상관없는 일이다. 후카가 어떤 생각으로 가와베를 비롯한 세 명 앞에서 그 시를 읊조렸는지도.

알 수 없다. 엇갈린 인생은 교차하지 않고 여기까지 흘러왔다. 확실한 건 그 시간이 존재했다는 것. 단지 그뿐이다.

"뭐, 세상에는 굳이 들추지 않아도 될 거짓말도 있어. 거짓말이든 진실이든 그냥 그대로 둬도 되는."

아니, 글쎄, 잘 모르겠는걸. 사토시는 그렇게 중얼거리며 고개를 흔들었다.

"후카의 행방은?"

"모르겠어. 진짜야. 그걸 떠나 알고 있어도 만나러 가지 않을 거야. 아마 만나면 난 그 녀석도 행복하게 해 주고 싶어질 테니까. 그런데 그건, 분명 불가능해."

사토시가 눈을 가늘게 떴다.

"참 지독한 여자한테 반했지. 그런데 희한하게도 다른 건 다 다시 시작할 수 있어도 왠지 이것만큼은 바꿀 수 없을 것 같아."

술 취한 사람들이 아치 너머로 다가왔다. 새로 들어오는 사람이 있다.

"……그러고 보니 못 들었네. 네가 후카의 어떤 부분에 반했는지."

"그건 다음에 만나면 알려 줄게."

사토시는 유쾌하게 말을 이었다.

"만약 우리가 5인 전대라면 그 녀석은 화이트나 핑크겠지? 이런 속을 알 수 없는 여주인공은 처음이야."

"고쇼는 블루겠군."

"난 블랙, 긴타는 그린. 영광 전대의 우지 긴토키*."

"금방 폐지되겠는데."

맞아. 어느새 밤이 깊어 가고 있었다. 곧 돌아갈 수 없는 시간이 온다. 멀리서 경적 소리가 들렸다.

---

* 일본의 전통적인 여름 디저트로 얼음 위에 녹색 말차 시럽과 팥을 올린 빙수.

사토시의 손이 가와베의 어깨를 두드렸다.

"잘 있어. 영광의 레드."

등을 돌려 주머니에 손을 넣고 골든가로 걸어가는 뒷모습을 가와베는 한참 바라봤다.

평소처럼 아난에게 쏟아지는 욕설을 들었지만 이날 가와베는 화장실에 숨지 않고 곧장 청사를 빠져나갔다. 신주쿠에서 특급 '아즈사'를 타고 마쓰모토까지 두 시간 반. 퇴근 시간에 맞춰 돌아오려면 서두를 수밖에 없다.

어차피 무단 외출이니 조금 더 멋대로 행동해도 상관없다. 꾀병을 부려서 쉴 수도 있겠지만, 다시 시작하기로 마음먹은 이상 나름의 자존심은 지켜야 했다.

출발 직전에 '아즈사'에 겨우 올라타 자리에 앉자 창문에 비친 우울한 내 얼굴이 보여 한숨이 나왔다. 내가 봐도 융통성이라고는 없다. 사실 아난에게 고개를 숙이는 게 가장 빠른 길이다. 아난을 통해 윗선에 '눈엣가시가 꼬리를 내렸다'라는 소문을 전달하는 게 결과야 어찌 되든 가장 무난한 방법일 것이다. 수사관으로서의 실력도 누구에게도 뒤지지 않는다는 자신이 있다.

하지만 그건 불가능하다. 이 일을 계속하기 위해서는 선택할 수 없는 길이다.

이제는 조직에 매달릴 이유가 달라졌다. 상대를 함께 끌어내리려는 생각도 사라졌다. 마지막 발버둥질이라고 해도 맞겠지만 적어도 나 자신을 위해 발버둥 치는 것이다. 붙잡은 손을 놓지 않는 것은 내가 나로 계속 있기 위해서다.

납득할 수 없는 굴복을 받아들이는 것. 그런 멋없는 짓을 히사노리 소년은 용납하지 않을 것이다.

일단 한번 그곳으로 돌아간다. 그리고 그곳에서 다시 시작하면 된다.

22년 전 눈 내리던 날. 새하얀 땅에 쓰러져 있던 시신. 시신을 내려다보는 교수. 그런 교수를 내려다보는 우리들. 그리고 그 모두를 내려다보는 검은 덩어리 같은 겐가산.

하치오지를 지나자 전화가 걸려 왔다. 긴타, 사토시, 아니면 고쇼다. 어쩌면 하루코, 아니, 만에 하나 후카이일 수도 있다. 두 번째 벨 소리 만에 전화를 받았고, 화면에 에비누마의 이름이 표시되자 가와베는 혀를 찼다.

"무슨 일이지?"

―선배, 어디서 짜증 과일이라도 드셨나요?

"그게 뭐야?"

―아들이 빠져 있는 만화입니다. 곧 애니메이션으로도 나온다고 하네요.

콤비를 이룬 후 아들이 초등학교에 들어갔으니 아마 열 살쯤 됐을까. 에비누마의 아들이나 아내를 만난 적은 없다. 에비누마의 아내가 남자들이 좋아할 만한 수려한 외모라는 소문만 동료에게서 들었다. 서로 사생활을 간섭받기 싫어하는 성격이라 그 점만큼은 잘 맞는다고 해야 할까.

"미안하지만 기차 안이야. 끊는다."

―이건 열차 내 매너보다 더 중요한 이야기입니다. 통화할 수 있는 곳으로 이동해 주실 수 없나요?

그렇게까지 말하니 거절할 수 없었다. 다행히 옆자리는 비어 있고 승객도 많지 않았다. 가와베는 목소리를 낮추고 "말해"라고 지시했다.

―아카호시 건, 특수부가 녀석을 둘러싸고 임의로 조사 중이라는 얘기 들으셨나요? 사법 거래 같은 방식으로. 있는 말 없는 말 다 떠벌릴까 봐 회사와 나카타초가 바짝 긴장하고 있습니다.

설령 그게 '없는 말'이어도 아카호시가 말했다는 사실 자체가 수사의 구실이 된다.

"선수를 뺏겨서 2과는 난리겠군."

―그런 건 자잘한 문제고요.

에비누마는 생각보다 언성을 높여 대답했다.

―아카호시가 지금 도내 호텔에 있다는 소문입니다. 또 다른 소문도 있습니다. 어떤 인물이 아카호시를 눈엣가시로 여긴다는 소문이.

지난달 사건이 떠올랐다. 아카호시의 금고지기였던 남자의 의문사.

"그래서 녀석이 검찰에 쪼르르 달려간 건가. 그럼 당장 신변의 위협은 없겠네."

―정말 그렇게 생각하십니까? 왜 저한테까지 이런 소문이 흘러 들어왔는지 선배가 모르시진 않을 텐데.

"……정보 유출인가."

불쾌한 시나리오가 머리에 떠올랐다. 보호를 대가로 아카호시의 입을 열게 한다. 정보를 한껏 뽑아낸 후 일시적으로 풀어 준다. 암살자에게는 아카호시의 위치를 쉽게 특정할 수 있는 절호의 순간이다.

―그 어떤 인물이 우익의 거물이라는 이야기가 돕니다.

검찰의 누군가와 연결돼 있어도 이상하지 않을 인물이라는 뜻일까.

모든 것이 소문이다. 구체성이라고는 거의 없는, 가십지에나 실릴 법한.

그러나 에비누마의 목소리에서 긴박감은 사라지지 않았다.

―녀석이 숨어 있는 호텔을 조사할 수 없을까요?

"제정신인가? 특수부 건과 수사1과는 무관해. 남의 영역에 함부로 발을 들이다가 어떻게 되는지 너도 모르지 않을 텐데."

―그러니 선배에게 의지하는 겁니다. 더러운 조직의 겉치레와 싸울 수 있는 사람이라고 믿고.

참 제멋대로다. 한편으로 의로운 분노를 자극하는 달콤한 제안이기도 하지만.

"아카호시를 꽤나 소중히 여기네."

암살을 저지하는 것. 상대가 누구든 그건 당연한 일이다. 그러나 내부의 배신자를 의심하고 자기 직위를 걸 만큼 신빙성 있는 정보라고는 생각되지 않았다.

"대체 넌 어디까지 개입한 거야?"

예감은 거의 확신에 가까웠다. 소문의 진위와 상관없이 지금 이 녀석은 수렁에 빠진 상태다.

—선배.

에비누마의 목소리에서 희미한 아첨의 기운이 풍겼다.

—그 검사 도련님과 아직 연락하고 계시죠?

튀어나온 배를 흔들며 걷는 우모토의 모습이 떠올랐다.

—정보, 얻을 수 없을까요?

웃기지 마. 네 일은 네가 알아서 해. 그런 훈계가 떠오른 순간, 귓가에서 사토시의 목소리가 들렸다. 다들 각자의 사정이 있겠지.

정면의 문이 열리더니 차장과 눈이 마주쳤다.

"……또 연락하지."

전화를 끊자마자 '아즈사'는 터널로 진입했다.

마쓰모토역에 서는 건 처음이었다. 사나다 마을에 살던 시절, 멀리 갈 일이 있으면 주로 나가노시나 아니면 도쿄였다. 마쓰모토는 도시 규모로 치면 현 내에서 손꼽히는 곳이지만 굳이 험한 산을 넘으면서까지 갈 일은 없어 이곳을 찾은 건 지유리가 사라진 날 낮에 세이 씨의 세드릭을 타고 요양 시설에 간 게 유일했다.

서쪽 출구를 등지고 마쓰모토성 방향 출구로 걸었다. 흐린 날씨에도 시원하지는 않다. 도쿄의 무더위에 비하면 낫지만 기온은 비슷한 수준이다. 2층 역사에서 계단을 내려가 로터리에 도착하니 이미 땀이 흘러내렸다.

세이 씨의 거주지에 대해 사토시가 당사자에게 들은 정보는 단 하나였다. '베란다에서 마쓰모토성을 바라보며 술이나 마시는 거야'.

이미 과거 이야기일 수도, 그냥 농담이었을 수도 있다. 사실이라고 해도 뜬구름 잡는 이야기다. 그래도 움직일 수밖에 없어 가와베는 우선 역 근처의 부동산을 찾았다. 수사라면 경찰 배지를 보이며 '이와무라 기요타카'를 찾아 달라고 하겠지만 그럴 수는 없다. 고객인 척하며 성이 보이는 물건을 찾고 있다고 거짓말하고, 가능한 모든 자료를 보여 달라고 했다. 그중에서 저렴한 1인용 원룸, 98년 이후 지어진 것들은 제외했다. 수십 장에 달하는 자료를 받아서 부동산을 나와 다음 부동산으로 들어갔다.

그렇게 부동산 세 곳에서 받은 서류 뭉치를 들고 마쓰모토성으로 향했다. 철로를 따라 북쪽으로 올라 메토바강을 건너면 오른쪽에 작게 천수각이 보인다. 옛 성곽 마을 이미지와 달리 높은 현대식 빌딩이 점점이 있어서 성의 위용이 미약해 보인다. 산간 지역인 사나다 마을과는 비교할 수 없을 정도로 평탄한 길이 이어진다. 변하지 않은 건 사방에 멀리 산들이 솟아 있다는 것 정도다. 도쿄보다 하늘이 더 가깝게 느껴졌다.

오는 길에 기차에서 머릿속에 새긴 대략적인 지도와 자신이 걷고 있는 풍경을 겹치며 우선 니시보리 교차로 근처에서 첫 번째 아파트를 발견했다.

백 세대가 넘는 가족형 아파트였다. 입구 홀은 최근 늘어나는 자동 출입문 방식이었다. 쓱 한 번 둘러보고 자료를 다시 넣었다. 베란다가 마쓰모토성을 향하고 있지 않았다.

혼자인 데다 시간도 제한된 조사라 사토시가 들었다는 세이 씨의 말을 믿을 수밖에 없었다. 혹시 몰라 우편함의 이름을 확인했지만 '이와무라'는 보이지 않았다.

다음 아파트로 향했다. 같은 이유로 두 곳을 헛걸음했고, 세 번째에 가서야 조건에 맞는 물건을 찾았다. 오테 1번지 교차로를 지나면 나오는 현대식 9층 아파트였다.

여기서부터는 오로지 탐문이다. 현관에 자동 출입문이 있다면 인터폰으로 물어야 하지만 다행히 이곳은 자유롭게 출입할 수 있었다. 우편함을 확인했지만 해당 이름은 없다. 이름이 없는 집을 자료 종이에 메모했다. 각 층에는 총 열 가구가 산다. 엘리베이터로 최고층에 올라가 가까운 집부터 인터폰을 눌렀다. 사토시가 방문 판매 사업에 대해 열변을 토하던 모습이 떠올랐다.

―네, 누구세요?

세 번째 집에서 여성의 목소리가 들렸다.

"죄송합니다. 혹시 이와무라 기요타카라는 분이 여기 사시나요?"

―아뇨. 그런 분은 안 계시는데요.

"아, 그런가요. 아무래도 호수를 잘못 찾은 것 같네요. 혹시 이웃 주민분들 중에 이와무라 씨가 계신가요?

―글쎄요. 그런 이름은 못 들어봤는데……. 죄송합니다.

"아뇨. 감사합니다."

이런 대화를 계속 이어 갔다. 혹여 수상하게 여길 경우에는 경찰관임을 밝힐 생각이었다. 도쿄의 형사가 은퇴한 옛 선배를 찾아왔다는 설정이었다.

한 동을 다 도는 데 한 시간 남짓 걸렸다. 성과는 없었다.

마쓰모토성 아래는 한때 중심 거리 3개, 지선 거리 10개, 그리고 24개의 골목길로 구성돼 있었다고 한다. 역시나 옛 성곽 주변에는 큰 건물이 그다지 많지 않았다. 거리 풍경도 대로에서 골목으로 들어갈수록 정감이 넘쳤다. 역사가 느껴지는 목조 벽, 기와지붕, 돌길이 보였다.

니시보리 방면에서 북쪽으로 가니 옛 가이치학교* 교사 안내판이 있었다. 중요 문화재라는 글자를 보며 놀랐지만 그렇다고 감상할 여유는 없었다. 그보다 지금은 물을 마시고 싶었다.

네 곳, 다섯 곳을 계속해서 돌아다녔다. 배지를 보여 주고 관리인에게 물으면 빠르지만 그러지 않은 곳은 한 집 한 집 방문해서 확인해야 한다. 이제는 몇 번째인지 세는 것도 그만둘 즈음, 우편함에 적힌 '이와무라'라는 이름을 발견했다. 힘을 얻어서 찾아갔지만 동명이인으로 밝혀졌다.

3시가 지나 정식집에서 급히 산적구이 정식을 먹었다. 닭고기 튀김과 타르타르소스를 합친 듯한 이 지역 요리는 확실히 맛있지만 즐길 여유가 없다는 게 아쉬웠다.

다마치, 신마치, 후쿠로마치. 지금은 기타후카시라는 이름으로 묶인 성의 북동부를 돌고 더 동쪽으로 갈수록 끝없이 헛수고를 하고 있다는 느낌이 강해졌다. 이게 일이라면 단념할 수도 있을 텐데. 쓸데없는 노력과 땀은 수사의 필수품이라고 배웠다. 그러나 이번에는 애매한 정보에 기반한, 사서 하는 고생에 불과했다.

권태를 억누르며 가와베는 아파트를 계속 순회했다. 슬슬 해가 기울기 시작했지만 밤은 아직 멀었다. 이 추세라면 7시가 되어도

---

* 1876년에 건립된 일본의 대표적인 의양풍 건축물로 메이지 시대 초기 학교 건축의 상징이며 2019년에 국보로 지정된 교육 박물관.

불빛이 필요 없을 것이다. 즉, 그때까지 햇볕에 그을릴 각오를 해야 한다. 서류 뭉치는 3분의 1 정도 남았다. 가와베는 북쪽 마을을 가로질러 성 동쪽에 위치한 이즈미초의 좁은 네거리에 섰다. 돌아가려면 지금이 마지막 타이밍이다.

수사에서 제외된 가와베의 퇴근 시간은 사무직 직원과 같았다. 명확히 지시받은 건 아니지만, 그것을 지키지 않는 순간 아난이나 사사키가 꾸짖을 것이다. 아니면 조용히 인사 기록에 X표를 하나 더 추가할 수도 있다.

서둘러 역으로 돌아가도 도쿄에 가는 건 빨라야 8시 전. 여전히 늦기는 하지만 아직 변명할 수 있는 범위다. 그 시간을 넘기면 무단 퇴근으로 취급돼도 불평할 수 없다.

경적 소리가 들려 돌아보니 택시가 천천히 다가오고 있었다. 무의식적으로 손을 들어 택시에 탑승했다. 마쓰모토역까지 서둘러 달라고 하자 기사가 쓴웃음을 지으며 말했다.

"운이 좋았네요, 손님. 이 근처에는 택시가 잘 안 와서 보통은 기다려도 잡히지 않거든요."

손님을 내려 주고 가는 길이었다고 했다. 그런가. 운이 좋았나. 안도하는 자신을 깨닫고 가와베는 고개를 흔들며 이마를 때렸다.

이제 와서 뭘 지키려고 하는 걸까, 난.

"목적지를 바꿔도 될까요?"

"네? 뭐, 상관없습니다만……."

기사는 넌지시 '어디로요?'라는 표정을 지었지만 바로 대답할 수는 없었다. 뚜렷한 목적지는 없다. 그저 아무 성과 없이 허무하게 돌아가려는 자신을 용서할 수 없었을 뿐이다.

기억을 더듬었다. 헛걸음이라도 좋다. 어디선가 실마리를 얻을 곳은 없을까. 마쓰모토와 세이 씨를 연결하는 기억은.

있다. 잊을 수 없는 그날의 드라이브. 그때 세드릭은 미사야마 터널을 통과했다. 산을 빠져나가 그다음 도로에서 왼쪽으로…….

"요양 시설이 있었던 것 같습니다. 아마 작은 언덕 옆에."

"언덕……."

"산을 등진 곳이었던 것 같은데."

"알프스 공원 쪽이 아니라요?"

"남쪽이었던 것 같습니다만."

기사는 잠시 생각하더니 이내 "아아" 하고 입을 열었다.

"혹시 거긴가요? 묘지 근처에 있는 곳."

택시는 곧 논밭이 펼쳐진 지역으로 들어섰다. 왼쪽에 묘지가 있는 언덕이 보인다. 기사는 콧노래를 흥얼거리며 핸들을 붙잡고 "돌아갈 때는 어떡하실 건가요?"라고 물었다. 볼일이 끝나면 돌아올 테니 기다려 달라고 했을 때 갑자기 익숙한 풍경이 눈앞에 나타났다.

학교를 닮은 흰색 3층 건물. 한때 이곳에 이자와 노부오가 입소해 있었다. 가와베가 그 두 눈을 찔러 없애려고 한 남자의 얼굴은 지금은 상당히 흐릿해졌다.

철문은 닫혀 있었다. 시간은 곧 오후 6시. 택시에서 내려 안내판으로 다가갔다. 면회 시간은 이미 지났다.

이번에도 헛걸음인가. 그러나 이는 결단을 내리기 위한 헛걸음이다. 무의미하지 않다.

돌아서려는 순간, 급히 다시 고개를 돌렸다. 마치 가와베를 붙잡는 것처럼 건물 복도에 불이 켜졌다. 정해진 시각에 켜진 것일까. 아니면 바깥 밝기에 반응한 것일까. 어쨌든 가와베의 시선이 꽂혔다. 형광등에 비친 2층 복도를 걷는 그 인물에게.

확신은 없었다. 잘못 봤거나 기억 착오, 혹은 착각일 수도 있다. 모든 가능성이 있었고 오히려 그쪽이 더 확률이 높았다.

잠시 후 그 인물이 창가 안쪽으로 사라졌다.

긴급용 인터폰을 눌러 볼까. 지금이야말로 형사의 권위를 이용해야 할 때 아닐까. 아니, 잠깐. 기회는 단 한 번뿐일지 모른다. 진정하자.

들뜬 마음을 억누르며 일단 수첩에 시설 전화번호를 메모했다. 이제 내일도 이곳에 올 이유가 생겼다.

가와베는 택시로 돌아가 역으로 가 달라고 부탁했다.

형사실로 향하는 복도에서 사사키와 마주쳐 서로 깜짝 놀라 멈춰 섰다. 퇴근 준비를 마친 그는 어두운 얼굴에 놀란 표정을 띠며 어색하게 눈을 돌렸다. 가와베도 비슷한 반응을 보였다. 마침 복도에 아무도 없어서 뭔가 한마디 해 볼까 싶었지만, 하고 싶은 말은 한마디로 끝날 게 아니었고 그걸 포기한다면 차라리 침묵하는 게 낫다고 판단했다.

눈인사만 하고 스쳐 지나가려는 순간 팔을 붙들렸다. 항의할 새도 없이 가까운 소회의실로 끌려갔다. 사사키는 불도 켜지 않고 문을 세게 닫았다.

"어디서 뭐 하고 있었지?"

말 그대로 취조였다.

"……부탁받은 일이 있어서 잠깐 밖에."

"이 시간까지? 부탁받은 일이 뭔데?"

"아, 그게, 비밀로 하라고 하셔서."

"누구한테?"

"뭐, 거역할 수 없는 분이죠."

뻔한 거짓말에 사사키의 눈이 번뜩였다. 멱살을 잡힐 것 같은 기운을 느꼈지만 사사키는 넥타이를 만지며 참는 듯 보였다. 거칠게 혀 차는 소리가 들렸다.

"……너, 어쩔 거야?"

"어쩔 거냐니요?"

"이제는 좀 결단을 내리라고."

사사키는 신경질적으로 안경다리를 밀어 올렸다.

"알지 않나? 더 이상은 안 된다는 걸. 수사1과에서는 버틸 수 없어. 관할로 돌아갈 건가? 아니면 파출소에서 길 안내부터 다시 시작할 건가? 나 같으면 못 견딜 것 같은데."

차가운 시선과 경멸. 약육강식의 경찰 조직에서는 동료 사이에서도 늘 이용하는 자와 이용당하는 자가 위치를 다툰다. 한 번 굳어진 평가를 뒤집는 건 하늘의 별 따기다. 더군다나 가와베처럼 좌천당해 돌아온 사람은 질투까지 섞여 냉대를 받는다.

결코 존경받지 못하는 직장에서 매일을 보내는 건 얼마나 고통스러울까.

"너와는 남이 아니야. 지금이면 아직 늦지 않았고 재취업할 곳도 찾아줄 수 있어. 아니면 시시한 사무직으로 평생을 마칠 작정인가?"

순간 아버지의 그늘진 얼굴이 떠올라 하마터면 오른손이 사사키의 멱살 쪽으로 향할 뻔했다. 필사적으로 그것을 억누른 건 그의 표정에서 기대의 빛을 읽었기 때문이다.

"아뇨."

가와베는 오른손을 천천히 자기 머리 위에 얹었다.

"지금은 앞일을 생각할 여유 따위 없습니다. 일단 할 수 있는 걸 해 보려고요."

"네가 할 수 있는 게 뭐지?"

"예를 들어, 아카호시의 스파이를 찾아낸다거나."

멍한 표정의 사사키를 향해 떠오르는 대로 허세를 부렸다.

"그자를 찾아내 감찰과에 제보하면 제 주가도 오르지 않을까요? 스파이가 수사1과에 있을 가능성도 있죠. 부하의 비리가 되면 아 난 역시 무사하지 못할 거고요. 하하. 그거 좋네요. 어쩌면 그냥 제가 그쪽으로 넘어가는 게 더 빠를 수도 있겠네요."

사사키의 손가방이 바닥에 떨어졌다. 마른 체구 어디에서 이런 힘이 나오나 싶을 정도로 세차게 가슴팍을 붙잡혀 벽에 등이 부딪혔다.

"까불지 마. 이 새끼야. 목 날아가는 수가 있어."

"……누구한테 하는 말입니까?"

진정 우스웠다. 이 시점에 이런 말이 협박이 될 거라고 생각하는 걸까.

다음 순간 배에서 둔통이 느껴졌다. 뒤이어 명치에 한 방 더. 마른 체구에서는 상상도 할 수 없는 위력이다.

"웃지 마라, 가와베."

분노만큼이나 반갑기도 했다. 관리직이 되고, 아이가 돈이 많이 드는 사립학교에 들어가고, 부모가 중증 알츠하이머에 걸린 이후부터 사사키는 위엄을 잃었다. 가와베에게 형사의 기본을 알려 준 도깨비 상관의 모습은 온데간데없이 사라지고 대신 억지웃음을 짓는 아첨꾼으로 전락해 버렸다.

그런 남자가 예전의 그 날카로운 표정으로 가와베를 노려보고 있다.

"……아카호시는 사라졌어."

"네?"

"특수부에서 감금해 둔 호텔에서 대낮에 홀연히. 행선지는 불명. 내부의 누군가가 도왔을 가능성이 커."

"자, 잠깐만요."

역시 목소리가 커졌다.

"정말로 스파이가 있다는 겁니까?"

사사키의 핏발 선 눈이 가와베의 모든 반응을 관찰하고 있었다. 되살아난 그의 눈빛은 현역 형사도 주눅 들게 할 만한 위력이 있었다. 여기서 어정쩡한 태도를 보일 수 없다고 판단한 가와베는 그를 똑바로 마주 봤다.

이윽고 멱살을 조이던 힘이 풀렸다. 어깨로 숨을 쉬며 사사키가 말했다.

"소문이 돌고 있어. 스파이가 형사부 녀석이라는."

또 소문인가.

"감찰과가 움직이는 것도 시간문제겠지. 거기에 아카호시가 시체로 발견된다면 확실히."

도쿄만에 떠오른 물에 불은 시체로.

"넌 아니겠지?"

"……지루한 사무 업무에 지쳐 영화를 보고 왔습니다. 푹 자는 바람에 줄거리는 말씀 못 드리지만."

의심으로 가득 찬 눈빛을 보며 나도 모르게 목소리가 거칠어졌다.

"제가 융통성 없이 고지식하다는 건 선배가 누구보다 잘 알고 있잖습니까!"

사사키의 어깨가 축 늘어졌다. 갑자기 움츠러드는 듯하더니 아첨꾼의 등이 됐다. 아, 그렇구나. 가와베는 깨달았다. 방금 이 남자를 오래전 그 격정으로 몰아넣은 건 정의나 책임감이 아닌 단순한 자기 보호였던 것이다.

"됐어. 너, 내일 출근하면 형사실에서 한 발짝도 나가지 마. 명령이다."

"……아뇨. 쉬겠습니다."

"……뭐?"

"할 일이 있어서 쉬겠습니다."

"이봐."

사사키가 당황했다.

"잠깐만. 너, 대체 무슨 생각으로……."

"친척이 돌아가셨다고 합니다. 경조 휴가는 정당한 권리 아닌가요?"

문을 여는데 등 뒤로 침이 튀었다. 가와베! 고성을 듣고 고개를 돌렸다. 사사키 선배.

"너무 얽매이지 마십쇼. 스트레스 때문에 미쳐서 제가 사람들에게 피해라도 끼치면 상사인 선배도 함께 가는 겁니다."

아연실색하는 사사키를 뒤로한 채 가와베는 회의실을 나섰다.

잠들 수 없었다. 날이 바뀌기 전에 메탈릭그레이색 레거시를 타고 마쓰모토로 출발했다. 한밤의 고속도로를 전속력으로 달리며 중간에 수없이 침을 뱉고 싶었다. 술을 들이켜고 싶었다. 왜 이렇게 마음이 들끓는지는 알 수 없었다. 사사키의 변절 같은 건 반년 전부터 뻔했다. 실망할 가치도 없다.

그런데도 어째서인지 앞 유리창 너머로 끝없이 펼쳐진 어둠에 마음을 잠식당하는 듯한 초조함에 사로잡혀 가와베는 가끔 소리를 지르고 짐승처럼 울부짖었다. 그때마다 머릿속에 이런저런 장면이 스쳐 지나갔다. 고쇼의 가식적인 선글라스, 사토시의 촌스러운 양복, 긴타의 시끄러운 웃음소리, 아난의 굵은 손가락, 에비누마의 아부하는 목소리, 야스에의 놀라는 모습, 그리고 지금 백미러에 비치는 비극의 주인공인 척하는 자신의 얼굴. 그런 것들이 정말 진저리나게 싫어져서 목이 터져라 소리를 지르며 가속 페달을 밟았다. 옆을 스쳐 가는 가로등과 헤드라이트의 불빛을 노려보다 보니 눈이 따가웠다.

다시 시작한다. 다시 시작한다. 다시 시작하고야 만다.

주문처럼, 부적처럼 그 말만을 속으로 되뇌었다. 카 라디오에서 들리는 걸스팝. 그것을 배경 삼아 말하는 여성 진행자의 달콤한 목소리. 여러분, 오늘은 일본 시간으로 저녁 7시가 조금 지나면 20세기 마지막 개기일식이 있대요. 랭스, 울름, 슈타인하임, 잘츠부르크, 제함, 고보라……. 태양과 달이 이 몇 시간 동안 서로를 꼭 껴안는 거예요. 정말 로맨틱하지 않나요?

시야 구석으로 끊어진 중앙선이 스쳐 지나간다. 노란색이 아닌 새하얀 그 선이 다가왔다 싶으면 지나가고, 또 다음 선이 다가왔다 싶으면 지나가고, 그다음 선이……. 문득 내가 선을 넘고 있는 건지 선이 나를 넘고 있는 건지 분간이 안 간다. 지나간 선은 어디로 사라지는 걸까. 그걸 확인하는 건 불가능하다. 이 속도로 달리는 한 뒤돌아볼 틈이 없다. 그저 계속해서 넘어가는 수밖에 없다.

긴타는 말했다. 과거는 무의미해.

고쇼는 말했다. 미래의 약속 같은 건 시시해.

사토시는 말했다. 잘 있어.

야스에는 말했다. 비겁한 인간. 아니, 이건 환청일까.

그렇게 합시다.

그 여름 공부 합숙의 밤, 그녀의 손을 잡았더라면 미래가 달라졌을까.

레거시가 한계까지 속도를 높인다. 가와베는 차에 관심이 없어서 중고차 전단을 보며 차를 고른 사람은 야스에였고, 야스에 역시 차는 움직이기만 하면 뭐든 상관없다는 타입이라 결국 형사가 타도 부끄럽지 않을 만한 걸 대충 골랐다. 그래도 야스에는 이 차를 마음에 들어 했을 거라는 생각이 들었다. 매달리듯, 애원하듯 그런 생각을 했다.

　우리는 앞으로 잃어버린 만큼의 뭔가를 되찾을 수 있을까.

　핸들을 꽉 잡는다. 다시 시작하겠다고 중얼거린다. 중앙선을 넘어 앞 차량을 추월했다. 차 안에까지 바람의 비명이 들렸다. 잘 있어. 무의미해. 시시해. 비겁한 인간. 그렇게 합시다. ……다시 시작한다. 잘있어무의미해시시해비겁한인간그렇게합시다. 다시 시작한다. 잘 있어.

　가와베는 고함을 질렀다. 라디오에서는 끝없이 경쾌한 사랑 노래가 흘러나왔다.

　더위 때문에 잠에서 깨는 건 불쾌하다는 말로 부족했다. 컵홀더에 꽂힌 물병을 뽑아 단숨에 비웠다. 열어 둔 옆창으로 들어오는 바람이 놀라울 만큼 미지근했다. 가와베는 목 근육을 풀며 디지털시계를 봤다. 8시 40분. 흰 벽의 시설이 열리기까지 앞으로 20분.

　다섯 시간은 잔 셈이다. 그런데도 머리는 맑지 않다. 몸도 무겁다. 차에서 자는 건 잠복근무로 익숙할 텐데.

　밖에 나가서 기지개를 켜니 피로가 조금 가셨다. 하늘은 엷은 구름으로 덮여 있다. 레거시를 세운 길가는 공동묘지가 있는 언덕 근처로, 가와베가 선 곳에서는 우거진 나무 사이로 성묘객이 다니는 산책로가 보였다. 참새와 매미 소리가 끊임없이 울려 퍼진다.

레거시를 그대로 세워 두고 가와베는 걷기 시작했다. 시설에는 주차장이 있지만 여기서 그리 멀지 않다. 걸어가면 면회 시작 시간에 맞출 수 있을 것이다. 무엇보다 몸에 달라붙은 권태를 떨치기 위해 몸을 움직이고 싶었다.

단 한 번 세이 씨의 차를 타고 방문한 이 땅에서 하얀 건물 외에는 기억나는 게 없어서 눈에 들어오는 넓디넓은 논밭 등에서도 향수 같은 건 느껴지지 않았다. 기복이 심한 사나다 마을의 경작지와 달리 이곳은 대부분 정리된 경지가 계단식으로 이어져 있다.

생각해 보면 전혀 이상할 게 없었다. 고등학교 2학년 여름, 비록 미수에 그쳤지만 가와베의 폭력 때문에 이자와 노부오는 마음의 병을 얻었다. 이자와의 아버지는 우에다시에 살던 건달로, 가해자 가족에게서 아들의 위자료를 뜯어내려고 벼르고 있었다. 그래서 세이 씨는 그 부자를 마쓰모토로 이사시키고 이자와를 위해 요양 시설을 알아봐 줬다.

그렇다. 이 시설을 알아본 사람은 세이 씨였다.

정문은 열려 있었다. 경비원이 보이지 않아 그대로 안으로 들어갔다. 그리 넓지 않은 주차장을 지나 현관의 자동문을 지나자 오른쪽에 접수처가 있었다. 가와베는 주저 없이 경찰 배지를 보이며 "이와무라 씨를 만나고 싶습니다"라고 말을 꺼냈다.

형식적인 대화를 몇 마디 나눈 후 40대로 보이는 주임이라는 남자가 가와베를 안내해 줬다. 도쿄에서 발생한 사건의 추가 수사로 오래전 일을 확인하고 싶다는 거짓말에 순박해 보이는 남자 주임은 의심하는 기색조차 보이지 않았다.

계단을 올라 2층으로 갔다. 왼쪽에는 창문, 오른쪽에는 개인실 문이 줄지어 있다. 조용했다. 안쪽에서 시트를 나르던 여직원 옆을 지나칠 때 남자 주임이 발걸음을 멈췄다. 방 안을 들여다보며 말을 걸고는 잠깐만 기다려 달라고 하고 안에 들어갔다. 잠시 후 "들어오세요"라는 소리가 들렸다.

소박한 침대, 방의 분위기, 창문 위치. 20여 년 전 이자와를 찾아왔을 때는 창밖에 눈이 내렸다. 침대 위에 이자와는 없었다. 당시 돌봐주던 후미오를 꼬드겨 병실을 빠져나갔기 때문이다.

지금 눈앞에 있는 침대에서는 몸을 반쯤 일으킨 사람이 풀린 눈으로 가와베를 바라보고 있었다.

남자 주임에게 나가라고 반쯤 명령하듯 말하고 가와베는 준비된 접이식 의자에 앉았다. 그리고 침대에 있는 인물과 눈을 마주쳤다.

"오랜만이네, 하루코."

소녀 시절의 모습은 온데간데없었다. 면허증 사진을 보지 않았다면 같은 사람이라고 믿기 힘들었을 것이다. 어젯밤 창밖에서 알아볼 수 있었던 건 작은 실루엣과 단발머리 덕분이었고 거기에 장소가 이곳이기에 간신히 연관 지을 수 있었다.

몸은 야위었고 입술은 갈라져 있다. 통통하고 부드러웠던 볼은 땅에 떨어져 말라비틀어진 과일 같다. 가와베를 바라보는 눈동자에서는 의지의 힘을 읽어내기가 어려웠다. 입소자용인 듯한 반소매 옷 사이로 보이는 팔 안쪽에는 여러 군데 자해 흔적이 있었다.

'왜?'라고 물을 수는 없었다. 왜 이렇게 됐어? 답은 뻔하지 않은가. 아니, 설령 그게 직접적인 이유가 아니라고 해도 적어도 가와베를 비롯한 다섯 사람에게는 무관하다고 단정 지을 자격이 없다. 그 눈 내리던 날의 비극이 하루코의 현재 모습과 전혀 관계없다는 건 터무니없는 헛소리다.

가와베는 입을 열어 말이 튀어나오려는 찰나에 숨을 헐떡이듯 다시 삼켰다. 무심코 눈을 돌렸다. 멍하니 이쪽을 바라보는 하루코의 공허한 눈빛이 가슴 아팠다.

할 말이라곤 없다. 참회가 무슨 도움이 되겠는가.

의미도 없이 고개를 흔들었다. 숨을 제대로 쉴 수 없었다. 오한과 땀이 동시에 밀려왔다.

하루코. 미안하다. 용서해 줘.

자신의 추함에 구역질이 날 것 같았다.

차라리 얻어맞고 욕을 들을 수 있다면 얼마나 편할까.

"세이 씨는 여기 찾아와?"

그런 형식적인 질문만 던질 수 있을 뿐이었다.

한때 히데키와 하루코를 맡았던 세이 씨다. 은거한 뒤에도 하루코를 걱정해서 익숙한 이 시설에 맡겼을 것이다.

"저 꽃도 세이 씨가 가져다줬나?"

창가에 놓여 있는 꽃병에 파란 꽃 세 송이가 예쁘게 피어 있었다.

"아니면 히데키 씨가……."

"그만!"

순간 가슴을 세게 얻어맞은 듯한 기분이 들었다. 간신히 들은 하루코의 거친 목소리에 기억 속 소녀의 모습이 산산조각 났다.

"그만해. 가까이 오지 마. 때리지 마."

"하루코……."

"그만해! 죽이지 마!"

하루코는 두 손으로 머리를 감싸며 외쳤다. 죽이지 마! 그만해! 죽이지 마! 그만해! 연달아 소리쳤다. 복도에서 주임과 여직원이 뛰어 들어와 멍하니 서 있는 가와베를 뒤로하고 하루코를 진정시키려 애썼다. 그래도 그녀의 고통에 찬 말들이 병실 안에 계속 울려 퍼졌다.

다른 직원이 한 명 더 도착하고서야 가와베는 밖으로 끌려 나와 주임에게 상황 설명을 요구받았다.

"죄송합니다……. 기요타카 씨에 대해 묻자마자 흥분해서."

주임이 고개를 갸웃거렸다.

"누구요?"

"이와무라 기요타카 씨 말입니다. 하루코 씨는 세이 씨라고 불렸는데……. 혹시 모르십니까?"

"기요타카 씨……. 그런 이름은 전혀."

"……하루코 씨를 이곳에 입원시킨 사람은?"

"계약서에는 아버님 이름으로 돼 있을 겁니다."

"히데키 씨겠죠?"

주임은 "그렇습니다" 하고 고개를 끄덕이더니 "하지만……" 하고 말을 이었다.

"항상 오시는 분은 남편분입니다."

가와베는 무심코 가슴에 손을 얹었다. 길게 숨을 내쉬었다. 하루코의 발작이 뇌리에 박혀 있다. 거기에 불길한 예감이 더해져 동요가 가라앉지 않았다.

도망치고 싶은 감정을 억누르며 가와베는 고개를 들었다.

"히데키 씨의 주소를 알 수 있을까요?"

레거시를 운전하며 주임에게 들은 이야기를 되새겼다.

하루코가 입소한 건 작년 여름 직전. 이 시설은 치료가 아닌 요양을 표방하며 최소한의 지원으로 일상생활을 영위할 수 있는 것이 입소 조건이었다.

처음 하루코가 왔을 때 그녀는 외부 자극을 완전히 무시하거나 과도하게 두려워하는 극단적인 반응을 보였다고 한다. 기계적인 의사소통 외에는 자기만의 세계에 갇혀 있는 상태였고, 그녀를 데려온 '남편'은 그 원인이 친아버지와의 불화 때문이라고 설명했다. 자신도 일 때문에 집을 자주 비워서 하루코를 잠시 조용한 곳에서 편히 지내게 해 주고 싶다. 그게 시설에 하루코를 맡긴 이유였다.

평소에는 손이 많이 가지 않는 입소자지만 때때로 공황에 빠져 이해하기 어려운 말들을 늘어놓았다. 폭력적이지는 않고 발작이 오래 지속되지도 않지만 빈도가 늘고 있다. 조만간 우리 시설에서는 감당하기 힘들 것 같다……. 접견실로 옮겨 마주 앉은 가와베에게 주임은 그렇게 말했다.

어렸을 때 자택 간병의 지옥을 경험해서인지 가와베는 이런 시설에 가족을 입소시키는 걸 매정하다고 생각하지 않았다. 조부의 마지막은 비참했다. 일상의 짜증은 분노, 그것을 넘어서면 공포로 변했다. 자신의 가학성. 그리고 우울. 언젠가 나도 이렇게 되는 걸까. 가족에게 폐를 끼치고, 그들을 미워하고 미움받게 될까.

니시보리의 노상 주차장에 레거시를 세웠다. 경험상 익숙하지 않은 동네는 걷는 게 더 빠르다.

조금 가다 보니 묘한 술집 거리가 나왔다. 전형적인 뒷골목 분위기라 굳이 형사의 직감을 동원하지 않아도 줄지어 선 가게 대부분이 불법적인 서비스를 제공하고 있는 게 명백했다. 그리고 보니 아주 오래전, 누군가가 의기양양하게 떠들었다. 아마 사토시였을 것이다. 저기 있는 누나들은 다 해 준대.

어제와는 반대 방향으로 메토바강을 건너 남쪽으로 내려갔다.

혼마치 거리는 일대의 번화가라 해외 유명 브랜드도 간판을 내걸고 있었다.

가와베는 묵묵히 걸음을 옮겼다. 머릿속에 계속 하루코의 모습이 떠올랐다. 팔에 난 상처 자국은 어제오늘 생긴 게 아니다. 1년 이상, 어쩌면 훨씬 오래전부터 하루코는 자해에 빠져 있었을지 모른다. 즉, 그런 인생을 살아온 게 아닐까 하는 어두운 상상이 지워지지 않았다.

세상에는 불행이 널려 있다. 그러나 모든 사람이 마음의 병을 앓고 인생을 포기하는 건 아니다. 형사로 지내며 훌륭하게 일어서는 사람들을 많이 봐 왔고, 결국 과거에 계속 매달릴지 과거를 털어버릴지는 본인의 의지와 마음가짐에 달렸다고 느낄 때도 적지 않았다.

'하지만 역시' 하고 생각은 계속 제자리걸음을 했다. 역시 하루코의 행복을 빼앗은 건 우리가 아닐까, 하고.

길 앞에 다리가 보였다. 스스키강에 걸린 사카에 다리다. 이 일대는 예전에 바쿠로초馬喰町나 바쿠로초博労町로 불리던 지역으로 여기뿐만 아니라 지역 주민들은 성 아랫마을의 옛 이름을 자주 사용한다고 시설 주임이 알려 줬다.

가와베는 다리 직전에서 길을 꺾어 큰길에서 좁은 골목으로 들어섰다. 전형적인 서민 동네 분위기가 물씬 풍겼다. 큰 건물은 거의 없고, 길가에도 깔끔한 단독주택보다는 세월의 흔적이 묻은 양철지붕이나 목조 벽이 눈에 띄었다. 폐가 같은 집도 간간이 보였다.

햇볕이 뜨겁게 내리쬐었다. 하늘에 옅은 구름이 없다면 땀범벅이 되었을 게 분명했다.

주소 표지판이 잘 보이지 않아서 목적지에 가까워지고 있는지 멀어지는지 분간이 가지 않았다. 이상할 정도로 주민들과 마주치지 않았다. 누군가에게 거부당하고 있다는 망상마저 들 것 같았다.

가까이 오지 마. 하루코의 목소리가 머릿속에서 계속 메아리쳤다. 죽이지 마.

생각보다 오래 걸려 마침내 도착한 히데키의 거처는 스스키강 강가에 있는 2층짜리 빌라였다. 철제 계단을 올라 다섯 개 늘어선 문 중 안쪽에서 두 번째 문을 두드렸지만 대답이 없다. 문 앞 우편함에도 아무것도 없다. 전기 계량기만 느릿느릿 돌아가고 있었다.

잠시 망설이다 가와베는 옆집을 찾아갔다. 살짝 문을 연 잠방이 차림의 노인에게 최대한 싹싹한 표정으로 혹시 이와무라 히데키 씨의 행선지를 아는지 물어봤다.

"글쎄"라고 대답한 잠방이 노인은 친절하지 않지만 경계하는 기색도 없었다. 그는 "혹시 최근에 보신 적은 있나요?"라는 가와베의 거듭된 질문에 "사채업자?" 하고 속된 관심을 내비쳤다.

"아뇨. 그럴 리가요. 옛날 지인입니다. 우에다에 살던 때의."

"아, 그러고 보니 댐에서 일했다고 했던가."

스가다이라 댐 건설 현장을 뜻할 것이다.

"이야기를 자주 나누셨나요?"

"뭐 이웃이니까. 하지만 정말 가끔이었지. 근데 그 사람, 일본인이 아니지 않나?"

이야기를 들어보니 아무래도 히데키는 일본어가 여전히 서툴렀던 듯했다.

히데키가 여기 살기 시작한 건 2년 전쯤. 일을 하는 것 같지도 않고 옷차림이나 몸가짐에 신경 쓰는 기색도 없었다. 장을 보러 가는 것 외에는 집에서 나오지 않고 계속 TV만 보고 있었을 거라고 노인은 말했다.

"벽이 얇아서 어떻게 사는지 대충 알 수 있거든."

"평소에 사채업자가 오는 것 같았나요?"

"직접 본 건 아니지만 여기 사는 사람들은 다 비슷비슷해서."

노인은 나도 마찬가지라며 씩 미소 지었다.

"하지만 형씨가 만약 빚쟁이여도 포기하는 게 좋을걸. 아마 어디론가 가 버렸을 거야. 아니, 어쩌면 죽었을지도."

"혹시 짐작 가시는 거라도?"

노인은 또다시 "아니, 직접 본 건 아니야"라고 반복하고 말을 이었다.

"이 나이에 나도 이런 말 하기 뭐하지만, 내가 보기에 정신이 좀 온전치 않은 사람 같았어. 한밤중에 밖을 돌아다니고 마음대로 다른 집에 들어가기도 했다더군. 밖에 있는 자전거나 차에 흠집을 낸 적도 있고. 다른 건 몰라도 차는 심각하잖아. 그럴 때는 가족이 대신 고개를 숙이곤 했지."

"혹시 여자분이었나요?"

"키 작은 딸. 가끔 남편도 같이 왔었던 것 같아."

잠방이 노인이 아는 '남편'의 생김새는 시설 주임에게 들은 것과 같았다.

"몸도 안 좋았던 것 같아. 걸을 때 다리를 절뚝거렸으니 그래선 일자리를 구하기도 힘들었겠지. 그러다 작년 봄쯤이었나. 한동안 부부가 부산스럽다가 갑자기 조용해지나 싶었는데 그 뒤로 둘 다 홀연히 자취를 감췄어."

"……이사 간 건 아닐까요?"

"글쎄. TV 소리가 전혀 안 들리더라고. 대신 카세트에서 흐르는 듯한 노랫소리가 들릴 때가 많아졌어. 그 사람이 자주 듣던 그쪽 노래, '나' 뭐시기 하는 남자 가수의 노래 말이야. 몸이 괜찮을 때는 곧잘 따라 부르기도 했지. 의외로 잘 부르던데."

노인은 "그쪽 노래라 난 잘 모르지만" 하고 덧붙이고 다시 입을 뗐다.

"하지만 뭐, 24시간 지켜본 건 아니니까. 나도 자주 외출하는 편이거든. 역 근처 장기 클럽에서는 '바쿠로의 칠관*'이라 불리는

---

* 일본 장기에서 최고 수준의 타이틀을 모두 획득한 선수를 지칭하는 단어.

데…….."

 쓸데없는 이야기로 이어지려는 걸 가로막고 히데키의 행방을 물어봤지만 노인은 알 만한 곳이 없다고 했다.

 "근데 뭐, 우리 나이 정도 되면 이사 가는 것보다 죽는 게 더 쉽지 않겠어?"

 히데키가 사는 집의 집주인 주소를 물은 뒤 가와베는 일단 스스키강 옆 빌라를 뒤로했다.

 건강 면에서든 경제 면에서든 좋지 않았던 것 같다. 노년에 접어든 히데키의 속내를 가와베는 상상할 수밖에 없었다.

 생각해 보면 세이 씨도 이제 예순에 가까운 나이다.

 거의 1킬로미터를 걸어 일본식 가옥 앞에 도착했다. 잠방이 노인이 미리 전화를 걸어 준 덕분인지 집주인 남자는 귀찮아하는 기색이 없었다. 가와베가 경찰수첩을 보여주자 곧장 거실로 안내했다. 여든이 훌쩍 넘어 보이는 외모지만 걸음걸이는 힘찼다.

 "97년 4월에 그 집에 들어갔네요."

 "보증인은?"

 "필요 없다고 했습니다. 그런 걸 신경 쓸 정도로 월세가 비싼 것도 아니라."

 그러더니 남자는 "그런데 그 이와무라 히데키 씨 말인데요……" 하고 진지하게 말을 이었다.

 "저도 이제 나이가 나이고 가족 중에도 그 집을 관리하는 사람은 없습니다. 청소도 외부 업체에 맡기고 있고요."

"즉 입주자들과 거의 면식이 없다는 말씀이군요."

"네. 하지만 그 사람이 죽었다는 소식은 못 들었습니다. 월세도 문제없이 들어오고 있고요."

가와베는 왔던 길을 되돌아가 다시 히데키의 집 앞에 섰다. 문을 두드려 봤지만 역시 대답은 없다. 집주인에게 빌린 열쇠를 꽂고 손잡이를 돌렸다. 집 안으로 미끄러지듯 들어갔다. 서늘했다. 에어컨이 켜져 있는 게 아니라 공기 자체가 맑고 쾌적한 느낌이었다. 신발을 벗고 마루를 밟으며 부엌과 욕실을 지났다. 안쪽으로 들어갈수록 또다시 불길한 예감이 치밀었다.

다다미 여덟 장 넓이의 집 안은 깨끗하게 정리돼 있었다. 지나치게 깔끔할 정도다. TV, 책장, 장롱, 좌탁……. 필요한 가구들이 갖춰져 있는데도 이 황량한 느낌은 뭘까.

슬며시 코가 움직였다.

앗, 하고 외칠 뻔한 것을 간신히 억눌렀다.

냄새다.

희미하지만, 어딘가에 눌어붙은 기름 냄새.

피.

내장.

가와베는 입을 막고 작게 심호흡을 했다. 벽장이 눈에 들어왔다.

천천히 다가가 열어젖혔다. 하지만 그 안에는 아무것도 없었다. 이불이 쌓여 있고 옷 상자가 있을 뿐이다.

돌아서서 부엌으로 향했다. 직감에 따라 싱크대 아래 문을 열었다. 그곳에는 있어야 할 게 없었다. 칼이, 단 한 자루도.

숨을 내쉬며 냉장고 안을 확인했다. 특별한 눈에 띄는 건 없다. 아니, 그걸 넘어 텅 비어 있다.

욕실에 가서 세제가 없는 것을 확인했다. 욕조에 얼굴을 가까이 갖다 대 본다. 완전히 말라 있다. 몸을 일으켰다. 땀이 떨어지지 않게 이마를 손으로 훔쳤다. 뒤늦게나마 오른손에 손수건을 감았다. 화장실에 들어가 그곳에도 세제가 없는 것을 확인했다. 그리고 양변기를 자세히 살펴보다가, 발견했다. 변기 시트 가장자리 뒷면에 있는 희미한 혈흔.

일어서며 구토를 꾹 참았다. 혈흔 때문은 아니다. 그런 건 이미 식상할 정도로 많이 봐 왔다.

단지 이 집 안에서 일어난 행위를 상상하니 발열과 오한이 동시에 밀려왔다.

거실로 돌아가 창문을 열었다. 부드러운 빛이 들어왔다. 스스키 강의 수면이 내려다보인다.

지난해 봄 무렵, 이와무라 히데키는 자취를 감췄다. 그 뒤를 이어 딸 하루코가 시설에 입소했다. 이를 우연이라고 믿는 사람은 형사가 되지 않는 편이 좋다.

히데키는 여기서 죽었다. 그리고 욕조에서 몸이 해체됐다. 잘게 썬 살점은 변기에 흘려보냈을 것이다. 스스키강의 강바닥을 뒤지면 인골이 발견될지도 모른다. 범인들은 세제로 욕조와 변기를 깨끗이 씻고 히데키의 몸을 해체할 때 쓴 칼과 함께 쓰레기로 버렸다.

자연사로 보는 건 부자연스럽다. 이 안에서는 살인이 일어났다. 그리고 그 일과 관련된 자들은 그 사실을 숨기기로 결심했다.

아버지의 살을 도려내는 작업이 과연 인간의 마음에 얼마나 큰 상처를 남길지 가와베는 알 수 없었다. 다만 그녀가 한 말에서 어떤 장면을 떠올리는 것은 어렵지 않다.

그만해. 가까이 오지 마. 죽이지 마. 때리지 마.

히데키와 하루코가 어떤 사이였는지는 짐작할 수밖에 없다. 아니, 모든 게 그저 상상일 뿐이다.

가와베는 자신의 지문을 지우고 히데키의 집을 나섰다. 철제 계단에서 울려 퍼지는 발소리 때문에 두통이 밀려왔다.

그의 죽음을 감추려고 1년 넘게 월세를 계속 입금하고 있다는 말일까. 그리고 그 시설의 입소 비용도 그 '남편'이…….

집주인에게 열쇠를 돌려주고 가와베는 스스키강 강변을 걸었다. 식은땀이 멈추지 않았다. 아직 모르는 게 많다. 선과 선의 이음매가 빠져 있다. 그러나 중요하고 우리에게 절실한 사건은 대부분 밝혀져 버렸다.

마을을 남북으로 가로지르는 다가와강과 마주쳤다. 가와베는 석양에 붉게 물든 강물을 내려다보며 다리를 건넜다. 얼마 안 가 콘크리트 건물이 눈에 들어왔다. 마쓰모토 경찰서였다.

"이와무라 기요타카 말인가요?"

경시청 형사가 등장하자 약간 주눅이 든 듯했다. 형사과 책상 앞에 앉은 나이 든 형사는 지나치게 정중하게 가와베에게 의자를 권했다.

"저도 여기 오래 있었지만 그런 이름은 처음 듣습니다."

"우에다 출신이고 이 지역 조직에도 얼굴이 알려진 사람일 텐데요."

그러자 형사는 "흐음. 잠시만요" 하고 자리를 떴다.

혼자 남은 가와베는 눈을 꼭 감았다. 신분을 밝힌 이상 사적인 수사가 본청에 알려질 수도 있다. 그러나 이제는 감점 하나하나에 전전긍긍할 여유가 없다. 검은 짐을 짊어지고 말았다. 길가에 내려놓을 수 없다면 무릎이 부러질 때까지 짊어지고 가는 수밖에 없다.

나이 든 형사가 바인더를 들고 돌아왔다.

"좀 찾아봤는데 없네요. 이곳에는 조직이 두 개 있는데 어디에도 그런 이름의 조직원은 없는 것 같습니다."

도쿄가 본체이고 이곳은 지점일 테니 이름이 알려지지 않았어도 이상하지 않지만.

가와베는 잠시 망설이고 다시 물었다.

"히데키라는 남자분은? 이와무라 히데키. 2년 전쯤부터 후카시, 그러니까 바쿠로초에 살고 있습니다."

"글쎄요……. 전입한 지 얼마 안 된 주민이라면 파출소에 물어보시는 편이."

"……그렇겠네요."

"죄송합니다. 일부러 오셨는데."

가와베가 몸을 일으켰을 때 가운데 가르마를 한 젊은 형사가 "저" 하고 다가왔다.

"이와무라라면 이와무라 기요타카 말씀이신가요?"

나이 든 형사가 깜짝 놀랐다.

"뭐야, 자네, 누군지 알아?"

"네. 꽤 오래전이지만, 제가 파출소 근무를 할 때 몇 번 정도."

"잡혀 왔나?"

가와베의 기세에 눌린 듯 젊은 형사가 조심스럽게 대답했다.

"네……. 절도로."

역에서 파르코 빌딩까지 뻗은 공원길에는 술집과 식당, 상가 건물이 빼곡히 들어서 있다. 골목 안쪽에는 시끌벅적한 가게들도 있다. 어둠이 내려앉은 거리를 직장인 무리와 젊은 커플들이 들뜬 것처럼 오가고 있었다.

가와베는 눈부신 조명과 시끄러운 음악이 울려 퍼지는 게임센터로 발걸음을 옮겼다. 마쓰모토 경찰서의 젊은 형사가 알려 준 이 가게의 점장은 전에 이와무라 기요타카와 친했다고 한다. 그 이름을 들은 가와베는 평소답지 않게 '운명'이라는 단어를 떠올렸다.

"안녕하세요."

UFO 캐처 뒤에서 흰색 와이셔츠를 입은 남자가 나왔다. 투블럭 스타일 머리를 옅은 갈색으로 염색했다. 나이는 비슷해 보인다. 가와베는 '그야 당연하겠지' 하고 생각했다.

"기억하시나요? 저를."

"네. 물론 기억하죠. 이자와 씨."

사실 길에서 마주쳤다면 알아보지 못했을 것이다. 기억에 남은 건 숲속을 도망치는 뒷모습과 겁에 질린 울상뿐이다. 눈앞의 이자와는 그때보다 더 탄탄해 보이는 체격에 표정도 전혀 다른 사람처럼 부드러워 보인다.

다만 뭔가 말로 설명하기 어렵지만 어릴 적 그와 이어지는 느낌은 확실히 있었다.

"이자와 씨라고 불리니 뭔가 이상한 기분이네요."

"그쪽도 존댓말이 어색해."

"직업병입니다. 이 일을 하려면 윗분들 눈 밖에 나면 안 되니까요."

"난 도쿄 사람이야. 상관없지 않을까."

이자와는 쓸쓸하게 웃으며 코를 긁적였다.

"일단 나갈까요?"

가게 앞에 있는 기계에서 젊은 여자가 음악에 맞춰 묵묵히 춤을 추고 있었다.

"리듬 게임 같은 거 아세요?"

"알 리 없지. 형사는 무미건조한 직업이니까."

"자제분은?"

"글쎄. 좀처럼."

어색한 대답에도 이자와는 가볍게 고개를 끄덕였다. 유선 방송에서 여자가 "I'm proud" 하고 노래를 부르고 있었다.

"우라마치라는 곳에 가죠. 거기 술집 단골 중에 이와무라 씨를 잘 아는 사람이 있습니다. 전에는 조직원이었는데 지금은 일반인이고 이 게임센터의 사장님이기도 합니다."

"……당신은 조직원으로 일하나?"

"그럴 리가요. 전 그냥 고용된 직원입니다. 평범한 소시민이에요."

하늘은 어느덧 완전히 밤이 돼 있었다. 화려한 거리를 지나 교차로를 건넜다.

"이런저런 일이 있었네요."

이자와가 불쑥 내뱉어서 가와베는 "그래" 하고 대답했다. 그 이상은 무슨 말을 해도 거짓말이 될 것 같았다.

"벌써 25년이 됐나요? 길다면 길고 짧다면 짧은 시간이겠죠."

"……이와무라 씨와는 계속 연락하고 지냈나?"

"계속이라고 할 수는 없겠습니다만……. 뭐, 일단 거기 가서 이야기하시죠."

우라마치의 술집 거리는 골목마다 군데군데 불빛이 새어 나오는 가게에서 동네 단골들이 술잔을 기울이는 정겨운 분위기였다. 이자와의 발걸음은 '유어 브레스'라는 이름의 술집 앞에서 멈췄다.

"조금 기다려야 하는데 괜찮으시죠?"

카운터와 테이블이 세 개뿐인 작은 가게였다. 노래방 기계 옆에서 쉬던 마담이 일어나서 "어머, 이자와 씨" 하고 반갑게 인사했다. 손님은 없고 다른 직원이 한 명 있을 뿐이다. 드레스를 입은 여자가 서툰 말로 인사를 건넸다. 중국인이나 한국인인 듯했다.

카운터에 앉아 물수건만 받고 두 사람 다 물을 부탁했다. 이렇게 이자와와 나란히 앉아 있는 게 어색하게 느껴졌다. 가와베는 감정을 감추듯 담배를 꺼내 물었다.

"그 후로 어떻게 지냈지?"

"가와베 씨에게 맞아 죽을 뻔한 이후부터 말인가요?"

농담 같은 말에서 원한은 느껴지지 않았다. 물론 확신은 없었다.

"죽을 정도로 때린 적은 없는 것 같은데."

"네. 미수이긴 하죠. 생각해 보면 희한합니다. 아버지가 그런 사람이라 어릴 때는 잘난 척하고 스스로도 싸움깨나 한다고 자신했거든요. 그런데 가와베 씨와 친구분들에게 습격당했을 때는 패닉에 빠져 도망치는 것밖에 생각이 안 났습니다. 숲속에서 넘어져 궁지에 몰렸을 때는 정말 죽는 줄 알았고요."

이자와가 물컵을 흔들었다.

"그날 이후 눈을 감을 때마다 가와베 씨 모습이 떠오르더군요. 모습이라고 해도 얼굴은 없어요. 선명하게 보이는 건 손가락 두 개뿐. 그게 어둠 속에서 서서히 제게 다가오는 겁니다. 매일 밤 매일 밤, 반복해서요. 그러다 보니 잠을 못 자게 돼 결국 정신이 이상해졌죠."

가와베는 눈을 마주치지 않은 채 연신 연기를 내뱉었다. 오히려 이자와가 더 차분해 보인다.

"그런데 뭐, 그 모든 사달의 원인은 저니까요. 자업자득이죠. 지금은 원망하는 게 말이 안 된다는 걸 알지만, 그때는 그럴 수가 없었습니다. 어떻게든 가와베 씨의 손가락을 자르지 않으면, 그러지 않으면 죽을 때까지 그 환영이 사라지지 않을 거라는 망상에 사로잡혔죠."

"……그런데도 긴타, 그러니까 이시즈카 긴타를 먼저 노린 건가?"

"다가오는 두 손가락 너머에서 말이죠. 느껴졌습니다. 경멸하는 듯한 시선이요. 절 깔보는 천진난만한 웃음. 이것도 어떻게든 해야 한다고 생각했죠. 강박관념이라고 할까요."

긴타 쪽은 제압하기도 쉬울 것 같았다. 그런 계산도 있었다고 이자와는 쑥스러워하며 인정했다.

"그래서 종업식 날에 후미오를 불러냈군."

"꼭 와 달라고 신신당부했습니다. 아무것도 하지 않고 새해를 맞는 게 견딜 수 없어서요. 학교까지 같이 가자고 꼬드겼는데, 역시나 도중에 들켰죠. 나가노역 로터리에서 그만두라며 설득하더군요. 제 기분을 풀어 주려는 건지 도시락을 사 주기도 했습니다."

이때 후미오의 모습을 고쇼의 형의 친구가 목격했다.

"그러는 동안 교복 입은 아이들이 우르르 몰려와서 종업식이 끝났다는 것을 알았습니다. 그래서 이대로 역에서 기다리자 싶었는데 이번에는 갑자기 차를 출발시키더라고요. 전 '다시 돌아가!'라고 소리쳤습니다. 난동을 부리고 때리기도 했어요. 정말 못되게 굴었죠. 결국 눈 내리는 길을 헤치고 니가타 쪽까지 간 것 같습니다. 그래도 후미오는 제 마음이 풀릴 때까지 옆에 함께 있어 줬습니다. 그러다 보니 저도 화내다 지쳐서 어느새 별거 아닌 잡담을 나누고 있더라고요. 일본 록을 모른다길래 '장난하지 마'라는 즈노케이사쓰*의 노래를 가르쳐 줬더니 좋아했습니다. 함께 큰 소리로 여러 번 외쳤어요. 장난하지 말라고."

이자와는 "정말 큰 도움을 받았습니다" 하고 조용히 중얼거렸다.

"독이 빠져나갔다고 할까요. 적어도 회복의 계기가 됐죠. 저녁

---

* 1972년 데뷔한 일본의 아방가르드 록 밴드로 반체제의 과격한 가사와 공연으로 주목받았다.

에 시설로 돌아가 헤어질 때 그렇게 제멋대로 굴었던 저에게 후미오는 아쉬운 듯이 '또 만나' 하고 웃으며 인사해 줬습니다. 기뻤어요. 그게 마지막이 되고 말았지만."

"잠깐만."

가와베는 위장에서 느껴지는 불안감을 억누르며 물었다.

"시설에 돌아간 시간은 한밤중 아니었나?"

"설마요. 문 닫는 시간까지 돌아가지 않으면 경찰 신세를 져야 합니다. 그러니 저녁이라고 해도 기껏해야 4시를 조금 넘겼을까 말까 한 시간이었어요."

가와베가 세이 씨와 함께 방문한 시간보다 약 한 시간 뒤다.

"팔은?"

"팔이요?"

"후미오의 팔을 부러뜨리지 않았어?"

그러자 이자와는 눈을 휘둥그레 뜨고 웃음을 터뜨렸다.

"에이, 무슨 그런 심한 말씀을. 그 정도까지는 안 했습니다. 후미오의 팔을 부러뜨리면 돌아갈 때 누가 운전을 했겠습니까?"

가와베는 담배를 재떨이에 비벼 껐다. 물컵을 꽉 쥐고 눈을 깜빡이는 것도 잊은 채 굳었다. 그 모습을 보며 이자와가 당황한 눈빛을 보냈다.

뭐지, 이건.

그때 초인종이 울렸다. 이자와가 자리에서 일어나 인사를 했다.

들어온 전직 야쿠자 사장을 힐끗 보며 머릿속에 자신의 목소리가 울리는 걸 느꼈다.

이상하다. 뭔가가, 틀어져 있다.

용 자수가 새겨진 흰색 맨투맨 티셔츠가 이상하리만치 잘 어울리는 남자였다. 짧게 깎은 머리와 툭 튀어나온 배. 오래전 야쿠자의 전형적인 모습이다. 새끼손가락 끝마디가 보이지 않았다.

사장은 테이블석 상석에 털썩 앉아 트림을 꺽 했다. 이미 한 잔 걸친 모양이었다. 그는 가와베를 자리로 불러서 맥주를 권했다. 이쪽에서 예의를 차려야 하는 상황이니 운전이나 몸 상태 핑계로 술을 마다할 수는 없었다.

"이와무라를 찾아왔다고?"

사장이 캐멀 담배를 입에 물자 이자와가 재빨리 라이터를 내밀었다.

"그 녀석이 또 무슨 사고를 쳤길래 도쿄 형사 양반께서 이 시골까지."

"아뇨. 그런 건 아닙니다. 실은 예전에 신세를 졌거든요. 연락이 끊긴 지 오래돼 이참에 얼굴을 한번 뵙고 싶어서."

"그럼 당신, 사쿠 쪽 사람인가 보군."

"아뇨. 사나다입니다."

가와베가 대답하자 사장은 "그래?" 하고 턱수염을 쓰다듬었다.

일부러 떠보려고 한 것일지 모른다.

사장은 맥주를 들이켜고 다시 입을 열었다.

"그런데 희한하네. 그 자식이 경시청 형사님한테 뭔가 도움을 줄 만한 그릇은 아닌데."

"어린 시절 이야기입니다. 20년도 더 전의."

"그래서 하는 말이야. 녀석은 그 나이 때부터 이미 헤매고 있었을 거니까."

이맛살을 찌푸린 가와베를 보며 사장은 히죽 웃었다.

"제대로 된 돈벌이도 못 하는 고독한 늑대. 아니, 외로운 까마귀였다고 해야 하나."

가와베는 사장이 뿜는 담배 연기를 노려봤다.

"그 녀석은 내 부하였어. 정확히 말하면 내 부하의 부하. 그러니 심부름꾼이었지."

"제가 아는 것과는 좀 다르네요. 댐 공사로 돈을 벌었다고 들었는데."

"아, 그때는 좀 나았지. 지역 연줄이 있다면서 두목한테 무릎 꿇고 빌어서 맡게 됐거든. 열심히 했어. 굶주린 조선인들을 모아다가 삥 뜯고, 차 사고 옷 사고, 화려하게 놀았지."

가와베가 안도의 한숨을 쉬기도 전에 사장은 말을 이었다.

"뭐, 예상대로 순식간에 잘렸지만 말이야."

주먹을 쥔 손에 찌릿한 통증이 스쳤다.

"……본 공사 이후 일입니까?"

"그래. 인원이 제대로 안 모였다느니, 게으름 피우는 놈들이 너무 많다느니 온갖 말이 나왔지. 말을 못 하는 놈들도 섞여 있었고 일본 인부들과 맞지 않기도 했어. 도망가는 놈들도 많았고. 마지막에는 누가 다쳤던가, 죽었던가. 아무튼 관리가 너무 엉망이라 우리 쪽에까지 불평이 들어올 정도였어. 그 자식도 인부들에게 선불로 준 월급을 떼이기도 하고, 도난 소동을 겪기도 해서 골머리를 앓았겠지. 뭐, 그쪽 녀석들은 필사적이니까. 절대 만만한 상대가 아니야. 그 녀석한테는 버거운 일이었어. 예상했던 일이기는 하다만."

잘 나가는 척 발렌티노인지 뭔지 하는 번드르르한 검은 코트를 걸치고 다녀서 그래서 우리는 까마귀라고 비웃었다니까.

가와베는 맥주를 마셨다. 잔을 비우고 직접 따랐다. 적갈색 세드릭, 날렵한 선글라스, 느릿느릿한 말투…….

"도쿄 조직에 있었다고 들었습니다만."

"누구한테?"

누구? 당연히 본인 아닌가.

사장이 몸을 뒤로 젖히며 웃음을 터뜨렸다.

"도쿄는 무슨 놈의 도쿄! 그 자식은 열여섯 살 때부터 쭉 여기 있었어. 계속 내가 돌봐줬다고."

사장의 요란한 웃음소리를 들으며 가와베는 또 한 잔의 맥주를 목으로 넘겼다. 이자와의 불안한 시선이 느껴졌다.

잔을 내려놓고 사장을 똑바로 쳐다봤다.

"적어도 그 사람은 77년, 그 다카 항공기 납치 사건이 있었던 해부터 돌아오지 않았습니다."

"돌아오다니, 사나다 마을 말인가? 그러니까 그건 말이야. 도쿄가 아니라 계속 마쓰모토에 있었다는 이야기일 뿐이라고. 아니, 틀림없어. 다카 사건 때는 기억해. 할 일이 없다고 울며 매달리길래 국도 옆에 있는 우리 조직이 관여하는 파친코 가게에서 점원으로 일하게 해 줬지. 거기서 꽤 오래 있었을 거야. 어차피 다른 할 수 있는 일이 없었을 테니까."

사장이 코웃음을 쳤다.

"말이 번지르르하고 뭔가 묘한 분위기가 풍겨서 처음에는 다들 속아 넘어가지만, 실상은 텅 빈 녀석이야. 배짱도 없고 머리도 부족해 심부름이나 하는 게 고작이었지."

"거짓말하지 마십시오. 도쿄에서 주식으로 돈을 벌었다는 증언도 있습니다."

"주식? 어이, 형사 양반. 말이 되는 소리를 해야지. 그 자식은 글자도 못 읽는데!"

"……네?"

사장의 붉은 얼굴에 냉소와 희미한 동정심이 스쳤다.

"아는 건 히라가나와 숫자, 간단한 한자뿐. 그래서 외국 영화도 못 본다며 투덜거렸지. 자막이 너무 빨리 지나간다고."

그런 인간이 무슨 놈의 주식이야. 가와베는 지금 남자가 하는 말을 도통 이해할 수 없었다. 다만 자신의 발밑이 와르르 무너져 내리는 느낌은 들었다.

"뭐, 불쌍한 놈이지. 개도 전쟁의 희생자니까. 만몽 개척단이라고 들어봤어? 전쟁 전 공황으로 제사製糸 산업이 망하면서 마을에서 식구를 하나라도 줄이려고 가족들을 만주로 보냈어. 전국에서 20만 명 이상이 갔는데 그중에서 15퍼센트 정도가 다 우리 현 사람들이야. 그러다 전쟁에 져서 돌아오니 너희를 먹여 살릴 여유가 없다며 또다시 고향에서 쫓겨났지. 나도 그 시절 일은 똑똑히 기억해."

아는 체하는 말투가 가와베의 귀를 그냥 스쳐 지나갔다.

"기요타카의 부모도 그랬어. 귀국이 언제인지는 잘 모르지만, 패전 때 아마 다섯 살쯤 됐을까. 녀석은 조선말을 할 줄 알아서 재일들을 상대할 수 있었고, 그게 유일한 장점이었어. 그나마 할 줄 아는 게 있다 보니 일본어는 계속 깜깜이였던 거지. 교육을 받을 시간도 없었을 테고."

가와베는 고개를 숙이고 눈을 질끈 감았다. 터져 나올 것 같은 열기를 꾹 억눌렀다.

"그런데 아무리 환경 타령해 봐야 뭐 하겠나? 결국 한심한 건 그 녀석 자신이지. 내가 넣어 준 파친코 가게에서 상습 도둑질로 잘렸다는 이야기를 들었을 때는 우스운 걸 넘어서……."

"닥쳐."

정신을 차려 보니 어느새 일어서서 사장의 멱살을 움켜쥐고 있었다. 이자와가 필사적으로 가와베를 말렸다. 사장은 괴로운 듯 이를 드러내며 강렬한 눈빛으로 가와베를 올려다봤다.

"그만하세요! 가와베 씨!"

억지로 가게 밖으로 끌려 나왔다. 이자와가 "뭐 하시는 겁니까?" 하고 소리쳤다. 가와베는 "저 자식은 지금 거짓말을 하고 있어"라고 말했다. 허튼소리다. 파친코니 도둑질이니, 하나부터 열까지.

가게로 다시 들어가려는 가와베를 붙잡고 이자와는 "아뇨. 거짓말이 아닙니다"라고 했다.

"거짓말이 아니에요. 저도 같은 파친코 가게에서 일했으니까요. 그 사람이 경찰서에 끌려갈 때마다 제가 가서 사과했다고요."

슈퍼마켓에서, 편의점에서, 동네 구두 가게에서. 세이 씨는 도둑질을 계속했다. 푼돈으로 살 만한 하찮은 물건들을.

"하지만."

가와베는 부정했다. 그럴 수밖에 없었다.

"하지만 그 사람은 히데키 씨와 하루코를 직접 먹여 살렸어."

이자와가 고개를 저었다.

"네. 확실히 그 사람들은 같은 셋집에 살았습니다. 그런데 히데키 씨도 청소 일로 돈을 벌었어요."

"하루코는……."

"……하루코 씨는."

이자와가 말끝을 흐렸다.

"……나가 버렸습니다. 아마도, 그게 싫어서."

가와베는 '뭐가?'라고 묻지 않았다. 전에 후카도 말한 바 있다. '여자니까'라고.

그런 일을 시켰던 걸까. 히데키가. 세이 씨가.

"실질적으로 그 집의 생계를 책임지던 사람은 하루코 씨였습니다. 하루코 씨가 사라지기 전에 이와무라 씨는 저희 가게에서 잘렸고……."

"그렇군."

가와베는 이자와를 밀치고 나아갔다. 이자와가 황급히 막아섰다.

"잠깐만요! 어디 가시려는 겁니까?"

"비켜. 저 자식한테 다시 한번 확인해야겠어."

"잠깐만요! 부탁드립니다! 제가 아는 걸 전부 말할 테니 잠깐만 기다려 주세요."

가와베는 침을 튀기며 호소하는 이자와의 얼굴을 내려다봤다.

"……하루코 씨가 사라지고 나서 그 사람들의 삶은 엉망이 됐습니다. 제대로 일한 사람은 히데키 씨뿐이었는데 그마저 변변찮은 수입이었죠. 여기저기서 빚 이야기가 들리더니, 그때 마침 올림픽 유치가 결정된 겁니다."

나가노 동계 올림픽, 개발 특수. 댐 공사 시절 인맥을 활용해 두 사람은 기간제 작업원으로 나가노시에 돈을 벌러 갔다.

"셋집을 정리하는 걸 도와줬으니 틀림없습니다. 그러다 얼마 후 히데키 씨가 다시 돌아왔죠. 다리를 다쳐 일을 못 하게 된 상태로."

그때 빌라 집을 구해 준 사람도 이자와였다고 한다.

"이와무라 씨는 계속 그쪽에서 일했습니다. 그 뒤로는 어떻게 됐는지 모르겠네요. 히데키 씨 말로는 모은 돈으로 도쿄에 갈 생각이었다던데."

가와베는 속으로 '아, 그렇구나' 하고 고개를 끄덕였다. 또 하나가 연결됐다. 세이 씨와 도쿄. 그 연결 고리가 선명히 보였다.

"거짓말이야."

그래도 가와베는 인정하지 않았다.

"너희는 지금 거짓말을 하고 있어. 적어도 그가 글자를 못 읽었다는 건 말도 안 돼. 세이 씨는 교수의 제자였어. 문학을 사랑하는 국어 선생님의 제자였다고. 난 세이 씨에게 읽은 책에 대한 감상도 여러 번 들었어."

이자와는 씁쓸하게 미소 지었다.

"가와베 씨는 그분이 직접 글을 읽는 걸 본 적이 있나요? 책 감상 같은 건 후미오에게 들은 걸 그대로 베껴 말했을 수도 있습니다."

"그런 짓을 할 이유가 없어."

착잡한 것처럼 입술을 일그러뜨리는 이자와에게 가와베는 덧붙었다.

"그리고 너희도 세이 씨에게 신세를 지지 않았나? 내가 무서워서 마쓰모토로 이사 갔을 때."

"그건 맞습니다."

이자와가 인정했다.

"그분은 당신을 보호하려고 했죠. 일을 조용히 해결하려고 조직의 높은 사람에게 가서 고개를 숙이기도 했대요. 우리 아버지에게도 약간의 위로금을 쥐여 주지 않았을까요. 하지만 그건 의리나 배짱으로 한 게 아닙니다. 가와베 씨. 그 사람은 말이죠. 그냥 사람들에게 멋있어 보이고 싶어 하는 허세꾼일 뿐입니다."

가와베는 이마를 짚었다. 한때 동경한 남자의 희미한 웃음이 일그러진다. 기억이 주마등처럼 스쳐 지나갔다. 중학교 수업은 거의 안 갔다고 들었다. 교수의 취미는 글자를 읽지 못해도 상관없는 낭독이었고, 그가 산 책은 전부 후미오의 방에 있었고, 후미오는 꼭 일하는 것처럼 그 책들을 읽었다. 세이 씨가 말한 책에 대한 감상, 당당한 문학론. 그리고 삶의 교훈. 그 모든 것이 다른 데서 베껴 온 가짜였다는 말일까.

―인간이라는 존재는 그렇게 쉽게 새로워지지 않아.

"파친코 가게에서 일할 때도 그랬습니다. 지식을 뽐내고 여유 있는 척했지만 전부 허세였죠. 히데키 씨를 옆에 끼고 다닌 것도 그 사람이 자기보다 더 불쌍한 처지였기 때문입니다. 우쭐댈 대상이 필요했던 거예요."

"……비켜."

"이제는 인정하세요. 이와무라 기요타카는 속 빈 강정이었고 성인들 사이에서는 무시당하고 조롱당했습니다. 그래서 아무것도 모르는 시골 아이들을 붙잡고 잘난 척했던 거라고요."

"비켜. 눈알 뽑히고 싶어?"

"해 볼 테면 해 봐요!"

분노의 찬 고함은 가와베를 흔들고 밤 속으로 사라졌다.

"……이제 그만하시죠."

이자와는 가와베를 감싸듯 서 있었다.

"가와베 씨. 저, 곧 셋째가 태어납니다. 이번에도 아들 같은데, 이름을 뭘로 할까 고민 중이에요. 어떻습니까? 멋지지 않나요? 확실히 전에는 여러 일이 있었죠. 아무리 반성해도 모자란 일들도 있고요. 하지만 그렇다고 해서 그냥 포기할 수는 없잖습니까?"

이자와는 "그 사람 말이에요" 하고 힘없이 중얼거렸다.

"언젠가는 마쓰모토성이 내려다보이는 아파트에서 살 거라고 노래를 부르더군요. 도둑질을 하다 잡혀간 그 사람을 데려오는 길에 그런 말을 자주 들었습니다."

"뭐."

이자와가 고개를 들었다. 괴로워 보였다. 남의 흉을 보는 게 아니라 진심으로 안타까워하는 표정이었다.

"이제 됐으니 이거 놔."

힘껏 뿌리치고 가와베는 어깻숨을 쉬었다. 하늘을 보니 달이 구름에 가려져 있다. 밤바람이 멈추지 않고 열기를 달래 줬다.

"하나만 더 알려 줘."

이자와는 경계하면서도 가와베의 다음 말을 기다렸다.

"긴타가 다니는 고등학교에 대해서는 누구에게 들었지?"

이자와의 눈동자에 동요가 스쳤다.

"그 녀석이 나가노시의 고등학교에 다닌다는 건 사나다 마을에서 유명했지만, 넌 우에다 사람이잖아? 습격에 가담했다는 것도 얼굴과 이름이 일치해야 알 수 있어. 물론 나에 대해서도."

이자와의 이마에서 흐르는 땀은 우연히 들었을 순진한 가능성을 부정하고 있었다. 그걸로 충분했다. 이제는 정말 모든 선이 연결돼 버렸다.

뭔가를 말하려는 이자와를 가와베는 손바닥으로 제지했다.

"됐어. 미안."

가와베는 한숨을 내쉬고 앞으로 두 번 다시 이 남자를 만나지 않을 거라 생각하며 "그럼 잘 지내" 하고 인사했다.

캔 맥주를 마시며 한 손으로 핸들을 조작했다. 아니, 가끔 그마저도 포기했다. 창밖 풍경이 쏜살같이 지나간다. 가속 페달을 꾹 밟고 있다. 커브를 돌 때마다 목숨이 위태로웠다. 살아남을 때마다 알코올을 목구멍에 부어 넣었다.

이렇게까지 이성을 마비시키려고 하는데도 어쩔 수 없이 계속 생각이 났다. 지난 20여 년간의 그들의 인생이.

엇갈린 시곗바늘은 1990년경, 도쿄에 상경한 사토시와 고쇼의 재회를 계기로 다시 움직이기 시작했다. 얼마 지나지 않아 고쇼는 밴드를 그만두고 무대 뒤에서 일하는 쪽으로 전향해 쇼 비즈니스의 세계에서 성공의 계단을 오르기 시작했다. 사토시는 고쇼와 연이 끊겼고 먹고살기 위해 세이 씨를 찾아갔다고 했지만, 이건 거짓말이다.

세이 씨는 도쿄에 있지 않았다. 계속 마쓰모토에서 살았다. 그 사건 이후로는 히데키 씨 등과 함께 파친코 가게 직원으로 일하며 좀도둑질을 반복하고 하루코의 수입에 의지하는 나날을 보내고 있었다.

1991년, 나가노 동계 올림픽 개최가 결정됐다. 그때 하루코는 이미 마쓰모토를 떠났고, 생계가 어려워진 세이 씨와 히데키는 올림픽 특수를 노려 나가노시로 이사했다. 히데키가 다리를 다쳐서 돌아온 건 2년 전. 공사는 작년 올림픽 개최 직전까지 계속됐겠지만 세이 씨가 언제까지 일했는지는 분명하지 않다.

이자와와 사장의 말이 사실이라면 세이 씨의 생활력은 일반인보다 훨씬 떨어진다. 그런 그에게 히데키는 유일한 아군이었을 것이다. 오랜 동료가 사라지고 홀로 남았을 때 앞날에 불안을 느꼈다고 해도 이상하지 않다.

세이 씨는 2년 전 은퇴했다. 사토시는 그렇게 말했다. 히데키가 몸을 다친 시기와 겹친다. 거기에 '마쓰모토성이 내려다보이는 아파트'. 우연이 두 번 겹치면 필연을 의심하는 게 형사의 본능이다.

6, 7년 전에 먹고살기 힘들어진 사토시가 세이 씨를 찾아간 것이 아니다. 2년 전, 세이 씨가 사토시를 찾아간 것이다. 그리고 마쓰모토성이 내려다보이는 아파트에서 살고 싶다는 꿈 이야기를 들려줬다.

사토시는 지금도 세이 씨와 연락하고 있다. 그를 챙기겠다며 함께 서쪽 지방으로 갈 계획이다.

하지만 그 사실을 왜 숨겼을까. 가와베를 비롯한 다른 친구들의 목적은 긴타에게서 돈을 받아내는 것이다. 협력해서 얻을 것은 있을지언정 곤란해질 건 없을 텐데.

동경하던 형님에 대한 환상을 지키기 위해서일까. 도쿄에서 인정받던 주식 트레이더. 대단한 사람. 새로운 환상을 덧칠한 것도 같은 이유에서다.

아니, 모순이다. 그렇다면 마쓰모토라는 지명만큼은 끝까지 숨겨야 했다. 현직 형사가 조사에 나설 것이 확실한 시점에 진실이 밝혀질 확률이 크게 높아진다. 그런데도 사토시는 밝혔다. 일부러 입에 담았다. 단순 실수라고는 생각되지 않는다. 모순은 그의 말과 행동이 아닌 마음속에 있다. 가와베는 왠지 그걸 이해할 것 같았다.

　세상에는 꼭 폭로하지 않아도 되는 거짓과 진실이 있다. 약점이나 비열함, 추한 본심, 야만적 본성……. 그것들을 필사적으로 감추려 애쓰면서도 한편으로 우리는 욕망을 품는다. 백일하에 드러난 진실을, 보잘것없는 것들을 남들이 그대로 받아들여 주기를 바라는 욕망을.

　사토시는 받아들였다. 금빛 가면을 벗어 던진, 있는 그대로의 이와무라 기요타카를.

　그리고 불가능하다는 걸 알면서도 바라고 있다. 가와베를 비롯한 다른 친구들도 세이 씨를 받아들여 주기를. 언젠가 다시 함께 어깨를 나란히 하기를.

　거짓과 진실. 본심과 겉모습. 거대한 검은 그림자와, 그것을 비추는 눈 부신 빛. 두 요소가 교차할 때 그 틈새에 있는 것을 인간은 볼 수 없다. 내가 그때 빛을 등진 채 그림자가 된 교수의 마지막 표정을 볼 수 없었던 것처럼.

　하지만 그렇기에 우리는 그곳에 다가가고 싶은 충동에서 벗어날 수 없다. 눈을 뜰 수 없어도 눈을 부릅뜨고, 발을 헛디딜 줄 알면서도 발을 내딛게 된다. 설령 누구 하나 행복해지지 않더라도.

　가와베는 연결되지 않는 PHS를 조수석에 던졌다. 수없이 전화를 걸었다. 하지만 고쇼, 사토시, 긴타까지 누구 하나 전화를 받지 않았다. 이런 상황이 전혀 이상하게 느껴지지 않는 게 오히려 이상할 텐데, 결국 자신의 이성은 이미 마비된 듯했다.

부웅 하고 맞은편 차가 지나갔다. 중앙 분리대 너머까지 진동이 전해지는 속도다. 순간적으로 스쳐 간 하얀 차체는 페어레이디와 흡사했다.

옆 창을 활짝 열어 빈 캔을 던졌다. 창문으로 맹렬한 바람이 들어왔다. 미지근한 바람. 배기가스 냄새가 섞인 바람이다. 졸음은 없었다. 술을 마시면 마실수록 정신이 또렷해지는 게 기괴하고 섬뜩했다. 그렇다고 해서 긍정적인 발상으로 이어지지도 않았다. 도로 끝을 응시했다. 저 멀리 빛과 그림자의 초점이 있다. 영원히 그곳을 향하지만, 영원히 도달할 수 없는 초점이다. 정신을 차려 보니 어느새 수도 고속도로에 들어섰다. 빙글빙글 도로를 돌았다. 하늘이 밝아 오고 있었다. 이성이 마침내 속도를 늦추고 핸들의 안정성을 원했다. 고속도로를 빠져나가 고가 옆 갓길에 레거시를 세우고 풀숲에서 속에 든 것을 게워 냈다. 한 번, 두 번, 세 번 토했다. 땀이 비 오듯 흘렀다. 음식물은 전혀 나오지 않았다. 노란 액체가 맥주인지 위액인지 구분할 수 없었다. 그런데도 놀라울 정도로 많은 양이 몸에서 쏟아져 나왔다. 전에 이런 소설을 읽었다. 계속 땀을 흘리고 구토를 반복하는 소설이다. 마침 지금 내 모습 같다. 부족한 것은 마약과 섹스뿐이다.

옆에 있는 자판기에서 생수를 사는데 전화가 울렸다. 찾던 상대가 아닌 에비누마였다.

―부탁이 있습니다.

"거절한다."

에비누마는 침묵했다. 가와베는 물로 입을 헹구고 땅에 뱉었다.

"너였지? 스파이가."

역시나 대답이 없다.

"수사1과에 스파이가 있다는 소문을 퍼뜨린 것도 너겠지. 내가 처한 상황을 알고 교묘하게 희생양 삼으려고."

트럭이 연이어 옆을 지나간다. 저게 법정 속도라면 법률이 잘못됐다.

"아카호시에게 길들여진 건가? 아니면 그 자식을 싫어하는 놈들이 심은 개였나?"

―아이들이 있습니다.

마침내 돌아온 대답은 하소연이었다.

―돈이 필요해요. 와이프는 명품을 좋아하고, 요새는 애들 교육도 공짜가 아니잖습니까.

"나와 관련된 얘기를 해."

―사랑합니다.

가와베는 조용히 한숨을 내쉬었다. 손에 든 페트병에서 물이 흘러 싸구려 가죽 구두를 적셨다. 구두에는 토사물이 묻어 있었다.

―카드론 청구서에 시달리더라도 이 생활을 어떻게든 계속하고 싶습니다. 선배, 부탁드립니다. 제발…….

"됐어."

그 말만 하고 가와베는 전화를 끊었다. 곧장 다시 전화가 걸려 왔다. 무시했다. 한 번 끊기자 또 왔지만 계속 무시했다. 담뱃갑에서 마지막 한 개비를 꺼내 물었다. 속이 뒤집힐 정도로 맛없었다. 땅에 버리고 레거시로 돌아가 한숨 돌렸을 때 무심코 입에서 "이제는 어쩔 수 없어"라는 말이 새어 나왔다. 귀에 거슬리는 전자음에 쫓기는 듯한 기분이었다. 무미건조한 울림 속에 피 맺힌 외침이 들리는 것 같아 차에 시동을 걸었다. 마음이 급했다. 그런데 난 지금 뭘 하려는 걸까. 그조차 이제는 알 수 없었다.

경시청 근처에 차를 세우고 걸었다. 맑은 날씨였다. 입고 있던 와이셔츠에 땀이 조금씩 배어났다. 형사과 층으로 가서 형사실을 들여다보다가 얼마 안 돼 사사키와 눈이 마주쳤다. 그는 가와베가 뭔가 말하기도 전에 먼저 빠른 걸음으로 다가와 "잠깐 이리 와" 하고 명령했다. 예의 그 소회의실로 끌려가 방치된 상태로 한 시간 정도 기다리자 사사키가 아난과 함께 들어왔다. 그 뒤에는 또 한 명의 젊은 제복 경찰관이 있었다. 얼굴은 낯이 익지만 이름은 몰랐다.

아난은 인사도 없이 창가로 걸어가 등을 돌린 채 가와베에게 말했다.

"그 여자 말이야."

눈살을 찌푸리는 가와베를 아난이 돌아봤다.

"네가 돌봐준 그 여자 말이다."

강간 사건의 피해자를 뜻할 것이다. 아난의 입을 통해서 들으니 불쾌했다.

"지금 병원이라더군."

"네?"

"어이."

"네, 넵!"

젊은 경찰관이 공손히 말했다.

"어젯밤 야마시타 공원에 쓰러져 있다는 신고가 들어와 병원으로 이송된 걸 제가 확인했습니다."

"그 사건 때문인지 온몸이 멍투성이에 얼굴 모양까지 변했다던데."

머리가 새하얘졌다. 아난은 그런 가와베 곁에 다가와 히죽 웃으며 덧붙였다.

"그런데 정작 그 사건의 도련님은 불기소됐대."

"……."

"네가 쓸데없는 짓을 해서 그렇게 된 거야. 딱하기도 하지."

말도 안 된다. 보복이라는 걸까. 그것이 두려우면 입 다물고 있었어야 한다는 걸까. 무슨 짓을 당해도 되받아치지 말고 그냥 참는 게 현명하다는 걸까. 그것도 형사라는 작자가. 이건 정의니 도덕이니 하는 것 이전의 문제다. 하나부터 열까지 개소리다.

"……그만하세요! 가와베 형사님! 가와베 형사님!"

눈앞에서는 아난이 엉덩방아를 찧고 있었다. 코피를 흘리고 있다. 입술이 찢어졌다. 눈가가 퍼렇게 멍들어 있다. 그 늘어진 배 위에 올라탄 가와베는 뒤에서 누군가에게 붙들려 있었다. 그제야 주먹에서 통증이 느껴졌다. 하지만 감정은 가라앉을 줄 몰랐다. 젊은 경찰을 뿌리치고 눈물이 맺힌 아난의 얼굴에 주먹을 들어 올렸다.

"가와베!"

사사키가 소리쳤다. "아니야"라고 했다.

가와베는 사사키 쪽으로 얼굴을 돌렸다. 아니야, 하고 사사키가 반복했다.

"아니야……. 장난이야. 농담이었다고. 가와베."

말과 달리 사사키의 얼굴은 진심으로 괴로워 보였다. 더러운 뭔가를 삼킨 듯한 표정이었다.

함정에 빠진 걸까. 조용히 그렇게 깨달았다. 아래에서 "비켜!" 하는 외침이 들렸다. 아난이 가와베 밑에서 기어 나와 "봤지?" 하고 사사키에게 물었다. "봤지?" 하고 젊은 경찰관에게 물었다.

"넌 끝이다. 이 멍청아."

가와베는 일어섰다. 그 배에 발길질이라도 한 방 날려 줄까 생각했지만 이제는 그조차 무의미할 것 같았다.

"……아카호시의 스파이는 접니다."

"뭐?"

"감찰에 그렇게 말하겠습니다."

아난에게 등을 돌리자 사사키가 창백한 얼굴을 하고 있었다. 거짓말하지 마. 사사키는 떨리는 목소리로 그렇게 말했다. 네 말을 누가 믿겠어? 기도하는 듯한 말투였다. 가와베는 '그렇겠죠' 하고 생각했다. 에비누마를 구하는 것도 부수적인 일이다. 이제는 모든 게 바보 같았다. 어찌 되든 상관없다. 모두 한꺼번에 썩어 버려라.

하지만 썩은 건 나 역시 마찬가지다. 문손잡이를 쥔 주먹에는 끈적한 피가 묻어 있었다.

경시청에서 나가 걸었다. 차를 운전하면 사고가 날 게 뻔했고 몸을 움직이고 싶었다. 바지에서 수첩을 꺼내 땀과 비참함으로 물든 페이지를 찢었다. 찢은 종이들을 계속 바닥에 던지며 걸었다. 뒤돌아보지 않았다. 경찰을 그만두면 야스에를 붙잡는 건 더 어려워질 것이다. 아니, 처음부터 불가능했다. 이미 늦었다.

전화가 왔다. 가와베는 전화를 받았다. "지금 그쪽으로 가고 있어"라고 상대에게 말했다. 그러자 "미안하지만 사무실에는 없어" 하고 고쇼가 대답했다.

─정말 내 마음대로 되는 게 하나도 없어서 진저리가 나.

그 말에서는 비아냥거림과 함께 왠지 밝고 후련한 기운이 느껴져 가와베는 문득 발걸음을 멈췄다. 롯폰기역을 지나칠 즈음이었다.

"긴타 이야기인가?"

―사토시, 그리고 너도 마찬가지야.

씁쓸한 웃음이 섞인 원망 속에 악의는 없었다.

―설마 하루코를 찾을 줄이야.

"……시설에서 연락이 갔나?"

숨을 살짝 들이쉬는 기색이 있었다.

―그래. 형사가 찾아와서 당황했대. 뭐, 귀찮은 일은 제발 그만 둬 달라는 게 본심이겠지.

고쇼는 "그리고" 하고 말을 이었다.

―이자와에게서도 메일이 왔어.

가와베는 "그렇군" 하고 대답했다. 애초에 이자와 노부오와 고쇼는 같은 공업 고등학교에 다녔다. 성인이 된 뒤에도 교류가 있었던 것이다. 하루코에게 그 시설을 소개해 준 사람은 세이 씨가 아닌 이자와였다.

"하루코와는 언제?"

가와베의 질문에 하루코의 '남편'이 대답했다.

―사무소가 슬슬 안정기에 접어들었을 무렵. 내 이름을 보고 우리 회사 오디션에 찾아왔어.

"어느 쪽이야?"

겉으로 보이는 연예인 일이었을까. 아니면 뒤에서 하는 접대부 일이었을까.

―다 아는구나.

어이없어하는 듯한 목소리였다.

―95년 이야기야. 걔도 이미 서른이 넘은 나이였고.

가와베는 "그렇군" 하고 대답했다. 하루코 자신도 알고 있었을 것이다. 서로 잘 알고 시작한 관계였기에 두 사람은 자연스레 연인 사이가 됐다.

―신기한 일이지. 나도 그전까지 여자를 여럿 만났지만 세상에는 역시 특별한 인연이라는 게 있나 봐. 외모나 육체의 궁합만으로는 설명이 안 돼. 성격이나 환경이 맞았던 것도 아니야. 오히려 그때부터 이미 하루코의 마음은 위태로웠어. 섹스 파트너로는 좋지만 사귀기에는 귀찮은 여자의 전형이었달까. 다만, 뭐랄까……. 그래. 그 애는 내 '나자'였어.

"뭐라고?"

―앙드레 브르통의 나자 말이야. 초현실주의의 창시자. 모르나? 나자는 그의 자전적 소설에 등장하는 방탕한 여자야. 브르통의 마음을 휘젓고, 짜증 나게 하다가 결국에는 정신병원에 들어가 버리지. 그래도 브르통은 그 여자와 완전히 헤어지는 걸 마음속 깊이 두려워했대.

고쇼는 "그 브르통의 마음을 알 것 같아" 하고 말을 이었다.

―나자는 본명이 아닌 그냥 마음대로 지은 가명이야. 러시아어로는 '나데즈다'. 아, 신기하네. 기억이 점점 선명해져. 그 구절도

명확히 기억나. 그 여자는 소설에서 이렇게 설명해 '왜 나자냐고? 러시아어로 희망이라는 단어의 시작이니까. 시작일 뿐이니까.'

가와베는 다시 걷기 시작했다. 걸음이 빨라졌다. 기이한 조바심이 가슴 속에 밀려왔다.

─정신을 차려 보니 어느새 그 애한테 푹 빠져 있더라고. 처음에는 아마 죄책감도 있었겠지. 모르겠어. 지금도 그럴지 모르고. 하지만 말이야, 가와베. 난 단 한 번도 후회한 적이 없어. 맹세코, 후회 같은 건 하지 않았어.

"히데키 씨를 죽인 것도?"

대답이 끊겼다. 가와베는 몇 초간 기다렸다.

─……역시 형사는 형사구나.

"마쓰모토는 우리 관할이 아니야."

그러자 고쇼가 코웃음을 쳤다.

─히데키 씨가 다리를 다친 건 알아? 그 사람은 그걸로 끝장났어. 아마 속에 있던 뭔가가 툭 끊어졌겠지. 그 뒤로 오랜만에 하루코에게 연락을 했어. 마침 하루코의 마음이 안정돼 있을 때라 운이 더 나빴지. 하루코는 마쓰모토까지 가서 상황을 살폈고, 그때부터 부녀 관계가 다시 회복된 거야.

히데키는 하루코에게 의지했다. 하루코도 아버지를 버렸다는 죄책감이 있었다. 아버지를 헌신적으로 돌보면서 그녀는 점점 지쳐 갔다.

―일을 안 하게 되면서 히데키 씨는 순식간에 늙어 버렸어. 모든 걸 포기한 사람 같았고, 심지어 치매 증세까지 시작됐지. 걸핏하면 하루코를 불러오라며 동네 사람들을 찾아가 고함을 쳤대. 나는 나대로 사무소 형편이 위태로워서 도와줄 여유가 없었어. 오히려 귀찮아했을 정도야.

하루코가 마쓰모토에 있는 시간이 점차 길어졌고 히데키의 치매 증세도 더 악화했다. 하루코를 아내인 사토코로 착각한다는 이야기도 들었다. 하지만 신경 쓰지 않았다. 히데키를 요양 시설에 보내야 했지만 그럴 여유가 없었다.

작년 봄쯤이었다고 한다. 하루코에게 전화가 왔다. 목소리가 왠지 심상치 않아 고쇼는 하던 일을 팽개치고 마쓰모토로 향했다.

히데키는 하반신을 드러낸 채 쓰러져 있었다. 가슴에 칼이 꽂혀 있었다. 옆에서는 하루코가 넋이 나가 있었다.

―닷새가 걸렸어. 둘이서, 모든 걸 끝내는 데.

해체. 그리고 처리.

―그 뒤로도 하루코는 당분간 그 집에서 지내겠다고 했어. 갑자기 사라지면 의심받을 거라고 하던데, 속마음은 모르지. 아마 그 애도 잘 몰랐을 거야. 이상한 걸 눈치채지 못했을 거야. 나도 너무 지쳐 있었고. 얼마 뒤 만나러 갔더니 하루코는 물도 없는 욕조에 알몸으로 혼자 앉아 있더라. '머나먼 고향'. 아버지의 카세트로, 그런 제목의 나훈아의 노래를 틀어 놓고 말이야.

쉰 한숨 소리가 들렸다.

―도쿄로 가자고 설득했지만 소용없었어. 말이 전혀 통하지 않더라고. 난감했지. 그러다 어떻게든 달래서 그 시설에 넣었어. 도쿄보다 입소비가 쌌지만 그때 나로서는 그 돈조차 빠듯했어. 사토시에게 빌리는 데도 한계가 있었고.

"사토시에게, 사정은."

―말할 수 있을 리 없잖아. 전부 다 털어놓고 상의했다면 다른 길이 있었을 것 같아? 불가능해. 히데키 씨의 몸을 해체한 시점에 이미 돌이킬 수 없었어.

목소리에 비장함 같은 건 없었다. 오히려 그게 가와베를 더 불안하게 했다.

―히데키 씨의 집, 하루코의 시설, 사무소 빚, 무서운 채권자들……. 결국 난 두 손 두 발 다 들었어. 더는 어쩔 수 없었어. 그래서 너희에게 목돈을 뜯어내 하루코와 둘이 어디 멀리 떠날 계획이었지. 그래, <지옥의 도피행>*처럼.

"노린 건 긴타 아니었나?"

고쇼는 긴타를 찾을 수색 요원으로 가와베를 선택한 것이었다.

"또 배신할 생각이었어?"

―또?

---

* 테런스 맬릭 감독의 1973년 데뷔작. 국내에는 <황무지>라는 제목으로 알려졌다.

"넌 23년 전에도 이자와에게 긴타를 팔았잖아. 그날 습격 멤버 중에 긴타가 있었다는 것, 그 녀석이 나가노시의 고등학교에 다닌다는 걸 네가 이자와에게 알려 줬지?"

고쇼는 "그리운 옛날이야기네" 하고 가볍게 말했다.

―그래, 맞아. 내가 다 알려 줬어. 너희야 때리고 끝났으니 마음 편했겠지. 하지만 난 이자와랑 같은 학교에 다니고 있었다고. 거기에 내 키 때문에 들킬 게 뻔했어. 일부러 말 안 했지만, 그 뒤로 꽤 심한 보복을 당했어. 집단으로 얻어맞고, 괴롭힘의 표적이 되고……. 그래서 이자와가 복수하고 싶어 한다는 말을 듣고 찾아가 협력을 자청했지. 당연하잖아. 졸업까지 1년이나 남았는데. 도망갈 수 없었어.

그 일이 계기가 되어 이자와와의 교류가 시작됐다.

―음악 취향이 잘 맞았거든. 애들은 참 좋아. 그 정도로도 금방 마음을 열 수 있으니.

얼마 전 돈을 빌린 뒤로는 연락을 안 했지만 말이야. 고쇼는 우스운 추억을 이야기하듯 덧붙였다.

"왜 하필 긴타였지? 나만 내놓아도 됐을 텐데."

―뻔하잖아.

시원스러운 말투였다.

―얄미웠으니까. 그 도련님 같은 얼굴이, 계속.

시부야의 거리 풍경이 보였다. 사람들이 우글거리고 있다. I'm

proud. 왠지 그 노랫말이 머리를 스쳤다.

─가와베, 넌 이제 책이나 영화는 안 봐? 난 밴드 할 때 곡 만들고 가사 쓰느라 많이 보고 읽었거든. 싸구려 헌책방에서 콕토나 사르트르, 폴 오스터 같은 거 말이야. 교수가 제일 싫어하던 사카구치 안고도 읽었어. 그 안고가 칭찬한 다자이 오사무도 읽었고. 다자이의 『다스 게마이네』는 괜찮더라. 정말 좋았어. 왜 그렇게 좋았는지 생각해 봤는데 그때는 잘 모르겠더라. 하지만 다자이가 나카하라 주야 같은 사람들과 『푸른 꽃』이라는 동인지를 만들었다는 걸 알게 되자 뭔가 납득이 갔어. 다자이는 『푸른 꽃』을 추천하는 편지에 이렇게 썼대. '문학사에 반드시 남을 만한 운동을 하겠습니다', '되든 안 되든 일단 해 보겠습니다'. 대단하지 않아? 얼굴이 달아오를 만큼 열정적이지 않아? 그런데 결국 『푸른 꽃』은 단 1호 만에 끝나 버렸어. 다자이가 그때 어떤 생각을 했는지는 모르지. 좌절했을지, 아니면 납득했을지……. 『다스 게마이네』도 예술가 지망생들이 모여 동인지를 만드는 이야기야. 그 안에는 다자이 본인도 나오고. 난 아마 『푸른 꽃』의 경험을 모티프 삼았을 거라고 봐. 하지만 그 이야기 속 등장인물들에게는 순수하고 뜨거운 마음이 없어. 거짓말하고, 허세 부리고, 자기 재능에 대한 체념과 일상의 타성만이 존재하지. 자, 가와베. 이제는 좀 알겠어? 『푸른 꽃』은 노발리스라는 독일 작가가 쓴 미완성 소설에서 이름을 따왔대. 그리고 노발리스는 작품 속 푸른 꽃에 사랑이나 순수함, 즉 '아름다

움'을 담았다고 난 느꼈어. 가와베, 잘 들어. 우리는 결국 『푸른 꽃』이 되지 못했어. 우리는 단 한 권도 만들지 못한, 『다스 게마이네』 속 주민들일 뿐이야.

"고쇼……."

―아, 참. 깜빡했네. 가후 씨를 잊고 있었잖아. 하하. 정말 뭐가 그렇게 좋았던 걸까? 그래도 읽어 봤어. 소설은 잘 모르겠지만 수필은 나쁘지 않더군. 『후카가와 산책』 같은 건 꽤 괜찮았고. 그리고 재밌는 공통점이 있는데, 다자이의 『다스 게마이네』에는 펠리컨이 나와. 주야의 두 번째 시집에는 이런 시가 있고. '낮에 찬바람 속에서 참새를 손에 들고 좋아하던 아이가, 밤이 되어 갑자기 죽었다'. 그런데 말이지. 가후의 수필 중에도 새가 나오는 게 있어. 산비둘기. 산에서 비둘기가 날아오면 눈이 내린다고 해.

"고쇼."

―그리고 『눈 내리는 날』이라는 제목의 그 수필에는 베를렌의 시가 인용돼 있어. 너도 알지? 보들레르의 제자이자 랭보의 연인이었던 사람. '그렇게 합시다'의 그 사람 말이야. 가후는 그 유명한 베를렌의 시를 번역했어. '거리에 비 내리듯, 내 마음에도 비가 내리네'. 주야의 시집에도 베를렌과 비에 대한 인용이 나와. 그리고 『다스 게마이네』에도! 그런데 말이지, 가와베. 사실 여기서부터가 핵심이야. 가후는 그 수필에서…….

"고쇼!"

가와베는 소리쳤다. JR 고가를 지나는 곳이었다. 옆을 지나치는 사람들이 무슨 일이냐는 듯이 시선을 던졌다.

―뭐야, 관심 없어? 사토시는 재미있어하던데.

"……만나서 들을게. 산겐자야 사무실에서 만나자."

―안 돼. 그쪽으로는 못 가.

"그럼 내가 갈게. 지금 어디야?"

―세 시간은 걸릴 거야. 아니, 더 걸릴지도. 아마 늦을 게 뻔해.

가와베는 숨을 깊숙이 들이마셨다. 벽에 붙은 영화 포스터가 눈에 들어왔다. 여고생이 찍혀 있다. <러브 앤 팝>.

직감이라고밖에 설명할 수 없었다.

"옆에 하루코가 있어?"

―잠들어 있어. 편안하게.

등줄기가 얼어붙었다.

―얘도 나름 고집이 있나 봐. 자기 몸은 원래 부모님의 것이니 깨끗하게 다시 돌려드려야 한다나 뭐라나. 상처 내면 안 된대. 그게 '효의 정신'이라 하는 거겠지. 뭐, 아버지를 죽이고 토막 냈으니 '효'고 뭐고 없겠지만.

고쇼는 "있잖아, 가와베" 하고 말했다.

―너, 노래방에서 그랬지? 인생을 다시 시작하겠다고.

대답할 수 없었다. 교차로 신호등이 빨간불로 바뀐다.

―그 말을 듣고 결심했어. 알겠더라. 난 불가능하다는 걸. 다시

시작할 수 없어.

"그만해!"

목소리가 날카로워졌다.

"지금 어디야?"

―생각해 보면 이미 오래전부터 난 어쩔 수 없었는지 몰라. 노 뮤직, 노 라이프. 앤드 노 퓨처.

"지금 어디냐고 하잖아!"

―하루코가 그랬어. 재회하고 사귀기 시작했을 때였나. 여러 가지로 힘들었지만, 그래도 괜찮대. 어차피 이 세상은 덧없는 거라고. 일시적인 거라고. 어때, 그렇게 생각하면 아무것도 두려울 게 없지 않을까?

가와베는 할 말을 찾지 못했다.

―윤회전생, 영적 진화, 뉴로맨서……. 완전히 미쳤다고 생각하지만, 하루코가 그렇게 말한다면 그걸로 됐어.

작은 한숨과 함께 힘없는 웃음이 들렸다.

―아쉬운 건 슬플 정도로 나에게는 뮤즈의 선물이 없었다는 거야. 사토시는 좋아해 줬지만 '내 이름을 모르겠어'는 정말 끔찍한 곡이야. 기타만 미친 듯이 치고 처음부터 끝까지 제목만 고래고래 외치는 노래니까. 좋게 말하면 펑크지만 거의 장난에 가까워. 네가 그 눈 오던 날 산에서 불렀던 '바카봉의 노래'보다도.

콧노래가 들렸다. 가와베도 아는 멜로디였다.

―사실 나도 그때 너희와 함께 노래를 불렀어. 혼자 있어 쓸쓸하고 어찌할 바를 몰라서, 계속, 마음속으로 말이야. 'Here Comes the Sun'. 여기서만 하는 얘기지만, 사실 난 딥 퍼플보다 비틀스를 더 좋아했어.

보행자 신호가 초록 불로 바뀌었다. 사람들이 일제히 걷기 시작했다.

―히사노리. 노래방에서 나, 록이었지?

땡큐, 베이비.

전화가 끊겼다. 다시 걸려는 손에 지나가는 사람이 부딪혔다. PHS가 길바닥에 떨어졌다. 동시에 인파가 몰려와 어디로 갔는지 알 수 없게 됐다. 가와베는 다가오는 사람들을 밀치고, 지나가는 사람들에게 볼멘소리를 들으며 PHS를 찾았다. 어디선가 익숙한 벨 소리가 들렸다. 순간 긴타인 걸 깨달았다. 첫 번째 벨 소리가 끝나고 두 번째 벨 소리가 울렸다. 땀이 쉴 새 없이 흘렀다. 횡단보도는 사람들로 가득 찼고, 옆에는 신호를 기다리는 차들이 줄지어 서 있다. 109 빌딩 쪽에서 겨우 전화기를 찾았을 때는 세 번째 전화벨이 끝나 가고 있었다. 달려들어 통화 버튼을 눌렀다. 그러나 전화는 이미 끊겨 있었다.

다시 걸었다.

긴타에게? 고쇼에게? 사토시에게?

그때 뒤에서 그림자가 드리워졌다. 이끌리듯 가와베는 돌아봤다. 대형 스크린에 태양이 비치고 있다. 개기일식 영상이었다. 빛이 검게 지워지는 모습을 가와베는 멍하니 바라봤다. 축 늘어진 손안에서 PHS가 끝없이 통화음을 울렸다.

다음 날, 스가다이라 댐 근처에 세워진 차 안에서 남녀의 시신이 발견됐다. 사인은 일산화탄소 중독. 고쇼와 하루코 부부는 손을 꼭 맞잡고 있었다고 한다.

5장
거인-2019년

프리우스가 미끄러지듯 들어선 주차장에는 전등조차 없었다. 진료소 건물에서 희미한 불빛이 새어 나오고 있다. 진료 시간은 이미 끝났다. 반도나 차보가 강제로 문을 열게 했을 것이다. 감금과 폭행으로 상처투성이가 된 시게타와 동행한 키리이가 건물 안으로 사라지는 것을 확인한 후 가와베는 조금 전 무시했던 에비누마의 번호로 전화를 걸었다.

응답을 기다리는 동안 넘치는 기억의 여운에 잠겼다.

고쇼와 하루코는 밀폐된 차 안에 배기가스를 끌어들여 목숨을 끊었다. 마지막 통화 상대인 가와베에게 나가노현 경찰의 연락이 왔을 때 마침 가와베는 사직서를 쓰고 있었다. 유서가 없었던 탓에 동기를 물어보길래 고쇼가 빚 문제로 고민하고 있었다고 했다. 마지막 통화에서 돈을 빌려줄 수 없겠다고 거절하자 고쇼는 알겠다고만 하고 전화를 끊었다고 했다. 형사가 모든 말을 믿었다고는 생각하지 않지만, 특별히 의심스러운 점도 없었던 모양이다. 사건은 빚 때문에 일어난 흔한 동반 자살로 결론 난 듯했다. 그 후 히데키의 행방에 대해 한 번 더 문의가 있었지만, 가와베는 모르는 척했다.

퇴직과 동시에 야스에와 헤어졌다. 위에서 아래로 물 흐르듯 절차가 진행됐고, 그렇게 10년이 채 되지 않은 결혼 생활은 막을 내렸다.

앞으로 어떻게 살아야 할지 생각할 기력도 없는 사이에 어머니에게 본가로 돌아오라는 연락을 받았다. 아버지의 치매가 시작됐다고 했다. 살 곳도 잃은 처지에 거절할 이유가 없었다. 본가에 내려가 돌아가시기 전까지 아버지를 모셨다. 간병 외에는 무의미하게 시간을 보냈다. 긍정적인 의욕은 조금도 싹트지 않았다. 경찰관 시절 모은 돈은 얼마 되지 않아 아버지의 연금과 어머니의 아르바이트 수입에 의존하는 일상을 한심하게 여기면서도, 그렇다고 이제 와서 다시 시작하겠다는 말을 입에 담을 수는 없었다. 소년 시절을 보낸 자기 방 안에서 '옐로 센터 라인'을 들으며 술을 홀짝였다. 혹은 '머나먼 고향', 그리고 비틀스. 그러다 어느 날부터 다시 술을 입에 대지 않게 됐다. 담배도 끊고 맨정신으로 고쇼가 말한 다자이와 주야의 책을 탐독했다. 가후의 수필. 『눈 오는 날』, 『후카가와 산책』……. 일종의 제사 같았다. 고쇼와 하루코, 그리고 나 자신을 위한.

동일본 대지진이 있었던 해 1월에 아버지가 돌아가셨다. 간경화였다. 잇따라 여진이 일어났다. 현 내에 사는 누나 부부가 걱정한 나머지 함께 살자며 어머니를 초대했고, 그것을 계기로 본가 집을 팔기로 결정했다. 가와베는 순순히 따랐다. 매도 이익도 어머니와 두 누나에게 넘겼다. 책과 음반을 처분하고 혼자 도쿄에 가기로 했다. 특별한 계획은 없었다. 무엇을 하려 했는지도 잘 기억나지 않는다. 아난을 때리고 수첩을 찢어 버린 이래, 가와베는 자신의 역사를 기록하는 것을 그만뒀다. 기록할 만한 일상을 보내는 것을 포기했다.

단 하나, PHS만은 놓을 수 없었다.

스마트폰으로 바꾼 것은 번호 이전이 가능해진 뒤였다. 시게타가 '이런 번호'라고 한 것은 070으로 시작하는 번호가 희귀했기 때문일 것이다. 바꿀 기회는 있었다. 퇴직, 이혼, 귀향, 아버지의 죽음, 집 매도, 재상경. 그때마다 고민하는 척했지만 처음부터 답은 정해져 있었다. 이 번호만이 과거와 연결된 유일한 실마리였다. 사토시에게 전화가 올지 모른다. 긴타에게 전화가 올지 모른다. 스스로 찾아 나설 집착은 없으면서도 미련을 도저히 버리지 못해 전화가 오면 무조건 달려드는 버릇까지 생겼다.

그러나 먼저 전화를 건 사람은 에비누마였다. 형식적으로 근황을 알린 후 그는 말했다. 선배, 제 일 좀 도와주실래요?

―당신, 대체 뭐야?

7년이 지난 지금, 그가 입에 담는 어휘의 변화가 그대로 자신의 처지를 나타내는 것 같아 입꼬리가 살짝 올라갔다.

―일도 안 하고, 전화도 안 받고, 심지어 변명조차 없고. 이건 뭐, 안하무인의 로열 스트레이트 플러시 아닌가?

"바빴어."

―대체 몇 시간이나 바빠야 직성이 풀리지? 당신이 류크를 길가에 버린 지 몇 시간이 지났을 것 같아? 아니, 그걸 넘어 하루가 몇 시간인 줄은 아나? 그 3분의 1 정도가 헛되이 지나가 버린 현실을 어떻게 생각해?

"부탁이 있어."

―하! 설마 아직도 자기 목이 붙어 있다고 생각하는 건가?

"그런 시시한 이야기가 아니야."

대답이 사라졌다. 풍선이 터지기 직전 같은 침묵이었다.

"⋯⋯미안. 네 일을 무시하는 건 아니야."

끈적한 소리가 들렸다. 꽉 다문 이 사이에서 침과 함께 새어 나오는 기염은, 에비누마가 술에 취했을 때 나는 소리였다.

"오히려 고마워하고 있어. 네가 거두어준 덕에 어떻게든 여기까지 올 수 있었어."

―⋯⋯그만해. 귀 썩겠어.

"돌아가면 신발 밑창이라도 핥아 줄게."

―개소리 작작 해!

욕설이 귓가를 때렸다. 의식 같은 대화였다. 서로를 이미 잘 알고 있다. 자신들의 말이 그저 허세일 뿐이란 것을. 허세를 부리며 티격태격하는 사이 여러 감정을 슬쩍 넘기고 있다.

예를 들면 분노, 예를 들면 경멸, 예를 들면 친밀감.

에비누마와 처음 콤비가 됐을 때 가와베는 30대 중반이었다.

"오래됐네."

―뭐가?

"옛날 생각을 하고 있었어. 우리가 아직 벚꽃 문양을 등에 짊어지고 있던 시절."

―됐어. 시시한 얘기는 관심 없어.

"그때 넌 눈부셨어. 욕심이 있고, 야심 찼고, 반짝반짝 빛났지."

―자꾸 이상한 소리 하지 마. 난 지금이 최고야. 돈도 가장 많이 벌고 있고, 어느 때보다 즐기고 있다고.

이상하게도 허세라고 느껴지지 않았다. 아니, 역시 허세일지 모른다. 다만 비참함과 견줄 종류의 것은 아닌 듯했다. 모르겠다. 모르는 걸 모른다고 하고 포기하는 분별력을 성숙이라 한다면 자신은 훌륭히 성숙했다. 적어도 로큰롤러라고 할 수 없을 정도로는.

불쾌해하는 목소리가 들렸다.

―얼른 그 부탁인지 뭔지나 말해.

그래, 그렇지. 가와베는 그대로 했고, 다 듣고 난 에비누마가 "그걸로 괜찮겠어?"라고 한 번 더 확인했다. 상관없다. 도움이 될지는 모르지만 그래도 안심할 수 있다. 네가 있어 든든해. 그러나 이런 말을 하면 아마 부탁을 거절당하는 걸 넘어 절연 당할 게 뻔했다.

─칭얼대는 거 들어주는 것도 오늘까지야. 약속대로 차를 돌려주지 않으면.

"이봐. 에비누마."

이 질문을 하는 게 몇 년 만일까.

"넌 결국 아카호시와 그의 적대 그룹 중 어느 쪽 스파이였지?"

전화가 끊겼다. 호텔에서 사라진 아카호시가 마닐라에서 체포된 건 그 이듬해였다. 실종의 자세한 이유나 방법, 그 후 그의 인생도 가와베는 알지 못한다. 에비누마가 언제 어떤 처우로 경찰을 그만두고 어떤 경위로 사업을 시작했는지, 그리고 어떻게 가족과 헤어졌고 지금 그들이 어떻게 지내는지도.

"인생에는 몰라도 되는 게 너무 많군."

"뭐?"

뒷좌석에 올라타는 시게타가 눈살을 찌푸렸고, 비슷한 표정으로 키리이가 조수석 문에서 얼굴을 내밀었다.

가와베는 무시하고 시게타에게 물었다.

"몸 상태는 좀 어떻지?"

"뭐 그럭저럭."

알로하셔츠의 파스텔 핑크 칼라 아래에 붕대가 보였다. 시게타는 귓불의 흰 거즈를 만졌다.

"통증은 계속되겠지만 죽지는 않을 거래."

"다행이군."

가와베는 시동을 걸었다. 프리우스의 디지털시계가 곧 자정이 되려 하고 있다.

"숙소에는 안 가."

하얀 후드를 뒤집어쓴 키리이가 놀란 듯 고개를 돌렸다. 숙소를 잡으라고 한 건 당신 아니었냐는 표정으로.

"움직일 수 있을 때 움직여 두자. 시게타, 넌 누워 있어."

"그것보다 배고파 죽겠는데."

"편의점에 감사해라."

시게타는 소고기덮밥 하나도 못 먹는 거냐며 불평을 늘어놓았다.

"그 소토야마란 사람 집은 어디야?"

"사나다 마을. 이사 가지 않았다면."

고쇼의 본가까지는 대략 한 시간. 저녁 식사와 잠시 눈 붙이는 건 문패를 확인하고 나서 해도 늦지 않다.

키리이의 귀를 의식하지 않고 시게타는 계속 물었다.

"거기는 뭐 하러 가는 건데?"

"조용히 하고 잠이나 자라."

그리고 가와베는 조수석을 바라봤다.

"자네도 시트를 눕혀도 돼."

후드티 주머니에 손을 넣은 청년은 입술을 꾹 다물고 있다.

"이대로 홋카이도까지 간다고 해도 따라올 작정인가?"

대답이 없다. 즉, 확고한 '예스'. 설령 그곳이 남극일지라도.

어두컴컴한 차도로 프리우스를 몰고 갈 때, 다가오는 태풍의 첫 빗방울이 앞 유리창에 떨어졌다.

시끄러운 빗소리가 잠을 방해했다. 오전 7시에 맞춘 알람이 울리는 것과 동시에 스마트폰을 들어 전화를 걸었다. 상대는 곧장 받았다. 고쇼의 형과 연락처를 교환한 건 산겐자야에 있는 자택에서 유품 정리를 도울 때였다. 형식적인 조의와 형식적인 대화. 그 후 가와베가 사나다 마을에서 지내는 동안에도 그와 깊은 대화를 나눌 기회는 한 번도 없었다.

"와도 된대?"

뒤에서 잠에 취한 시게타가 몸을 앞으로 내밀었다. 가와베는 스마트폰을 바지에 넣으며 고개를 끄덕였다. 마음대로 해. 오랜만에 듣는 목소리는 환영과 거리가 멀었지만.

"화장실 좀 빌릴 수 있으려나."

"오줌이면 밖에서 해결해."

시게타는 조수석의 키리이에게 "자네도 같이 가겠나?"라고 물었지만 아니나 다를까 키리이는 무시했다. 따라올 기색도 없다. '순진하군' 하고 생각했다.

밖에 나가자 머리 위로 굵은 빗방울이 떨어졌다. 프리우스를 주차한 길가 바로 옆에 숲이 있어 높은 나무들에서 떨어진 것이었다. 밤중에 '소토야마'라는 문패를 확인하고 먹을거리를 사 온 뒤 잠깐 눈을 붙였다. 20년 전 여름에도 비슷한 행동을 했지만 나이를 먹은 만큼 피로는 더 짙었다.

인적 없는 숲에 들어가 시게타와 나란히 서서 용변을 봤다.

"사토시 씨랑도 이렇게 같이 오줌을 눈 적이 있는데."

"집 밖에 나가기는 했나?"

"아니, 그게 아니라, 한밤중에 술을 진탕 마시고 와서 창문에 서서 밖에다가."

"최악이네."

"그래. 하지만…… 아니, 뭐, 최악이지."

시게타는 청바지 지퍼를 올리고 빗물에 손을 씻었다.

차에 돌아가려는 걸 붙잡아 당기자 "아야!" 하고 펄쩍 뛰었다.

"건들지 마! 온몸이 멍투성이라고!"

"조용히 해. 이대로 고쇼의 집으로 갈 거다."

"뭐? 저 녀석은?"

"굳이 데리고 갈 필요 있나?"

"……그건 그러네."

시게타는 노란 짧은 머리를 긁적이며 "근데 목적이 뭐야?"라고 물었다.

"그나저나 그 소토야마란 사람이 5인조 멤버였구나. 잘 지낸대?"

"죽었어. 20년 전."

숲을 빠져나갈 때까지 시게타는 아무 말도 하지 않았다.

"사토시 씨는 그걸 알고 있었을까?"

"글쎄……."

어땠을까. 하지만 노래방에 갔던 날 밤에 사토시가 고쇼를 버린 건 사실이다.

하루코의 협박을 거짓으로 어렴풋이 짐작하고 있었을 가능성은 있다. 두 사람의 관계까지 알고 있었다고 보지는 않지만, 고쇼가 궁지에 몰린 상황은 가와베보다 더 정확히 파악하고 있었을 것이다. 직접 도울 여유가 없더라도 긴타를 끌어들일 수는 있었다. 그러나 사토시는 그렇게 하지 않았다. 세이 씨를 숨긴 채 종적을 감췄다. 고쇼의 파멸에 등을 돌린 채.

귓가에 고쇼의 목소리가 되살아났다. 왜 긴타를 배신했냐고 묻는 가와베에게 그는 대답했다.

뻔하잖아. 얄미웠으니까. 그 도련님 같은 얼굴이, 계속.

약간 높은 산기슭 주택가에 고쇼의 본가가 있었다. 세월의 흔적이 느껴지는 일본 가옥과 거기에 어울리지 않는 차고. 흙탕물 자국이 눈에 띄는 랜드크루저를 곁눈질하며 초인종을 누르자 현관에 덩치 큰 남자가 나타났다. 고쇼의 형인 교헤이다.

그는 인사도 없이 "저쪽은 누구지?" 하고 시게타에게 날카로운 눈빛을 보냈다. 탄탄한 어깨와 굵은 팔. 근육질 몸은 고희에 가까운 나이로는 믿기지 않을 만큼 위압감이 있었다.

"신경 쓰지 마십시오. 굳이 말하자면 이 녀석도 고쇼의 피해자 같은 놈입니다."

가와베가 즉석에서 둘러대도 교헤이의 반응은 무덤덤했다. 왠지 익숙한 모습이었고, 따져 묻기도 귀찮은 것 같았다. 고쇼가 남긴 빚과 이런저런 일 때문에 소토야마 집안이 얼마나 고생했는지는 어머니에게 지겹도록 들었다. 다양한 인간군상이 이 집을 찾아왔을 것이다.

"귀찮게 하지 않겠습니다. 유품만 보고 가겠습니다."

"……곧 태풍이 온다고 하니 얼른 끝내고 돌아가."

현관에 두 사람을 들여보내고 교헤이는 알아서 하라는 듯이 집 안쪽으로 사라졌다. 비에 젖은 손님을 배려하는 기색도, 그런 사람들이 동생의 유품을 만지는 것에 대한 걱정도 느껴지지 않는 뒷모습이다. 즉 그것이 동생에 대한 그 나름의 거리두기 방식으로 보였다.

"프로레슬러 같은 할아버지네."

2층에 올라가며 시게타가 속삭였다.

"당신과 둘이 덤벼도 절대 못 이길 것 같아."

"내가 어릴 때는 지금보다 한 뼘은 더 컸지."

시게타는 "뭐야, 곰이야?" 하고 호들갑스럽게 감탄했다. 당신 머리 정도는 맨손으로 뽑아 버릴 수도 있었겠네?

유품이 정리된 방에 들어서자 시게타는 "오오" 하고 탄성을 질렸다. 다다미 여덟 장 남짓한 방에는 가구가 없고 아무렇게나 쌓인 상자 더미만 안을 가득 채우고 있었다.

"이게 당신이 찾는 물건이야?"

"그래. 오행시의 암호를 푸는 열쇠지."

시게타는 반신반의하는 표정으로 상자를 들여다봤다. 빽빽하게 채워진 얇은 판들은 네모난 종이 커버로 덮여 있다. 그 안에 든 것을 꺼내서 자세히 바라본다. 검정 합성수지로 만든 원반. 가운데에 도넛처럼 뚫린 구멍. 시게타는 신기한 것처럼 손가락으로 레코드 표면을 쓰다듬었다.

"그나저나 양이 어마어마하네."

"그래……. 숨겨 두고 있었던 거야."

"뭐?" 하고 묻는 시게타를 무시하고 가와베는 레코드로 가득 찬 상자를 세어 보려다가 그만뒀다. 어마어마한 양. 그걸로 충분했다.

산겐자야의 집에서 재회했을 때는 보지 못했다. 유품 정리를 돕다가 방 안쪽에서 쏟아진 엄청난 양의 수집품에 당황했던 기억이 난다. 동시에 묘한 현실감도 들었다. 내 친구가 정말 죽었다는 현실감.

"근데 이 안에 정말 금괴가 숨겨져 있어?"

"앞서가지 마라. 난 암호를 푸는 열쇠가 있다고만 했어."

불평이 나오기 전 가와베는 말을 이었다.

"사토시의 암호는 틀림없이 고쇼의 영향을 받았어. 다자이와 주야가 베를렌을 인용한 것과, 그들이 발행한 동인지가 노발리스의 환상 소설에서 이름을 따왔다는 것도 모두 고쇼가 원천이야. 그 녀석은 사토시에게 같은 이야기를 했다고 해. 나와는 달리 사토시는 재미있어했다고도 했어."

그런 기억이 사토시로 하여금 나이 들어서 책을 읽게 한 계기가 됐을 것이다.

"앞뒤는 맞는 것 같은데, 그럼 이 레코드가 대체 무슨 열쇠라는 거야?"

"『다스 게마이네』."

"뭐?"

시게타가 얼굴을 찌푸렸다.

"그건 다자이의 소설이잖아."

"그래. 암호의 세 번째 행, '어린아이는 묻히고, 음악가는 떠나갔네'가 가리키는 것."

이어지는 네 번째 행은 '사냥꾼과 춤추는 새끼 늑대들'이다.

"'사냥꾼'은 지유리 씨를 죽인 범인이고, '새끼 늑대들'은 당신들 5인조 아니야?"

"아니. 그 부분이 틀렸어."

가와베는 구석에 가서 그곳에 있는 레코드플레이어의 먼지를 털어냈다.

"첫 번째와 두 번째 행이 베를렌, 그 연상으로 세 번째 행 전반부가 주야가 되고, 주야 때문에 후반부가 다자이가 되지. 난 거기서 노발리스의 『푸른 꽃』을 끌어내 현실과 환상의 가교로 해석했어. '떠난 음악가'는 고쇼를 가리키고, 이어지는 네 번째 행이 실제 범인이나 우리 자신을 말하는 거라고 했고. 하지만 이건 너도 말했다시피 상당히 억지스러운 해석이야."

가와베는 허리를 숙여 레코드플레이어의 전원을 연결했다.

"답은 더 간단했어. 현실이나 환상보다 중요한 건 『다스 게마이네』라는 울림 그 자체였던 거야."

"제발 알아들을 수 있게 설명해 줘."

"'게마이네'에서 깨달았어. 겟 마이 네임."

시게타는 혼란스러워서 폭발할 것 같은 표정이었다.

"더즌트 겟 마이 네임. 번역기로 돌리면 이런 뜻이야."

내 이름을 모르겠다.

"'내 이름을 모르겠어'. 전에 고쇼가 만든 노래 제목이지."

입을 벌리고 있는 시게타를 보며 가와베는 짓궂은 미소를 지었다.

"밴드 이름은 론섬 보이스. 즉, '아이들'."

"그럼 '늑대'는?"

"검은 털의 이미지. '춤추는'에 대한 설명은 굳이 안 해도 되겠지?"

레코드플레이어의 전원을 켰다. 옆에 있는 레코드 중 한 장을 꺼내 턴테이블에 올린다. 검은 원반이 빙글빙글 돌기 시작했다. 경쾌한 왈츠처럼.

그 우아한 회전을 보며 문득 뇌리를 스치는 광경이 있었다. 장소는 싸구려 술집. 『다스 게마이네』를 패러디한 제목의 유래를 의기양양하게 설명하는 고쇼와, 손뼉 치며 즐거워하는 사토시. 그야말로 싸구려 같은 세피아색 망상.

"그리고 이게 바로 '사냥꾼'이다."

가와베는 뾰족한 바늘을 레코드의 매끈한 표면에 살짝 찔러 넣었다.

날카로운 목소리의 로큰롤을 배경음악 삼아 박스들을 뒤집어 수많은 레코드판을 한 장 한 장 확인했다. 록, 블루스, 컨트리. 힙합과 테크노에 재즈. 아마추어의 평범한 상상력으로 레코드 재킷 디자인만 보며 어설프게 분류했지만, 어쨌든 다양한 장르가 모여 있다는 건 가와베도 알 수 있었다. 이게 고쇼의 취미였는지, 아니면 고뇌와 모색의 흔적이었는지는 영원히 밝히지 못할 것이다.

국내반을 모은 박스도 있었다. '도쿄 나이트', '브러시 보이', '나의 본모습'.

한 시간 정도 지났을 때 마침내 그것을 찾았다.

일어서서 시게타를 불러 함께 재킷을 봤다. 상단에 큼지막하게 휘갈겨 쓴 '내 이름을 모르겠어'. 하단에는 세련된 글씨체로 'Lonesome Boys'. 12인치 싱글 음반이다.

"이런 차가 정말 도로를 달렸어?"

"그래. 애들은 다 동경했지."

재킷 중앙에 그려진 흰색 스포츠카는 페어레이디. 보닛을 이쪽으로 향한 채 모래 먼지를 일으키고 있다. 배경은 아마 외국의 황야일 것이다. 칙칙한 색감이 아메리칸 뉴시네마*를 연상시켰다.

"내용물은?"

"황금으로 된 레코드판이면 좋겠지만."

가와베는 반투명한 보호 비닐을 들어 올렸다. 시게타는 순간 말문이 막힌 듯했다. 봉투 안에는 검정 파편들만 흩어져 있었다. 처참하게 산산조각 난 검정 레코드의 잔해.

"……실수로 깨뜨렸다고 할 수준이 아니네."

의심의 여지가 없다. 강한 의지를 가진 누군가가 레코드를 파괴한 것이다.

가사라도 찾아보려고 했지만 재킷에는 적혀 있지 않고 카드 같은 것도 보이지 않았다.

자연스럽게 어깨가 축 처지고 허탈감이 밀려왔다.

"여기까지인 것 같군."

"세상에 단 한 장만 있는 건 아닐 거잖아."

"전국 음반 가게를 전부 돌아다닐 작정인가?"

---

* 1960년대 후반부터 1980년대 초반까지의 사회 문제를 주로 다룬 미국 영화의 조류를 일컫는 말.

"일단 검색부터 해 보자. 박스를 뒤지는 것보다 빠르겠어."

확실히 결과는 금세 나왔다. 방대한 인터넷 세계 어디에도 '내 이름을 모르겠어'라는 곡은 없고, 심지어 론섬 보이스라는 밴드가 존재한 흔적조차 찾을 수 없었다.

"이런 거지."

스마트폰의 브라우저를 닫았다. 아는 체하는 말이 허세처럼 울려 퍼졌다.

"하늘에 뜬 별보다 많은 무명 밴드의 해적판보다 조금 나은 수준이었을 거야."

"됐어. 그런 비유 같은 거, 더 열 받으니 하지 마."

"사실을 말했을 뿐. 고쇼는 결국 아무것도 남기지 못했어. 빚 말고는."

빠직 하는 둔탁한 소리가 났다. 시게타가 보호 비닐을 세게 쥐는 바람에 안에 있는 파편이 더 부서지는 소리였다. 겸연쩍은 것처럼 시선을 피하는 시게타를 보며 조금 전 떠올린 망상이 점점 희미해지는 걸 가와베는 묵묵히 받아들였다. 자신만만했던 고쇼와 들뜬 사토시. 틀어 놓은 레코드에서는 영어 후렴구가 흐르고 있다. 글로리 데이즈.

이런 거다. 대체로 다 이런 식이다.

가와베는 플레이어를 멈췄다.

"그보다 앞으로의 일을 생각하는 게 낫겠어."

"나도 알아."

시게타가 원망스러운 것처럼 보호 비닐을 만지작거렸다.

"……이렇게 엉망으로 만들었다는 건 역시 이게 암호의 힌트여서겠지? 우리가 알면 안 될 만큼 중요한."

금괴와 직접 연결될 만한.

시게타가 "젠장" 하고 욕설을 내뱉었다.

"마침 이런 치사한 짓 할 놈을 하나 알고는 있는데."

"사토시를 죽인 범인 말인가."

그러자 시게타는 번득이는 눈빛으로 '당연하지'라고 반응했다.

가와베는 잠시 생각하고 나서 대답했다.

"레코드를 부순 것과 암호가 관련 있다고 단정 짓기는 어려워. 오히려 부수는 것보다 훔치는 게 더 빠르고 편할 테니."

무의식중에 말을 음미하듯 중얼거렸다.

"그리고 정말 레코드가 중요한 단서였다면 안타깝지만 이미 늦었다고도 할 수 있어. 암호는 풀렸고 금괴도 이미 그놈 손에 들어갔겠지."

"확실한 건 아니잖아. 당신도 네 번째 행 해석은 틀렸어."

시게타는 "뭐, 그래도" 하고 눈빛이 바뀌었다.

"어떻게든 될 거야. 암호가 풀렸든 금괴를 빼앗겼든 그 개자식만 잡으면."

"진심인가?"

농담하는 느낌은 없었다. 범인을 찾아서 그를 습격해 빼앗는다. 위험하고 승산도 없는 아이디어를 시게타는 의심조차 하고 있지 않다.

"저 곰 같은 영감한테 물으면 알 수 있지 않을까? 이걸 부순 놈이 누군지."

"시게타."

가와베는 노란 짧은 머리를 똑바로 쳐다봤다.

"이대로 도망치는 방법도 있다."

가장 현실적이고 안전한 선택지다. 여기서 종적을 감춰도 반도는 시게타를 쫓지 않을 것이다. 이 녀석에게 쫓을 가치가 있다고 인정하지 않으니까.

"빚을 진 건 나뿐이야. 넌 어딘가 다른 곳에서 다시 시작하면 돼."

그러자 시게타는 "하!" 하고 비웃었다.

"시작하긴 뭘 다시 시작해?"

그런 말을 내뱉은 입술이 소름 끼칠 정도로 추한 모양으로 일그러졌다.

"다시 시작한다고? 뭘, 어떻게? 난 상상도 못 하겠는데."

웃음기가 완전히 사라졌다.

"돈이 없으면 결국 다 똑같아."

가와베는 할 말을 잃었다. 돈. 그것을 부정하는 허무함은 잘 알고 있다. 돈이 없어서 고쇼는 죽었다. 하루코도 죽었다. 물론 돈만이 이유는 아니다. 그러나 돈이 있었다면 계속 살았을 게 분명하다.

그때도 난 그 녀석에게 다시 시작하겠다는 말을 던졌다.

"당신은 어떤데? 사토시 씨가 살해되고 금괴도 빼앗기는 결말을 납득할 수 있어?"

감정을 한숨으로 감췄다. 속으로 욕설을 퍼부었다. 잘난 척하지 마라. 그런 폼 재는 말은 네놈이 눈앞의 일을 있는 그대로 믿는 세상 물정 모르는 애송이라 할 수 있는 거다.

"아니면 이제 와서는 상관없는 거야? 사기꾼에 술주정뱅이에 똥이나 지리던 영감이 뒤지든 살해당하든?"

"……그만해라."

"도망치는 거야?"

"그만하라고 했지."

가와베는 때릴 것처럼 레코드 재킷을 그에게 들이밀었다.

"그만 닥치고 정리나 해."

멍하니 있는 시게타를 향해 가와베는 말했다.

"난 가서 교헤이 씨를 만나고 오마."

현관에서 마당까지의 짧은 거리를 가는 동안 몸 절반이 젖었다. 세워진 스테인리스 사다리를 올려다보니 짙은 먹구름과 기와지붕, 그리고 거대한 사람 그림자가 보였다.

"교헤이 씨."

그림자가 반응했다. 천천히 몸을 일으켜 사다리 쪽으로 다가온다. 검은 비옷을 입은 교헤이가 말없이 가와베에게 용건을 물었다. 빗방울이 쉴 새 없이 떨어져 눈을 뜨기도 힘들었다.

"여쭤볼 게 있습니다. 내려와 주실 수 있나요?"

"난 할 말 없어. 용건 있으면 네가 올라와라."

잠깐 망설였지만 그래도 가와베는 사다리를 잡았다. 발을 올리자마자 기와를 밟는 소리가 멀어졌다.

"비 새는 곳이 두 군데고 어긋난 기와들도 고쳐야 해. 지난 태풍 때 그대로 뒀다가 결국 벗겨져 날아가 버렸거든. 하필 이웃 비닐하우스를 뚫고 들어가 얼마나 골치 아팠는지."

등을 돌린 채로 쪼그려 앉아 평범한 목소리로 말해서 알아듣기 힘들었다. 가와베는 사다리를 올라 기와지붕 위에 섰다. 지상보다 몇 배나 세게 바람이 불었다.

"업자에게 맡기려면 돈이 꽤 들어서."

"가족분들은?"

"둘째는 멀리 있고 첫째는 돈벌이하느라 바빠. 밥만 축내는 사람이 일하는 게 당연한 거 아닌가?"

'부인은?' 하고 물으려다 그만뒀다. 가와베가 아버지를 간호할 때도 병원을 자주 드나들었다는 이야기를 들었다. 교헤이 말고 집에 다른 사람이 있는 기척은 없고, 가와베가 그 이상 깊이 파고들 이유나 필요도 없었다.

"그래서? 뭘 물어보고 싶은 거지?"

"여기를 찾아온 사람이 있는지 궁금합니다. 고쇼의, 그 레코드들을 보러."

"있었지. 여러 명."

교헤이는 일어서서 허리를 폈다.

"수집품 중에 꽤 괜찮은 것도 있는지 한꺼번에 팔아 달라고 부탁받은 적도 있었어."

"거절하셨습니까?"

"기껏해야 레코드잖나. 그 녀석이 남긴 빚의 이자도 못 갚을 텐데."

"기왓장을 교체하는 데는 보탬이 될 수 있지 않을까요?"

교헤이가 돌아섰다. 그는 지붕 경사면에 우뚝 서서 가와베를 바라봤다.

"너희 집은 리모델링하면서 기와를 다 뜯어냈지? 흙담도 멋진 타일로 바꾸고."

"잘 기억하시네요."

가와베가 초등학교에 입학할 무렵이니 50년도 더 된 옛날이야기다.

"한쪽으로 비스듬한 편지붕은 그때 처음 봤어. 이 동네에 이런 집이 생길 줄이야 하고 놀랐지. 우리 집은 화장실도 재래식이고 우물물을 데워서 목욕을 했으니까. 난 우리 집이 낡아빠진 게 정말 못마땅했어."

하얀 나팔바지, 사파리 재킷, 컬러 안경. 돌이켜보면 고쇼가 몰래 빌려 입은 교헤이의 물건들은 당시 유행하는 것들로 가득했다.

"그러다 보니 어느새 70년이 흘렀군."

교헤이는 지붕을 밟으며 마을을 내려다봤다.

"참 초라한 삶이었어."

"마을의 청년 사업가께서 무슨 말씀을."

가와베보다 열 살 정도 많은 교헤이는 당시 이 지역에서는 보기 드문 대학 진학자였다.

사건이 일어난 다음 해, 그는 다니던 회사를 그만두고 가업인 상점을 이었다. 간판을 곧 슈퍼마켓으로 바꿔 우에다시 중심가에 진출하기도 했다.

"고작 가게 하나만을 죽기 살기로 지켰을 뿐이야. 그것도 경영이 어려워져 드럭스토어로 갈아탔지. 줏대 없이 유행을 좇은 거야. 전에 동생 녀석한테 이런 말을 들은 적이 있어. '가라테나 하는 바보가 인기 좀 얻어 보겠다고 껍데기만 꾸미는 게 보기 민망하다'라고."

"……고쇼도 교헤이 씨 영향을 받았을 겁니다."

"그래서 화가 나는 거야. 그래서."

비가 기와지붕을 타고 흘러내렸다. 가와베의 운동화가 흠뻑 젖었다. 다음 수리할 곳으로 옮겨 가는 교헤이 뒤로 검은 산이 우뚝 솟아 있다.

"고쇼의 유품을 보러 온 손님 중에 혹시 제 친구가 있지 않았습니까?"

"'영광의 5인조' 말인가?"

"……그 이름을 듣는 게 몇십 년 만인지 모르겠네요."

"알아서 뭐 하려고?"

교헤이가 몸을 돌렸다. 레인코트 후드에서 물방울이 떨어졌다.

"왔었군요."

"대답부터 해. 알아서 뭐 하려고 그러지?"

"딱히 뭘 하려는 건 아닙니다. 이제는 뭘 어떻게 할 수도 없고요."

너무 늦었다. 설령 암호를 풀어도, 사토시를 죽인 범인을 찾아도.

"시간이 너무 많이 흘렀으니까요."

시게타는 납득하지 못할 것이다. 그러나 가와베에게 그것은 흔들림 없는 진실이었다.

되돌릴 수 없다. 다시 시작할 타이밍은 지났다.

그렇다면 자신은 대체 뭘 쫓고 있는 걸까. 왜 사토시의 암호 놀이에 놀아나는 걸까.

금괴를 위해? 건달에게 떠밀린 빚을 갚기 위해? 아니면 시게타를 위해? 그것도 아니면 애도, 혹은 복수?

어느 것도 틀리지 않지만, 그렇다고 충분하지도 않다.

설명할 수 없다. 여기까지 온 이유, 여기서 물러서지 않는 이유도.

"아마 교헤이 씨가 고쇼의 레코드를 팔지 않은 것과 비슷한 이유일 겁니다."

"……귀찮았을 뿐이야. 그걸 돈으로 바꾸는 게."

그의 시선이 문득 먼 곳으로 빨려 들어갔다. 장마에 어울리는 눈빛이다. 가와베는 왠지 그렇게 생각했다.

잠시 후 그가 굵은 손가락을 움직여 가와베를 불렀다.

"이리 와. 알고 싶으면 직접 네발로 걸어와라."

발밑에서 한기를 느꼈다. 싸구려 운동화가 허술하기 그지없게 느껴졌다.

"왜 그래? 무섭냐?"

교헤이를 다시 바라봤다. 경사진 곳에서 그는 꼼짝 않고 기다리고 있다. 가와베는 숨을 내쉬고 발걸음을 내디뎠다. 다리를 움직일 때마다 기왓장이 덜그럭거렸다. 거의 네 발로 기어가는 꼴이라 결코 멋진 자세라고는 할 수 없다. 교헤이의 장화에 가까워져 갔다. 바로 앞에서 올려다보니 그의 위엄이 더 두드러졌다. 고쇼, 넌 이런 사람에게 반항했던 거구나.

일으키려던 상체가 강한 바람에 맞아 균형을 잃었을 때 팔에 압력을 느꼈다. 교헤이가 무심하게 가와베의 팔꿈치를 붙잡고 있었다.

교헤이는 "봐라" 하고 마을 쪽으로 턱을 까닥였다.

"변화라고는 없는 저 풍경을. 물론 세세한 건 바뀌었겠지. 다리가 새로 생겼고, 마을 회관, 도서관, 도로들도. 하지만 변하지 않았어."

가와베도 그쪽을 봤다. 산과 산에 둘러싸인 움푹 팬 땅. 계단식 밭, 비탈에 지어진 학교, 신사. 새집들도 늘어났다. 그런데도 풍경만큼은 누구의 강요도 없이 태연하게 같은 모습으로 계속 자리 잡고 있다. 한쪽으로 비스듬한 지붕의 현대식 주택도 이제는 완전히 녹아들었다.

아마 아버지 평생의 유일한 사치품이었을 것이다. 극구 반대하는 할아버지를 뿌리치고 가족 간의 화목과 맞바꿔 지은 성채였지만, 가와베에게는 처음부터 거기 있던 것일 뿐이었다.

마을을 가로질러 흐르는 간가와강. 그 주변 나무들이 바람을 맞아 크게 흔들리고 있다.

"이 마을은 앞으로도 영원히 도시가 될 일은 없겠지. 내가 이 마을을 떠날 일도 없을 테고. 언제였을까. 내가 그걸 받아들인 게."

지유리 살해 사건이 일어나고 3년 후, 그는 마을 여자와 결혼했다. 아들 둘을 낳고 가게를 차린 후 수십 년의 세월이 흘렀다.

"새로운 것에 대한 흥미가 사라졌어. 유행 같은 것도 모르고. 요즘 낙이라고는 TV에 나오는 요리 프로그램뿐."

교헤이의 얼굴에는 표정이 없었다. 피로 같은 것과 다르다. 체념이라고 하면 이해하기 쉬울지 모르지만 그것도 결코 충분하지는 않다.

교헤이가 가와베의 팔을 놓았다.

"손님이라면 왔었다."

마을을 내려다보면서 말했다.

"네 친구 셋이."

"셋이요?"

"그래. 세 명."

비틀거리는 다리가 미끄러질 뻔한 걸 간신히 버텼다.

"언제였습니까?"

"처음은 꽤 오래전. 4년인가 5년인가 정확히는 기억 안 나지만, 선거 차가 돌아다녔던 것 같으니 아마 총선 때였던 것 같군."

그러고는 가와베를 봤다.

"나머지 둘은 최근이었고."

"첫 번째는……."

"운송업체 아들이었어. 정확히 말하면 전직 운송업체지만."

사토시다.

"대낮에 불쑥 찾아와서는 늦었다며 고개를 숙이더군. 고쇼 이야기는 친척을 통해 들었다고 했어."

불단에 향을 올리고 싶다고 했지만 집에 교헤이 혼자뿐이라 아무 준비도 못 했다. 불단도 한동안 방치돼 있었다.

"무작정 쫓아낼 수도 없어서 일단 가볍게 청소라도 할 테니 그동안 레코드라도 보고 있으라고 했지."

"……그 뒤로는?"

"불단 앞에서 이것저것 물어보더군. 고쇼 이야기와, 너희에 대해. 어디서 어떻게 지내는지."

"교헤이 씨는······."

"아는 건 다 말해 줬지. 뭐, 여긴 시골이니까."

어차피 누구에게든 물어보면 다 알게 되는 곳이다. 가와베가 도쿄에서 돌아왔을 때도 그랬다. 공공연하게 밝힌 기억이 없는데 마을 주민들은 가와베가 경찰에서 쫓겨나고 이혼한 것까지 다 알고 수군거렸다.

"생각해 보면 참 희한한 놈이었어. 번듯한 재킷을 입고 와서는 이게 상복 대신이라 죄송하다고 진지하게 사과하더니 또 이 동네는 오랜만에 왔다며 즐거워하더군. 많이 변했다고 했어. 아무것도 변한 게 없는데. 그래서 내가 아까와 같은 이야기를 했더니 녀석이 이러더군. '변하지 않은 것처럼 보이는 건, 계속 변하고 있기 때문입니다'."

교헤이는 희미하게 미소 지었다.

돌아갈 때 사토시는 조의금 봉투를 슬그머니 두고 갔다고 한다. 그 뒤로는 연락이 없었다.

나머지 두 사람.

"한 명은 여자인가요?"

교헤이가 고개를 끄덕였다.

"지유리의 동생."

후카가 여기에.

"어땠습니까?"

"사토시 녀석과 별 다를 바 없더군. 레코드를 보고 향을 피우고 근황 이야기를 조금 나눈 정도였지. 도호쿠 어딘가에 살고 있다고 했는데 자세한 건 못 들었어."

"명함이나 연락처는……."

"없어. 받을 이유가 있나?"

시기는 올여름 전이었다고 한다.

"마지막 남자는 이시즈카라고 이름을 대더군."

"그 녀석도 레코드를 봤나요?"

"글쎄. 다른 두 사람과는 좀 달랐지. 저녁에 찾아와서는 현관에서 마주치자마자 그 녀석 앞으로 온 편지 같은 게 없냐고 묻더군. 모른다고 했지. 실제로 그런 건 몇 년째 오지 않았으니까. 빚 독촉장, 고소장 같은 것도."

교헤이는 가볍게 한숨을 쉬었다.

"그게 다야. 그 뒤로는 알아서 하라고 하고 난 거실로 들어갔어. 언제 갔는지도 몰라."

세 사람 다 고쇼의 방에는 혼자 들어갔다. 설령 레코드 한두 장을 훔치거나 산산조각 냈어도 교헤이가 알아차렸을 것 같지는 않다.

이시즈카라고 이름을 댔다.

"교헤이 씨는 긴타를 기억 못 하셨나요?"

"너희 중에 있었던 도련님이라면 기억하지. 하지만 그날 찾아온 남자에게는 그런 느낌이 없었어. 선글라스를 쓴 탓도 있겠지만 그걸 감안해도 인상이 많이 달라 보였지. 뭐랄까……. 삶의 방식 자체를 바꾼 사람 같았달까."

그게 무슨 뜻이죠? 말없이 설명을 요구했지만 교헤이는 더 이상 입을 열려 하지 않았다.

잠시 후 그가 내뱉은 말에 가와베의 의문은 날아가 버렸다.

"그 녀석은 선글라스에 챙이 둥근 모자를 쓰고 이 더위에 회색 양복을 입고 있더군."

"잠깐만요."

저절로 목소리가 높아졌다.

"이 더위라고요? 언제 왔던 겁니까?"

교헤이가 대답했다.

"그저께."

사다리 아래에 있던 시게타가 씩씩대며 가와베에게 다가왔다. 하지만 시게타를 상대하기는 어려웠다.

"잠깐 정리할 시간을 줘."

그렇게 차단하듯 선수를 치고 가와베는 고쇼의 집을 나갔다. 비는 매 초마다 점점 더 세게 내렸지만 한탄할 여유는 없다. 둔해진 오감이 흠뻑 젖은 라운드넥 셔츠보다 무거웠다. 프리우스를 세워 둔 숲을 향해 비틀거리며 나아갔다. 머리를 쓸자 짧은 머리카락에서 물방울이 튀었다.

각자 고쇼의 집을 찾아온 옛 친구들.

우선 사토시. 4, 5년 전이면 이미 마쓰모토에서 살던 시기다. 고쇼와 하루코의 동반 자살 소식은 지역에 사는 친척에게 들었다고 했다. 도쿄, 간사이를 전전하다가 마침내 현으로 돌아와 친척과의 교류가 재개된다. 그리고 옛 친구의 불행을 귀띔받았다. 충분히 있을 법한 이야기다.

그렇다면 후카와 긴타는?

우연치고는 간격이 너무 짧다. 후카의 방문도 사토시가 죽기 고작 몇 달 전이었다.

그 의미를 추측하는 건 괴로웠다.

예상했던 일 아닌가. 사토시를 죽인 범인은 암호의 절반을 해독할 수 있는 인물이다. 베를렌, 주야, 다자이……. 거기에 다섯 번째 행의 '진실로 연결된 두 머리의 거인'에서 교수의 집을 떠올릴 수 있는 인물이다.

하지만, 하고 생각은 미로에 빠졌다.

범인이 누구든 간에 사토시를 죽일 동기가 뭘까. 그냥 내버려둬도 머지않아 사라질 목숨이었다. 그 집의 상태만 봐도 한눈에 명백했다.

역시 동기는 금괴일까. 고작 5백만 엔을 위해? 아니, 5백만 엔이 고작이 아닌 인생은 도처에 널려 있다. 40년 전에도, 20년 전에도,

그리고 현재에도.

그러나 사토시의 보물은 시계타나 반도도 처음 듣는 물건이었다. 생판 남이 우연히 알게 되어 살인까지 불사하겠다고 결심할 확률은 거의 제로라 할 수 있다. 결국 동기가 금괴든 아니든 결론은 같은 곳에 도달한다. 범인은 사토시와 가까운 사람이라는 것.

이마에서 흐른 물방울 때문에 가와베는 눈을 꼭 감았다.

가까운 사람에게서 다가오는 살의. 전혀 눈치채지 못했다고는 생각되지 않는다. 사토시는 신변의 위험을 느꼈기에 시계타에게 알린 게 아닐까. 암호 메시지, 그리고 기억 속에 있던 가와베의 전화번호를.

20년 이상 바꾸지 않은 번호는, 바꿔 말해 언제든 할 수 있었던 연락을 사토시가 한 번도 하지 않았다는 것을 의미한다. 실망감은 없다. 자신도 똑같았다. 서로가 선택한 거리였다.

그렇기 때문에 있는 것이다. 이유가.

가와베에게 연락을 할 수밖에 없었던 사정이.

하지만 그럼 왜 암호를? 옛 친구들만 풀 수 있게 한 건 이해한다. 사토시의 천진함도 알고 있다. 그러나 가와베는 실제로 수수께끼를 풀지 못했다. 사토시의 의도를 이해하지 못했다. 가와베가 암호를 풀게 하는 것. 사토시의 목적은 실패한 셈이 된다.

정말일까.

애초에 암호의 답은 금괴일까. 그렇다면 교수의 집 마당이면 충분하다. 그 장소라면 우리 외에는 그 누구도 도달할 수 없다. 왜 그곳이 목적지여선 안 됐을까.

'두 머리의 거인'을 연결하는 '진실'.

만약 그게 금괴가 아닌 다른 무언가라면.

"어이, 영감탱이!"

어깨를 붙잡히자 가와베는 비틀거렸다.

"잠깐만. 여기서 이야기 안 해도 돼?"

프리우스까지 10미터 정도 남은 지점이었다. 조수석에서 키리이의 흰색 후드티가 보인다. 후드 아래에서 노려보고 있는 게 느껴진다. 빗길에 서서 나누는 대화가 분명 부자연스러워 보일 것이다. 그걸 잊을 정도로 동요하고 있었다.

가와베는 손가락으로 이마를 문질렀다. 부자연스러우니 뭐니를 따질 때가 아니다. 그렇게 마음을 다잡고 프리우스에 등을 돌렸다. 교헤이와 지붕 위에서 나눈 이야기를 전하자 시게타의 얼굴이 순식간에 당혹감과 불쾌감으로 물들어 갔다.

"대체 뭐가 뭔지 모르겠네. 그저께라고? 어떻게 그럴 수 있지?"

"나도 알고 싶어."

"하지만……."

"먼저 대답해 줘. 네가 사토시의 시신을 발견하고 집을 조사했을 때 정말로 아무 이상한 점도 없었나? 뭔가 없어진 것, 늘어난 것, 평소와 위치가 달라진 것."

"그 집에 있던 쓰레기에 정해진 위치 같은 건 없었고, 있어도 기억 못 해."

"사토시의 입에서 우리 이름을 들은 적이 있나? 소토야마 고쇼, 다케우치 후카, 이시즈카 긴타, 이와무라 기요타카, 그리고 이자와 노부오. 성이나 이름, 어느 쪽이든 상관없어."

"없어."

"별명은?"

"없다니까."

"사토시가 떠들었다는 그 자랑 이야기는 어떤 내용이었지?"

"도쿄 시절 어떻게 돈을 벌고 뭘 하면서 놀았다 등등."

"친구나 연인, 동료 이야기는?"

시게타는 없었다고 즉답했다. 대신 유명인의 이름은 자주 나왔다. 누구누구와 밥을 먹었다. 누구누구와 어울렸다. 어떤 선생님의 파티에서 건배사를 했다 등.

"사장이나 형님 같은 사람을 많이 언급했어. 역시나 허풍 같다고는 생각했지만 워낙 입담이 좋으니까, 그 사람은."

생각해 보면 그날 노래방에서도 그랬다. 사토시가 입에 담은 온갖 거짓말을 형사인 자신도 전혀 눈치채지 못했고 끝까지 농락당했다.

"교헤이 씨가 말하길 후카가 찾아온 건 올여름 전이라고 해. 뭐 생각나는 거 없나?"

시게타는 없다고 잘라 말했다.

"전혀?"

"끈질기네. 없으면 안 돼?"

"혹시나 해서 묻는 거다. 사토시는 고쇼의 레코드를 가지고 있지 않았나?"

시게타가 미간을 찌푸렸다. 플레이어는 없었다. 그건 가와베도 어젯밤 스마트폰으로 찍은 사진으로 다시 확인했다.

기억을 더듬다가 끝내 믿음직스럽지 않은 대답이 돌아왔다.

"……모르겠어. 본 기억은 없지만 옷장 깊숙한 곳까지 다 들여다본 건 아니니까."

"꽤나 대충 뒤졌나 보네."

"어차피 집 자체가 목적지면 암호가 의미 없잖아. 불만 있어?"

"아니, 오히려 희망을 찾은 것 같아."

시게타가 고개를 갸웃거렸다.

"사토시의 소지품을 다시 한번 꼼꼼히 살펴봐야겠어. 설마 버리지는 않았겠지?"

"몰라. 난 붙잡혀서 계속 고문만 당했다고."

그래도 금괴의 존재를 알게 된 반도가 사토시의 짐을 쉽게 처분했을 리는 없다.

"레코드는 그렇다 쳐도 범인을 특정할 단서가 숨겨져 있을지 몰라."

"여자랑 남자 중 누구야?"

그렇게 묻고 시게타는 입술을 깨물었다.

"남자 쪽이 2천 배는 더 수상하긴 하지만……."

이시즈카 긴타라는 이름을 댄 모자 쓴 남자.

"그저께라는 말에 혹시 짚이는 건 없나?"

"그러니까 그제도, 사흘 전도, 나흘 전도 난 고문을 당하고 있었다니까."

"잘 생각해 봐. 모자 쓴 남자와 우리의 행동은 꼭 맞아떨어져. '두 머리의 거인'에서 연상해 교수의 집 마당을 파헤치고 다음으로 레코드판에 도달했지. 심지어 비슷한 정도의 간격으로. 이게 우연이 아니라면, 최근 며칠 사이 그 모자 쓴 남자가 새로운 정보를 얻은 거라고 생각할 수밖에 없어."

"……설마 내가 원인일 수도 있는 거야?"

"그건 모르지. 다만 비슷한 시점에 네가 반도에게 나와 금괴에 대한 정보를 털어놓은 건 사실이잖나."

정확히 언제였지? 그 질문에 시게타는 얼굴을 찡그렸다.

"……아마 사흘 전."

"아마?"

"모르겠다고! 계속 갇혀 있어서 낮인지 밤인지도 몰랐어. 다 털어놓고 나서 당신이 오기까지 하루 넘게 지났던 것 같기는 해."

잠시 숨을 고르며 생각을 정리했다. 반도가 가와베에 대한 정보를 손에 넣은 건 사흘 전. SRP 엔터프라이즈를 조사하고 준비를 거쳐 가와베 앞에 나타난 건 어젯밤. 한편, 모자 쓴 남자는 그제 고쇼의 본가를 방문했다.

"앞뒤가 맞아떨어지네."

"당신, 지금 반도 씨랑 모자 쓴 남자가 연결돼 있다고 생각하는 거야?"

역시 직감만큼은 훌륭한 편이다.

"가장 자연스러운 흐름이라면 그렇게 되지."

"모자 쓴 남자는……."

시게타의 눈빛이 날카로워졌다.

"이시즈카 긴타로 봐도 되는 거지?"

가와베는 입술을 다물었다. 부인할 수 없다. 과거 긴타와 나눈 대화. 뒤숭숭한 말과 수상한 행동. 그 녀석은 분명 반도 같은 무리와 알고 지냈어도 이상하지 않은 분위기를 풍기고 있었다.

그뿐만이 아니다. 가와베는 적어도 사토시만큼은 긴타의 연락처를 알았다고 생각하고 있다.

사토시가 5인조의 근황을 물었을 때 교헤이는 알지 못한다고 했다. 그러나 긴타에 관해서는 정보망이 있었다. 작은 마을의 네트워크는 도쿄로 이주한 이시즈카 집안과도 가늘고 길게 연결돼 있어서 부러움과 질투 섞인 소문을 이 시골 마을에 전했다. 생각해 보면 긴타가 은행원이 됐다는 소식을 고쇼에게 전한 사람도 교헤이였다. 그런 정보를 교헤이는 사토시에게 알려 줬다.

　20년 전에는 그래도 쉽지 않았다. 은행을 관두고 어두운 사업에 손대고 있었기 때문일 것이다. 바빴을 것이고, 무엇보다 경계심이 불필요한 인간관계에서 멀어지게 했다. 그러나 세월이 흘렀다. 당연하다면 당연하지만 긴타에게도 변화는 있었을 것이다. 두 사람이 가와베는 모르는 사이 친분을 쌓았다고 해도 놀랄 일은 아니다.

　하지만 그걸 인정하는 것은 너무 괴로웠다.

　"이시즈카가 금괴를 노려 사토시 씨를 죽였다는 거지?"

　"너무 앞서가지 마. 아직 다 추측 단계야."

　가와베는 스스로 되뇌듯 말했다.

　"아직 설명이 안 되는 점도 있다. 그 녀석이 왜 바보같이 본명을 밝혔는지. 그것도 사토시를 죽인 후에. 그런 위험을 무릅쓸 녀석이 아닌데."

　"레코드를 확인하려면 어쩔 수 없지 않아?"

　"그래도 녀석이라면 더 영리한 방법을 썼을걸."

　그렇게 말하면서도 머릿속에는 반론이 떠올랐다. 긴타는 레코드를 확인하기 전에 교헤이에게 고소 앞으로 온 편지가 없는지 물었다. 이 역시 사토시와 관련된 일일 것이다. 그리고 편지나 봉투가 있었다면 그것을 교헤이의 의심을 사지 않고 얻기 위해서 어쩔 수 없이 본명을 밝혀야 했을지 모른다.

　"어쨌든……."

시게타가 중얼거렸다.

"마무리를 지어야겠네."

"뭐라고?"

"마무리. 죽여 버릴 거야."

"……재수 없는 소리 하지 마라."

시게타의 유치한 분노가 오히려 가와베를 냉정하게 만들었다.

"조급해하지 마, 시게타. 네가 말한 대로 암호가 풀렸다고 결론 난 게 아니야. 아직 금괴를 얻을 기회는 충분히 있어."

"누가 금괴 이야기를 했다고?"

걸음을 멈추고 무심코 시게타를 뚫어지게 쳐다봤다. 시게타는 빗속에 우뚝 서 있다. 이쪽을 향한 그의 눈동자에 불온한 빛이 어른거리는 걸 가와베는 뒤늦게 알아차렸다.

"무슨 소리지? 빼앗긴 금괴를 되찾는 거 아니었나?"

"금괴는 되찾을 거야. 하지만 마무리는 별개야."

"별개?"

"그래. 죽여 버릴 거라고."

"멍청한 자식."

반사적으로 말이 튀어나왔다.

"체면 때문에 무의미한 보복을 하겠다는 건가? 멍청한 양아치가 할 만한 케케묵은 발상이군."

"그런 문제가 아니야. 사토시 씨는 살해당했다고!"

어리둥절했다. 날아온 물방울이 비인지 침인지 분간이 안 됐다. 시게타가 목소리를 짜내며 거듭 말했다. 그런 문제가 아니라고.

"그럼 무슨 문제지? 설마 진심으로 원수를 갚겠다는 건가?"

시게타는 대답하지 않았다. 입술을 깨물며 원망스럽게 바닥만 노려보고 있다. 눈빛이 불안하게 흔들리고 있다. 그러나 그 안에 켜진 열기는 사그라들지 않았다. 열기의 정체를 파악하지 못해 가와베는 당황했다.

"그 녀석에게 그 정도 의리는 없을 텐데."

기저귀를 갈아 주고, 짜증을 받아 주고, 싸구려 술을 마실 때 어울려 준 게 전부다. 거기에 고작 반년을 알고 지낸 사이 아닌가.

"뭘 그렇게 열을 올리지? 영리하게 굴어야 하지 않나? 금괴만 생각하면 돼. 네 손에 얼마가 들어오는지만……."

"제기랄, 나도 알아!"

시게타가 물웅덩이를 걷어찼다.

"다 비즈니스라는 거, 나도 안다고. 그러니까 자꾸 거들먹거리면서 나한테 지시하지 마!"

땅에 침을 뱉고 어깨를 들썩이며 걷는 마른 뒷모습은 시시한 이해를 거부하고 있었다. 그것은 그대로 가와베를 향한 거부처럼 보였다. 가와베는 빗줄기에 떠밀릴 때까지 시게타를 쫓지 못했다.

운전석에 앉는 순간, 목을 붙잡혀 시트에 몸이 눌렸다. 키리이의 표정에는 주저 없이 선을 넘을 결의가 보였다.

"다음은 없어."

"……꽤 매력적인 허스키 보이스잖아."

목에 가해지는 힘이 더 세졌다. 그 상태 그대로 몸수색을 당했다.

"내가 빼돌렸을까 봐 의심하는 건가? 어차피 금괴는 우리 몫이라고 정한 것 같은데."

이쪽 말은 들을 생각이 없어 보인다. 떨어지는 물방울 때문에 시트가 서서히 젖었다.

흰 후드를 쓴 머리가 이번에는 뒷좌석을 향했다. 무관심한 척하던 시게타가 기다렸다는 듯 몸을 앞으로 내밀었다.

"해 볼 테면 해 봐."

"그만해."

가와베는 키리이의 손을 뿌리치며 소리쳤다.

"그만해라. 장난질할 거면 밖에 나가서 하든가."

핸들을 한 번 내려치고 시동을 걸었다.

"사토시의 물건들은 어디 있지?"

키리이는 앞만 보고 대답하지 않았다.

"내 말 안 들리나? 모른다면 차보나 반도한테 연락해서라도 알아내. 넌 그런 일을 하려고 여기 있는 거 아닌가?"

그러자 키리이가 꼭 희귀동물이라도 보는 눈으로 가와베를 쳐다봤다. 그러나 억누를 수 없는 감정 기복에 가장 당황한 건 가와베 자신이었다. 차를 출발하며 숨을 가다듬었다.

"바로 갈 테니 얼른 알아봐."

키리이가 못마땅한 것처럼 스마트폰을 만지작거렸고, 뒷좌석에서 시게타의 마른 웃음소리가 들렸다. 가와베는 모두 무시했다. 이토록 충동의 마그마가 솟구치는 건 아난을 때린 이래 처음이다. 동요하고 있다. 후카와 긴타의 존재를 가까이에서 느끼니 진정이 되지 않았다.

"차보 형님이."

키리이가 스마트폰을 보며 말했다.

"오래."

"어디로?"

"빌라. 1시."

"니시보리겠지?"

디지털시계를 확인했다. 이대로 달리면 시간에 맞출 수 있다. 그러나 교통사고만큼이나 산사태를 경계해야 할 정도로 날씨가 악화 일로를 걷고 있다. 역대급 태풍. 그런 보도가 꼭 과장이 아닐지 모른다.

가와베는 백미러를 힐끗 봤다. 어깨를 움츠린 시게타가 엄지손톱을 물어뜯고 있다. 차보의 이름이 나오자마자 기세가 꺾였다. 괴롭힘을 당한 기억이 떠올랐을까.

다시 도로 앞쪽에 시선을 돌리며 속으로 중얼거렸다. 모르겠다.

시게타는 겉보기에도 소심한 겁쟁이다. 자신과 키리이 앞에서 으르렁대는 것도 허세에 불과하다. 반면 조금 전 그 살의는 진짜처럼 보였다. 그런 위태로운 균형이 가와베를 불안하게 했다.

아니면 그 분노 역시 허세일 뿐이고, 내가 잘못 판단하고 있는 걸까. 아버지와 아들, 아니 손자라 해도 이상하지 않을 나이 차이다. 형사를 그만둔 후 세상과의 교류가 급격히 줄었다. 솔직히 말해 젊은이들의 감성은 미지의 영역이다. 출장 마사지 직원들을 차로 데려다줄 때 나누는 대화도 길거리 인터뷰 수준을 넘지 못한다. 뭔가 안다고 착각하는 건 오만을 넘어 우스꽝스러울 것이다. 더군다나 시게타와는 고작 이틀 남짓 함께 행동한 사이다.

결국.

난 뭘 원하고 있는 걸까.

교헤이가 던진 의문이 머릿속에서 고개를 들었다. 사토시의 죽음. 그것을 계기로 여기까지 왔다.

암호, 금괴, 살인의 흔적. 그리고 과거.

무의미하다. 이미 늦었다.

1999년 여름에 나는 다시 시작할 수 없었다. 보기 좋게 실패하고 고꾸라졌다. 그 후 미래는 20년이나 줄었다. 세상 거의 모든 일을 대충 넘길 수 있을 정도로 마음도 늙었다. 이제 와서 다시 시작할 수 없고, 설령 다시 시작한다고 해도 무슨 소용 있겠는가.

금괴의 소재와 사토시를 죽인 범인을 알고 싶어 하는 건, 술이나 담배를 바라는 욕망과 비슷할 것이다. 한순간의 자극을 찾고 있을 뿐이다.

  아름다웠을 미래는 이제 두 번 다시 손에 넣을 수 없다.

  "어이, 영감. 사고 내려는 건 아니지?"

  "나도 알아."

  시게타에게 대답하고 가와베는 가속 페달에서 발을 뗐다. 바쁘게 움직이는 와이퍼 너머에서 미사야마 터널의 요금소가 입을 벌리고 있었다.

  프리우스를 옆에 세우고 빌라 현관을 지났다. 불 꺼진 계단에서 세 사람의 발소리가 차갑게 울려 퍼졌다. 206호실 문은 잠겨 있었다. 약속 시간까지 30분 이상 남았다.

  "그냥 따고 들어가자."

  시게타가 금속 문을 두드렸다.

  "관리실에 여벌 열쇠가 있지 않을까?"

  움직이려는 시게타를 키리이가 막아섰다.

  "뭐야? 비켜."

  어깨를 밀치려는 손을 튕겨내자 시게타가 뒤로 물러섰다.

  "아프잖아. 이 새끼야!"

  겁먹은 기색이 순식간에 싸움닭의 기세로 바뀐다.

  "차보가 안에 들어가도 된다고 허락했잖아? 얼른 끝내려는데 뭐가 문제야. 이 음침한 새끼야."

후드티 주머니에 넣은 키리이의 오른손에 살기가 서리는 게 느껴졌다.

"아니면 넌 차보의 리모컨으로 움직이는 로봇이야? 뇌에 기름이 다 떨어졌어?"

"시게타, 그만해라."

"영감은 빠져. 응? 뭐라고 말이라도 해 봐. 이 하얀 좀비 새끼야."

후드티 가슴께로 뻗은 시게타의 손이 순식간에 비틀어졌다. 팔이 엉뚱한 방향으로 꺾였다. 가차 없는 발차기가 다리에 꽂혔다. 노란 머리 소년은 콘크리트 복도에 내동댕이쳐져 신음했다.

"거기까지 해."

키리이가 비틀어 올린 팔에 체중을 실으려는 순간 가와베가 키리이의 어깨를 붙잡았다. 키리이는 날카로운 눈으로 가와베를 올려다봤다.

"거기까지 해라."

가와베가 한 번 더 말하자 키리이는 일부러 그러듯 천천히 관절을 풀어 줬다.

"이 새끼가."

시게타가 눈물 맺힌 눈으로 키리이를 노려봤다.

"죽여 버릴 거야!"

"그만해라. 먼저 덤빈 건 너니까."

"젠장!"

바닥을 내려치는 소리. 하지만 그걸로 끝이다. 뻔히 보이는 허세성 위협.

"열쇠를 가져와도 되겠나?"

키리이는 가와베를 보지도 않았다. 가와베가 눈짓하자 시게타가 입술을 삐죽거렸다. 불만스러운 것처럼 일어나 팔꿈치를 문지르며 계단으로 향했다.

"어디서 배웠지?"

키리이가 고개를 살짝 돌렸다.

"나도 옛날에 좀 해 봤지만 유도 기술은 아닌 것 같던데."

경찰관 시절에는 검도보다 유도를 더 많이 했다. 그 경험으로 봤을 때 키리이의 몸놀림은 일종의 체포술과 비슷했다.

"독학치고는 폼이 꽤 나더군. 길거리 싸움으로 익히기 힘든 수준이야."

아무 반응이 없다.

"일본 권법인가? 합기도? 아니면 해외 격투기?"

거의 완벽할 만큼 가와베를 무시하고 있다.

"머리를 다친 것과 관련이 있나?"

그러자 키리이가 쿵 하고 운동화 앞부분으로 바닥을 내려쳤다. 후드에 가려진 옆얼굴은 이미 가와베에게 흥미를 잃은 듯하다. 스스로도 짜증이 났다. 류크가 지겨워하던 그런 부류 아닌가. 모든 걸 다 안다고 착각하는 건방진 어른.

시게타가 열쇠를 들고 돌아와 206호실 문을 열었다. 집에는 전기가 들어왔고 현관 모습도 변함없었다. 하지만 방 안만큼은 2주 전과 판이하게 달랐다.

꼭 대지진이 휩쓸고 간 모습 같았다. 장난꾸러기 아이들이 사흘 밤낮을 뛰놀면 이렇게 되지 않을까. 옷가지는 바닥에 널려 있고, 쓰레기봉투는 뜯겨 있고, 침대 매트는 찢겨 있다. 그리고 책. 수많은 헌책이 마치 돌무더기처럼 바닥에 쌓여 있었다.

침대에서 현관으로 가는 좁은 통로만 간신히 남아 있다. 이 길로 반도의 부하들이 드나들고 사토시의 시신이 옮겨졌을 것이다.

시게타가 눈빛으로 얼른 지시하라고 재촉했다. 하지만 이런 참상에서 과연 최선이라는 개념이 존재할까.

"책을 뒤지는 수밖에 없겠군."

낙서, 접힌 곳, 책갈피 대신 끼워 둔 메모지나 명함. 그것들을 찾아 방 안에 흩어진 2천여 권의 책을 쉴 새 없이 뒤졌다. 시게타는 바닥에 책을 펴고 앉았고 가와베는 침대에 걸터앉았으며 키리이는 꼭 간수처럼 그런 두 사람을 내려다봤다.

"어이, 너도 좀 도와. 로봇."

키리이가 눈썹을 찌푸렸다.

"너 말이야, 너. 아니면 하얀 좀비가 더 마음에 들어?"

"그만해라, 시게타."

다음에는 팔이 부러질 수도 있다. 그렇게 말하려는 찰나 키리이는 콧방귀를 뀌더니 말없이 화장실로 향했다.

"정말 이해할 수 없는 놈이라니까."

"됐어. 시비 걸지 마. 쓸데없이."

시게타는 『빌리 버드』를 보면서 대답 대신 재채기를 했다.

"근데 너, 저 녀석 앞에서만 유독 말이 많아지네."

"흥. 당신 흉내를 낸 거라고. 어때. 엄청 밉상이지?"

"……그런 건 배우지 마라."

"덕분에 아직 관절이 아파."

물 내리는 소리가 들렸다. 키리이가 돌아오기 전 가와베는 재빨리 말했다.

"뭔가 그럴듯한 걸 발견하면 눈치채지 못하게 책장을 찢어."

"짜증 내면서 고래고래 소리치면 될까?"

"배고프다고 난리 치는 연기도 좋겠군."

"쳇. 됐어. 왠지 진짜 배고파지잖아."

문 열리는 소리가 들렸다. 가와베가 고개를 돌리자 눈앞에는 하얀 후드티가 아닌 저속한 반짝이가 들어간 감색 정장 차림의 남자가 서 있었다.

"지금 뭐 하는 거지?"

차보가 억지웃음으로 씩 웃었다. 화장실에서 돌아온 키리이가 형님을 발견하고 허겁지겁 고개를 숙이려는 순간 차보의 주먹이 그의 배에 꽂혔다. 뒤이어 고통으로 구부러진 등을 팔꿈치로 내려치는 둔탁한 소리가 났다.

"쓰러지면 꿀벌형이다."

버티고 선 키리이의 옆얼굴에 이번에는 차보의 무릎이 솟구쳤다. 순식간에 코피가 튀었다.

차보가 다음 주먹을 들기 전에 가와베가 그를 말렸다.

"그만해. 이게 무슨 볼썽사나운 짓이야?"

"아, 소란 피워서 미안. 그런데 이건 우리 일이야. 둘은 거기서 그냥 책이나 읽고 있어."

"집 안 조사는 허락을 받았을 텐데."

"맞아. 그러니까 둘한테는 할 말이 없어. 하지만 이 녀석한테는 내가 갈 때까지 기다리라고 했거든. 그걸 어겼으니 어쩔 수 없지. 우리 교육 방침이 이래서."

차보가 뚝 소리를 내며 목을 돌렸다. 눈을 부릅뜨고 있다. 입가가 살짝 경련하고 있다. 정말 제대로 화가 났다.

"난 반도의 손님이야. 시골 건달들은 손님을 원래 이렇게 대접하나?"

"반도 '씨'야."

우뚝 서 있는 차보를 올려다봤다. 창백해질 정도로 분노에 찬 얼굴. 언제 구두 앞코가 날아올지 모를 일이다.

"보물찾기를 방해하지 말라는 지시가 있지 않았나?"

"도둑질하는 걸 눈 감으라고는 안 하셔서."

차보는 "특히" 하고 시게타 쪽을 봤다.

"저 녀석은 손버릇이 나쁜 걸로 유명하거든. 여자애들 월급부터 채소 가게에서 파는 호박까지 뭐든 손대지 않고서는 못 배기는 놈이지. 나도 전에 지갑을 털린 적이 있어. 안 그래? 어이. 그때 꿀벌 형이 몇 번이었더라?"

책을 펴놓은 채 등을 돌리고 있던 시게타의 어깨가 눈에 띄게 굳어졌다. 목욕탕에서 돌아가던 길에 시게타가 신은 흰색 운동화가 머리를 스쳐 갔다.

"첫 도둑질은 엄마 귀걸이였나? 아니면 탐폰?"

차보는 혼자 킥킥거리더니 키리이에게 말했다.

"야, 너도 웃어. 배꼽을 붙잡고 깔깔 웃으라고."

키리이는 계속 바닥만 보고 있다. 후드티에 코피가 떨어졌다.

쳇, 이 정떨어지는 괴물 새끼. 차보는 그렇게 말하고 침을 뱉더니 시게타에게 다가가 머리카락을 움켜쥐었다.

"뭐야, 너도 왜 이리 조용해? 웃으라고 했지. 엄마, 보고 싶어요, 하고."

거칠게 머리를 흔든다.

"아니면 네 그 피어스가 그립냐? 우리 집 화장실에 잘 장식해 놨어. 똥이랑 같이 내려 버리기 전에 언제든 가져가도 좋아. 변기를 한 번 핥으면 돌려줄게."

시게타는 그대로 굳어 있다.

"무시하냐? 이 새끼야. 웃기 싫은 거면 울려 줄까?"

"그 녀석은 내가 맡기로 한 거 아니었나?"

가와베가 묻자 차보는 가학적으로 미소 지으며 가와베를 봤다.

"아, 그렇지. 그건 맞아. 당신이 데려가겠다고 해서 그러지 않아도 시원섭섭해. 그러니 잠깐 예전 주인으로서 작별 인사 한마디만 하게 해 줘."

목소리 톤이 바뀌었다. 허리를 숙이더니 시게타 바로 뒤에 가서 귓가에 속삭인다.

"우리 동료에서 빠진다는 게 어떤 의미인지는 잘 알고 있겠지?"

시게타는 땀을 흘리며 웅크리듯 허리를 숙이고 있다.

차보가 만족스럽게 코웃음을 쳤다.

"그래서?"

침대에 앉아 있는 가와베를 내려다본다.

"보물은 찾을 것 같아?"

"알려 줄 의무가 있나?"

"어이, 가와베 씨. 난 당신이랑 싸울 생각 없어. 예의만 지켜 준다면 오히려 사이좋게 지내고 싶을 정도야. 실제로 당신을 보려고 직접 이렇게 찾아왔잖아. 그런 사람의 질문에는 제대로 답해 주는 게 내가 말하는 예의 아닐까?"

"미안하지만 못 들었어. 처음부터 다시 말해 봐."

그러자 입술 한쪽이 씰룩 움직였다. 미소가 굳어진다.

가와베는 일부러 과장되게 어깨를 으쓱했다.

"건진 건 없어. 제로야."

"……웃기지도 않은 헛소리네."

"사실이니 어쩔 수 없지. 그러니 너한테 부탁이 있어. 사토시에 대해 가장 잘 아는 사람이 누구지? 사토시가 마쓰모토에서 살기 시작한 경위, 생활 방식, 그리고 이 집으로 이사 온 5년 전의 사정."

"내가 그걸 알려 줄……."

"의무가 있는지 없는지 멋대로 결정해도 되겠나? 아직 애티도 못 벗은 양복쟁이가 잘난 척하다가 5백만 엔짜리 금괴를 날려 버리면 반도는 어떤 반응을 보일까. 어이쿠, 미안. 반도 '씨'였지."

"이 새끼가……."

"잘 들어. 다시는 내 앞에서 이 애한테 손대지 마라. 사이좋게 돈 벌고 싶다면, 절대 두 번 다시."

차보의 한쪽 뺨이 기이하게 일그러졌다. 그의 주먹에 핏줄이 돋아난다.

"대신 보물을 찾으면 네 공으로 해 주마."

그러자 차보가 발밑의 쓰레기를 걷어찼다. 가와베를 노려보며 천천히 가슴을 들썩인다. 드디어 약효가 가신 모양이다.

"……나다. 고미 사토시 영감을 잘 아는 건."

"보스보다 더?"

"반도 씨는 조직에 부탁받았을 뿐이야. 이 일대 야쿠자들은 허세를 부릴 돈도 없어. 귀찮은 일을 떠넘기는 게 그놈들 특기지."

"사토시는 어쩌다 여기서 살게 된 거지?"

"10년 전쯤. 원래는 오사카 쪽에 있었다고 하는데 자세한 건 아무도 모르는 것 같았어."

"공원 거리에서 이런저런 일을 했다는 건?"

"아, 그건 자문역 같은 역할이었지. 세금 문제, 뒷장부 관리. 관공서에서 돈을 뜯는 방법 같은 걸 묘하게 잘 알고 있었거든. 그리고 중재인이기도 했고."

"중재인?"

"싸움이 일어났을 때 중간에 끼어들어서 해결해 주는 사람. 그래서 꽤 귀한 대접을 받은 모양이야."

인간미를 타고난 사람. 그건 가와베도 누구보다 잘 알고 있다.

"그러다 어떻게 이런 집에 처박힐 정도로 몰락했지?"

"술. 내가 처음 만났을 때도 이미 대낮부터 해롱거리고 있었어. 자격도 없이 얼렁뚱땅으로 된 자문역이 신뢰를 잃으면 퇴출되는 게 당연하지 않겠어?"

그리고.

"도박. 특히 경마에 미쳤었지."

경마장이나 장외 마권장이 없어도 요새는 인터넷으로 얼마든 마권을 사고 경기를 볼 수 있다. 번 돈은 전부 술과 마우스 클릭으로 사라졌다. 주정뱅이에 빚까지 겹치자 중재는커녕 오히려 자신이 말썽의 씨앗이 되어 갔다.

가와베는 손가락으로 이마를 문질렀다. 딥 임팩트가 은퇴한 게 2006년 연말이다.

'흐름이 바뀌었다'라고 시게타가 말했듯 이후 2, 3년 사이 사토시는 간사이에서 마쓰모토로 거처를 옮겼다. 금의환향과는 거리가 먼, 이른바 낙향이라 할 수 있다. 한동안은 잔머리와 타고난 매력으로 먹고살았지만, 꼭 스스로 파멸을 바라듯 타락의 길로 빠져들었다.

그 심정은 너무나도 잘 알 수 있다. 지루했을 것이다. 어찌할 수 없을 만큼 인생이 따분해져서 술과 도박 외에는 열중할 게 없어지고 모든 게 무의미해졌을 것이다.

사토시와 자신의 차이는 어쩌면 채 두 발짝도 안 될 것이다. 자신도 이미 오래전부터 서서히 타락의 길을 걷고 있다.

"그 녀석에게 눈에 띄는 손님은 없었나? 남녀노소 가리지 않고."

"글쎄. 기억 안 나는데."

차보가 퉁명스럽게 말했다.

"외출은? 현 내든 도쿄든 외국이든."

"아니면 유가와라 온천에라도? 만약 갔다고 해도 내 알 바 아니지."

"이 빌라에 CCTV는?"

"있을 것 같나?"

"있어, 없어? 어느 쪽이야?"

"정말 귀찮게 구네. 없어."

가와베는 손가락으로 이마를 눌렀다. 사토시가 살해된 날 수상한 사람을 목격하지 않았는지 이웃에게 물어볼 가치가 있을까.

"……정확히 몇 년 몇 월부터 이곳에 살았지?"

"5년 전이야. 장마철이었으니 6월쯤이겠지."

"2014년은 틀림없나?"

"아마도."

"정확히 알려 달라고 했잖아. 알아봐."

차보의 눈빛이 달라졌다.

"보자 보자 하니 너무 기고만장한데."

"그때 누군가와 연락은 했나? 이사 소식을 알린 사람, 도와주러 온 사람."

"난 몰라."

"뭔가 있었을 거야. 외부와의 교류가. 여기 살기 시작한 후, 혹은 여기 오기 직전쯤."

"그 상대가 금괴 위치와 관련이 있나?"

"어쩌면."

"책을 뒤지는 이유는?"

암호에 대해서는 밝힐 생각이 없었다.

"고육지책이야. 녀석의 구형 휴대폰 데이터를 받을 수 있다면 이런 아날로그 같은 작업은 안 해도 되겠지만."

"유감이지만 그건 안 돼. 그 전화기에 든 건 이미 싹 지워 버렸거든."

"그래? 아쉽군."

차보는 눈 한 번 깜빡이지 않고 뚝 소리를 내며 목을 꺾었다.

"다른 곳도 전부 너희가 이미 뒤졌겠지?"

가와베가 엉망진창인 바닥을 턱으로 가리키자 차보는 "뭐 그렇지"라고 대답했다.

"그중 눈에 띈 물건은? 지갑, 금고, 명함 지갑, 주소록 등 뭐든."

"있으면 가르쳐 줬을 거야. 당연히."

여유가 넘치는 말투는 암묵적으로 뭔가 숨기고 있음을 넌지시 내비쳤다. 하지만 허세인 게 뻔히 보인다. 이미 금괴를 손에 넣었거나 결정적인 단서를 쥐고 있다면 이곳에는 조금 더 낮은 직급의 사람이 와도 충분했을 테니까.

"살인 가능성은 없다고 보나?"

"그건 어디까지나 당신 추측 아니야? 우리는 솔직히 어느 쪽이든 상관없지만."

차보는 두 손을 주머니에 넣고 눈을 가늘게 떴다.

"아무튼 뭐, 열심히 해 봐. 금괴를 못 찾으면 3백만 엔을 자비로 마련해야 할 테니."

"그래. 솔직히 말해 걱정돼서 잠이 안 올 지경이야. 선수를 빼앗기면 끝이라."

훗 하고 조소하는 소리가 들렸다.

"간절하게 기도해 보시든지."

차보는 그렇게 말하고 집에서 나갔다.

"가서 코피 좀 닦고 와."

벽에 기대어 있던 키리이가 가와베를 보고 힘없이 고개를 끄덕였다. 그가 화장실로 사라지자마자 시게타가 "왜 그랬어?"라고 물었다.

"왜 그런 식으로 말했어?"

"뭐가 말이지? 비꼬는 게 부족했나?"

"시치미 떼지 마. 빨리 찾는 사람이 임자인 것처럼 말했잖아. 그거 말고도 5백만이니 공이 될 거라느니, 자꾸 부추기기만 하고."

"그럼 안 되나?"

"당연하지! 차보 자식은 무조건 먼저 찾으려 할 거라고."

"일부러 유도한 거다."

"……뭐?"

"자신의 이익과 나에 대한 증오심 때문에 의욕이 넘치도록."

당황하는 시게타에게 가와베는 입술에 검지를 세워 목소리를 낮추라는 신호를 보냈다.

"그 녀석은 사토시의 인간관계를 더 자세히 알고 있어. 알면서도 숨기고 있지."

"어떻게 알아?"

"이 많은 책들 앞에서도 그 자식은 언급하지 않았잖나. 헌책방 주인을."

시게타가 입을 떡 벌렸다. 매달 트렁크에 책을 가득 싣고 찾아와 2천 권에 달하는 책을 사토시에게 팔았다는 장사꾼이다. 사토시는 아파트에서 이 집으로 이사할 때도 책을 옮기는 게 힘들었다고 말한 적이 있다. 헌책방과의 인연이 이미 시작됐을 텐데 차보가 그걸 모르고 있다고는 생각하기 어렵다.

"처음부터 우리한테 힌트를 줄 생각이 없었던 거야. 별로 도움 될 것 같지 않은 옛날이야기 말고는."

진지하게 고개를 끄덕이던 시게타가 곧 얼굴을 찡그렸다.

"하지만 그럼 앞으로 어쩌려고? 결국 경쟁자만 늘어난 거 아니야?"

"상관없어. 그 녀석은 암호를 모르고, 안다고 해도 풀 수 없지. 뭔가 낌새를 차려도 어차피 막힐 거야. 그럼 차라리 인원은 많을수록 좋아."

벽에 가로막히면 가와베에게 의지하러 올 것이다. 그때 흥정을 시도할 수 있다.

"만약 차보가 이시즈카 긴타와 손을 잡으면?"

"그때는 한발 앞서서 달리는 수밖에."

시게타는 "말도 안 돼" 하고 한탄했다. 하지만 지금으로서는 확인할 도리가 없는 불안 요소를 이러쿵저러쿵 떠들어 봐야 소용없다. 지금 할 수 있는 건 오직 하나. 두 사람은 다시 책을 살피는 작업으로 돌아갔다.

책장을 넘기며 물었다.

"그나저나 꿀벌형이 뭐지?"

"있어. 아주 개 같은 거."

시게타가 문고본을 바닥에 던졌다.

"……허벅지 안쪽을 가는 바늘로 찌르는 거야. 눈을 가리고. 그럼 언제 통증이 찾아올지 알 수도 없고."

시게타는 어금니를 꽉 깨물며 덧붙였다.

"……끝날 때쯤에는 허벅지 안쪽 살이 주먹만 하게 부어올라. 구멍이 빽빽하게 나서 꼭 벌집 같아지지. 그래서 꿀벌형이야."

지옥의 고통이라고. 시게타는 그렇게 내뱉고 다음 책을 집어 들었다.

귓불에 붙은 거즈가 눈에 들어왔다.

"아까 얘기한 피어스라는 건 거기 달려 있던 그 고리 같은 건가?"

"그래서?"

'상관없잖아'라고 목소리로 항의하고 있다. 가와베는 속으로 그건 그렇다고 생각했다. 확실히 무관하다.

"도둑질을 그만둘 수 없나?"

"어이, 영감."

짜증의 바늘이 닿았다.

"설교할 생각이면 그냥 닥치고 있어 줘. 잔소리 들을 이유 없어."

"그건 그렇지."

가와베가 인정하자 시게타는 맥 빠진 것처럼 혀를 차고 작업으로 돌아갔다. 가와베도 새 책을 집어 들었다. 시마자키 도손이 쓴 『동틀 무렵 제1부(하)』.

화장실 문이 열리더니 키리이가 다가왔다. 흰색 후드티의 가슴께에 붉은 얼룩이 생겼다.

"뭘, 찾으면 되지?"

가와베는 그를 올려다봤다. 후드 아래에 있는 얼굴은 여전히 무표정하다. 담담한 말투도 변함없다.

"스파이 짓을 할 거야?"

시게타의 날카로운 목소리가 후드티의 붉은 얼룩을 발견하고는 조롱조로 바뀌었다.

"푸핫. 이제는 정말로 하얀 좀비가 됐네."

키리이가 눈썹을 찌푸렸다. 처음 보는 인간다운 표정이다. 설령 그것이 '짜증 난다'라는 감정일지언정.

"아무거나 좋아. 표시나 메모, 책 사이에 끼워진 쓰레기든."

키리이는 말없이 발밑의 책을 들고 한쪽 무릎을 세우고 앉았다.

"좀비가 글자를 읽을 줄 안다니."

"시게타, 일할 때는 진지하게 해라."

비가 지붕을 두드리고 바람이 벽을 때리는 곳에서 세 사람은 끊임없이 책장을 넘겼다. 얼마 지나지 않아 책장을 찢는 시늉이나 쓸데없이 소란을 피우는 연기도 없이 시게타가 책더미 아래에서 그것을 집어 올렸다.

"뭐야, 이건?"

문고본은 아니었다. 단행본보다 두껍다. 작은 대학 노트. 노트라기보다 장부라고 하는 게 어울릴 것이다. 세로쓰기에 오른쪽 제본 방식이 고풍스러운 분위기를 자아냈다.

시게타가 캐묻듯이 가와베에게 그것을 내밀었다. 다가가서 무릎을 꿇고 건네받은 장부를 손으로 쓰다듬었다. 손상 정도로 보니 꽤 오래된 물건이다. 그에 비해 주황색 표지는 선명한 색을 유지하고 있다. 왼쪽 위에 세로로 긴 사각형 테두리가 있고 그 안에는 손으로 쓴 글씨로 이렇게 적혀 있었다.

죽산설화일상竹山雪花日常

필명은 없지만 고민할 필요는 없다. 진지하게 각진 선과 호쾌한 획이 공존하는 이 글씨체는, 중학교 시절 거친 갱지에서 몇 번이고 봤던 그것이었다.

제목 아래로 시선을 옮겼다. '제1권 쇼와 23년~24년'*이라고 부기돼 있다. 가와베는 아연실색했다. 이런 게 있었다니. 아니, 오히려 당연할까. 가후를 사랑하던 그라면.

시게타가 답답한 듯이 물었다.

"대체 뭐야?"

"일기다. 교수의."

가와베는 숨을 내쉬며 마음을 가라앉혔다.

"『단장정일승』. 가후가 30대 중반부터 죽기 전까지 40년 이상 쓴 일기로 그의 대표작으로 알려져 있지."

"따라 한 건가?"

"그런 의도도 있었겠지."

일기 자체는 평범하지만 제목과 형식에서 가후의 영향을 받은 건 분명했다.

한 페이지당 세로 20줄. 첫 시작은 '쇼와 23년 9월 16일(목) 맑음'이다. 당시 교수는 30대 초반. 전쟁이 끝나서 막 제대했을 무렵이다.

9월 16일(목) 맑음. 읍장에게 채용 연락이 옴. 정식 제안은 다음 달

---

* 1948~1949년.

이후가 될 것이라 하나 내년 봄부터는 중학교 교단에 설 예정. 기대됨. 저녁은 경단국, 토란조림, 오하즈케*를 먹음.

문장은 간결했다. 날짜와 날씨, 그리고 사소한 일상 몇 줄과 소감이 적혀 있을 뿐이다. 대충 넘겨 보니 하루 분량이 아무리 많아야 열 줄 남짓이었다.

조금 더 뒤지니 흩어진 헌책 더미 아래에서 같은 일기장이 계속 발견됐다. 옆에는 어울리지 않는 양과자 상자도 있는데 시게타는 "이런 건 처음 봐"라고 했다. 시험 삼아 두 권을 나란히 놓고 보니 크기가 딱 들어맞았다. 일기장은 이 양과자 상자에 담겨 옷장 깊숙한 곳에 보관돼 있었을 것이다. 반도의 부하들이 발견해서 바다에 쏟아붓기 전까지.

일기장은 제1권을 제외하고는 충실히 1년에 한 권씩 유지됐다. 쇼와 25년**의 2권, 쇼와 26년***의 3권. 짧은 기록 덕인지 얇은 두께로도 1년 치가 채워졌다.

한 권, 한 권 연도별로 정리하며 쇼와 51년과 52년 것을 찾았다. 지유리가 사라진 1976년과 교수가 자살한 1977년.

예상대로 1977년 일기장은 없었다. 지유리가 사라진 후 일기 쓸

---

*   채소를 소금에 절여 만든 일본 나가노현의 전통 절임 요리를 가리키는 말.
** 1950년.
*** 1951년.

여력이 없어졌다는 건 초췌해진 교수를 직접 본 가와베가 누구보다 잘 알았다.

'그렇다면' 하고 가와베는 1976년 일기를 펼쳤다.

8월 19일(목) 맑음. 5인조가 옴.『불꽃놀이』낭독. 점심, 소면. 저녁, 바비큐, 술. 노래. 축제 같음. 일찍 잠듦.

28권에 이르러서는 내용이 더 간결해졌다. 거의 메모 수준 문장뿐이다.

마지막 기록은 지유리가 실종되기 전날이었다.

12월 26일(일) 흐림. 전날 비로 진흙탕. 발밑 조심.

설명하기 어려운 실망감이 들었다. 너무도 무덤덤한 기록과 그 후 일어난 비극의 격차가 씻을 수 없는 배신감처럼 말문을 막히게 했다.

"이런 게 왜 사토시 씨 집에 있는 거야?"

시게타의 질문에 다시 정신을 차렸다.

"……나도 모르지. 하지만 이것으로 후카와 사토시가 교류했다는 게 거의 확실해졌어."

일기가 유족이 아닌 다른 사람 손에 넘어갈 가능성은 작다. 즉,

일기는 어떤 과정을 거쳐서 후카의 손에서 사토시에게 넘어온 것이다.

하지만 왜? 그리고 언제, 어떻게?

노래방에 모였던 날 밤, 헤어질 때 골든가 아치 아래에서 마주했던 사토시의 말, 목소리, 태도, 몸짓, 표정을 가와베는 기억에서 끄집어냈다. 미지근한 밤바람의 감촉.

결론은 금세 나왔다. 설령 그 녀석이 천하의 거짓말쟁이라고 해도 그 시점에서 사토시가 후카와 교류가 있었다고는 도저히 상상할 수 없다.

이마를 손가락으로 눌렀다. 정말일까. 내 눈이 흐려진 건 아닐까. 아직 어딘가에 사토시를 믿고 싶은 마음이 남아 있는 게 아닐까. 적어도 후카에 대해서만큼은 거짓말을 하지 않았을 거라고.

어쨌든 모르는 게 너무 많다. 일기장이 전해진 경위, 두 사람이 연락을 주고받은 방법도. 긴타의 거처를 찾아내는 것과는 차원이 다르다. 후카는 아버지가 살인범이 되는 바람에 먼 곳으로 이사를 갔다. 고향과의 연결고리를 전력을 다해서 없앴을 것이다. 이름을 바꿨을 수도 있다. 탐정이라도 고용하면 모를까, 전직 형사의 직감으로는 아마추어가 어설프게 움직인다고 해서 어떻게 될 일이 아니라고 확신했다. 가능성은 그 반대뿐이다. 후카가 사토시에게 연락했을 경우. 실제로 후카는 올여름 전에 고쇼의 본가를 찾아갔다. 그리고 교헤이에게 도호쿠 지방에 살고 있다고 했다.

"암호와 관련이 있을 것 같아?"

시게타의 질문을 이해하는 데 잠깐의 시간이 필요했다.

"그래……. 아마도."

"나머지 한 줄은 '진실로 연결된 두 머리의 거인'이잖아. 전혀 관계없어 보이는데?"

"암호를 푸는 열쇠라고는 안 했어. 다만 암호를 만드는 계기가 됐을 가능성은 크지."

시게타가 미간을 찌푸렸다.

"사토시는 고쇼의 본가에서 레코드의 존재를 확인했다. 그 후 암호를 생각해 냈다. 이해되나? 그 전이 아니라 그 이후라는 게. 레코드를 확인하지 않고는 레코드가 없으면 못 푸는 암호를 만들 수도 없다는 거다."

암호는 누군가가 풀게 하려고 존재한다. 풀 수 없는 암호만큼 무의미한 것도 없다.

"그렇다고 해서 일기와 관련이 있는지는 알 수 없잖아."

가와베는 양과자 상자를 뒤집었다.

"제조 일자를 봐."

"……2014년 10월 20일."

"유통기한은?"

"딱 한 달 뒤인데."

"사토시가 살 만한 과자인가?"

"설마. 그 사람은 편의점에서 파는 생크림빵이나 초콜릿이 잔뜩 올라간 것들을 좋아했어."

"하지만 선물용으로는 괜찮겠지. 주는 것이든, 받는 것이든."

"그게 대체 무슨 말……."

시게타는 말하는 도중에 알아차린 듯했다.

"만난 거구나, 그 후카라는 여자를."

가와베는 조용히 한숨을 내쉬고 고개를 들었다.

"교헤이 씨가 말하기를 사토시가 찾아온 건 4, 5년 전 총선 때라고 했지. 거기에 해당하는 건…… 2014년 해산 총선거야."

인터넷에서 확인하니 11월 21일에 국회를 해산했고 다음 달 14일에 투개표가 진행됐다.

"여자와 재회하고, 일기를 받고, 레코드를 확인하고, 그러고 나서 암호를 만들었다……."

"가능한 시나리오 중 하나일 뿐이다."

과자 상자와 일기를 한 세트로 볼 만한 강력한 근거는 없다. 하지만 사토시가 아파트에서 빌라로 이사한 게 같은 해 6월이다. 새 상자에 옮겨 담았다고 보기보다는 일기와 그것을 담기에 알맞은 상자를 동시에 입수했다고 보는 게 더 자연스럽다.

"그런데 왜 이런 암호를 만들었을까."

"금괴를 숨긴 장소라서 아니야?"

단순한 시게타의 의견에 가와베는 어정쩡하게 고개를 끄덕였지만 직감은 '아니다'라고 속삭였다. 가와베는 더 이상 목표를 금괴로 믿지 않았다. 이 암호는 지나치게 옛 친구들과 연결돼 있다. 흩어진 '영광의 5인조'에게 얽혀 있다.

"부족해."

중얼거림을 향해 가와베는 고개를 돌렸다.

키리이가 늘어놓은 일기들을 보고 있었다.

"11권과 24권."

순간, 정수리에 번개가 꽂힌 것처럼 찌릿했다. 가와베는 거의 반사적으로 빠진 두 권에 대한 계산을 마쳤다. 24권은 1972년 일기다. 아사마 산장 사건이 일어난 해다. 교수가 가와베를 비롯한 다섯 아이들을 '영광의 5인조'라고 부르기 시작한 해. 그리고 지유리가 곤도와 첫 번째 도피를 계획했다가 실패한 해.

역시 그렇다. 이 암호는 우리의 인생과 관련된 무언가를 풀게 하려는 것이다.

"뭐? 11권?"

시게타가 되물었다.

"그런 옛날에 무슨 일이 있었다는 거야?"

키리이가 대답할 수 있을 리 없다. 그러나 가와베에게는 명백했다. 너무도 명백했다.

1959년.

"우리가 태어난 해다."

시게타가 마땅한 질문을 던졌다.

"그 두 권, 범인이 가져간 건가?"

"그럼 상자째로 처분했겠지."

가와베는 처음 이곳 달려온 날 찍은 스마트폰 사진을 확인했다. 옷장 안에는 책이 가지런히 쌓여 있었다.

"뒤진 후에 다시 쌓은 것 같지도 않아."

"그럼 처음부터 없었다는 거네?"

그래, 라고 대답하면서도 '그럼 언제 없어졌을까' 하고 생각하지 않을 수 없었다. 우리가 태어난 해와 '영광의 5인조'가 된 해. 우연히 이 2년 치만 불의의 사고로 없어졌다고 납득할 정도로 낙천적이지 않다. 누군가가 의도적으로 빼낸 것이다.

하지만 누가? 언제? 왜?

"그래서?"

시게타가 바닥에 흩어진 책을 보며 말했다.

"이것들, 계속 조사할 거야?"

일기가 나온 이상 후카와 연락할 수단이 남아 있을 가능성이 크다. 한편 사토시는 가와베의 전화번호를 외우고 있었다. 오래전 가와베가 맞닥뜨린 악당 중에는 증거를 남기지 않으려고 모든 전화번호와 주소를 머릿속에 새겨 넣은 자들도 있었다. 실제로 사토시의 구형 휴대폰에는 등록된 개인 전화번호가 하나도 없었다. 그렇다면 이곳을 뒤져 봐야 시간 낭비일까. 발신과 수신 기록 속 번호로 일일이 전화해서 확인하는 방법도 있겠지만, 데이터는 이미 삭제됐다고 한다. 시게타를 만났을 때 귀찮더라도 메모해 둘걸.

"잠깐."

가와베는 '잠깐만' 하고 되뇌며 기억을 더듬었다. 그동안 놓치고 있던 모순을 골목 모퉁이에서 우연히 마주친 기분이었다. 사토시의 구형 휴대폰. 그걸 시게타에게 받아서 열어 보고 저장된 연락처를 확인했다. 개인 이름은 없었다. 가게도 상호명이 아닌 특징들뿐. 중국집, 라멘집, 그리고.

"세탁소."

술에 절어 집에 틀어박혀서 살던 남자의 삶에 그런 게 과연 필요했을까.

진정하라고 스스로를 다독였다. 냉정히 생각하면 얼마나 중요한지는 의문이다. 그저 충동적으로 번호를 등록했거나, 이사 왔을 때 몇 번 들렀거나, 혹은 한 번도 이용하지 않았을 수도 있다.

하지만 그런 발상은 가와베의 가슴을 두근거리게 했다.

빗소리가 점점 거세지고 있다. 앞으로 조금 더 있으면 우산은 막대기로 전락하고 거리의 가게도 문을 닫기 시작할 것이다.

시게타 역시 세탁소 같은 곳과는 인연이 없는 사람이었지만, 가와베가 묻자 단 한 곳 기억나는 근처 가게를 알려 줬다.

가와베는 "그리고 또 하나" 하고 덧붙였다. 문득 떠오른 생각이었다. 고쇼의 레코드를 혹시라도 가지고 있을 것 같은 인물.

"파르코가 있는 공원 거리에 게임센터가 아직 남아 있나?"

세 가지 행운이 따랐다. 시게타와 키리이에게 책 조사를 맡기고 빗속을 뚫고 달려간 결과, 세탁소 셔터가 내려가기 직전에 간신히 도착한 것. 가게 문을 닫으려던 백발의 세탁소 주인이 친절했던 것. 그리고 그가 고미 사토시를 알고 있었던 것.

"돌아가셨나요?"

신사다운 주인은 경건하게 고개를 숙이고 가슴에 손을 얹어 묵념했다.

어릴 적 친구라는 가와베의 말을 믿고 가게 안으로 들여서 수건도 빌려줬다. 가와베는 머리를 털며 물었다.

"사토시 씨는 이곳 단골이었습니까?"

"아뇨. 이곳을 찾는 건 1년에 한 번으로 정해져 있어서 보통 단골손님과는 달랐습니다. 다만 특별히 부탁받아서 물건을 장기간 여기서 보관하고 있죠."

그렇게 말하고 그는 가게 안쪽에 가서 옷걸이에 걸린 양복을 들고 왔다.

카운터에 양복 한 벌이 놓였다.

재킷은 품위 있고 따뜻함이 느껴지는 검정 트위드 재킷이었다. 마찬가지로 검정 바지, 다크브라운 와이셔츠, 캐시미어 소재의 체스터 코트. 주인은 상자를 하나 더 가져왔다. 그 안에는 머플러, 구두와 양말, 벨트와 커프스가 담겨 있다. 전부 싸구려는 아니다.

"원래 이런 서비스는 하지 않지만, 이야기를 나누다 보니 어느새 맡게 돼 버렸습니다."

그날 이후 매년 새해가 되면 또다시 양복을 맡아 1년간 보관해 주는 관계가 시작됐다.

이런 좋은 양복을 술 냄새에 찌든 집에 걸어 두고 싶지 않은 마음은 이해하지만.

"언제부터 그렇게 한 겁니까?"

"5년 정도 전입니다. 그때가 첫 방문이었죠. 주름이나 흠집 하나 없는 게 갓 재단한 양복 같았습니다."

"이유를 묻지 않으셨나요? 매년 1월에 어디로 뭘 하러 가는지."

"성묘 같은 거라고 하시고 그 이상은 말씀하지 않으셨습니다. 다만 오실 때마다 늘 어린아이처럼 천진난만한 표정으로 뭔가를 무척 기대하시는 것처럼 보이더군요."

설마 그분께서 돌아가실 줄이야. 세탁소 주인은 다시 그렇게 중얼거리고 "하지만" 하고 말을 이었다.

"그때부터 왠지 각오하고 계셨던 것 같기도 합니다. 병을 앓으셨죠?"

가와베가 얼버무릴 새도 없이 그는 알고 있다는 것처럼 작게 고개를 끄덕였다.

"올해는 쉬신 것도 아마 그 때문이었겠죠."

"옷을 가지러 오지 않았나요?"

"네. 그러다 아마 2월 초쯤이었을까요. 우연히 뵈었는데, 몸이 좋지 않아서 어쩔 수 없었다고 하시면서 '나도 이제 얼마 안 남았어'라고 하시더군요. 농담 섞인 말이었지만 확실히 안색이 좋지 않아 보였습니다. 서로 나이가 나이이니 피차일반이라고 가벼운 농담을 주고받았고, 다음 보관료라고 하시며 돈을 두고 가셨습니다……."

그의 애도를 가와베는 복잡한 심정으로 받아들였다. 세탁소 주인이 사토시의 생활상을 짐작하는 기색은 전혀 없다. 술에 절어 살았다는 것, 야쿠자와 교류가 있었다는 것, 사기꾼이었던 과거.

사토시는 이 사람 좋은 노인도 완벽히 속였다. 그것을 폭로할 권리는 가와베에게 없었다.

"정말 유쾌한 분이셨습니다. 1년에 두 번 뵙는 날을 늘 기대했죠. 정겹게 대화하던 그분의 미소를 평생 잊지 못할 겁니다."

정말 안타깝습니다. 주인은 감회가 깊은 것처럼 그렇게 말했다.

20년 전, 두 번 다시 만나지 않겠다는 마음으로 그에게 "잘 지내"라고 했다. 실제로 이 나이가 될 때까지 가와베는 이자와 노부오와 연락하지 않았다. 연락처를 몰랐고 소문도 듣지 못했다. 기억 속 지도를 따라 그가 점장으로 일했던 게임센터로 향하며 가와베는 인생의 예측 불가능성을 실감했다.

시게타와 키리이 모두 공원 거리의 게임센터를 알고 있었다. 인터넷에서 찾은 번호로 전화를 걸어서 이자와와 통화하고 싶다고 하자 젊은 남자 직원은 공손한 어조로 "저희 사장님께 용건이 있으신가요?"라고 물었다.

니시보리의 세탁소에서 공원 거리까지는 3백 미터 남짓이었다. 1999년의 흔적을 찾으려 했지만 비바람 때문에 그럴 상황이 아니었다. 거리를 지나는 몇 사람만 간신히 눈에 들어왔다. 총알을 막을 기세로 내민 우산은 곧 뒤집혀서 뼈대만 남을 게 뻔했다.

그래도 마쓰모토는 아직 괜찮은 편이라고 전화한 직원은 말했다. 어딘지 모르게 흥분한 목소리로, 나가노시 쪽은 위험한 것 같다고도.

길가에 면한 입구에 체험형 게임기와 UFO 캐처가 있었다. 예전과 같은 풍경처럼 보였다. 아니, 그럴 리 없다. 변한 것은 변했다고 생각할 수 없게 된 나 자신이다.

안내를 받아 안쪽 사무실에 들어가자 건장한 체격의 남자가 가와베를 보고 일어섰다. 파마인지 타고 난 곱슬머리인지 구분하기 어려운 머리카락을 연갈색으로 염색했다. 폴로셔츠 아래에는 불룩한 배. 튼튼해 보이는 허벅지. 그것들과 어울리지 않는 둥근 안경.

"안녕하세요, 이자와입니다."

가와베는 고개를 숙이고 "노부오 씨는?" 하고 물었다.

"아버지는 돌아가셨습니다. 췌장암으로, 3년 전에."

소스라치게 놀랐다. 이자와 노부오가 죽었다. 사실 그리 놀랄 일은 아니다. 이자와도 가와베나 사토시와 비슷한 나이다. 이르다고 하면 이르지만 충분히 있을 수 있다. 그런데도 가와베는 뜻밖일 정도로 큰 충격을 받아서 어지러움까지 느꼈다. 뒷골목 술집에서 만났던 거구의 전직 야쿠자가 생각났다. 한때 사장이었던 그도 이자와에게 가게를 물려주고 은거하거나 세상을 떠났을 것이다.

20대에 이곳을 물려받았다는 젊은 사장은 담담하게 말을 이어갔다.

"사실 가와베 씨에 대해서는 아버지께 들은 적이 있습니다. 언젠가 찾아오실지도 모른다고."

"그게 정확히 무슨 말이죠?"

"아, 자세히 들은 건 아닙니다. 유언처럼 말씀하셨기에 잊으려 해도 잊을 수 없었을 뿐이죠."

이자와의 아들은 외출 중에 가와베의 방문 소식을 듣고 일단 집에 들렀다가 이곳에 온 것 같았다. 옷 여기저기에 빗물 자국이 있다. 마찬가지로 젖어 있는 큰 비닐봉지가 사무실 책상 위에 있었다.

"이걸."

그에게 건네받은 비닐봉지의 두께와 크기로 내용물은 얼추 알 수 있었다.

"레코드군요."

"알고 계셨습니까?"

고개를 저으며 봉지에서 레코드를 꺼냈다. 스포츠카가 달려오는 일러스트. '내 이름을 모르겠어'라는 글자.

"저희 집 레코드플레이어는 이미 오래전 고장 나서 들어본 적은 없습니다. 아버지도 정정하실 때는 잊고 사셨겠죠. 몸이 약해지시고 나서야 갑자기 옛날이야기를 하시더니 그걸 꺼내 오셨습니다. 내 친구가 만든 음반이다. 대단하지 않냐. 꼭 즈노케이사쓰 같지 않냐."

이자와의 아들은 "대단한지 아닌지 판단할 수도 없었지만요" 하고 쓴웃음을 지었다.

"그러면서 혹시 나중에 이걸 가지러 올 사람이 있을지도 모른다고 하시더군요. 그때는 제대로 넘겨주라고 했습니다."

"그때 제 이름이 나왔군요."

"네. 그리고 고미 사토시 씨와 이시즈카 긴타 씨도."

"그들은?"

레코드가 아직 남아 있는 것이 무슨 뜻인지 생각하면 명확하다. 그렇게 생각한 찰나 이자와의 아들이 대답했다.

"사토시 씨만."

"네?"

"장례식에 오셨습니다."

이자와가 세상을 뜬 건 3년 전. 그때 사토시는 이미 마쓰모토에 살고 있었다.

"상주를 맡은 제게 인사하러 오셨더군요. 그래서 마침 좋은 기회라고 생각해 레코드 이야기를 꺼냈습니다. 하지만 사토시 씨는 자신이 생전에 아버지와 교류가 있었던 건 아니고 이름만 아는 정도였다고 하셨어요. 게다가 옛 추억은 부끄러운 것들뿐이라 최근까지 계속 피해 다녔다고도 하셨습니다. 이렇게 가까이 살면서도 만나지 않기 위해 늘 조심하셨다고."

이자와의 아들은 웃음기 띤 얼굴로 말했다.

"그럼 굳이 장례식도 오실 필요가 없었을 텐데, 하고 생각했지만 그, 뭐랄까요. 말투라고 할까, 분위기라고 할까 어느새 제가 완전히 말려들어 가는 느낌이 들었습니다. 전혀 밉지가 않은 거예요. 그래서 저도 뭐 그러지 마시고 음식이라도 좀 드시고 가세요. 이런 식이 된 거죠."

이자와의 아들의 얼굴에 편안한 미소가 퍼졌다.

"그래서 사토시 씨께는 전해 드리지 못했습니다. 무엇보다 본인도 가지고 있다고 하셨고요."

"네?"

또다시 목소리가 갈라졌다.

"가지고 있다고요? 사토시가 이 레코드를?"

"네. 친구가 만든 노래다, 대단하지 않냐며 아버지와 똑같은 말씀을 하시더군요."

행복한 추억담을 들으면서도 가와베는 혼란스러웠다. 그 집에는 없었다. 그건 틀림없다. 하지만 처음 갔을 때 제대로 찾아본 건 아니다. 시게타의 수색도 건성이었고, 실제 손대지 않은 옷장에서 교수의 일기가 발견되기도 했다.

옷장 깊숙이 보관돼 있던 레코드를 반도의 부하들이 가져갔을까? 가능성은 있다. 하지만 그렇다면 그들은 그것의 중요성을 알아차렸다는 말이 된다. 즉, 암호를 알고 풀 수 있는 사람이 반도 측에 있어야 한다.

"그리고 가와베 씨."

가와베는 정신을 차리고 다시 이자와의 아들을 봤다.

"이건 아버지께서 남기신 전언입니다. '그날 매달려 있던 인형들이 젖어 있었나?'."

"……뭐라고요?"

"'매달려 있던 인형들이 젖어 있었나?'. 아쉽게도 저도 무슨 뜻인지는 모르겠습니다. 누구에게도 물어볼 수 없었다고 합니다. 그러다 결국 묻는 걸 깜빡해서 전하지도 못했다고요. 줄곧 대수롭지 않게 생각했는데, 최근 들어 갑자기 신경 쓰이기 시작했다고도 하셨습니다."

그래서 꼭 전해 달라고 이자와는 아들에게 신신당부를 했다고 한다.

가와베는 손바닥으로 젖은 이마를 닦았다. 생각을 정리하고 싶었다. 적절한 질문을 해야 했다. 계기만 주어진다면 그 자신은 기억하지 못하더라도 이자와가 남긴 힌트를 끌어낼 수 있을지 모른다.

하지만 거기까지였다. 생각을 짜내려 해도 머리가 거의 백지상태였다. 뭔가가 번뜩이기는커녕 자신이 지금 무엇과 직면하고 있는지조차 파악할 수 없어서 결국 어깨가 축 처졌다.

마지막으로 물었다.

"이자와는 고통스럽게 세상을 떠났습니까?"

"네, 상당히. 하지만 마지막 순간에는 꽤나 평온하셨습니다. 돌아가시기 사나흘 전이었을까요. 눈을 감고 알아들을 수 없는 잠꼬대 같은 말을 중얼거리시더군요. 두 개의 손가락이 떠오른다. 건강하신가요. 이제는 무섭지 않아……. 그런 말씀을."

이자와의 아들은 목이 메어 있었다. 틀림없이 좋은 아버지였을 거라고 가와베는 짐작했다.

차로 데려다주겠다는 제안을 거절하고 게임센터를 나섰다. 이자와의 아들은 대신 감색 레인코트를 가와베에게 건넸다. 비닐봉지를 두 겹으로 씌운 레코드를 레인코트 속에 품고 왔던 길을 되돌아갔다.

물웅덩이를 밟을 때마다 머리를 스치는 것은 잘 재단된 트위드 재킷과 가죽 구두, 오래전 숲속에서 오줌을 지린 이자와 노부오, 20년 만에 다시 마주한 그, 그리고 임종의 순간 눈을 감은 노인과 허공에 매달려 있는 히나 인형이었다. 짧은 시간 동안에 최고의 성과를 얻은 건 틀림없다. 사토시의 기이한 삶의 일면을 밝혔고, 고쇼의 레코드를 손에 넣었다. 급격한 전진까지는 아니어도 후퇴하지는 않았다. 그러나 매달려 있는 히나 인형이라는, 그 의미를 알 수 없는 전언만은 전진도 후퇴도 아닌 막다른 골목이었다.

지유리와 후카가 하루코를 위해서 만든 히나 인형. 그것 말고는 떠오르는 게 없다. 정교한 이치마쓰 인형과는 다른, 지금으로 말하면 스트랩 인형 비슷한 것들이 몇 개씩 줄에 묶여 연결된 것. 지유리가 세상을 떠날 당시 그해의 인형은 완성된 상태였다. 히나마쓰리까지도 충분한 시간이 남아 있었고, 그것은 지유리가 사전에 도피를 계획했다는 방증이 되기도 했다.

하지만 '젖어 있다'라는 건 무슨 뜻일까. 도무지 의미를 알 수 없었다.

사건과 전혀 무관한 이야기라고 생각되지는 않았다. 우에다에 살았던 이자와 노부오가 지유리가 만든 인형에 대해 알고 있었다고 보는 것도 무리가 있다. 떠오르는 건 후미오. 요양 중이던 이자와를 돌본 하루코의 오빠 후미오는 지유리가 실종된 날 부탁을 받아 마쓰모토의 시설에서 나가노역까지 차를 몰았다. 그 후 니가타 쪽까지 드라이브를 갔다고 이자와는 말했다. 후미오와 신나게 떠들었다고 했다.

그런 교류 속에서 인형 이야기가 나왔을 것으로 해석해야 할 것이다. 그러나 핵심이 쏙 빠져 있다. 어떤 흐름에서 그런 이야기가 나왔는지. 젖어 있다는 건 무슨 뜻인지. 이자와가 느낀 의문이 무엇일지.

전언을 들은 아들도 역시 궁금했는지 여러 방면으로 알아본 듯했다. 하지만 아버지는 제대로 된 대답을 들려주지 않았다. 그럴 만하다고 가와베는 생각했다. 외부인에게 설명하기에는 사정이 너무 복잡하고, 파고들다 보면 결국 어릴 적 자신이 하루코에게 저지른 성폭행 미수까지 밝혀야 할지 모른다. 아들에게 자랑할 만한 과거가 아니기 때문에 수수께끼 같은 전언만 남아 버렸다.

걸으면서 생각했다. 사토시는 이 전언의 의미를 알았을까.

당연히 이자와의 아들은 장례식에 온 사토시에게도 전언을 전했다. 사토시의 반응은 멍하니 천장을 올려다보는 것이었다고 한다. 그게 3년 전이다. 어쩌면 그 퀴퀴한 냄새가 진동하는 원룸에서 술과 활자에 빠져 사는 동안 수수께끼의 해답을 찾았는지도 모른다. 그것이 암호에 담겨 있을 가능성은?

빌딩 거리를 빠져나온 순간 옆으로 몰아치는 바람을 맞아 가와베는 품속의 레코드를 꼭 껴안았다. 머릿속에서 허공에 매달린 인형들이 흔들렸다.

시게타와 키리이는 서로 등을 돌린 채 책장을 넘기고 있었다. 키리이는 한쪽 무릎을 세우고 있고, 시게타는 누워 있었다.

레인코트를 벗고 레코드를 보여주자 시게타가 "우와!" 하고 환

호성을 질렀다.

"내용물은? 무사한 거 맞아?"

"아마도. 그쪽은?"

시게타는 『죽산설화일상』 4권을 거칠게 들어 올렸다.

"이 영감님에 대해 당신보다 더 잘 알게 된 것 같아."

"결국 수확이 없다는 건가."

"시계 정도."

"시계?"

"탁상시계가 말이야. 완전히 포기했던 게 발견됐다고 적혀 있어."

건네받은 일기를 살펴보니 분명 그런 기록이 있었다. 전쟁 통에 사라졌다고 생각했던 것이 세상을 뜬 친척의 유품에 섞여 돌아왔다. 절제된 필치지만 행간에서 기쁨이 느껴졌다. 수입산 태엽 시계. 여름 합숙 때 익숙한 그 탁상시계의 제조사와 품번이 기록돼 있다. 그리고 그것이 학생 시절 발표한 논문으로 표창을 받았을 때 딸려 온 기념품이라는 내용도.

"아마 비싼 거겠지?"

"……보물의 정체라고 말하고 싶은 건가?"

"잘 모르겠지만…… 아예 허무맹랑한 건 아니지 않아? 이 일기가 여기 있으니 덤으로 시계도 받았을 수 있고."

둘 다 후카에게 물려받았다? 확실히 가능성만 따지면 제로는 아니다.

기억 속 탁상시계의 금빛으로 빛나던 두 개의 기둥. 하지만 그게 순금이라고 해도 5백만 엔어치는 되지 않을 것이다. 골동품으로서의 가치는 판단하기 어렵지만.

시게타는 가와베의 반응을 기다리며 안절부절못했다. 온몸으로 '그렇다고 해 줘'라고 말하는 듯하다.

"설득력이 부족해. 아니, 그걸 넘어 아무 근거도 없어. 오히려 이런 기록을 놓치지 않고 발견한 걸 칭찬하고 싶을 정도로."

가와베의 시선에 시게타는 대꾸하지 않았다. 어색하게 고개를 돌리고 입술을 일그러뜨리며 엄지손톱을 깨문다. 그 모습을 가와베는 가만히 지켜봤다.

"어쨌든 숨겨 둔 장소를 찾지 못하면 시작도 못 해."

시게타는 "나도 알아" 하고 시무룩한 것처럼 레코드를 가리켰다.

"플레이어는 구할 수 있어? 이 집에는 없는데."

설마 고쇼의 본가로 다시 갈 수는 없다. 그래서 가와베는 이자와의 아들에게 레코드를 들을 수 있는 가게를 소개받았다.

그건 그렇고.

사토시는 레코드는 자신도 가지고 있다고 이자와의 아들에게 말했다. 나중에 살 수 있었던 물건도 아니니 꽤 오래전, 그러니 도쿄 시절에 구했을 것이다. 그게 빈말이 아니었다면 적어도 이자와 노부오가 세상을 뜨기 3년 전까지 사토시는 그 레코드를 가지고 있었다는 말이 된다.

그렇다면 어디로 사라져 버린 걸까. 이 쓰레기 집에서 굳이 그런 걸 내다 버릴 필요가 있었을까.

"어떡할 거야? 빨리 암호를 풀지 못하면 정말 때를 놓친다고."

시게타의 재촉에 생각의 흐름이 끊겼다.

"……그래."

가와베는 건성으로 대답하고 스스로 자기 뺨을 찰싹 때렸다. 그리고 방 안을 둘러봤다. 뭔가 놓친 게 없는지.

"헌책방 이름은 아나?"

"뭐?"

"사토시에게 이 책을 판 가게 말이다. 이름이나 주소."

"시모겐도 책방. 주소는 몰라."

정식 등록된 가게라면 인터넷이나 전화번호부에서 찾을 수 있을 것이다.

"차보라면 더 잘 알고 있을지도 모르지만."

"아니, 그 녀석은 범인이나 찾으라고 해."

발걸음을 떼려는 순간 날 선 중얼거림이 귓가에 들렸다.

"암호, 범인."

키리이가 두 사람을 막아섰다. 아까부터 무슨 이야기를 하고 있는 거지? 눈빛으로 그렇게 묻고 있다.

시게타와 눈이 마주쳤다. 끝까지 모르는 척할까, 아니면 패를 보여 줄까.

"거래 조건으로 어때?"

키리이가 경계하듯 몸을 뒤로 뺐다.

"회색 양복을 입고 둥근 챙 모자를 쓴 남자."

키리이의 표정과 몸짓을 놓치지 않으려고 가와베는 눈을 가늘게 떴다.

"혹시 기억나는 사람 없나?"

후드를 쓴 머리가 망설임 없이 좌우로 흔들렸다.

"동료 중에 누군가가 그런 차림을 했다거나, 누군가가 그런 사람을 만났다거나."

이번에는 가만히 입을 다물고 부정한다. 가와베의 눈에 속임수나 동요 같은 건 보이지 않았다.

"……암호 이야기를 해."

"아직 네게서 의미 있는 정보를 못 얻었어. 너희의 인원수, 반도의 거처, 차보의 행선지."

후드에 반쯤 가려진 두 눈에서 적개심이 커져 가는 게 보였다.

"뒤를 봐주는 야쿠자 중에 아는 사람은 없나? 반도를 싫어하는 놈, 맞서지 못하는 놈. 하나 정도는 대답할 수 있겠지? 네가 그저 차보의 편리한 칼이 아니라면."

키리이의 오른손이 주머니로 미끄러져 들어가는 걸 보고 가와베는 몸의 중심을 낮췄다. 정면으로 맞붙어 이길 상대는 아니지만 한 방만 피하면 빈틈을 노릴 수는 있다. 머리 한구석에서 마른 웃음이 터졌다. 환갑을 앞둔 나이에 이게 무슨 짓인가. 서툰 감정을 주체하지 못하는 사람이 누구인가.

키리이의 어깨가 살짝 움직이려는 순간.

"그만해."

시게타가 두 사람 사이에 끼어들었다.

"괴팍한 놈과 고집불통 영감이 으르렁대는 꼴은 보기도 싫어. 그리고 이 녀석은 아무것도 모를 거야. 말단인 데다가 친한 녀석도 없으니까."

조롱하는 미소를 거두고 시게타가 키리이에게 다가갔다. 건들거리는 몸짓으로 후드 안을 들여다본다.

"일일이 소곤거리는 것도 귀찮으니 그냥 신경 안 쓰고 떠들기로 했어. 너도 마음대로 해. 어차피 우린 적이잖아. 서먹서먹한 채로 가자고, 하얀 좀비."

시게타는 도깨비처럼 눈을 부라리는 키리이에게 코웃음을 치고 가와베를 보며 어깨를 으쓱했다.

"잘 정리됐지?"

한숨이 나왔다. 복잡하게 생각한 자신이 바보 같았다.

"알겠어. 마음대로 해. 그런데 키리이, 한 가지는 알려 주마. 금괴를 손에 넣으려면 암호가 필요해. 그리고 그걸 풀 수 있는 건 우리뿐이지. 상사에게 칭찬받고 싶다면 적대와 협력 중에서 어느 쪽을 선택하는 게 현명한지 잘 생각해 봐라."

대답은 요구하지 않는다. 경고만 해도 충분하다.

"어쨌든."

시게타가 정리했다.

"내 이름이 뭔지 빨리 확인하러 가자고."

전에 고쇼는 '내 이름을 모르겠어'를 이렇게 평가했다. '기타만 미친 듯이 치고 처음부터 끝까지 제목만 고래고래 외치는 노래'.

밤이 아파 토할 것 같아
실험실에서 들리는 비명
내 이름을 모르겠어 내 이름을 모르겠어 내 이름을 모르겠어
내 이름을 모르겠어 내 이름을 모르겠어 내 이름을 모르겠어
이봐, 내 이름은 어디로 간 거야?

피부를 파먹는 붉은 불꽃
비행기가 추락하는 새벽
내 이름을 모르겠어 내 이름을 모르겠어 내 이름을 모르겠어
내 이름을 모르겠어 내 이름을 모르겠어 내 이름을 모르겠어
이봐, 내 이름을 훔친 건 누구지?

마치 튀어 오르는 불덩어리 같다. 볼륨을 줄여도 머리를 지끈거

리게 하는 격렬한 연주, 가사를 이해할 의욕마저 잃게 하는 거친 샤우팅. 굵고 남성적인 목소리의 보컬은 아마 실력이 뛰어날 것이다. 그러나 이 곡에는 고쇼의 자포자기한 듯한 목소리가 더 잘 어울리지 않을까 하고 가와베는 어렴풋이 생각했다.

  2절이 끝나고 긴 간주가 이어진다. 변형된 기타 소리, 때려 부수는 듯한 드럼. 가끔 들리는 의미를 알 수 없는 외침. 마지막에는 후렴구가 끝없이 반복된다. 파괴적인 사운드가 마침내 끝을 향해 가고 연주가 사그라들 즈음 흐느끼는 듯한 노랫말로 마무리된다.

  싸움이 끝났나?
  그럼 내 이름을 불러 줘

  그렇게 오래된 건 아니다. 90년대 초반. 유행과 거리가 먼 가와베도 이게 팔릴 노래가 아니라는 건 알 수 있었다. 자의식의 공회전. 얼굴이 달아오를 정도의 절박감.
  "이게 대체 뭔 노래야?"
  시게타의 소감은 당시 이 곡을 들은 많은 이들이 했던 말일 것이다.
  니트 모자를 쓴 레코드 가게 직원이 씩 웃으며 "뭐, 포크네요"라고 평했다. 뭐가 거슬렸는지 시게타가 고개를 획 돌려 노려봐서 가와베는 어깨에 팔을 두르며 억지로 달랬다. 고맙습니다. 죄송하지만 한 번만 더 틀어 주실 수 있을까요? 둔감한 건지 담이 큰 건지 니트 모자 직원은 시게타와 키리이를 보고도 겁먹은 기색 없이, 그리고 아무렇지 않게 "자꾸 들으면 청력에 안 좋을 것 같은데요"라고 비아냥거리면서도 부탁을 들어줬다. 가와베는 음악을 스마트폰으로 녹음했다. 두 번 들어도 곡의 장점을 알 수 없었다.

편의점에서도 시게타는 화를 냈다. 맛과 종류를 선택할 수 없는 도시락 수, 정확히는 태풍에 대비한 사재기로 이미 빈 진열대를 향한 짜증을 유학생처럼 보이는 검은 피부의 아르바이트 직원에게 쏟아부었다. 그 운 나쁜 아르바이트생은 유창한 일본어로 곧 가게가 문을 닫을 거라고 알려 줬다. 남은 컵라면에 뜨거운 물을 부어서 프리우스로 돌아갔다. 그 몇 미터를 걷는 사이 흠뻑 젖었다. 바람이 소용돌이치고, 도로를 뒤덮은 물웅덩이도 깊어졌다. 컵라면을 먹으며 라디오에 귀를 기울였지만 별다른 뉴스는 나오지 않았다. 조신에쓰 자동차도로가 통행금지, 호쿠리쿠 신칸센에 이어 일반 전철도 줄줄이 운행 중단.
"이게 정말 암호랑 관련 있는 게 맞아?"
카레맛 컵라면을 먹던 시게타가 시트 위에 있는 레코드를 바라봤다. 마침 가와베의 스마트폰에서 흐르는 '내 이름을 모르겠어'가 막 끝난 타이밍이었다.
뭐라 대답할 수 없었다. 가와베도 도무지 감이 잡히지 않았기 때문이다.

  노래를 반복 재생하고 가사도 머리에 새겼다. 그러나 단서 같은 건 전혀 보이지 않는다. 다섯 번째 행의 '진실로 연결된 두 머리의 거인'과 이 노래가 어떻게 연결되는지. '두 머리의 거인을 쓰러뜨린 보상으로 황금빛 노래가 울려 퍼진다'라는 힌트와 어떻게 연결되는지.

  한편 해독이 틀렸다고 생각되지도 않았다. 네 번째 행의 '사냥꾼과 춤추는 새끼 늑대들'은 고쇼의 레코드를 암시하고 있다. 거기에는 확신이 있다.

  뭔가가 빠져 있다. 혹은 아직 보이지 않는다.

  사토시의 의도. 애초에 암호를 만든 동기……

  B면 곡이 시작됐다. 'Snowflakes dance'라는 제목의 기타 발라드 곡에는 가사가 없었다. 만약 이게 '황금빛 노래'라면 항복할 수밖에 없다. 자랑은 아니지만 음악 교양은 제로다. 악보도 읽을 줄 모른다.

  문득 차 안의 모두가 약속이라도 한 것처럼 침묵했다. 젓가락을 멈추고 음식을 씹는 것도 멈췄다. 숨쉬기도 조심스러운 상황에서 고쇼의 기타 소리에 둘러싸였다. 비와 바람 소리, 라디오에서 흐르는 BGM도 지금 이 순간만큼은 전부 어우러져 묘한 운치를 자아냈다.

  조금 전 호우 특별 경보가 발표됐습니다. 군마현, 사이타마현,

도쿄도, 가나가와현, 야마나시현, 나가노현, 시즈오카현에 호우 특별 경보가 발표됐습니다. 토사 재해 경계 구역이나 침수 예상 구역 등에서는 산사태나 침수로 인한 재해가 이미 발생했을 가능성이 매우 크며, 지금 즉시 생명을 지키기 위해 최선을 다해야 하는 경계 레벨 5에 해당하는 상황입니다.

"……축제 같네."

시게타가 라디오를 향해 재미있다는 듯이 말했다.

"야외 페스티벌이 이런 느낌 아니야? 다 같이 폭풍 속을 뛰어다니고."

가와베는 "그럴지도"라고 대답했다. 왜곡된 이미지를 바로잡을 정도로 자세히 아는 것도 아니다.

"그보다 앞으로 어떡할지를 정하자. 갈까? 아니면 여기 머물까?"

시모겐도 책방이 나가노시 상가에 있다는 건 조사를 마쳤다. 하지만 전화를 걸어도 받지 않았다. 여기서부터 그 상점가까지 나가노 자동차도로를 달리면 한 시간 남짓. 이런 날씨면 도착 시간은 5시를 훌쩍 넘길 것이다. 편의점도 문을 닫는 상황에서 과연 갈 가치가 있을까.

라디오 아나운서가 지쿠마강 범람에 주의를 당부했다. 나가노시를 세로로 관통하는 1급 하천이다. 제방이 무너지기라도 하면 이동도 어려워질 것이다.

"일단 돌아가는 길도 있어."

"갈 수밖에 없잖아."

시게타가 즉시 대답했다.

"모자 쓴 남자는 그제부터 움직이고 있어. 꾸물거리다가 놓치고 말 거야. 게다가 태풍 때문에 내일 움직일 수 있을지 장담할 수도 없는 상황이고."

시게타치고는 제대로 된 의견이었다.

"차보는 분명 움직이고 있을걸."

"그래."

가와베는 국물을 다 마시고 빈 라면 컵을 봉지에 넣었다.

"넌 어떻게 할 거야?"

조수석에 앉은 키리이는 대답 대신 봉지를 빼앗아 볶음국수 용기를 버렸다.

차 안은 땀과 비, 컵라면 냄새가 뒤섞여 최악의 향기를 풍겼다. 시게타와 키리이에게서는 피 냄새도 났다. 가와베는 프리우스에 시동을 걸며 이런 상황에 슬슬 익숙해진 자신이 어이가 없었다.

가는 길에 사토시의 집에서 가져온 『죽산설화일상』을 시게타에게 소리 내어 읽게 했다. 그러나 성과는 이 노란 머리 아메바에게 몇 가지 새로운 단어를 가르쳐 준 정도였다. 예를 들어 '고하루

비요리*'의 정확한 사용법, '메리야스키지**'라는 소재, '덴가쿠***'라는 요리.

"암수暗愁라니, 이런 건 도대체 어디서 배우는 말이야?"

"안심해. 나도 처음 듣는 단어이니."

마음을 어둡게 하는 슬픈 생각. 러시아어로 토스카. 인터넷에서는 가후도 이 단어를 즐겨 썼다고 나와 있었다. 왼손으로 스마트폰 검색 화면을 닫고 운전에 집중하려 노력하면서도 머리에는 시게타가 낭독한 글의 내용이 스쳤다.

2월 7일(일) 눈 예상. 오전에 최 씨네 집에 감. 지유리가 만든 인형을 춘자에게 선물하고, 세 사람이 기뻐하며 장식하는 모습을 구경. 암수. 정확히 이런 순간.

1971년에 쓴 일기다. 영광의 5인조라 불리기 전 해, 후카가 초등학교 5학년 때다. 결코 넉넉하다 할 수 없었던 이와무라 가의 형편에서는 제대로 된 히나 인형이 없었을 테니 일곱 살 하루코는 손수 만든 히나 인형을 선물 받고 기뻐했을 게 틀림없다. 이후 이

---

* 小春日和. 음력 시월의 따뜻한 날씨를 일컫는 말.
** メリヤス生地. 신축성과 수분 흡수력이 뛰어난 원단.
*** 田楽. 두부, 곤약 등을 꼬치에 꿰어 특제 된장을 발라 숯불에 구워 먹는 일본의 전통 향토 요리.

선물은 지유리가 세상을 떠나는 해까지 매년 계속됐다.

하지만 암수. 나이대가 다른 세 여자의 고운 목소리까지 또렷이 상상이 되는데, 어째서인지 교수의 마음은 슬픔에 사로잡혔다. 상상 속 단란한 풍경이 쓸쓸한 색으로 바뀐다. 장소는 아마 그 집 안방. 사토코가 차를 나르고, 히데키는 고타쓰에서 몸을 녹이고 있다. 일본어를 못하던 그 할머니도 있었을까. 후미오는? 그런 무리 속에 교수가 홀로 앉아 있다. 사람 좋게 미소 짓고 있지만, 꼭 체온 없는 장난감 인형처럼 보인다.

다케우치 미키히코는 대체 어떤 사람이었을까. 이런 의문 자체가 처음이라는 것을 깨닫고, 그 질문에 대답할 방법이 없다는 사실에 또 경악했다. 가벼운 듯하면서도 무게감 있는 태도. 시원 털털한 성격. 그러나 돌이켜 보면 어른과 아이들 사이에 있었던 고작 몇 년의 교류에 불과했다.

"태풍 일과가 무슨 뜻인지 알아?"

시게타가 자신만만하게 물었다.

"태풍이 지나가고 펼쳐지는 맑은 하늘. 바꿔 말해 소란이 가라앉는다는 의미로도 쓰이지. 태풍이 하루 종일 몰아친다는 뜻은 절대 아니야."

쳇, 하는 정답의 신호.

"당신 같은 영감이 아는 게 왜 이리 많아?"

"배웠지. 여러 사람에게서."

교수가 있었다. 세이 씨가 있었다. 긴타에게도 배웠다. 경찰관 시절에는 사사키에게. 그 후 세월이 흘러 문득 정신을 차리니 어느덧 자신도 교수가 죽었을 때의 나이가 됐다.

암수, 라.

탁상시계에 대해 쓴 일기 내용이 머리에 각인돼 있다. 그것을 받은 계기가 된 논문, 그것을 쓴 자신에 대한 소소한 자부심.

"그런데 말이지."

라디오가 나가노시의 침수 피해 상황을 보도한 직후 시게타가 물었다.

"왜 하필 이런 먼 가게를 골랐을까?"

시모겐도가 나가노시에 있다는 걸 시게타도 처음 알았다고 했다. 결코 가까운 거리가 아니다. 무엇보다 헌책방이라면 마쓰모토에도 있다. 지역마다 언어가 달라지는 것도 아닐 텐데.

"시모겐도 주인과 대화해 본 적은 없나?"

"그냥 얼굴만 본 사이야. 그렇게 좁은 집에 사람이 셋이나 있으면 숨이 막히니 늘 난 밖에 나가 있었어."

시게타는 "어차피 늙은이한테는 관심 없기도 하고" 하고 뒷좌석에 드러누웠다.

"……내가 차보와 교대했을 때 사토시 씨는 병에 걸려 있었구나."

1월 성묘를 취소하고 달이 바뀔 때까지 세탁소에 사과하러 갈 수도 없을 만큼 쇠약해져 있었다. 그 병 때문에 마침내 몸에 이상이 온 것이다. 기저귀가 필요할 정도로.

"담배도 못 피울 몸이 되다니."

시게타는 백 엔짜리 라이터를 쥐고 있었다. 사토시의 집에서 가져왔을 것이다. 뒷좌석에 누운 채 불을 붙였다 껐다를 반복하며 멍하니 라이터를 바라봤다.

담배 냄새에 찌든 집의 빈 재떨이. 아무래도 사토시의 뭔가가 사라진 상징처럼 느껴졌다.

"성묘를 다녔다는 것도 처음 들었어. 그 사람은 내 앞에서는 진지한 이야기를 하지 않아서."

그러더니 시게타는 "난 말이야" 하고 말을 이었다.

"그 사람을 처음 만났을 때 엄청 화를 냈어. 그럴 만하잖아? 느닷없이 같은 집에서 살게 된 영감탱이가 똥을 지린다면."

"됐어. 쉬어라."

시게타는 "어" 하고 시시한 것처럼 라이터를 주머니에 넣었다. 그리고 교수의 일기를 다시 읽었다. 프리우스는 물보라를 일으키며 언제 산사태가 일어나도 이상하지 않을 산길을 빠져나갔다.

나가노 자동차도로의 고가가 지쿠마강에 다다랐다. 시야를 가리던 도로변의 방호망이 끊기며 차창 밖 전망이 트였다. 키리이와 시게타 모두 창문에 달라붙었다. 가와베도 고가 아래에 시선을 던졌다.

"뭔가 괴물 같네."

시게타의 감상에는 이견이 없었다. 평소라면 초록이 돋보일 강변이 물에 잠겼고 수면이 일렁이고 있다. 경쾌하게 튀는 것과는 다른, 질량이 느껴지는 파도다. 거기에 아낌없이 쏟아지는 장대 같은 빗줄기의 박수. 마치 어떤 각오가 필요한 것 같은 그런 풍경이었다.

나가노 인터체인지에서 일반도로로 내려가 다시 지쿠마강을 건넌다. 고가도로보다 강 수면과 더 가깝다. 치솟은 수위가 차를 집어삼킬 기세다. 프리우스 옆면에 바람이 직격해 차체가 불안정하게 흔들렸다. 평소답지 않게 간담이 서늘해졌다.

시가지를 빠져나가는 동안에도 험로가 계속됐다. 시게타조차 농담을 삼가고 바깥 상황을 주시했다.

"말도 안 돼."

신호등이 꺼져 있었다. 정전이다.

하지만 돌아갈 여유는 없다. 연이어 이번에는 지쿠마강의 지류인 사이가와강을 건넜다. 옆에서 키리이가 땀을 흘리는 게 보였다. 가와베는 최대한 속도를 높여 다리를 빠져나갔다.

시내 중심부에 들어서고서야 신호등이 정상으로 돌아왔고, 이런 상황에서는 다행이라고 할 만큼 일이 순조롭게 진행됐다. 도로 상태는 최악이지만 덕분에 교통량이 거의 없었다. 모두 집이나 대피소에 머물 것이다. 슬슬 시모겐도에 가는 게 의미가 있을지 의심스러워지기 시작했다.

"헛걸음 각오해."

"무사히 도착하기만 하면 불만 없어."

시청을 지나자마자 아케이드 상점가가 보였다. 옆 길가에 프리우스를 세우고 뛰쳐나가 단숨에 아치형 지붕 아래로 달려들었다. 아케이드 안쪽 바닥도 물웅덩이가 펼쳐져 있다. 그래도 바깥보다는 백배 나았다.

아치형 지붕을 때리는 비의 리듬이 아래까지 울려 퍼졌다. 인적 없는 길목에서 눈에 들어오는 모든 가게의 셔터가 내려가 있다. 작은 희망이라면 시모겐도가 서점이라는 사실이다. 책은 물에 약한 만큼 점주가 가게에 나와 있을 수 있다. 그런 가능성에 기대는 수밖에 없었다.

백 미터쯤 가니 왼편에 시모겐도가 나왔다. 거리와 교차하는 네거리 모퉁이의 '헌책방' 간판. 비바람이 몰아치는 네거리를 종종걸음으로 건넌 후 굳게 닫힌 문을 확인하고 시게타는 어엿한 욕지거리를 내뱉었다.

"제기랄! 이야기가 다르잖아!"

유리문 너머는 커튼으로 덮여 있었다. 길가에 면한 양문형 미닫이문은 폭이 넓어 열린 처마 밑이 상상이 됐다. 그것이 지금은 퉁명스럽게 닫혀 있었다.

또 헛수고인가. 무릎이 꺾일 것 같은 느낌이 들었다. 그렇게까지 낙담할 일은 아니다. 이런 날씨에 가게 문을 닫는 건 오히려 자연스럽고, 그걸 떠나 의미 있는 정보를 얻는다는 보장도 없지 않았는가.

그런데도 피로가 온몸을 짓눌렀다. 비에 빼앗긴 피부의 체온과는 다른 열기가 몸의 중심에서 사라져 간다. 한기와 비슷한 점막이 끈적하게 달라붙는 바람에 말 한마디 내뱉을 기운도 나지 않는다. 발 한 걸음 내디딜 인내심도 찾을 수 없다. '이게 뭐지' 하고 자문했다. 이미 뼈에 사무쳐 있을 텐데. 인생이란 원래 이런 거라고. 잘 안 풀리는 게 보통이라고. 그래서 단순한 삶을 지켜 왔다. 기대는 인간을 피곤하게 만든다. 다시 시작할 나이도 아니다. 그런데 이제 와서 뭘 낙담하는 걸까. 뭘 바라고 있었던 걸까. 사토시는 죽었다. 고쇼도, 하루코도. 그건 이제 어떻게 해도 바뀔 수 없다. 결코 변하지 않는다. 죽었다. 이자와 노부오가, 이와무라 히데키가. 지유리가 죽고, 사토코가 죽고, 후미오가 죽고, 후미오의 할머니가 죽고, 교수가 죽었다. 그 인과가 무엇이든, 누가 누구를 죽였든, 미워했든 사랑했든 내 현재와는 관계없다. 진실을 알면 구원을 얻을 수 있다고? 그럼 구원이란 무엇일까. 죄책감을 해소하는 걸까. 복수를 이루는 걸까. 아니면 단순히 납득하는 것? 하지만 어차피 되돌릴 수 없다. 아무것도 되돌릴 수 없다. 비가 하늘을 향해 내리지 않는 것처럼.

"어이, 영감."

시게타가 어깨를 쿡 찔러서 가와베는 비틀거렸다. 그 무기력한 반응에 시게타가 당황했다. 이런, 감기라도 걸렸나. 늙은이를 그렇게 함부로 대하면 안 돼. 그런 빈정거림이 떠올랐지만 입 밖에 내기가 귀찮았다. 암수. 나도 그것에 사로잡혀 있는 걸까.

"괜찮아?"

"그래……. 죽진 않겠지."

거짓말이다. 놀라울 정도로 손쉽다. 죽음은.

"제발 정신 차려."

그제야 비로소 시게타가 목소리를 낮추고 있다는 걸 알아챘다. 손짓하며 창문을 향해 걸어가는 뒷모습을 가와베는 생각 없이 따라갔다. 시게타가 유리문에 이마를 갖다 댔다. 보아하니 커튼과 기둥 사이에 약간의 틈이 있었다.

시게타가 가와베의 귓가에 속삭였다.

"아까 뭔가가 움직였어."

썩어 가던 의식이 아주 조금 깨어났다.

자리를 바꿔서 가와베도 안을 들여다봤다. 책장과 이동식 진열대. 불빛이 없어서 어둡지만 책으로 가득 차 있는 건 알 수 있다. 하지만 그뿐이었다.

의심 섞인 눈길을 보내자 시게타가 부랴부랴 변명했다.

"진짜라니까. 계단 같은 데서 휙, 하는 느낌으로. 그림자가, 이렇게 쪼그리는 것처럼……."

다시 한번 눈을 돌린다. 역시 움직이는 건 아무것도 없다.

이대로 계속 훔쳐봐도 소용없다. 가와베는 마음을 굳히고 가게 문을 두드렸다. "실례합니다" 하고 소리치며 다시 두드린다. 반응은 없다. 건물 2층으로 고개를 들었다. 주거용은 아닌 듯하다. 창고일까. 밖에 있는 우리를 발견하고 층을 옮기는 걸 시게타가 목격한 것이다. 가능성이 아예 없지는 않다.

문을 당겨 봤지만 꿈쩍도 하지 않았다.

"열까?"

시게타가 속삭였다.

"열 수 있나?"

"장담은 못 하지만……."

"그럼 그만둬. 설령 실력이 있어도 이런 대로변에서 자물쇠를 따는 건……."

그때 문득 쿵, 하고 가게 안에서 나무를 치는 듯한 소리가 나서 가와베는 말을 멈췄다. 시게타도 입을 다물었다. 발소리일까, 책이 떨어진 소리일까. 어느 쪽이든 분명 잘못 들은 건 아니다. 가와베는 커튼 틈에 얼굴을 갖다 댔다. 어둠을 응시하며 숨을 죽였다. 유리문 너머에서 상대도 똑같이 하고 있는 게 느껴졌다.

가게 주인이나 평범한 손님이 그런 짓을 할 리는 없다.

그때 누군가가 가와베의 어깨를 두드렸다. 시게타가 엄지로 가게 옆쪽을 가리키고 있다. 눈빛으로 호소하고 있다. '뒷문이 있는 게 아닐까?' 하고.

둘은 고개를 끄덕이고 움직이기 시작했다. 가게 옆면은 네거리 대로변에 있다. 화분에 반쯤 가려져 있지만 확실히 문 같은 게 보였다. 시게타가 빗속으로 뛰어들었다. 가와베가 뒤따르려는 순간.

삐리리리.

날카로운 벨 소리가 귀를 때렸다. 옆에서 말없이 있던 키리이가 황급히 스마트폰을 꺼냈다. 무심코 혀를 차고 싶은 마음을 억누르고 "여기서 지켜봐라" 하고 시게타를 뒤쫓았다. 가와베가 도착하자 시게타가 눈짓을 보냈다. '열려 있었어'라고.

가게 안은 어둡고 서늘했다. 천천히 문을 닫고 귀를 기울인다. 아무 소리도 들리지 않는다. 시게타가 조심스레 발을 내디뎠다. 가와베도 주의하며 가게 안을 살폈다. 좁고 긴 구조다. 벽은 선반으로 가득 차 있다. 가운데에도 선반이 늘어서 있고 이동식 진열대와 플라스틱 상자가 통로 바닥에 놓여 있다. 인기척은 없었다.

시게타의 발걸음은 뒷문과 반대편에 있는 계단으로 향했다. 위를 보러 가려는 걸까. 가와베는 망설였다. 시게타를 따라가고 싶지만, 두 사람 다 여기를 벗어나면 숨어 있던 누군가가 재빨리 뒷문으로 도망칠 수도 있다.

최소한의 시간을 벌기 위해 문을 잠그려고 돌아선 순간, 눈앞에 있는 누군가를 보고 소스라치게 놀라 뒤로 물러섰다.

속으로 '젠장' 하고 욕을 했다. 문 옆에 서 있는 마네킹이다. 실물 크기의 피규어라고 해야 할까. 싸구려 투구와 갑옷을 입고 있다.

그때, 쿵 하는 소리가 났다. 가게 안쪽이다. 가와베는 자세를 가다듬고 눈을 크게 떴다. 시게타가 계단을 오르는 소리일까. 아니, 책 소리였다. 책이 바닥에 떨어진 소리. 기척을 살피며 소리가 들린 쪽으로 살금살금 다가갔다. 눈에 땀이 스며들었다. 문득 떠올렸다. 숨바꼭질.

동시에 의문이 들었다. 뭔가 이상하다. 이런 전개는 이상하지 않나.

자문의 답이 나오기도 전에 소리의 정체에 도달했다. 역시 책이었다. 가와베는 타일 바닥에 떨어진 문고본을 집어 들었다. 『줄리엣의 비명』.

"야!"

문득 고함 소리가 들려서 가와베는 계단으로 내려오는 시게타 쪽으로 고개를 돌렸다. 그게 실수였다. 뒷문으로 뛰어가는 인물에게 뒤처졌다는 것을 알 수 있었다. 이 문고본이 유인책이었다는 걸 깨닫고, 그리고 문을 잠그지 않았다는 것도 떠올렸다.

"너 이 새끼!"

"기다려! 시게타!"

가와베의 제지에도 아랑곳하지 않고 시게타가 뛰어갔다. 책방에 있던 인물이 문밖으로 사라졌다. 선반과 진열대에 걸려 넘어질 뻔하면서도 가와베도 뒤따라 비 오는 거리로 뛰어나갔다.

길 끝에서 파스텔 핑크색 알로하셔츠가 멀어져 갔다. 그것을 표적 삼아 필사적으로 달렸다. 비가 온몸을 때렸다. 그림 같은 서민 거리를 달린다. 좁은 길 양옆에 프랜차이즈와 무관한 작은 술집과 식당이 줄지어 있다. 평소라면 북적이기 시작할 시간인데도 거리는 인파 없는 달리기 코스로 변해 있었다.

역시나라고 해야 할까. 소매치기로 생계를 꾸려 온 남자는 발걸음이 가벼웠다. 상대와의 거리가 눈에 띄게 좁혀지는 게 느껴졌다. 그것은 곧 가와베와 거리가 벌어진다는 것을 의미하기도 했다. 민박집을 지나고, 청과점을 지나고, 노상 주차장을 지났다. 발소리와 숨소리 모두 비바람이 빼앗아 간다. 이윽고 파스텔 핑크색 뒷모습이 비석이 선 모퉁이에서 왼쪽으로 사라졌다. 가와베는 따라가기를 포기했다. 따라잡는다고 해도 숨이 턱턱 막히는 지금 상태로는 아무 도움이 못 될 것이다.

속도를 늦춰 비석 앞까지 가서 왼쪽으로 눈을 돌렸다. 좁은 거리 양옆에 뻗은, 더 좁은 골목길이었다. 그 길에 핑크색 알로하셔츠가 주저앉아 있었다.

"……놓쳤나?"

"총을 들이댔어."

시게타의 창백한 표정에 변명의 기색은 없었다.

"맞았나?"

"아니, 겁먹어서 넘어졌어."

"일어설 수 있겠나?"

시게타는 분한 듯 입술을 깨물면서도 가와베의 손을 뿌리쳤다.

"생김새는?"

"모르겠어. 근데 모자를 쓰고 있었어."

둥근 챙 모자는 가와베도 봤다. 회색빛 양복도.

"총은 드라마에서 자주 보는 네모난 모양이었어."

베레타 타입. 토카레프 같은 종류일까.

"장난감 총이었을 가능성은?"

"몰라! 평소에 총을 볼 일이 어딨어!"

"비난하려는 게 아니야."

시게타는 "젠장" 하고 내뱉고 일어서서 왔던 길을 거칠게 되돌아갔다. 널 비난하려는 게 아니다. 그 말이 오히려 비난하는 것처럼 들리는 걸까. 가와베는 쓸데없는 반성을 하며 뒤를 따랐다.

시게타는 주저 없이 뒷문을 지나 시모겐도 안으로 들어갔다. 가와베는 정문 쪽에서 기다리고 있던 키리이에게 "조금만 더 지켜보고 있어"라고 지시하고 "모자 쓴 남자가 다가오면 싸우지 말고 큰소리로 우리를 불러라"라고 덧붙였다.

"총을 갖고 있을지도 모르니까."

자신이 내뱉은 말에 위화감을 느꼈다. 뒷문으로 들어가기 전 문손잡이를 확인했다. 자물쇠는 풀려 있지 않았다. 총에 맞아 부서져 있었다.

조금 전 의문이 되살아났다. 이 전개는 이상하다. 이럴 리 없다.

여기서 모자 쓴 남자를 마주치다니. 예상 밖도 이런 예상 밖이 없다.

그자는 왜 여기 있었을까. 도대체 이곳에 뭐가 있을 거라 기대하고…….

뒷문으로 가게에 들어서자 어둠 속에서 시게타가 엄지손가락을 깨물고 있었다. 모자 쓴 남자가 숨어 있었던 것으로 보이는 곳에 서서 고개를 푹 숙이고 있다. 그는 여기서 『줄리엣의 비명』을 던졌을 것이다.

"이것 봐."

시선이 젖은 바닥을 향해 있었다. 가와베는 신음했다. 타일에 그려진 물의 형태.

"발자국인가."

"모자를 쓴 남자…… 아니, 여자였나?"

발자국은 선명하다고 말하기 어려웠다. 하지만 크기는 알 수 있다. 기껏해야 250밀리미터 전후. 성인 남자치고는 작은 편이다.

가와베는 한숨을 내쉬었다. 시게타가 의아한 것처럼 이맛살을 찌푸렸다. 그를 곁눈질하며 다시 한번 길게 숨을 내뱉었다. 각오는 하고 있었다. 교수의 집 마당이 파헤쳐진 시점에 '영광의 5인조'와 관련된 사람인 것은 확실했다. 하지만 그럼에도 불구하고, 아니 그렇기 때문에 가와베는 지금껏 계속 부정해 왔다. 아니, 보고도 못 본 척했다. 친구가 친구를 죽였다는 사실을.

"내 친구 중에 걸음걸이가 특이한 녀석이 있었어."

여름 산길을 오르는 모습이 떠올랐다. 흰 와이셔츠에 숄더백을 메고 팔을 거의 흔들지 않고 다가오는 모습. 앳된 얼굴로 싱글벙글 웃으며.

"그 녀석은 후카의…… 그러니까 여자아이의 신발을 신을 수 있을 만큼 발이 작았지."

모자를 쓴 남자는, 긴타다.

오늘 하루 평생 쉴 한숨을 다 쉬지 않았을까. 가와베는 달라붙은 빗방울을 닦아내듯 손바닥으로 얼굴을 문질렀다.

마음의 동요를 애써 누르고 담담한 척하며 시게타에게 물었다.

"긴타가 뭔가를 들고 있는 것 같았나?"

"뭐?"

"이 가게를 찾은 목적 같은 걸."

"빈손이었던 것 같은데……. 주머니 안까지 본 건 아니니."

들고 도망치기는 쉽다. 문고본이든 단행본이든, 노트 크기의 일기장이든.

"5백만 엔어치의 금괴가 몇 킬로그램일까?"

시게타는 "그걸 내가 어떻게 알아" 하고 어금니를 꽉 깨물었다.

"2층은?"

"……그냥 매장 아닐까? 어두워서 잘 보이지 않았지만 선반이 늘어서서 어수선한 느낌이었어."

헤집어 볼까? 의욕에 찬 표정으로 묻고 있다. 가능하면 피하고 싶다. 무단 침입자인 우리에게 허락된 시간이 앞으로 얼마나 될까. 붙잡히면 절도범으로 신분이 격상된다.

하지만 여기서 힌트를 얻지 못하면 긴타를 따라잡을 수 없을 것이다.

"그 녀석이 위에서 내려온 건 틀림없어. 커튼 틈새로 우리가 봤을 때는 분명 계단 근처에서 우리를 알아채고 황급히 허리를 숙인 순간이었을 거야."

그렇다면 갈 수밖에 없나. 가와베는 발밑을 주의하며 가게 안쪽으로 나아가 계단을 올랐다. 조명 대신 스마트폰 플래시를 비추자 시게타가 "으악" 하며 뒤로 물러섰다. 벽에 걸린 도깨비 탈이 눈에 들어왔을 것이다.

"나마하게*다."

"왜 이런 게 있어?"

"아래층에는 무장 인형도 있어. 다양한 물건을 취급하는 것 같군."

2층은 아래층 절반 정도 크기 매장이었다. 안쪽 나머지 절반은 사무실이나 창고 같았고, 출입구에 긴 포렴이 걸려 있다. 구역에는 5단으로 나뉜 철제 선반이 일정한 간격으로 세 개 놓였고, 벽가

---

* 일본 아키타현의 도깨비신 가면.

에는 유리 진열장이 설치돼 있다. 다양한 상품이 전시돼 있다. 탁상시계, 고양이 모양 도자기 인형, 상자에 든 장난감.

"헌책방이 아니었어?"

"이런 곳이 꽤 있더군. 헌책과 비디오테이프나 게임 등도 같이 파는. 여기는 골동품 가게에 가까운 것 같지만."

발자국을 찾아 바닥으로 스마트폰을 향했을 때 멈칫했다. 가장 오른쪽 선반 안쪽, 중간 단에 놓인 그것에 시선이 멈췄다. 가와베는 푸르스름한 빛을 비추며 천천히 다가갔다. 뒤따라온 시게타가 "앗!" 하고 몸을 뻗었다.

그것은 다른 물건들 사이에 무심히 놓여 있었다. 마쓰모토에서 보고 온 납작한 기계. 레코드플레이어다.

"저거."

가와베는 스마트폰 불빛으로 창가 앞 진열대를 가리켰다. 줄지어 있는 진열대 안에는 레코드 음반이 빼곡히 꽂혀 있다. CD처럼 보이는 줄도 있었다.

"'내 이름을 모르겠어'가 여기 있는 거야?"

가와베는 대답하지 않았다. 그럼 긴타가 온 이유를 설명할 수 있다. 실제 빗물 발자국이 이 앞까지 이어져 있지만 진열대 앞까지 닿지는 않았다.

이 가게에 레코드가 있다는 걸 어떻게 알았는가 하는 의문도 있다. 애초에 인터넷으로 검색조차 되지 않는 물건이 정말 이 가게에 있었을까.

"찾아볼까?"

"아니. 무의미해. 찾는다고 해도."

암호는 풀 수 없으니까.

"그 녀석은 풀었을까?"

"모르지. 하지만 그 머리로는 아무리 발버둥 쳐도 쉽지 않을걸."

"……찾을 수밖에 없겠네. 당사자를."

찾는다. 발견한다. 그리고 어떻게 할 것인가.

말없이 있는 가와베를 보며 시게타가 혀를 찼다.

"가자. 아직 그리 멀리 가지는 못했을 거야."

"차를 타고 갔다면 이미 늦었을지도."

"이렇게 비가 퍼붓고 있으니 속도도 못 내."

마치 가와베가 모는 프리우스만 시속 백 킬로미터로 달릴 수 있다고 말하는 것 같다.

가와베는 손가락으로 눈두덩을 눌렀다. 생각을 정리하고 싶었다. 모자 쓴 남자는 긴타. 그건 거의 확실해졌다. 그는 고쇼의 본가를 방문하고 이 헌책방에 나타났다. 레코드가 목적이었는지는 알 수 없다. 그럴 가능성은 작아 보인다. 하지만 어쨌든 사토시와 무관한 행동일 리는 없다. 무엇보다 그는 권총을 가지고 있다. 저 부서진 문손잡이 자물쇠를 보면 그게 진짜라는 건 확실하다.

네가 사토시를 죽였나. 주사기로 알코올을 혈관에 주입해 사고

사로 위장하다니. 긴타라면 떠올릴 만하다. 그리고 실행할 수도 있다. 히짱, 너, 하루코를 제거하려는 거지? 20년 전, 그 녀석은 너무도 선뜻 말했다. 하루코를, 오래전 우리가 귀여워하던 그 소녀를, 아무 갈등도 없이 오롯이 협박자로 간주하고, 방해물의 생명을 제거하는 선택이 주는 합리성에 신이 나 있었다. 그게 가장 빠르고 최적의 해결책이라면 아마 윤리 같은 걸 가볍게 뛰어넘어 실행할 것이다.

그런 실감이 가와베의 몸을 갈가리 찢고 있었다. 머리로는 생각하고 있다. 설령 그렇다고 해도 어쩔 수 없다. 사토시의 그 삶을 떠올려 보자. 그건 살아도 죽은 거나 마찬가지 아니었나. 애초에 20년 동안 연락조차 없었다. 진즉 죽었어도 나는 모르고 지냈을 것이다. 그러니 이제 됐다. 적당히 슬픈 척하고, 그리고 도쿄로 돌아가면 된다. 단순한 삶으로 돌아가면 된다. 하지만 한편으로 가슴속은 파도치고 있었다. 충동이라고 할 수밖에 없는 마그마. 죽여 버릴 거야, 이 못된 자식. 죽여 버릴 거야. 죽여 버릴 거야…….

가와베는 가슴에 손을 얹었다.

"목적지도 모르는데 쫓아갈 방법이 없잖나."

말해 보니 그런 핑계도 의외로 그럴싸하게 들렸다.

"포기해. 우리의 패배야."

실내는 어두웠다. 그래도 시게타의 표정은 알 수 있었다. 숨을 멈춘 채 반쯤 벌린 입. 부릅뜬 눈. 그것들이 표현하는 실망감. 혹은 경멸.

이해 못 할 거다. 너 같은 애송이는.

"도망칠 돈 정도는 주마. 5백만의 백 분의 일도 안 되겠지만."

"내놔."

시게타가 오른손을 내밀었다. 가와베는 잠시 그의 눈을 바라봤다. 그리고 지갑을 꺼내려 했다.

"아니."

힘찬 목소리였다.

"열쇠 말이야. 차 키를 내놔."

"……뭐 하러?"

"당신이 알 바 아니야."

"쫓아갈 생각이면 헛수고다. 그만둬."

"됐으니까 줘."

"운전도 못 하는 주제에?"

시게타는 필사적으로 뭔가를 삼키고 있었다. 억누르고 있었다. 억누르면서도 감정은 분명 그 안에 존재했다. 그게 분노인지 다른 무엇인지는 아마 자신도 모를 것이다. 다만 물러설 수 없다는 결심이 전해졌다. 시게타가 곧 주먹을 들지도 모르겠다고 가와베는 생각했다. 마음대로 해라. 날 때려서 마음이 풀린다면 싼값이다. 허무함만 느껴졌다. 시게타가 아무리 노려봐도 한번 가라앉은 뱃속의 마그마는 꿈쩍도 하지 않았다. 시게타가 침을 뱉어도 마찬가지일 것이다. 다만 그의 눈동자를 볼수록 묘한 한기가 몸에 퍼졌다. 언젠가 비슷한 기분을 맛본 적이 있다. 아주 오래전에.

느닷없이 라운드넥 셔츠의 어깨를 붙잡혔다. 엄청난 힘으로 끌려갔다. 시게타는 계단 쪽으로 나아갔고, 가와베는 저항하지 않았다. 저항하지 않고 끌려가는 대로 계단을 구르듯 내려갔다. 벽에 부딪치고, 발이 걸리고, 자세가 무너졌다. 시게타는 셔츠를 놓지 않았다. 휘두르듯 가와베를 끌고 뒷문으로 거칠게 걸어갔다.

밖에 나간 시게타는 망설임 없이 상점가를 지나 프리우스로 향했다. 키리이가 당황하며 뒤따라왔다. 시게타는 아랑곳하지 않고 앞만 보며 성큼성큼 걸었다. 아케이드를 빠져나가 온몸에 비를 맞으며 프리우스 앞에 섰을 때 가와베는 "이제 됐어" 하고 시게타의 손을 뿌리치려 했다. 그러나 시게타는 놓지 않았다. 그의 손가락이 녹아서 붙은 것처럼 단단하게 가와베의 셔츠 어깨를 움켜쥐고 있었다.

가와베는 억지로 멈춰 서서 물었다.

"뭘 하고 싶은 거지?"

시게타가 눈살을 찌푸렸다.

"금괴 같은 건 없지?"

그의 얼굴에 새겨진 주름이 떨어지는 빗방울의 궤적을 만들었다.

"아니라면 네가 가지고 있다는 그 구슬을 보여 줘 봐. 그런 게 정말 있다면."

시게타는 대답하지 않았다. 말없이 가와베를 바라보고 있다.

"탁상시계니 뭐니 하는 말을 꺼낸 것도 불안해서 그런 거겠지? 이 암호의 끝에 정말 보물이 있을지."

"만약 아무것도 없다면."

시게타가 눈을 부릅떴다.

"당신한테 연락하지도 않았을 거야."

"사토시가 말하기는 했겠지. 5백만어치의 금괴를 어딘가에 숨겼다고. 하지만 그건 녀석 특유의 허풍이었어."

"내가 속을 거 같아?"

가와베는 "오, 그렇군" 하고 대답했다.

"금괴의 단서가 될 만한 뭔가가 있었나 보군."

시게타가 화들짝 놀라 어금니를 깨물었다. 셔츠를 잡은 주먹이 '날 시험하다니'라고 말하고 있다.

말뿐만 아니라 금괴의 존재를 믿게 하는 뭔가가 있었다. 그래서 믿었다. 그리고 가와베를 불렀다.

"하지만 그게 체리브랜디 병에 숨겨져 있었던 건 아니야. 그건 네가 짜고 친 연극이었어."

『방문자』에 적힌 '체리'라는 단어에 동그라미 그리기. 필적 같은 것과 무관하니 원숭이도 할 수 있다.

"괜찮은 발상이긴 했는데."

"아니야! 그건……."

"시게타. 그 녀석이 네게 정말 금괴를 줄 생각이었다면 그렇게 귀찮은 짓은 하지도 않았을 거다. 암호도 마찬가지지. 더 간단히 만들어도 돼. 그럼 날 부를 이유도 없었을 테고. 이해하나? 사토시는 너에게 아무것도 줄 생각이 없었어. 그런데 넌 그 물건을 가지고 있지. 그건 사토시가 맡긴 게 아니야. 네가 훔친 거지."

시게타는 꼼짝하지 않았다. 눈도 깜빡이지 않고 천천히 코로 숨을 쉰다.

"그 집에 있었던 걸 평소 버릇대로 호주머니에 넣었겠지? 사토시는 눈치챘겠지만 추궁해 봐야 인정하게 하는 건 어려웠겠지. 네게 일상생활을 완전히 의지하며 약점을 잡힌 상태였으니까. 그래서 금괴 이야기를 꾸며내고 풀 수 없는 암호를 알려 준 거야. 네가 그걸 마음대로 팔아치우지 못하게."

셔츠를 붙잡고 있던 주먹이 풀렸다. 아래로 내리간 눈에 통증과 비슷한 색이 스쳐 갔다.

가와베는 다시 입을 뗐다.

"결국 없었던 거다. 금괴 같은 건."

폭우라 해도 좋을 만큼 빗발이 거셌다. 이제는 해도 지려고 해서 꼭 물 밑에 서 있는 기분이 들었다.

시게타가 목소리를 쥐어짜며 중얼거렸다.

"……짜증 나네. 사토시 씨가 나한테 거짓말을……."

가와베는 하늘을 올려다봤다. 이제 됐지? 몇 번째인지 모를 자문이었다. 이제 됐다. 이 이상 실망을 반복하지 않아도.

"한 번만 더 말한다. 이대로 사라져라, 시게타."

뒤에 선 키리이의 기척을 느끼며 가와베는 말을 이었다.

"모든 걸 잊고 다시 시작하는 거야."

"그 자식을 그냥 놔두라고?"

"그래. 쫓아가서 뭘 어쩔 생각이지? 금괴는 없는 데다가 상대는 총까지 가지고 있는데."

"……이제 그런 건 겁 안 나."

"그런 문제가 아니다."

"그럼 뭐가 문젠데? 내가 그 자식을 죽이지 못할 거라고 생각하는 거야?"

"……농담으로라도 죽인다느니 그런 말은 하지 마라."

"됐어. 죽인다고 하면 정말 죽일 수 있어. 그쪽이 먼저 사토시 씨를 죽였잖아. 불평할 처지가 아니야."

"말도 안 되는 소리 그만해!"

목소리가 거칠어졌다. 가와베는 시게타의 멱살을 잡아서 힘껏 끌어당겼다.

"죽인다고? 그게 무슨 뜻인지 알고 있나? 한 사람의 인생을 끝낸다는 것이 무슨 의미인지 정말 알고는 있는 거야? 돌이킬 수 없는 과거를 짊어지는 것의 의미를!"

노려봤다. 시게타도 가와베를 노려봤다. 떨리는 것처럼 이를 악물고 있다. 빗물이 얼굴을 타고 흐르는 와중에도 시게타의 눈빛은 흔들림 없이 가와베를 응시하고 있다. 그 눈에는 일말의 망설임이나 두려움의 그림자가 없었다.

몸에서 힘이 빠졌다. '왜?' 하고 진심으로 생각했다.

"왜지? 왜 그렇게 집착하지? 너에게는 미래가 있어. 복수 같은 걸 하며 낭비할 시간이 없다고. 그렇지 않나?"

"시 치킨*이 생선이라는 걸 언제 알았어?"

"……갑자기 무슨 소리냐."

"난 최근까지 시 치킨이 닭고기인 줄 알았어. 진짜야. 가르쳐 준 사람도 없었고."

시게타는 이글거리는 눈빛으로 가와베에게 얼굴을 가까이했다.

"바보 취급을 당한 거지. 지금껏, 모두에게, 계속. 사토시 씨를 만나기 전까지."

거리는 인적이 끊겼다. 옆을 지나는 차도 없다. 빗소리만 요란하다.

"체리는."

시게타가 등을 돌리며 말했다.

"사토시 씨와 창문 밖에 오줌을 싼 날 밤에 마셨어. 양주를 잘 못 마시는데도 엄청 마셔서 잔뜩 취해 고래고래 노래를 불렀어."

---

* Sea Chicken, 참치를 샐러드유에 담근 통조림을 일컫는 말.

흠뻑 젖은 핑크색 알로하셔츠 뒤쪽에 등이 비쳐 보였다.

"당신이 자꾸 그 사람 이야기를 하니까 그런 것만 떠오른다고. 이유는 나도 몰라. 하지만, 잊는 건 불가능해."

침을 뱉고 프리우스 쪽으로 걸어간다. 어떻게 되든 상관없다. 마치 그런 태도로.

"기다려."

가와베의 목소리를 듣고 시게타가 몸을 반쯤 뒤로 돌렸다. 하지만 그와 마주해도 가와베는 난감했다. 시게타를 붙잡고, 기다리게 해서 뭘 어떻게 할 것인가. 멍하니 서서 할 말을 찾는다. 설득할까. 얼버무릴까. 구슬릴까. 어느 쪽을 택하든 상관없다. 말하는 건 쉽다. 잊을 수 없다는 건 한순간일 뿐이다. 인간의 기억은 편의적으로 돼 있다. 잘 들어라, 사토시는 이미 죽었어. 죽은 사람은 네게 도움이 되지 않아. 그런 사람을 위해 위험을 무릅쓰는 것만큼 바보 같은 짓이 어딨겠냐. 시게타가 납득하지 않아도 상관없다. 다만 가와베 자신이 깨끗하게 매듭을 짓고 싶었다.

함께하는 게 의무도 아니다. 의견이 맞지 않아서 결별하는 것도 자유다. 프리우스를 타고 도쿄로 돌아간다. 단순한 삶으로 돌아간다. 3백만 엔의 빚? 알 바 아니다. 그런 건 처음부터 갚을 생각 따위 없었다.

그런데도 입 밖에 말이 나오지 않았다.

―호우 특별 경보가 발령됐습니다. 가까운 대피소 또는 튼튼한

건물 옥상으로 대피하는 등 안전 확보에 힘써 주십시오. 조금이라도 생명을 구할 가능성이 큰 행동을 취해 주십시오. 호우 특별 경보가 발령됐습니다…….

관공서의 안내 방송 소리가 들렸다.

"……긴타도 이걸 듣고 있겠지."

가만히 이쪽을 바라보는 시게타를 마주 보며 가와베는 말을 이어 갔다.

"만약 그 녀석의 용건이 레코드가 아닌 시모겐도 주인과 관련된 거라면."

그리고 그를 아직 만나지 못했다면.

"근처 대피소를 살펴볼지도 몰라."

시게타가 숨을 들이켰다. 확인하듯 가와베를 노려본다. 가와베는 눈을 돌리지 않았다.

시게타가 굳은 표정으로 고개를 끄덕여서 가와베는 한숨을 내쉬었다. 마음의 명령. 제정신인가? 내 나이가 지금 몇인데.

"……좋아."

가와베는 스스로를 타이르듯 중얼거렸다.

프리우스에 올라탔다. 시게타가 조수석에 앉고 뒷좌석에 키리이가 앉았다.

시동 소리에 가려서 중얼거렸다. 어이, 시게타.

"난 지금 널 질투하고 있어."

그리고 너도, 사토시.

가까운 대피소는 쉽게 검색할 수 있었다. 시모겐도로 돌아가 점주의 거처나 연락처를 찾는 방법도 있지만 불법 침입의 위험성과 번거로움 때문에 포기했다. 그곳에 숨어 있었던 이상 긴타도 그걸 모를 거라는 예상도 있었다.

가와베는 시모겐도에 숨어 있던 긴타의 목적이 레코드가 아니라고 확신했다. 발자국이 있는 곳 근처에 '내 이름을 모르겠어'는 없었고, 찾은 흔적도 없었다. 고쇼의 본가에서 이미 확인했다면 위험한 불법 침입을 할 이유로 약하다.

더 간단한 답도 있다. 긴타는 헌책방 주인을 만나려고 시모겐도에 갔고 2층 어둠 속에 숨어 있었다. 그리고 주인이 올 때까지 날이 바뀌어도 계속 기다릴 생각이었다. 거처를 아는 사람이 이런 느긋한 방법을 택할 리 없다.

그러나 주인보다 먼저 가게에 나타난 건 가와베 일행이었다. 노인 한 사람을 상대하려던 계획이 수상한 사람 세 명으로 바뀌자 긴타는 황급히 도망쳤다. 그런 상황에서 가와베를 알아보는 건 불가능했을 것이다. 아마 긴타의 눈에는 좀도둑 일당 정도로 보이지 않았을까.

하지만 그럼 새로운 의문이 생긴다. 권총을 손에 쥐고, 심지어 그걸로 뒷문 자물쇠를 부수면서까지 대체 긴타는 시모겐도 주인에게 어떤 볼일이 있었던 걸까.

"암호를 풀 힌트 때문이겠지."

"그런데 암호 자체에 시모겐도를 연상시키는 요소는 없어."

"아니야. 그 이시즈카 긴타란 인간은 사토시 씨를 죽이기 전에 서로 마주 앉아서 술을 마셨잖아."

그리고 암호를 들었다. 집에 『방문자』가 남아 있으니 구두로 들었다고 보는 게 자연스럽다.

"그 과정에서 혹시 뭐라도 짚이는 게 있었던 건가."

암호의 특성상 해독에 문학적 지식이 활용될 가능성은 충분하다. 또 시모겐도 주인이 그걸 알고 있어도 이상하지 않다. 가와베는 알 수 없는 힌트다. 몇 발짝 앞서 있다고 보는 게 자연스럽다. 가와베는 '하지만' 하고 생각했다.

그렇다면 왜 이제 와서야 베팅에 나선 걸까. 사토시가 살해된 지 2주 이상 지났다. 긴타라면 우리보다 훨씬 일찍 암호의 답에 도달했을 것이다. 가와베는 그걸 의심하지 않았다. 전문 지식이 필요해서 시모겐도를 찾았다고 해도 너무 늦었다. 아니면 긴타 나름의 사정이 있었던 걸까.

어쨌든 가장 큰 의문은 여전히 남았다. 그는 왜 사토시를 죽여야만 했는가.

금괴를 훔치는 데 굳이 살인을 저지를 필요는 없다. 차라리 암호를 풀고 그것을 확실히 손에 넣을 때까지 살려 두는 편이 현명하다.

만약 금괴가 그 집에 있었고, 금괴를 직접 빼앗으려고 살해했다면 어떨까. 그럼 그 시점에 목적은 이미 달성된 셈이다. 그러니 그 뒤 고쇼의 본가를 찾거나 시모겐도에 침입한 행동이 설명되지 않는다. 즉, 금괴가 동기라면 사토시를 죽이는 건 비합리적인 행동인 것이다.

주사기를 사전에 준비했던 것으로 보아 처음부터 살의를 가지고 그 집을 찾았다고 봐야 한다. 목적은 살해고 금괴는 부수적인 것, 즉 덤에 불과했을까. 그러나 결국 그 동기는 알 수 없다. 술에 절어 집에 은둔하던 남자를 죽이려고 결심한 이유.

역시 금괴는 아닐 거라고 가와베는 생각했다. 다른 뭔가가 있다. 암호가 가리키는 '진실'.

긴타가 사토시를 죽여야만 했던, 그 진실이.

완만한 오르막길 오른편에 초등학교 건물이 보였다. 아케이드 상점가에서 갈 수 있는 범위에서는 가장 큰 대피소다. 교문 앞에 선 우비 차림 안내원의 지시에 따라 프리우스를 주차장에 세웠다. 건물에 들어가 대피소인 체육관으로 향했다. 먼저 온 주민들이 보였고 뒤늦게 오는 사람들도 있다. 모두 자연스럽게 무리 지어 느릿느릿 걸었다.

체육관에는 돗자리와 시트가 깔려 있고 남녀노소를 불문한 사람들이 공간 절반 정도를 채우고 있었다. 사람들은 친근함과는 거리가 먼 눈빛으로 시게타와 키리이를 힐끔거렸다. 시게타가 고개를 두리번거리며 그들을 노려봤다. 사람을 찾고 있다는 걸 모르면 위협으로만 보일 것이다. 부랴부랴 눈을 피하는 그들을 책망하는 건 가혹했다.

시모겐도 주인을 본 사람은 시게타뿐이다. 긴타에 관해서는 옷차림만이 유일한 단서고, 그마저 갈아입으면 구분하기 어려울 것이다. 가와베도 자신이 없었다. 교헤이가 말하기로도 전과는 분위기가 많이 달라졌다고 했다.

시게타는 연신 주위를 두리번거리며 다녔고 키리이가 그 뒤를 따랐다. 가와베도 따라가려는 순간 스마트폰이 진동했다. 짧은 문자 메시지가 도착했다. 화면을 확인한 후 시게타에게 화장실에 다녀오겠다고 했다. 체육관에서 나가 안내 직원이 의심하지 않게 스마트폰으로 통화하는 척했다. 사람들의 시선을 피해 경로를 벗어나 건물 뒤 으슥한 곳으로 몸을 숨겼다. 3층까지 계단을 올라 다시 스마트폰을 들고 전화를 걸었다. 복도를 걸으며 몇 년 만인지 떠올렸다. 초등학교. 벽과 바닥은 내가 다니던 학교 건물과 다르지만 왠지 모를 정겨움이 느껴진다. 초등학교 특유의 구조와 분위기라는 게 있는 걸까. 다행히 형사 시절에는 인연이 없었다. 그보다 더 오래전, 파출소에서 근무할 때 지역 행사인지 뭔지로 들른 기억이 있을 뿐이다.

문득 야스에와의 추억이 떠올랐다. 오래된 영상이다. 만난 지 얼마 안 됐을 때. 장소는 어딘지 모를 식물원.

나와 헤어진 후 야스에는 아이를 가졌을까.

'영광의 5인조'가 만난 곳도 초등학교였다.

세 번째 신호음 만에 통화가 연결됐다.

―놀랍네. 정말 받을 줄이야.

"너야말로 용케 이 번호를 기억하고 있었구나, 긴타."

긴 복도에는 비상등조차 없었다.

―그 창문에서 아래를 봐.

가와베는 지시에 따라 멈춰 서서 밖을 내려다봤다. 공구 창고로 보이는 가건물 처마 아래에 희미한 사람 윤곽이 보였다. 양복, 둥근 모자.

―움직이지 마. 움직이면 난 사라질 거야.

어둡고 비가 와서인지 얼굴은 거의 보이지 않았다. 간신히 선글라스를 알아볼 정도다.

가와베는 조금 전에 받은 문자 메시지 내용을 떠올렸다. '그곳을 벗어나 혼자 3층 복도를 걸을 것. 5분 내에 전화할 것'. 가와베가 체육관에 있다는 걸 알고 있었던 게 틀림없다. 하지만 긴타가 저런 옷차림으로 체육관 안에 있었다면 놓치지도 않았을 것이다.

"우리를 미행했나?"

―딩동댕.

나이가 느껴지지 않는 씩씩한 목소리에 문득 현실감이 흔들릴 뻔했다.

긴타를 쫓으려고 여기까지 왔지만 실은 긴타에게 쫓기고 있었다. 그는 시게타를 따돌린 후 낌새를 채고 프리우스 근처에 와 있었던 것이다.

─처음에는 몰랐는데 네가 갑자기 소리를 질렀지? 그때 감이 왔어. 아니, 감이 왔다기보다 놀랐지. '말도 안 돼, 거짓말' 하고.

초등학교까지 미행해서 짧은 문자 메시지를 보냈다. 전에 연락한 번호로.

─이 방법이 통하지 않으면 그냥 돌아갈 생각이었어. 그러니까 뭐 운이 좋았다고 할 수 있겠지.

"나한테는 그렇겠네."

─그런데 정말 기쁘다. 그렇게 날 만나고 싶었어?

"왜, 사토시를 죽였지?"

수화기 너머에서 잠시 침묵이 흘렀다. 귀가 따가운 침묵을 빗소리가 빨아들이고 있다.

─아아…….

느릿한 대답이었다.

─상처받았어.

의도적인 한탄이었다.

─그건 전직 형사로서의 의견? 아니면 어릴 적 친구에게 던지는 농담?

"총을 든 남자를 웃기는 취미는 없어."

그러자 희미하게 한숨 소리가 들렸다.

―호신용이야. 번잡한 일을 하던 오래전의 기념품.

"사토시를 죽인 이유를 말해."

―내가 죽였다는 적극적 근거는? 그리고 총은 상관없잖아?

"난 그 녀석의 사인에 대해 한마디도 하지 않았어."

대답이 없다. 가와베가 아는 한 사토시의 죽음은 급성 알코올 중독으로 정리됐다.

"사토시의 죽음이 타살인 걸 어떻게 알았지? 총살이 아닌 건 어떻게 알았을까?"

잠시 후 가건물 아래에 선 사람이 고개를 돌리는 게 보였다.

―특별히 알았던 건 아니야. 그냥 네 이야기에 장단을 맞춰 줬을 뿐…… 은 어때?

"그럼 경멸해야겠지. 친구가 살해됐다는 말을 듣고도 히히덕거리는 널."

―여전히 순진하구나, 넌.

그러더니 긴타는 "그래, 내가 죽였다고 치자" 하고 말을 이었다.

―왜 그랬을 것 같아?

밝은 목소리였다. 기발한 수수께끼를 떠올린 아이처럼.

어금니를 꽉 물었다. 씹어서 삼키지 않으면 넘쳐흐를 것 같다. 목이 타들어 갈 것 같은 이 허무함이.

"내 질문에 대답해. 긴타."

─오케이. 좋아. 잘 들어. 사토시가 죽었다는 건 신문에서 봤어. 사인은 어떤 사람에게 들었고.

"언제 어디서 나온 신문이고, 누구에게 들었지?"

─대답하면 의혹이 풀릴까?

가건물 아래의 사람은 가와베 쪽을 보지 않았다.

─아니, 이미 늦었어. 설령 모든 게 설명된다고 해도 돌이킬 수 없어. 의심한 사실과 의심받은 기억이 우리의 역사가 돼 버렸으니까.

"역사?"

─그래. 즉, 변화. 고통을 수반한 돌이킬 수 없는 변화.

"말장난 그만해."

가와베는 조용히 심호흡을 했다.

"내가 알고 싶은 건 진실이야."

─진실!

그의 왼팔이 올라가는 게 보였다.

─하하! 진실이라! 있지, 히짱. 그런 게 대체 언제 있었어? 어디 있었고, 어떤 모양이었고, 어떤 색이었어? 어떤 향기였어? 아아, 그래, 알겠다. 그 순간에 분명 그건 있었어. 한없이 순수한 경험이. 그 무엇에도 방해받지 않는 날것의 순간이. 하지만 그건 시간의 탁류에 휩쓸려 갔어. 눈 결정이 녹듯 이미 오래전에 모습을 바꾼 거야. 우리는 1977년 2월로도, 1999년 8월로도 결코 돌아갈 수

없어. 이건 물리적 의미가 아니야. 정신적인 의미도 아니고. 타임머신이 있어도 마찬가지겠지. 히짱. 모든 의미에서 진실이라는 건 돌이킬 수 없어. 기억도, 기록도, 감정과 죄까지 전부 다 이미 일어나서 끝났고, 그리고 변해 버렸어. 거기서부터 보이는 모든 건 이미 가짜야.

둥근 모자가 앞뒤로 흔들렸다. 배를 잡고 웃는 것처럼.

―20년 전에도 말했을 텐데. 과거는 무의미하다고. 하지만 요새는 이런 생각도 들더라. 만약 이 생각이 맞다면, 우리에게 남은 이 얼마 안 되는 미래에 과연 의미가 있을까?

어느새 그는 고개를 숙이고 있었다. 아무 말도 할 수 없다. 그저 그를 내려다봤다. 문득 죽음이 눈앞에 나타난 듯한 착각에 빠졌다. 빗방울이 끝없이 쏟아지는, 바닥이 보이지 않는 구멍이다.

"변명하지 마."

목소리를 높였다. 높이지 않으면 나락으로 떨어질 것 같았다.

"말장난 그만하라고 했지. 실제로 지금 넌 거기 있고, 나와 얼굴을 마주하는 걸 두려워하고 있어. 그게 진실이야."

그러자 그가 고개를 들었다.

"고쇼의 본가에 갔었지?"

선글라스를 낀 무표정한 얼굴로 가와베 쪽을 보고 있다.

"그리고 고쇼의 레코드를 찾았지. 암호를 풀기 위해."

긴타는 "암호······" 하고 중얼거렸다.

"넌 레코드를 찾아서 산산조각 냈어. 금괴를 혼자 독차지하려고."

그러자 긴타는 "금괴……" 하고 중얼거렸다.

앵무새 같은 묘한 대답이었다. 마음에 슬그머니 그림자가 스며드는 것 같다.

중얼거리는 소리가 들렸다. 기어들어 가는 작은 소리로 그렇구나, 하고.

─내가 돈 때문에 사토시를 죽였다는 건가?

목소리가 나오지 않았다. 문득 가와베의 가슴에 불길한 얼룩이 생겼고, 물이 불어나듯 압박감이 점점 강해졌다.

─있지, 가와베.

긴타는 문득 가와베를 히사노리라는 이름이 아닌 성으로 불렀다.

─설마 고미 사토시가 정상적인 인간이었다고 믿는 건 아니지?

문득 내가 서 있는 위치를 잃어버린 것 같았다. 나가노시의 대피소로 지정된 초등학교 건물 3층. 바깥은 밤. 폭풍우. 2019년, 10월 12일. 가와베 히사노리. 59세.

가와베는 현기증을 참으며 창틀을 붙잡았다. 바깥 어둠 속에 둥근 모자를 쓴 남자가 서 있다. 이시즈카 긴타다. 내 어릴 적 친구다. 하지만 그 모습은 검게 덮여 있어 정체를 분간할 수 없었다.

─이제 슬슬 내 질문에 대답해 줘. 그러려고 나도 일부러 연락한 거니까.

"잠깐만, 도대체 넌……"

─묻는 건 나야. 아니면 전화 끊을까?

가와베는 말을 집어삼켰다. 긴타는 망설임 없이 실행할 것이다. 그리고 두 번 다시 이 번호로는 연락이 되지 않을 것이다.

입술에 침을 묻히는 듯한 기색이 전해졌다.

─시모겐도에 온 이유는?

"그건 이쪽이 물을……."

─적당히 해, 가와베.

가와베는 이마에 난 식은땀을 손등으로 닦았다.

"……사토시가 남긴 암호의 힌트를 찾고 있었어. 마지막 행만 아직 못 풀었거든."

반응을 살폈지만 긴타는 "흐음" 하고 무덤덤했다.

─그 어린 애들은?

"사토시를 돌보던 일당의 말단들."

─하! 완전히 속았네.

"뭐라고?"

─속았다고. 뭐 괜찮아. 내 목적과는 상관없으니.

"긴타, 너 조금 전부터 무슨 소리를 하는 거야?"

─가와베, 미안하지만 너와는 여기까지야. 난 지유리 씨의 원수를 갚을 거야.

그의 말을 처음부터 끝까지 이해할 수 없어 가와베는 머릿속이 하얘졌다.

가와베의 그런 반응에도 아랑곳하지 않고 긴타는 말을 이어 갔다.

―역시 그게 시작이었어. 우리의 영광이 비틀어진 첫 번째 타격이었던 거야. 기억하지? 1999년의 그날, 넌 내 전화를 받지 않았어. 세 번째 신호음을 세며 난 속으로 안도했어. 이제는 됐구나 싶었거든. 내가 저지른 과거의 실수. 후미오를 범인으로 지목한 탓에 일어난 잘못. 그걸 바로잡고 싶었던 건 거짓말이 아니야. 하지만 눈을 감는 게 더 편했어. 외면하는 게 더 쉬웠어. 목에 걸린 생선 가시 정도로 생각하는 게. 전화번호를 바꾸고, 이제 사나다 마을의 친구들과는 끝이라고 마음먹었어. 고작 과거일 뿐이다. 그렇게 생각하며 말이야. 같은 날 고쇼와 하루코가 죽었다는 걸 알게 된 건 시간이 꽤 지나서였어. 우리 어머니는 아직도 사나다 마을에서 도는 소문을 나한테 알려 주시거든. 두 사람의 동반 자살은 충격이었지만, 신경 쓰지 않으려고 노력했어. 자업자득이다. 잘 살지 못한 건 그들 책임이고, 공짜로 돈을 줄 의무는 나에게 없다. 그렇게 계속 자기 합리화를 하며 마음을 다독였지. 그 결과가 어땠을 것 같아? 두 사람의 죽음은 내 안에 커다란 왜곡을 만들고 말았어. 시간이 흐를수록 더 선명하게, 내 세계의 결정적인 왜곡으로 말이야.

그 두 사람이 함께 죽은 날부터. 그렇게 내뱉는 긴타의 목소리에는 피로가 배어났다.

─뭔가가 변했어. 내 인생, 그리고 세상도. 빌딩에 비행기가 돌진하고, 의미 모를 전쟁이 시작되며 모든 게 미디어 아래에서 엔터테인먼트화됐지. 주가와 가짜 뉴스, 그리고 조회수가 지배하는 시대가 된 거야. IT 버블, 리먼 쇼크, 가상 화폐. 그때마다 난 어떻게든 잘 대처해 왔어. 이 재능만큼은 자부할 만해. 난 돈의 사랑을 받았던 거야. 벌 때는 이익을 내고, 위험하다 싶으면 손을 뗐지. 그 판단이 중요해. 손절의 결단 말이야. 보통 사람들은 거기서 실패해. 버리지 못하거든. 하지만 난 그런 게 아무렇지도 않았어. 승패의 확률을 저울질해서 자신이 정한 매매 규칙에 따라 결정한다. 난 그런 걸 좋아하고, 또 잘하는 편이기도 했어. 하지만 어느 순간 퍼뜩 깨닫고 말았어. 그래, 그 두 사람이 죽었다는 소식을 들었을 때. 책임감을 느낀 건 아니야. 후회한 것도 아니고. 단지 내가 그동안 외면해 왔던 사실을 깨달은 거야. 내가 그들을 손절했다는 걸. 과거를 계속 손절해 왔다는 걸. 그들을 도울 의무는 없었어. 하지만, 의무가 없었을 뿐이야. 그저 그 이유만으로 난 두 사람을 버렸어. 그리고 나 자신 또한 이 세상에서 손절당하고 있었지. 불필요한 것. 숫자를 만들어내지 않는 것. 그 안에는 분명 나도 포함돼 있었어. 내 과거와 인생, 고쇼와 하루코의 죽음, 지유리 씨와 교수, 후미오의 죽음도 이미 손절돼 있었던 거야.

긴타는 답답한 것처럼 "무슨 말인지 알겠어?"라고 물었다.

─그렇기 때문에 회복시켜야 할 게 있어.

유난히 거센 바람이 창문을 때렸다.

―고쇼와 하루코의 죽음은 내 세상을 왜곡시켜 버렸어. 하지만 그건 1977년부터 날아온 화살이야. 계속 날아오던 화살이 20년 만에 착지한 거라고. 그건 절대 과거가 아니었고, 우리는 계속 그걸 피해 왔어. 언젠가 반드시 뭔가를 해치리라는 걸 알면서도 시간의 하늘을 나는 화살을 잡으려 하지 않았고, 뛰어오르려 하지도 않았고, 그저 땅을 기어다녔을 뿐이야. 그리고 화살은 지금도 여전히 날아오고 있어. 난 더 이상 왜곡되기 싫어. 뛰어오를 거야. 손을 뻗을 거야.

이마에 갖다 댄 손가락에서 열기를 느꼈다. 머릿속이 소란스러워서 사고를 방해한다. 긴타가 쏟아낸 수많은 말이 이해의 영역 밖에서 울렸다. 그것을 거부하는 마음과 희미한 공감의 경계에서 열기가 발산하고 있다고 가와베는 생각했다.

숨소리가 들렸다. 긴타의 목소리에는 모든 감정이 사라져 있었다.

―마지막 질문을 할게. 지유리 씨가 사라진 종업식 날, 넌 교수의 집에 놀러 갔어. 국도 옆 유령 나무가 있던 그 언덕 꼭대기에서 그 집을 봤을 거야. 2층 창문. 그곳은 지유리 씨의 방이었어.

긴타의 말 한마디 한마디가 과거의 기억을 생생하게 불러일으켰다. 유령 나무, 국도의 갈라진 아스팔트. 적갈색 세드릭, 눈으로 하얗게 물든 겐가산.

─그때 넌 뭔가를 봤지?

예를 들어.

─예를 들어, 매달려 있는 인형 같은 걸.

가와베는 움직일 수 없었다. 대답조차 할 수 없었다.

─지유리 씨 방 창문에 그런 게 매달려 있지 않았어?

2층짜리 일본 가옥. 교수의 집. 마쓰모토에서 돌아온 건 5시경. 학교 송년회가 있었을 텐데도 교수는 이미 돌아와 있었고, 후카와 지유리는 아직 오지 않았다. 밖은 이미 어두웠다. 지유리의 방을 봤다면 낮에 언덕에 서 있을 때밖에 없다. 학교에서 뛰어서 돌아왔다. 드라이브 권유를 받았다. 자전거를 끌고 언덕을 내려갔다. 녹슨 붉은 다리를 건넜다. 간가와강의 물살은 거셌다. 세이 씨를 만날 수 있다는 기쁨에 마음이 조급했다. 눈도 내렸다. 언덕을 내려갈 때는 넘어질까 봐 신경을 곤두세웠다.

창문에 매달려 있던 히나 인형. 가와베는 실물을 본 적이 있다. 후카의 방에서 추리 놀이를 할 때였다. 인형은 이미 완성돼 있었다. 남자 인형 줄과 여자 인형 줄에는 각각 다른 인형이 두 개씩, 그리고 인형과 인형 사이에는 미니어처 모형들이 달려 있었다. 전부 갖춰진 상태에서 오직 맨 위에 있어야 할 여자 인형만 없었다. 지유리의 시신이 발견된 날부터 교수가 인형을 떼서 늘 손에 쥐고 있다고 후카는 말했다.

하지만 지유리가 사라진 날에도 내가 그걸 봤을까.

모르겠다. 아무리 돌이켜보려 해도 기억은 이미 사라져 버렸다.

"그래. 대답을 들려줄게."

가와베는 입을 열었다.

"대신 너도 왜 그것에 집착하는지 알려 줘."

―신호야.

"신호?"

―당시 집을 나가 만나야 했던 사람에게 지유리 씨는 알려야 할 게 있었던 거야.

"……그걸 어떻게 알지?"

―추리의 결과. 그 사건은 단순한 연인 사이의 동반 자살이 아니었어. 그보다 더 복잡하게 여러 의도가 얽힌 혼돈이었던 거야. 그런데 뭐, 이젠 됐어. 충분해. 어차피 그날 넌 그곳에 매달려 있던 인형을 기억 못 하잖아.

그때 "띠리리링" 하는 전자음이 울렸다. 통화 중 대기음. 통화 중인 긴타에게 다른 누군가가 전화를 건 듯했다.

―가와베.

긴타는 그의 전화를 받지 않고 다시 입을 열었다. 목소리에서 왠지 그리움이 느껴졌다.

―과거는 무의미하고 미래는 미미해. 그렇다면 난 지금 이 순간에 따를 거야. 마음이 지시하는 대로.

전화가 끊겼다. 동시에 그가 뛰기 시작하더니 아차 하는 사이에 어둠 속으로 사라졌다. 쫓아가려 했지만 다리가 휘청거렸다. 떨어뜨릴 뻔한 스마트폰을 다시 쥐었다. 심장이 두근거렸다. 달려야 한다. 하지만 머릿속이 멍하다. 열이 난다. 비유가 아닌 실제 체온 상승. 어지러움. 구역질. 너무 젖었다. 너무 많이 움직였다. 기온은 떨어지고 있다. 쇠약해진 몸으로 견딜 수 없을 만큼.

창문에 매달린 인형 신호? 곤도 마사토에게?

혼란스러웠다. 의식이 과거로 끌려가 돌아오지 않는다. 만화경처럼 찬란히 빛나는, 눈 내리는 사나다 마을의 풍경이 떠올랐다가 다시 사라진다.

신호가 있었어도 이상하지 않다. 휴대폰이나 이메일이 없던 그 시절에는 예기치 못한 상황이 발생했을 때 전달할 수단이 제한적이었다. 창문에 걸어 두는 인형은 국도에서 보이면서도 너무 눈에 띄지 않는 적당한 아이템이었다. 문제는 그게 누구를 향한 어떤 메시지였는지다. 우선 곤도 마사토. 그러나 반대로 곤도뿐이라면 그렇게까지 할 필요가 없다. 당시 지유리가 일하던 회사 전화를 써도 의심을 받지 않는 선에서 끝났을 것이다. 즉, 인형으로 보내는 신호는 다른 누군가 그것을 전해야 할 사람이 있었다는 것을 의미한다.

사건의 토대가 흔들렸다. 지유리와 곤도 두 사람이 도피를 계획했다는 전제가.

흐린 유리창이었다. 오래전 유령 나무 아래에서 바라본 지유리의 방에는 흐린 유리창이 달려 있었다. 신호로 인형을 매달아 둔다면 안이 아닌 창문 밖일 수밖에 없다. 그리고 그런 날씨에 밖에 걸어 뒀다면 인형은 틀림없이 젖었을 것이다.

가와베는 자신의 허벅지를 때렸다. 고통을 원하며 다시 한번 힘껏 때렸다. 비틀거리며 한 걸음 두 걸음 나아가 속도를 높였다. 계단까지 뛰어 단숨에 내려갔다. 계단을 뛰어내릴 때마다 심장이 뛰었다. 그런 거였나. 그런 뜻이었나. 이것이 바로 두 머리의 거인이 맺어진 진실인가. 폐가 비명을 질렀다. 닥쳐! 오로지 다리만 움직인다. 아마 긴타를 따라잡을 수는 없을 것이다. 그래도 멈추면 안 된다.

1층에 도착하자마자 직원과 마주쳤다. 뭐 하시는 겁니까. 마음대로 돌아다니시면 곤란합니다. 무시하고 급히 체육관으로 향했다. 때마침 시게타와 키리이가 다가오고 있었다. "영감!" 하고 시게타가 손을 들었다. 하필 이럴 때 그 자식이! 가와베는 시게타의 어깨를 붙들었다. "따라와!" 하고 소리쳤다.

"잠깐만."

무시했다.

"내 이야기도 좀 들으라고!"

그런 그를 뿌리치듯 앞으로 나아갔다.

복도를 달려서 밖에 나갔다. 주차장으로 향하고 있을 때 뒤에서 낯선 남자의 목소리가 들렸다. 곧 지쿠마강이 범람할 겁니다! 가와베는 개의치 않고 프리우스를 향해 갔다.

그리고 깨달았다. 긴타가 장황하게 이야기한 이유. 시모겐도에서 키리이에게 전화를 걸어 온 상대.

"건강해 보여서 다행이군."

어둠 속에서 나타난 남자들에게 가와베와 시게타가 둘러싸여 있었다. 차보를 포함해 모두 다섯 명.

"젠장, 하얀 좀비 새끼!"

여섯 번째 남자가 되어 차보 옆으로 이동한 키리이에게 시게타가 침을 뱉었고, 다음 순간 키리이의 발끝이 알로하셔츠의 한가운데에 꽂혔다. 고통스러워하는 시게타를 스모 선수 같은 체격의 부하가 뒤에서 껴안더니 운전을 맡은 남자와 함께 승합차로 끌고 갔다.

"모처럼 날씨도 좋은데 드라이브나 하자고."

차보가 비열하게 웃으며 키를 내놓으라고 손을 내밀었다. 프리우스 뒷좌석에 반강제로 밀어 넣어졌다. 차보와 드레드헤어 스타일 부하 사이에 끼어 앉았다. 도쿄에서 끌려왔을 때와 비슷한 상태로 차가 출발했다. 다른 점은 키리이가 조수석에 앉았다는 것 정도였다.

초등학교를 나서자 길이 거의 얕은 바다가 돼 있었다. 언덕 위가 이 정도이니 저지대는 더 심할 것이다. 가와베는 어디로 가는 거냐고 물었다.

"물에 빠져 죽고 싶지는 않아. 너희와 함께라면 지옥행이 확실하니까."

"말조심해. 이런 상황에서는 무슨 일이 생기든 사고로 대충 처리될 거야."

"이시즈카 긴타의 지시인가?"

차보는 대답하지 않고 그저 히죽거리기만 했다.

"내가 금괴를 못 찾으면 너희 몫도 없어질 텐데."

"신경 쓰지 마. 이제 됐어. 당신은 자유야."

"……그것도 긴타의 지시인가."

3백만 엔을 주고 가와베를 샀다. 아니, 팔았을까.

"최고지. 자유라는 건. 뭘 해도 용서받을 수 있으니."

"반도 씨를 만나게 해 줘."

"오, 이번에는 씨를 붙이네."

"전화로도 괜찮아."

차보가 킥킥거렸다. 양복 안주머니에서 가늘고 긴 쇠바늘을 꺼내서 손가락으로 쓱 문지른다.

"날 얕본 녀석들은 다 후회하게 되지."

가와베는 눈을 감았다. 자신의 허벅지에 생길 벌집을 상상하니 구역질이 났다.

"저울질하는 거 아닌가? 이시즈카 긴타와 우리 중 어느 쪽 손을 들어 주는 게 더 이득일지."

"금괴는 없어. 당신이 그렇게 인정했다며."

키리이다. 시게타와의 말다툼 내용을 전했을 것이다.

"긴타와는 언제부터 한패가 됐지?"

"내가 가르쳐 줄 것 같나?"

"사토시를 죽인 건 그놈이야."

차보가 어이없다는 듯이 가와베를 봤다. 그러고는 "바보냐?" 하고 즐거운 것처럼 입가를 비틀었다.

"그놈이 범인이라고? 죽었다고 말하니 놀라서 목소리가 떨리던 그놈이?"

"……시게타에게 모든 걸 다 들었을 때 연락이 왔겠지?"

차보는 대답하지 않았지만 다른 가능성은 없었다. 고문 끝에 시게타가 사토시 죽음의 진상을 털어놓은 게 사흘 전이다. 그 후 긴타는 반도에게 접촉했다. 어떻게?

"사토시의 구형 휴대폰인가."

이 역시 필연적이었다. 보수를 약속하며 정보를 끌어내 거래로 이어졌다. 긴타와 반도라면 이야기는 금방 끝났을 것이다.

사토시의 전화번호는 어떻게 알았을까.

살아 있었을 때부터 교류했던 게 분명하다.

"금괴는 존재하지 않아. 그런데도 사토시는 살해당했어. 그런 술주정뱅이를 죽일 동기가 뭐지?"

금괴가 있다고 믿었다는 추론은 무너졌다. 긴타는 반도와 그 일당에게 3백만 엔 이상의 돈을 지불했다. 진위를 알 수 없는 보물이 목표라면 수지가 맞지 않는다. 무엇보다 그토록 많은 돈을 뿌렸으면서도 긴타는 지금 직접 움직이고 있다. 위험한 다리를 건너고 있다.

"원한. 기껏해야 그 정도밖에 떠오르지 않는군. 그리고 죽일 정도로 강한 원한을 품으려면 그에 걸맞은 교류가 필요할 테고."

예를 들어 어릴 때부터 알고 지냈고 같은 비극을 목격한 사람들처럼.

"죽었다는 걸 듣고 목소리가 떨렸다고? 그만한 삼류 연극이 또 없을 것 같은데."

"자꾸 시끄럽게 떠들지 마."

차보의 얼굴에서 얄밉게 웃는 미소는 사라지지 않았다.

"누가 누굴 죽였든 딱히 상관없어."

앞서가는 승합차에 이어 프리우스도 빨간 신호를 무시하고 돌진했다.

"당신 비명만 들을 수 있다면."

"날 건드리면 도쿄와 마찰이 생길 텐데."

"무슨 말도 안 되는 소리를. 당신 스스로 사라지는 거야. 우리의 소중한 인재인 시게타와 함께 멋대로, 어디론가. 오히려 우리가 당신에게 사과해야 할 판이야."

이들의 위협이 하찮게 느껴졌다. 사람을 둘이나 처리할 결심과 이득이 이 녀석들에게는 없을 것이다. 그러는 한편 차보의 입에서 풍기는 수상한 냄새가 마약류로 인한 것은 틀림없고, 이 녀석의 정신 나간 명령에 이견을 제시할 부하가 있는지도 의심스럽다. 그리고 이 녀석들 모두 살인만 아니면 뭘 해도 상관없다고 생각할 가능성이 크다.

"알겠어. 거래하지."

다음 순간 차보의 오른손이 움직였다. 어깨높이로 올라간 주먹이 순식간에 다시 내려왔다. 쇠바늘이 가와베의 왼쪽 허벅지에 꽂혔다. 전기에 감전된 듯한 극심한 고통이 온몸으로 흘렀다.

"참 말 많네. 이 새끼가."

오른쪽에 있는 드레드헤어가 가와베의 목에 팔을 감았다. 조금만 더 힘을 가하면 숨을 쉴 수 없을 것이다. 가와베는 필사적으로 소리치지 않으려 노력했다. 두 손으로 왼쪽 허벅지를 붙잡고 이를 악물었다. 바늘이 뽑히자 피가 쏟아졌다. 흠뻑 젖은 바지가 순식간에 빨갛게 물들었다.

"그래. 소리 내지 않는 게 좋아. 난 짜증 날수록 이걸 휘두르고 싶어지는 버릇이 있거든."

차보는 긴 바늘에 묻은 피를 혀로 핥았다. 역겨웠다. 지성도 품위도 없다. 자신의 행동을 전혀 부끄러워하지 않는다. 인간의 기본이 무너진 미소였다.

"걱정 마. 화장터로 데려가는 건 아니니까. 폐업한 볼링장이 있는데 그곳 주차장에서 비를 피할 수 있어. 사람 눈도."

사치스러운 곳이군. 가볍게 농담하려고 했지만 거친 숨만 나왔다. 머리 열기는 더 심해졌고 몸은 한기에 휩싸였다. 침과 땀, 콧물, 빗방울이 뒤섞여 뚝뚝 떨어졌다.

"다 함께 사이좋게 놀아줄게."

"……시게타는 상관없어. 내가 꼬드긴 것뿐이야."

"참 자상한 분이네. 설마 서로 그렇고 그런 관계인가? 공수는 어떻게 정했어?"

차보가 비열하게 웃자 드레드헤어도 덩달아 웃었다. 운전하는 부하도 어깨를 들썩였다.

"저 녀석 엉덩이는 오죽 탐스러울까. 사실 전부터 그런 짓을 많이 했다고 듣긴 들었는데."

차보는 한 손으로 능숙하게 바늘을 빙글빙글 돌렸다.

"사토시 영감과도 사이좋게 즐겼을 테고."

"……뭐가 그렇게 웃기지?"

그러자 차보가 "뭐?" 하고 가와베를 봤다.

"비웃을 이유가 있나? 저런 놈을 비웃어 봐야 1엔 한 푼……."

허벅지에서 극심한 통증이 밀려왔다. 반사적으로 몸을 웅크리려 했지만 드레드의 팔에 가로막혔다. 체취와 향수 냄새가 풍겼다.

"뭐야, 왜 그래? 훈계하려던 거 아니야? 계속해 보라고."

바늘이 비틀리자 온몸에 고통이 더 퍼졌고, 마침내 목구멍에서 비명이 터져 나왔다. 가와베의 절규에도 차보는 눈을 가늘게 뜨며 바늘을 계속 비틀어 돌렸다. 차 안에 울리는 비명이 엔진 소리와 빗소리를 덮어 없앴다.

"있잖아, 가와베 씨. 인간은 흔히 두 종류밖에 없다고들 하지? 강한 자와 약한 자. 승자와 패자. 이용하는 자와 이용당하는 자. 먹는 자와 먹히는 자. 확실히 나도 그렇게 생각해. 알기 쉽고 그게 편하기도 하니까. 하지만 그런 게 언제 정해진다고 생각해? 강한지, 약한지, 성공했는지, 실패했는지, 그런 게 어떤 시점에 정해지는 거지? 어제 돈을 가진 사람이 오늘도 가지고 있을 거라는 보장은 없잖아. 내일 가지고 있을지도 미지수고. 악마처럼 강한 격투기 선수도 죽으면 그냥 먼지가 될 뿐 아닌가? 정치인이든, 마피아 보스든, 중요한 건 그 녀석이 바로 오늘 정치인이냐 마피아 보스냐 아니겠어? 어제 뭘 했고 어땠는지는 상관없어. 10년 후에 어떻게 될지는 아무도 모른다고. 바로 지금, 이 순간만이 현실이야."

차보가 백미러를 가리켰다.

"지금 당신 모습을 거울로 봐. 당신, 전에 형사였다며? 그런 경력이 지금 이 순간, 비에 흠뻑 젖은 채 목이 졸리고 허벅지에 구멍이 뚫린 이 순간에 티끌만치라도 도움이 되나? 아무 쓸모 없지. 단 1밀리미터도 쓸모가 없다고. 당신이 수십 년간 쌓아 온 인생은 변소의 똥이었던 거야. 하수구에 떨어지면 이 똥이나 저 똥이나 다를 게 없어. 그래서 내가 비웃는 거야. 또 아무리 비웃어도 당신은 아무것도 할 수 있는 게 없잖아? 압도적으로 약자잖아? 난 그게 재미있어서 어쩔 줄 모르겠다니까."

바늘이 뽑혔다. 그 후 세 번째 고통이 찾아왔다.

"'전 불쌍한 할아버지예요'라고 해 봐."

바늘을 비튼다.

"손가락으로 브이 자를 그리고 '에헤헷' 하면서."

바늘에 체중이 실린다.

"'건방지게 훈계하려고 해서 죄송합니다, 나리'라고 말하라고!"

허벅지가 꼬치처럼 뚫릴 뻔했을 때 프리우스가 흔들렸다. 핸들이 크게 꺾이며 차체가 비스듬하게 멈췄다. 균형을 잃을 뻔한 차보가 "뭐 하는 거야!" 하고 소리쳤다.

운전하는 부하가 얼빠진 목소리로 말했다.

"죄송합니다. 앞차가 갑자기……."

폭우를 뚫고 비치는 헤드라이트 앞에 승합차가 세워져 있다. 아슬아슬하게 부딪힐 거리다. 차보가 혀를 찼다. 옆 창문으로 밖을 보며 "아직 갈 수 있어"라고 내뱉었다. 도로에 차오른 수위가 심상치 않았지만 타이어가 잠길 정도는 아니었다.

차보는 스마트폰을 꺼내려다 먼저 "가서 보고 와"라고 명령했다. 운전하는 부하가 키리이와 자신 중에 누구에게 시킨 건지 눈빛으로 물었다. "둘 다"라고 하자 그제야 운전하는 부하가 움직였다.

"야."

차보가 조수석으로 몸을 뻗었다.

"넌 뭘 멍하니 있어? 앙?"

키리이는 좌석에 앉아서 가만히 앞만 보고 있었다.

"내 말 안 들리냐? 어이, 뭐야?"

차보가 후드 위에서 그의 머리를 붙잡았다.

"이 새끼가 설마 잠든 건 아니겠지."

차보가 있는 힘껏 그의 머리를 흔들었다.

"너도 똥이냐? 똥이라서 똥처럼 움직이지 않는 거야?"

키리이는 그대로 당하고만 있다.

"어이어이. 뭐야, 대체. 설마 반항기라도 온 거야? 화났어? 인간다운 반응은 하지 말랬지, 이 멍청한 새끼야. 나한테 대들었다가 네가 앞으로 살아남을 수 있을 것 같아?"

차보는 거칠게 키리이의 얼굴을 백미러 쪽으로 밀었다. 후드 아래에서 보라색 피부가 드러났다.

"이게 인간이냐? 이게 정말 인류의 머리통이야? 누가 이런 징그러운 괴물을 돌봐줘? 없어. 아무도 없다고. 그래서 버려졌잖아? 쓰레기라서 버려진 거야. 넌 살아 있는 쓰레기로 태어나 쓰레기 신분밖에 택할 수 없어. 안 그래? 울면서 '네! 맞습니다!'라고 외쳐봐라!"

그때 섬광이 번쩍였다. 후드를 붙잡고 있던 차보의 손목에서 붉은 분수가 솟구쳤다. 차보는 '어?' 하는 표정을 지었다. 자신의 손목과 멈추지 않고 흐르는 피를 마치 기이한 현상이라도 목격한 것처럼 바라본다. 드레드헤어 부하도 그랬고 가와베도 마찬가지였다. 허벅지 통증이 잊힐 정도였다.

"난 괴물이 아니야."

키리이는 앞을 보며 오른손에 쥔 칼을 휘둘렀다. 차보의 비명이 들렸다. 오른손을 감싸 쥐고 몸을 웅크렸다. 그의 새끼손가락이 순식간에 사라져 버렸다.

키리이가 상반신을 돌렸다. 후드를 다시 쓰는 찰나, 그 잔인한 눈빛과 정면으로 부딪쳤다. 귀 안쪽에서 목소리가 들렸다. 끝인가? 그리운 목소리였다. 아주 오래전부터, 내 안에 늘 존재하던 마그마의 목소리였다. 이제는 목숨 걸고 싸울 용기도 없어진 거야?

가와베는 움직였다. 허벅지에 박힌 바늘을 뽑아 드레드헤어의 팔을 찔렀다. 끄악 소리가 들리자 이번에는 배를 겨냥해 찔렀다. 목에 감겨 있던 팔이 느슨해졌다. 키리이는 차 밖으로 나가고 있었다. 뒷좌석 문을 열고 울부짖는 차보를 끌어내렸다. 물이 튀었다. 그 정도는 아무것도 아니게 느껴질 만큼 비가 쏟아지고 있었다. 키리이의 운동화가 차보의 배에 깊숙이 박혔다. 키리이는 기계적으로 차보를 차고 또 찼다. 가와베는 드레드헤어의 배에서 바늘을 뽑아 자신도 구르듯 차 밖으로 나갔다.

"그만! 죽일 셈이야?"

목소리를 높였다. 높이지 않으면 비바람에 묻힐 것 같았다.

키리이가 차보를 걷어차다가 멈추고 가와베를 내려다봤다.

"그만해라. 이런 놈은 죽일 가치도 없어."

가와베는 비틀거리며 허리를 일으켰다.

"죽이려면 '맨날 이상한 말만 해서 죄송합니다'라고 사과하게 한 다음에 해."

키리이의 입술이 움직였다. 표정이 조금 누그러진 것 같았다.

"아파, 이 새끼야!"

그때 승합차 쪽에서 소리가 들렸다. 시게타가 누군가와 싸우고 있는 듯했다. 상황이 전혀 파악되지 않았다. 이 반란이 계획된 것인지 우발적인 것인지도 판단하지 못하는 가와베를 뒤로하고 키리이가 차로 달려갔다.

발치에서 차보가 신음하고 있었다. 배를 감싸안고 누운 그의 몸 절반이 물에 잠겨 있다. 쪼그려 앉으려니 허벅지가 아팠다. 하지만 그런 감각도 쏟아지는 비에 곧 묻혀 버렸다.

"긴타가 어디 갔는지 말해."

짧은 머리카락을 붙잡아 일으키고 바늘을 눈동자 위에 세웠다. 차보는 계속 울먹이며 "피가, 손가락이……"라고 중얼거렸다. 잘 들리지 않지만 얇은 입술이 그렇게 움직이고 있었다.

"긴타가 어디 갔는지 말하랬지! 너희가 조사해서 그놈에게 보고했잖아!"

긴타와 통화 도중 다른 사람에게 전화가 걸려 온 걸 통화 대기음으로 알 수 있었다. 그 후 긴타는 다시 전화를 걸어서 차보에게 가와베 일행을 붙잡아 두라고 요청했다. 차보가 이를 즉시 실행할 수 있었던 것은 긴타의 목적지가 여기서 그리 멀지 않은 곳에 있다는 걸 의미했다.

제대로 된 대답은 돌아오지 않았다. 차보는 엉망이 된 얼굴로 "피가, 손가락이……"라는 말만 연신 중얼거렸다. 배드 트립*이다. 이 사이에서 하얀 거품이 나오고 있다.

가와베는 양복에 손을 넣어 스마트폰을 빼앗았다. 일어서려다가 먼저 켜 봤다. 비밀번호를 입력하라는 화면이 나왔다. 과연. 이럴 때를 대비해 설정했을까.

차보의 멱살을 잡고 위에서 덮치듯 소리쳤다.

"비밀번호를 말해! 아니면 손가락 하나를 더 잘리고 싶나? 두 번 다시 붙이지 못하게 갈아 버릴까?"

시끄러워! 그렇게 외치는 차보는 패닉에 빠져 있었다. 필사적으로 손목을 누르며 경련하고 있다. 죽고 싶지 않아. 내 손가락을 돌려줘.

"차보!"

"이제 끝이야. 손가락이 떨어져 나갔어……."

"어이, 내 말 잘 들어. 구급차를 부르고 싶으면 스마트폰 비밀번

---

* 마약에 취해 생기는 불쾌한 환각을 뜻하는 말.

호를 말해."

 이마가 맞닿을 거리에서 차보를 노려봤다. 의식이 희미해지는 눈빛이다. 어느새 가와베는 주먹을 쥐고 있었다. 주먹 안에는 조금 전까지 자신의 허벅지에 꽂혀 있던 바늘이 있었다. 비웃으며 그 바늘을 찌르던 남자가 지금은 눈앞에서 넋이 나가 있다. 기고만장하더니 꼴좋다. 이 정신 나간 마약 중독자 새끼. 지금껏 얼마나 많은 사람을 괴롭히고 짓밟았을까. 이건 천벌이다. 목을 따 버릴까, 아니면 눈깔을 후벼 파 버릴까.

 비가 내리고 있다. 피를 자극하는 리듬으로 몸을 두드리고 있다. 바늘을 내리꽂기만 하면 된다. 아니면 왼손으로 목을 움켜쥐어도 된다.

 "아직 늦지 않았어"라고 가와베는 말했다.

 "아직 늦지 않았다고. 네 스마트폰 비밀번호, 그것만 말해."

 차보가 "아아……" 하고 신음했다. 모기 우는 소리로 숫자를 내뱉는다. 그 후 그대로 의식을 잃고 고개가 축 늘어졌다. 가와베는 양복 벨트를 풀어서 차보의 잘린 손목을 꽉 묶었다. 그에게 들은 비밀번호로 잠금을 해제하려고 일어나 손가락으로 화면을 터치하려는 순간 뒤에서 목이 졸렸다. 턱을 당겨서 기절은 면했다. 목에 감긴 팔에서 피가 흐르고 있었다. 드레드헤어 부하다. 바늘은 바닥에 뒀다. "죽여 주마"라는 목소리가 귓가에 닿았다. 대화가 통할 것 같지 않았다. 그걸 떠나 말을 걸려고 해도 목소리가 나오지 않앉다. 팔에 손톱을 찔러 봤지만 조이는 힘이 전혀 약해지지 않았다. 아무것도 할 수 없다. 그저 턱에 힘을 주고 버텼다. 시야가 흐려졌다. 의식이 몽롱해졌다. 그런 와중에 가와베는 조금 전 차보를 때리지 않아서 다행이라고 머릿속 한구석에서 생각했다. 겁에 질린 무저항의 인간, 비록 자신을 해치려 한 쓰레기 같은 인간일지언정 때리지 않아서 다행이었다.

"영감!"

뺨을 맞았다. 희미하게 시야가 트였다. 자신이 아스팔트에 앉아 있다는 걸 깨달았다. 눈앞에 노란 반삭발 머리가 있었다.

"정신 차려. 당신까지 돌볼 여유는 없다고."

시게타는 그렇게 말하며 축 늘어진 드레드헤어의 겨드랑이에 손을 넣어 승합차 쪽으로 끌고 갔다. 열린 해치백 옆에는 키리이가 있었고, 시트 안쪽에 엎드려 누운 차보가 보였다.

가와베는 손바닥으로 얼굴을 문질렀다. 이 열이 감기 때문인지 아드레날린 때문인지 아니면 기분 탓인지 판단할 수 없다. 일어서려고 하자 왼쪽 허벅지가 비명을 질렀다. 프리우스에 올라타 뒷좌석에서 대시보드로 손을 뻗었다. 만약의 사태에 대비해 차에 둔 구급상자를 꺼냈다. 출혈만이라도 멈추고 싶었다. 이 습한 날씨에 자연히 마르기를 기다리는 건 자살 행위다.

"괜찮아?"

시게타가 조수석에서 몸을 뻗어 물었다. 너한테만은 그런 말 듣고 싶지 않다. 그렇게 되받아치고 싶어지는 멍투성이 얼굴이 제법 걱정스러운 표정을 짓고 있었다.

"무슨 짓을 한 거야?"

"무슨 짓이냐니. 난리를 좀 쳐 줬지."

"저 스모 선수 같은 녀석을 상대로?"

"충격 때문에 갈비뼈가 부러졌다며 배를 감싸고 있다가 몰래 불을 질렀어."

"……뭐?"

"불 말이야. 사토시 씨 집에서 가져온 라이터로 차 시트에."

정신 나갔군.

"그다음에는 먼지 나도록 두들겨 패 줬지, 뭐."

"키리이와 미리 상의한 건가."

"얼마나 빡셌는지 알아? 저 자식이 진짜 온 힘을 다해 차는 바람에. 심장이 멈추는 줄 알았다니까."

시게타는 한참 욕설을 내뱉고 말을 이었다.

"따로 상의한 적은 없어. 그냥 사토시 씨 집에서 당신을 기다릴 때 잠깐 수다를 떨었지. 그리고 아까 체육관에서 차보한테 전화가 왔을 때."

그렇다. 그런 상황에서 키리이는 시게타에게 들키지 않고 차보와 몰래 통화할 수 없었다. 금괴가 존재하지 않는다고 전할 수 없었다.

"공격이 있을 걸 미리 알고 있었다는 거군."

"당신한테도 알려 주려고 했어. 그런데 도대체가 듣지를 않으니."

할 말이 없었다. 그때 가와베는 오직 긴타를 쫓는 것으로 머릿속이 가득했다.

"그런데 저 녀석이 전화를 받기 전에 묻더라. '피어스가 필요해?'라고."

시게타가 겸연쩍은 표정을 지었다.

"난 속으로 '뭐라고?'라고 생각했지만 일단 급했으니 '응'이라고 대답했어. 그랬더니 '통화 끝나고 같이 가지러 갈까?'라고 해서 또 어쩔 수 없이 '그래'라고 했어. 그게 다야."

그게 다인가.

"……그럴싸하군."

"어? 뭐라고?"

시게타의 질문과 동시에 키리이가 운전석으로 왔다. 가와베는 물었다.

"운전할 수 있나?"

그는 말없이 시동을 걸었다. 그리고 스마트폰 네 대를 컵홀더에 대충 밀어 넣었다. 드레드헤어와 스모 선수에게서 빼앗아 온 것이다.

"구급차는?"

그러자 그는 대답 대신 뭔가를 던졌다. 승합차의 차 키다. 가속 페달을 밟으려는 기색을 느껴 가와베는 소리쳤다.

"잠깐. 저대로 두는 건 위험해."

"나도 알아."

시게타가 대답했다.

"하지만 우리는 차보네 집에 갈 거야. 그 녀석이 모아 둔 돈과 피어스를 되찾으러."

"이 비를 뚫고 마쓰모토까지? 무리야."

"무리는 이미 했어. 한두 개 더 보태 봐야 똑같아."

너무 위험하다. 가는 도중 사고가 날 확률, 그쪽에 역습을 당할 확률.

"그런데 뭐, 부상자에게 함께 하자고 할 일이 아니기는 해."

"……난 여기서 내리라는 건가?"

"그게 서로한테 좋지 않겠어? 어차피 그 다리로는 운전도 제대로 못 하잖아."

"이 차는 내 상사의 애마야. 넘길 수 없어."

"달라고 한 적 없어. 일을 제대로 마치면 전화할게. 나가노역에서 만나자고."

가와베는 시게타의 옆모습을 빤히 바라봤다.

"사토시 일을 매듭짓는 건 이제 포기했나?"

"아니. 그게 아니라. 아니, 잘 모르겠어……. 하지만 왠지 지금이라는 느낌이 들어. 지금이 아니면 안 돼. 내가, 나 자신의 매듭을."

갑갑한 말투가 어느새 단호한 울림으로 바뀌어 있었다.

멍청한 자식. 그건 환상이다. 넌 그저 흥분해 있을 뿐이야.

"사토시 씨 일은 당신한테 맡길게."

제멋대로다. 수많은 사람을 잔뜩 휘둘러 놓고.

시게타가 가와베를 보며 씩 웃었다.

"날 믿어. 그 일기와 레코드는 당신한테 줄게. 당신이 가지고 있어야 하니까."

뒷좌석 시트 아래에 양과자 상자와 레코드가 떨어져 있었다.

"반드시 돌아올게. 사토시 씨한테 맹세해."

그런 거짓말쟁이에게? 웃기는 소리.

"이것만은 말해 두지."

가와베는 두 사람을 향해 몸을 기울였다.

"방심하지 말고 상상해라. 일어날 법한 일과 일어나지 않았으면 하는 일 모두를. 그리고 이 세상에서는 대체로……."

"일어나지 않았으면 하는 일들이 일어난다고?"

가와베는 바닥에 떨어진 레인코트를 집어 들며 문을 열었다.

"꼭 전화해라. 세 번 울리기 전에 받을 테니."

빗속으로 다시 뛰어들었다. 동시에 프리우스가 달려갔다.

승합차가 세워진 2차선 도로 갓길과 충분히 거리를 두고 차보의 스마트폰으로 구급차를 불렀다. 이름을 밝히지 않고 가까운 교차로만 알려 주고 전화를 끊었다. 나중에 귀찮아질 수 있지만 달리 좋은 방법도 없다. 그러고 나서 연락처 목록을 뒤져 전화를 걸었다. 바로 연결됐다.

―무슨 일이지?

"계약을 다시 맺어야 하지 않을까? 반도."

잠시 숨을 멈추는 기색이 전해졌다.

"들리나? 지금 이쪽에는 엄청난 비바람이 몰아치고 있어. 미안하지만 잘 안 들려도 이해해 줘."

―차보는 어떻게 됐습니까?

"딱히 어떻게 된 건 없어. 친절하게 이 스마트폰을 빌려줬을 뿐."

―계약을 다시 맺자는 게 무슨 뜻인지 정확히 설명해 주세요.

반도는 전혀 동요하지 않았다. 솔직히 대단하다고 생각했다.

"이중 계약은 규칙 위반이잖아?"

큰길로 나갔지만 차는 보이지 않았다. 길가에 있는 가게도 전부 불이 꺼져 있다.

"그러니까, 이렇게 하자는 거야. 나와 넌 서로 모르는 사이고 우리 둘 사이에는 그 어떤 빚이나 갈등이 없었던 걸로. 어린아이도 이해할 만큼 명쾌하지 않나?"

―그걸 받아들이면 제게 어떤 이점이 있는지 모르겠네요.

"긴타에게 고용됐지? 시모겐도 책방에 대해 조사하고 전달했겠지. 그때 점주의 집 주소는 일부러 알려 주지 않은 건가?"

─……누가 들으면 오해하겠군요. 저희 본거지는 마쓰모토입니다. 그쪽 일까지 다 알 수는 없죠.

"오늘 밤 인력을 동원한 데 따른 추가 요금은 얼마지?"

대답은 돌아오지 않았다.

"사토시가 죽었다는 걸 알게 된 긴타가 왜 너희를 고용했을까. 아마 자세한 설명은 하지 않았겠지만, 너희가 믿을 만한 그럴듯한 이유가 있었겠지."

시게타의 입에서 나온 금괴 이야기다. 반도는 긴타의 목적도 당연히 금괴일 거라고 생각했다. 모르는 척 긴타에게 협력하면서도 다른 한편으로 가와베 일행의 움직임을 감시했다. 그리고 실제 금괴가 발견되면 가로채는 것으로 일확천금을 노렸을 것이다.

"하지만 그건 착각이었어. 긴타는 다르거든. 그 녀석의 목적은 돈이 아니야."

─돈이 아니다?

"이시즈카 긴타는 지금 사람을 죽이려고 하고 있어."

─그 무슨 바보 같은…….

반도의 말이 멈췄다. 모든 것을 깨달은 듯한 침묵이다. 동시에 그가 이런 상황을 의외로 예상하지 못했다는 게 전해져 왔다. 그는 긴타를 자신과 같은 부류로 여긴 것이다. 복수를 위해서 사람을 죽이는, 그런 손해 보는 짓은 하지 않을 거라고.

"아마 이대로 가면 그 일은 현실이 될 거야. 녀석에게 도망갈 생각이 있는지도 의문이고. 붙잡히면 너도 함께 감방 신세를 질지 모르지. 그걸 막을 수 있는 사람은 나뿐이야."

―……꼭 당신일 필요가 있나요? 우리 애들을 보내면 됩니다.

"그럴 수 있는 상황이라고 생각하나?"

가와베는 스마트폰의 통화구를 손가락으로 두드렸다.

"생각해 봐. 지금 내가 자네와 이렇게 통화하는 현실을."

가와베는 폭풍을 거슬러 나아갔다. 땅에서 부러진 우산이 빗물을 타고 흘러가고 있었다.

―……어떻게 하기를 원하시나요?

"긴타가 어디로 가는지 알려 줘. 그리고 나와 시게타, 키리이에게 두 번 다시 관여하지 마라."

또 잠시 침묵이 흘렀다. 키리이의 이름을 곱씹는 시간일까.

"대신 긴타는 내가 막아 주지. 그리고 네게 줄 돈도 약속대로 준비하게 할 거야. 만약 그러지 못한다면 언제든 나한테 3백만 엔을 받으러 와도 돼."

―……말로 약속해서 끝날 일이 아닙니다.

"지금 내가 불러 주는 번호로 전화해. 에비누마라는 남자가 받을 테니."

오늘 밤만큼은 술을 마시지 말고 깨어 있으라는 부탁을 제대로 지키고 있다면.

"그 녀석이 재계약의 증인이다."

―그건 당신한테 너무 유리한데요.

"반도. 다른 선택지는 없어. 비즈니스로 먹고산다면서. 사업가라면 철저하게 이해득실을 따져 봐."

입술을 깨무는 짧은 시간.

―차보와 다른 아이들은.

"무사하다고는 못 하겠지만 살아 있어."

―제가 그걸 용서할 거라고 생각하나요?

"나도 허벅지에 구멍이 세 개나 뚫렸어. 덧붙이자면 녀석은 널 배신하지 않았어."

―그런 건 알고 있습니다.

거친 숨소리가 들렸다. 분노와 계산이 뒤섞인 소리다. 이윽고 형식적인 목소리도 들렸다. 반도는 같은 주소를 두 번 말했다. 가와베는 그 주소를 자신의 스마트폰에 입력했다. 근처일 거라는 예상은 맞았다. 아니, 예상보다 훨씬 가까운 곳이었다.

―알고 계시겠지만 때를 놓쳤다거나 노력은 했다는 식의 변명은 통하지 않습니다. 제가 거래하는 건 어디까지나 결과예요. 결과 외에는 관심 없습니다.

"하지만 언젠가 더 나이 들면 헛된 노력이 애틋하게 느껴질 때도 올 거야. 자네 같은 남자는 특히 더."

혀를 차는 소리. 무심코 드러난 반도의 감정에 입꼬리가 올라갔다.

　가와베 씨.

　―다시 만납시다. 다음번에는 제대로 곤란하게 만들어 드리겠습니다.

　"그럼 내 건강을 열심히 기도하도록 해."

　가와베는 차보의 스마트폰과 승합차 열쇠를 길바닥에 버렸다. 반도는 틀림없이 남은 부하 중 몇 명을 이쪽에 보낼 것이다. 그것이 시게타와 키리이에게 좋은 기회가 되기를 바랄 뿐이다.

　구급차가 사이렌을 울리며 물웅덩이로 가득한 도로를 천천히 달려왔다. 가와베는 고개를 돌려 지나쳤다. 구급차가 멀어질 때까지 일부러 다리를 끌지 않고 참았다. 쓸데없이 시간을 낭비할 여유가 없다. 지금 이 순간 긴타의 권총에서 불이 뿜어져 나오고 있을지 모른다. 그것은 곧 가와베에게 진실에 다가갈 기회의 상실을 의미했다. 진실 따위 중요하지 않다. 이제 와서 알아 봐야 뭐가 달라지겠는가. 모든 건 돌이킬 수 없는 과거 일이다. 알고 있다. 그게 맞다.

　하지만 맞다는 것만으로 끝난다면 삶이 얼마나 편할까.

　가와베는 폭풍을 향해 속도를 높였다. 정면으로 불어오는 바람을 맞으며, 다리를 내디딜 때마다 상처에서 피가 흘러나왔다. 감긴 붕대가 붉게 물들고 빗물이 그걸 다시 씻어냈다. 하나하나 무게를 지닌 빗방울이 끝없이, 대량으로 융단 폭격처럼 지치지도 않고 일대에 쏟아지고 있다. 허벅지 통증이 잊힐 정도로 온몸이 매초 단위로 아팠다. 경차가 물에 떠내려갔다. 전신주가 기울어져 있다. 세상의 종말이라 해도 납득될 풍경이다. 하지만 어디에도 그것을 결정할 심판자는 없기에 가와베는 계속 나아갈 수밖에 없었다.

 발목이 완전히 잠겼고 물살이 정강이까지 차올랐다. 마치 설산 행군 같다. 완만한 오르막길로 바뀌었지만 물살은 잦아들 기미가 보이지 않았다. 가와베가 오르는 속도에 맞춰 빗줄기가 더 굵어졌다. 꼭 쫓기는 듯했다. 온몸이 무거워서 쓰러질 것 같다. 강한 바람 때문에 멈춰 서기도 했다. 숨이 막혀서 필사적으로 몸을 웅크렸다. 수영하듯 두 손으로 폭풍을 헤치며 나갔다. 이를 악물었다. 눈을 최대한 가늘게 뜨며 버텼지만 완전히 감아서는 안 됐다. 기어서라도 가야 했다.

 경사가 어느덧 내리막으로 바뀌었다. 자칫하다가는 무릎까지 잠길 것 같다. 그런 망설임이 가와베의 다리를 멈췄을 때 정면에서 헤드라이트 불빛을 받았다. 언덕 너머로 승용차가 다가왔다. 물보라를 피하려고 팔을 들려다가 어차피 다 젖은 마당이라 생각을 바꿨다. 차는 가와베를 알아채지 못하고 지나갔다. 반도가 알려 준 주소는 이 경사로 아래에 있다.

 내디디려던 발이 다시 멈췄다. 방금 옆을 지나친 차체가 떠올랐다. 짙은 녹색 미니쿠퍼. 가와베는 돌아섰다. 빗줄기 너머에 미등이 멀어져 가고 있었다. 긴타라고 확신했다. 저 차를 운전하는 사람은 긴타다. 가와베를 알아차리지 못한 건 레인코트를 입고 있기 때문이다.

　이미 늦었다. 범행을 마치고 떠나는 길처럼 보인다. 낙담이 온몸을 덮쳤다. 불현듯 몸이 천근만근 무거워져 그 자리에서 무릎이 꺾였다. 의지와 상관없이 고개가 떨궈졌다. 이대로 바닥에 엎드리고 싶었다. 간신히 그건 참았지만 일어설 기력을 찾을 수 없었다. 한탄하듯 하늘을 올려다봤다. 입안에 무자비하게 빗물이 쏟아졌다. 잠깐. 저게 뭘까. 왜 저런 게 보이는 걸까. 거의 감긴 가와베의 눈이 언덕 너머에 솟은 검은 그림자를 포착했다. 이 폭우 속에서, 칠흑 같은 어둠 속에서 거대한 그림자가 가와베를 내려다보며 말을 거는 것 같다. 뭐 하고 있나? 아직이다. 아직 네 차례가 아니다.

　아니, 아니다. 내 차례인가. 오히려 지금이 내 차례인 것이다.

　미등은 이미 사라졌다. 긴타가 목적을 달성했다면 내가 할 수 있는 일은 시신을 확인하러 가는 것 정도다. 하지만 꼭 그렇다고 할 수는 없다. 아직 가능성이 있다. 긴타가 실패했을 가능성. 이 경사로 아래에 사는 주민이 이미 대피한 상태였을 가능성이.

　긴타는 가와베의 방해를 두려워하고 있다. 내일까지 기다렸다가 덮치는 방법은 택하지 않을 것이다.

　가와베는 일어섰다. 팔다리가 놀라울 정도로 순순히 움직였다. 스마트폰을 조작하며 왔던 길을 되돌아갔다. 지역 대피소는 가까웠다. 몸속 깊은 곳에서 열이 나고 있다. 이번에야말로 속도를 높였다. 남은 힘을 다 쥐어짜 냈다. 이 얼마나 아이러니한가 생각했다. 대피소는, 눈에 비친 그 거대한 검은 그림자였다. 높은 곳에 세워진 중학교.

가와베가 정문에 도착하자 우비 입은 직원이 달려왔다. 괜찮으세요? 젊은 남자였다.

"미니쿠퍼는?"

가와베는 소리쳐 되물었다.

"녹색 미니쿠퍼가 여기 왔습니까?"

가와베의 기세에 눌려 남자는 고개를 끄덕였다. "바로 조금 전에"라고 알려 줬다.

"저, 그 다리……."

"괜찮습니다. 고마워요."

도움을 거절하고 가와베는 학교 건물로 향했다. 입구에 들어서자 바닥에 비닐 시트가 깔려 있었다. 신발을 신은 채 걸을 수 있는 경로는 여기서도 체육관으로 이어지는 듯했다. 먼저 와 있던 가족 단위 대피객들을 빠르게 지나치며 나아갔다. 체육관 앞에서 걸음을 멈췄다. 조금 전 방문한 초등학교와 같은 구조로 계단이 통로 옆에 있다. 반사적으로 스마트폰 불빛을 바닥으로 향했다. 이제는 직감뿐이다. 학교에 도착한 긴타는 목표하는 인물을 찾아 체육관으로 향했을 것이다. 그리고 그 인물을 발견해 가까이 다가갔지만, 그 자리에서 바로 총으로 쏴 죽이지 못하고 그의 귓가에 속삭였다. 따라오지 않으면 쏜다.

스마트폰 불빛의 원 안에 진흙과 물이 섞인 발자국이 선명하게 떠올랐다.

가와베는 그 발자국을 따라갔다. 어둠 속에서 스마트폰을 켠 채 계단을 올랐다. 발자국은 2층, 3층, 4층으로 이어졌다. 벽에 몸을 숨기고 4층 복도를 살폈다. 교실 문과 창문이 저 멀리 줄지어 있다. 귀를 기울였다. 하지만 작은 소리는 바깥 폭풍에 묻힐 것이다. 상점가에서 자물쇠를 부술 때도 총을 썼을 정도이니 긴타의 권총에는 소음기가 달려 있을 가능성이 크다.

지유리 씨의 원수를 갚겠다. 녀석은 그렇게 말했다. 과거 따위 무의미하다고 잘라 말했던 남자는 지금 권총을 손에 쥔 채 물불을 가리지 않고 목적을 이루려 하고 있다.

스마트폰을 껐다. 어둠에 익숙해진 눈으로 희미한 흔적들을 확인하며 나아갔다. 오감이 예민해진 것을 느꼈다. 언제 총알이 내 머리나 가슴을 관통해도 이상하지 않다. 그 방아쇠를 당기는 사람이 긴타든, 긴타에게서 그것을 빼앗은 사람이든.

이 앞에 답이 있다. '진실로 연결된 두 머리의 거인'.

사토시의 암호가 전하고자 했던 것.

지유리를 죽인 진범이.

바닥에 떨어진 물방울이 끊겼다. 열린 문 너머로 사라졌다. 가와베는 숨죽인 채 교실 안을 살폈다. 검은 덩어리가 눈에 들어왔다.

그랜드 피아노다. 저절로 다리가 움직였다. 상황을 잊고 입에서 소리가 나왔다. 그렇게 피아노 옆에 누워 있는 인물을 향해 소리쳤다.

"긴타!"

쪼그려 앉으려 할 때.

"오지 마!"

긴타는 손바닥을 내밀어 가와베를 제지했다. 그러더니 고통스러워하며 몸을 움직이면서 다른 쪽 팔로 얼굴을 가렸다. 입가를 적시고 있는 것은 코피일까. 옆에 둥근 모자가 떨어져 있다.

"긴타……."

"왜 왔어? 왜 항상 내 일에 참견하는 거지?"

가와베는 허리를 숙인 채 움직이지 못했다.

"아니면 날 잡으러 온 건가? 사토시를 죽인 범인을?"

"……네가 아니야."

가와베는 뱃속 깊은 곳에서 목소리를 짜냈다.

"내가 잘못 생각했어. 넌 그 녀석을 죽일 이유가 없어. 설령 동기가 있고 범인이라고 해도 사토시의 구형 휴대폰으로 전화하는 짓은 하지 않았을 거야. 너라면 절대."

자백이나 다름없는 그런 어리석은 전화 같은 건.

"사토시를 죽인 범인은 따로 있어. 그리고 네가 반도를 찾아간 건 너도 범인을 쫓고 있었기 때문이야."

그를 궁지에 몰아서 결판을 내기 위해.

"……이미 늦었어."

긴타는 토라진 듯한 투로 말했다.

"내가 얼마나 상처받았는지 알아? 고작 돈 때문에 내가 사토시를 죽였다고? 그런 모욕이 어딨어!"

할 말이 없었다. 20년 만의 대화, 첫마디부터 긴타를 범인 취급했다. 자신의 경솔함에 깊은 자괴감이 들었다.

가와베는 긴타의 몸을 훑어봤다. 이 어둠 속에서도 그의 피부는 자신과 비교할 수 없을 정도로 젊고, 새하얗다고 할 만큼 깨끗하며, 꼭 코피 때문이 아니라 통통한 입술이 붉게 물들어 있는 걸 알 수 있었다. 하지만 이상하게도 그 모습이 낯설지 않았다. 교헤이와 달리 가와베는 이 사람이 이시즈카 긴타인 것을 받아들이고 있었다.

눈에 띄는 상처가 없는 것을 확인하고 무슨 일이 있었는지 물었다. "방심했어"라고 긴타는 괴로운 듯이 대답했다. 기습적으로 얻어맞아서 쓰러졌다고 했다.

가와베의 예상대로 긴타는 체육관에서 그 인물을 발견했다. 몰래 권총을 들이대며 여기까지 데려왔다. 뒤통수에 총구를 갖다 대고 쏘려는 순간, 상대가 뒤로 돌아 팔꿈치 공격을 날렸다. 그 후 단단한 주먹이 얼굴을 직격해 몸이 허공에 떴다.

"등부터 떨어져서 한동안 숨을 쉴 수 없었어."

"다리는 움직여? 메스꺼움은?"

괜찮다는 대답이 돌아왔다. 얼핏 보기에 후유증 같은 건 없어 보인다.

안심한 순간 이 음악실 구석구석을 유심히 살피지 않았다는 것을 깨달았다. 가와베는 쪼그려 앉아 경계 자세를 취했다.

"그는?"

"여기 없다면 나갔겠지."

긴타는 "다만……" 하고 속삭였다.

"습격당했을 때 한 발 쏘기는 했어. 맞았을지도 몰라."

가와베가 오기 약 5분 전이었다고 했다. 그리고 그는 권총을 빼앗아 갔다.

"……그 사람은 인정했어?"

"당뇨병이래."

긴타의 목소리에는 경멸과 피로가 묻어 있었다.

"가지고 다니던 인슐린 주사기를 썼다고 해."

가와베는 고개를 끄덕이고 "사토시와 그의 관계를 알고 있었나?"라고 물었다.

"설마. 사나다 마을을 떠난 후 사토시와는 단 한 번 만난 적도, 대화한 적도 없어."

"하지만 전화번호를 알고 있었지."

긴타가 입가를 풀며 미소 지었다.

"역시 너한테는 전달되지 않은 건가."

"뭐가?"

"『부침·방문자』"

가와베는 눈살을 찌푸렸다. 팔로 얼굴을 가린 채 긴타가 말을 이었다.

"가후의 얇은 문고본이 들어 있던 봉투. 본가를 거쳐서 보내온 그걸 난 열흘 전에 받았어. 열어 보니 문고본과 함께 메모가 있었고 거기에는 휴대폰 번호와 함께 '풀 수 있으면 풀어봐'라고 적혀 있었어."

이해가 됐다. 사토시는 시게타가 가지고 있던 것과 같은 책을 한 권 더 준비한 것이다. 그리고 죽기 직전 교헤이가 알려 준 지역 인맥을 이용해 긴타의 본가로 보냈다.

"사흘 밤낮으로 진지하게 고민했어."

"풀었구나."

"응, 풀었지. 하지만 어딘가 부족한 것 같아서 그 번호로 전화를 건 거야."

전화는 차보에게 연결됐고, 긴타는 사토시의 죽음을 알게 됐다. 조의금을 구실로 정보를 끌어내 타살 가능성도 들었다. 보증금을 송금하고 반도와 만났다. 사토시의 죽음의 진상을 알기 위한 정보와 조사를 부탁했다.

"복수를 위해서인가."

"그것 말고 또 뭐가 있겠어? 누가 사토시의 죽음을 청산할 수 있지? 누가 과거를 청산할 수 있겠어? ……우리뿐이야."

"하지만 넌 고쇼의 레코드를 부쉈어."

"누가 그런 짓을 하겠어! 내가 그 집에 간 건 문고본이 도착했는지 확인하고 싶어서였어. 그리고 그걸 떠나 난 그 음반을 가지고 있어. 이미 오래전에 사서 닳도록 들었다고. 30년도 더 전에, 발매되자마자! 친구가 낸 음반이야. 당연하지 않아?"

친구. 긴타의 하얀 피부가 붉게 달아올랐다.

하지만 그렇게까지 생각했다면 처음부터 연락을 주고받으면 됐을 텐데. 고쇼, 사토시, 그리고 나와. 그랬다면 뭔가 달라졌을지 모른다. 네 도움이 있었다면 고쇼와 하루코도 죽지 않았을지 모른다. 우리는 이런 어두운 음악실에서 쓰러져 있지 않았을지 모른다. 그런 어리석은 설교를 할 권리가 누구에게 있을까. 우리가 살아온 시대와 맥락, 쌓아 온 감정의 흐트러짐과 앙금, 자존심. 여러 우연과 만남을 모두 없었던 일로 치부하고 아름다운 퍼즐 조각으로 깎아 내린다면, 어쩌면 그것이 정답일지도 모른다.

하지만 그런 걸 우리는 인생이라 부르지 않을 것이다.

꼭 확인해야 할 게 있었다.

"반도가 나에 대해 알려 주지 않았나?"

"그래. 만약 들었다면 조금 더 잘 대처할 수 있었을 텐데."

"초등학교에서 헤어진 후 나를 공격하라고 지시했지?"

긴타의 대답이 끊겼다.

"아니야."

얼굴을 가린 팔 아래에서 입술이 강하고 날카롭게 움직였다.

"움직이지 못하게 해 달라고는 했어. 그만큼의 돈을 주겠다고도 했고. 하지만 폭력은 허용하지 않는다고 신신당부했어. 정말이야. 우리의 영광을 걸고 맹세할 수 있어."

가와베는 "그렇구나" 하고 대답했다. 그게 진실이든 거짓이든 상관없다. 이 녀석은 믿으라고 하고, 나는 믿는다. 단순하다. 그저 그뿐이다.

묻고 싶은 게 아직 더 많았다. 하지만 이제는 여유가 없다.

"일어설 수 있겠나?"

"지금 날 신경 쓸 때야? 쫓아갈 거면 빨리 가야 할걸."

긴타를 습격한 사람은 권총을 빼앗았으면서도 긴타에게 마지막 일격을 가하지 않았다. 모든 것을 버리고 도망치겠다고 결심했어도 이상하지 않다.

하지만.

"내가 널 버리고 가면 또 혼날 것 같은데."

긴타가 입술을 굳게 다물었다. 그리고 분한 듯이 말했다.

"코가 찌그러졌어. ……보여 주기 싫어. 이런 추한 얼굴을, 너한테는."

다음 순간 긴타는 힘차게 몸을 일으켜 가와베에게 안겼다. 얼굴을 어깨에 파묻고 거칠게 숨을 쉬며 속삭였다.

"조심해. 총알이 세 발 남았어."

그렇게 말하고 긴타는 가와베에게서 떨어졌다. 등을 돌리고 누워서 몸을 웅크린다.

"사토시에게 그 봉투를 받았을 때……."

긴타는 체념한 어조로 말했다.

"믿기 힘들겠지만, 그때 난…… 기뻤어. 스스로도 놀랄 만큼, 정말 기뻤어."

가와베는 긴타의 어깨에 손을 뻗으려다가 멈췄다.

"……여기서 기다려. 일을 마무리하고 돌아올게."

일어서서 걸어가는 가와베를 향해 긴타가 말했다.

"히짱."

나이를 어디엔가 두고 온 듯한, 맑은 목소리로.

"널 만나서 다행이야."

가와베는 발걸음을 멈추지 않았다. 멈추면 뒤돌아볼 것이다. 뒤돌아보면 떠날 수 없게 된다. 그건 우리의 방식이 아니다.

들어온 문과 반대쪽 문으로 향했다. 음악실을 나서기 직전에 머리 위를 나는 화살과 검은 거인 이미지가 떠올랐다. 화살은 거인이 쏜 것일까. 아니면 거인을 쓰러뜨리려는 화살일까.

긴 복도와 마주했다. 끝은 어둠에 잠겨 있다. 교실이 다섯 개 정도 있는 것 같다. 그중 어딘가에 숨어 있거나, 이미 아래층으로 내려갔을 수도 있다. 가와베는 바닥을 살폈다. 허리를 숙여 스마트폰 불빛을 비췄다. 긴타의 총알이 맞았다면 혈흔이 있을지 모른다. 도움을 요청했을 가능성도 있다. 구급차, 경찰. 어느 쪽이든 상관없다. 이미 결심은 섰다. 붙잡히거나 귀찮은 걸 걱정할 단계는 지났다.

긴타도 같은 마음이었을 것이다. 사토시의 죽음을 알고 녀석은 마음을 굳히고 실행했다. 신중하게 계획을 세우는 길을 버리고 거칠면서도 성급한, 어울리지 않는 승부를 선택했다.

두려웠을 것이다. 시간이 지나 이 분노와 감정이 식어 버릴까 봐. 순수함을 잃어버릴까 봐. 한 걸음을 내딛지 않을 이유를 찾는 건 얼마나 쉽고 편한가. 하지만 그렇게 얻은 평온이 서서히 잿빛으로 물드는 세월은 얼마나 무겁고 답답할까. 멈춰 서서 지나쳐 버린다. 그 대가를 우리는 수십 년 동안 몸소 배웠다.

앞으로 한 번 정도는 괜찮을 것이다. 마음의 명령에 따라도.

가와베는 허벅지 상처를 감싸며 나아갔다. 여전히 밖에는 폭풍우가 몰아치고 있어서 작은 소리는 들리지도 않을 것이다. 교실을 일일이 살펴볼 수밖에 없다고 각오했을 때 바닥에서 붉은 물방울을 발견했다. 긴타의 예상대로 총에 맞은 것이다.

혈흔은 점점이 안쪽으로 이어져 있다. 그것을 따라 첫 번째 교실을 지나자 스마트폰의 불빛이 약해졌다. 화면에 '절전 모드 전환'이라는 글자가 표시됐다. 배터리가 얼마 남지 않았다. 그러나 불빛 없이는 아무것도 할 수 없다. 가와베는 망설임 없이 바닥을 비쳤다.

불빛으로 혈흔을 찾으며 '그 시절에도 이런 게 있었다면' 하고 생각하지 않을 수 없었다. 꼭 스마트폰이 아니어도 좋다. 이메일이든, 무선 호출기든 상관없다. 창문에 매단 히나 인형보다 더 쉽고 확실한 연락 방법이 있었다면. 그랬다면 피할 수 있었을 것이다. 적어도 최악의 결말은.

가와베의 상상이 맞다면 그 눈 내리던 종업식 날, 두 가지 우연이 인형의 메시지를 왜곡시켰다. 그리고 눈사태처럼 사태는 비극을 향해 굴러가기 시작했다.

다음 교실을 지났다. 30센티미터 정도 간격을 두고 혈흔은 더 안쪽으로 이어져 있다.

그날 그 인형은 누구를 향한, 무엇을 위한 신호였을까.

곤도 마사토 한 사람과 연락을 주고받는다면 더 간단한 방법이 얼마든 있었을 것이다. 그리고 두 사람 이상과 연락을 주고받는 경우에도 당시 지유리가 다니던 회사의 전화를 이용할 수 없는 것도 아니었다. 조금 의심을 받더라도 어차피 가출할 몸이니 신경 쓸 필요가 없었다.

즉, 이렇게 된다. 그날 지유리에게는 연락해야 하는 상대가 여러 명 있었고, 동시에 조금이라도 의심받을 확률을 높이고 싶지 않은 사정이 있었다.

당시에도 의혹은 있었다. 지유리의 숄더백에서 발견된 한 장의 편지지. 손으로 직접 쓴 '인터내셔널'의 일본어 가사. 거기에 흩뿌려진 부자연스러운 오자들이 동료인 것을 증명하는 일종의 암호 아니었을까 하는 의혹이.

동료. 그렇다. 연인이 아니었다. 그녀의 계획은 사랑의 도피가 아니었다. 단순 가출도 아니었다. 동료들과 함께 운동에 몸을 던지는, 이른바 결행이었던 것이다. 목적은 혁명.

세 번째 교실. 머리 위에 희미하게 '시청각실'이라는 명판이 보인다.

펜션에서 가족 모임을 하고 약 5년 후에 실행한 두 번째 결행이다. 하필 그 해 일어난 아사마 산장 사건 이후 좌익 운동가들을 보는 세간의 시선은 테러리스트를 보는 것과 다름없어졌다. 실제로 1977년에 다카 사건이 일어났다. 운동은 더 이상 사회 개혁이나 지적 유행을 벗어나 글자 그대로 투쟁이 됐고, 그래도 꿈을 좇는 자들은 각오를 다지고 실력 행사의 무대에 나설 수밖에 없었.

다케우치 지유리도 그런 각오를 가진 한 사람이었다. 한 번도 몸을 바치지 못하고 급속도로 식어 가는 운동의 퇴조를 목격하면서도 가슴에 맺힌 불은 꺼지지 않았다. 그것은 교도소에서 나온 곤도 마사토도 마찬가지였다. 5년이라는 세월 동안 그 둘이 어긋났다는 가와베의 상상을 뛰어넘어 그들은 12월 27일 밤, 혁명의 가능성을 계속 믿는 집단에 합류할 예정이었던 것이다.

지유리가 당시 연락하던 혁명 단체의 정체는 알 수 없다. 하지만 시대 배경으로 미뤄볼 때 범죄자 집단에 가까운 조직이었을 것이다. 행동 하나하나에 주의를 기울이는 건 당연했다. 의심받지 않게 마지막 순간까지 평소처럼 지냈다. 지유리가 제대로 출근해 정시까지 일했다는 점에서 그런 의도를 읽을 수 있다.

그렇기 때문에 결행 전날 지유리의 마음은 편치 않았을 것이다. 눈이 내린다. 그것도 예년에 없던 폭설 우려가 있다. 훗날 '쇼와 52년 폭설*'이라 불릴 그 예보를 접한 그녀의 머릿속에 펜션 가족 모임 때의 실패가 떠오르지 않았을 리 없다. 그때도 아침부터 눈이 내렸다. 그리고 곤도 일행은 길을 잘못 들어 경찰의 손에 붙잡히고 말았다.

다시는 그런 실패를 반복하고 싶지 않았을 것이다.

하지만 일정을 바꿀 여유는 없었다. 출소한 지 얼마 안 된 곤도에게는 공안의 감시가 붙어 있었을 테니 기회는 한 번뿐으로 보는 게 타당했다. 그래서 그녀는 보험을 들었다. 날씨에 따라 합류 장소를 바꾸기로 정했다. 사람들 눈에 잘 띄지 않지만 눈 때문에 고립될 수 있는 산속과, 사람들 눈에는 띄지만 눈의 영향을 덜 받는

---

* 1976년 12월부터 1977년 2월까지 일본 전국에서 발생한 기록적인 폭설.

시내. 미리 후보지를 정해 놓고 어디서 만날지 그 인형을 이용해 알린다. 인형의 수나 배열 순서로 패턴을 만들 수 있는 것도 장점이었다. 궁여지책이라면 궁여지책이었지만, 변덕스러운 산의 날씨는 당일 현장에 직접 가지 않는 한 알 수 없다. 효고에서 차를 타고 오는 곤도가 판단하기 어려운 것이었다.

실제로 눈은 내렸다. 그러나 차가 고립될 정도는 아니었다. 지유리는 회사 점심시간에 집으로 돌아가 방 창문에 인형을 매달아 놓았다.

집합 장소는 산속. 이제 이 인형을 곤도와 또 다른 동료 한 명이 보기만 하면 된다.

다른 한 명의 동료. 지유리가 얻은 새로운 동지. 여러 정황이 그를 지목하고 있다. 바로 이와무라 후미오다.

복도에 떨어진 혈흔의 양을 보니 상처가 깊지는 않다. 찰과상 정도일 것이다.

후미오 역시 혁명에 눈을 떠 있었다. 그리고 운동에 몸을 바치기 위해 그동안 살아온 마을을 떠나기로 결심했다.

두 사람은 조선어 공부를 통해 의기투합할 시간이 있었다. 지유리가 무리하게 끌어들였다고 볼 수만은 없다. 후미오도 자신의 삶과 처지에 불완전함을 느꼈을 것이다. 당시는 재일 조선인들이 불우한 처지에 신음하고, 북한이 이상향의 베일을 두르고 있던 시대였다. 진지하고 지성적이던 청년의 가슴에 불만이 타오르는 것도 이상한 일이 아니었다. 이건 아니야, 라고.

하지만 여기서 첫 번째 우연이 일어난다. 바로 이자와 노부오의 호출이었다.

다음 교실도 문이 굳게 닫혀 있었다. 시간이 멈춘 것처럼 일말의 흐트러짐도 없다.

나가노시까지 데려가 달라. 그 지시에 후미오가 순순히 응한 것도 마지막까지 평소처럼 행동한다는 지유리의 방침에 따른 결과일 것이다. 세이 씨에게 맡겨진 일에 대한 책임감도 있었을지 모른다. 하지만 그보다 교류는 짧았지만 후미오는 이자와에게 친근감을 느꼈던 게 아닐까. 그래서 무리한 장거리 외출 부탁에 기꺼이 응했고, 약속 시간까지 충분한 여유가 있다고 판단해 이자와의 요청대로 스바루를 운전했다. 그러나 긴타를 습격한다는 목적은 그의 예상을 뛰어넘는 것이었고, 이를 막기 위해 니가타까지 차를 몰고 간 건 완전한 오산이었다. 겨우 사나다 마을에 돌아왔을 때는 시간이 이미 5시를 넘어서고 있었다.

후미오는 이자와 노부오와 헤어질 때 그에게 '또 보자'라고 했다. 그러나 정말 그뿐이었을까. 마음을 터놓은 이자와에게 실수로 말해 버린 것은 아닐까. 긴장과 이완, 불안과 기대가 뒤섞인 감정에 휩싸여, 창밖에 매달린 인형이 젖어서 만나지 못하게 될 거라고.

이자와에게는 의미를 알 수 없는 말이었다. 그래서 잊고 있었다. 죽음이 눈앞에 닥쳐 자신의 과거를 되돌아볼 때까지 기억 속 깊숙이 묻혀 있었다.

이자와와 헤어진 후미오는 그 길로 교수의 집으로 향했다. 국도, 유령 나무가 있는 곳에서 신호를 확인하려 했다.

하지만 그곳에 인형은 없었다.

복도 끝에 도착한다. 계단이 있다. 핏자국도.

종업식 날이었다. 연말이었다. 학교가 끝난 후 교직원 송년회가 열리는 것도 지유리는 계산에 넣었을 것이다. 후카가 친구들과 놀러 간다는 것도 알고 있었을 게 분명하다.

애초에 인형을 통한 신호는 지유리의 점심시간부터 저녁 사이 한 번만 보면 되는 것이었다. 적어도 같은 동네에 사는 후미오에게는 쉬운 일이었다.

아니, 5시 시점에도 인형은 매달려 있었을 것이다. 그러나 두 번째 우연이 그것을 방해했다. 교수가 송년회에서 일찍 빠져나와 집에 돌아온 것이다. 그 일에 대해 가와베는 본인에게 들었다. 일찍 귀가한 교수는 그 언덕을 내려가기 직전, 유령 나무 근처에서 창밖에 매달린 인형을 발견했다. 저대로 두면 빗물에 젖어 버리잖아.

그 덜렁이 녀석……. 집에 도착한 후 교수는 그것을 치웠다.

후미오는 늦었고, 교수는 빨랐다. 어긋난 톱니바퀴가 후미오를 혼란에 빠뜨렸다. 인형은 있어야 했다. 그것이 아예 없는 패턴은 없었다. 산이면 산, 시내면 시내. 인형의 순서를 바꾸는 등의 방법으로 그 메시지를 전하기로 돼 있었다.

대체 무슨 일이 일어난 걸까. 설마 계획이 들통난 걸까. 후미오는 이미 지유리가 체포됐을 가능성도 상상했을 것이다. 회사 근처로 가는 건 위험하다. 경찰이 잠복해 있을지 모른다. 하지만 이대로 가만히 있을 수만도 없다…….

어쨌든 집합 장소로 가는 수밖에 없다. 결국 후미오는 지유리를 태우지 않은 채 산으로 차를 몰았다.

잊고 있던 허벅지 통증. 한 계단 내려갈 때마다 식은땀이 배어난다.

퇴근한 지유리를 차에 태우는 건 외지인인 곤도가 아닌 현지에 사는 후미오의 일이었다. 약속 장소에 후미오의 스바루가 보이지 않자 이번에는 지유리가 초조해할 차례였다. 집합 장소에 가야 한다. 하지만 불법적인 활동에 참여하려는 입장이니 버스나 택시를 이용하기는 어렵다. 그녀에게 허락된 선택지는 제한돼 있었다.

망설임은 아마 길지 않았을 것이다. 외지 번호판을 단 스포츠카를 탄 남자가 그녀에게 추파를 던지러 오기 전까지.

3층. 긴 복도를 살핀다. 핏자국을 찾는다. 계단 아래에서 한 방울을 발견했다.

산속 집합 장소, 즉 군마현 산속 폐가에 곤도는 이미 도착해 있었다. 스바루에서 내린 후미오는 건물 옆에 주차된 세단 안에서 곤도를 마주쳤다. 아마 첫 대면이었을 것이다. 지유리를 데려오지 않은 후미오를 보며 곤도가 "아, 그렇군요" 하고 순순히 수긍했을 리 없다. 운동가로서 선배인 남자는 후미오를 책망하고 비난했다. 그는 복역 경험까지 있는 노련한 투사였다. 어제오늘 가입한 신참이 상대할 상대가 아니었고, 더군다나 말주변이 없는 후미오로서는 논쟁이 되었을지조차 의심스럽다.

차 안에서 어떤 대화가 오갔는지는 정확히 알 수 없다. 다만 사실로서, 곤도의 서바이벌 나이프가 후미오의 손에 넘어가 주인의 가슴을 찔렀다. 절체절명의 순간 곤도의 두 손이 후미오의 오른팔을 강하게 움켜잡았다면 어땠을까. 죽음을 눈앞에 둔 거구의 남자의 괴력이다. 맨투맨 티셔츠 위로 잡았다고 해도 분명 자국이 남았을 것이다.

계단, 층계참, 구른 흔적.

후미오의 팔은 부러지지 않았다. 붕대와 깁스는 곤도에게 붙잡혀서 생긴 시퍼런 멍을 감추기 위한 위장이었다. 괴력으로 붙잡힌 데 따른 통증도 있었을 것이다. 그로 인해 생길 일상생활의 어색함을 감추기 위해서라도 붕대와 깁스는 필요했다. 그것은 함께 사는 부모와 하루코의 눈을 속이는 위장이기도 했다.

폐가 근처에서 먼저 살해된 사람은 곤도 마사토. 그 이후 지유리의 시신이 더해졌다. 살해 현장은 천연 냉동고가 돼 있었으니 두 사람의 사망 시각에 큰 차이가 없다면 부검으로 추정한 사망 시각도 비슷하게 나왔을 것이다. 사람이 드나들지 않는 곳이기에 곧바로 발견될 일도 없었다.

곤도 마사토에 의한 연인의 무리한 동반 자살. 그러나 그 결론이 내려지기 전 교수가 돌발 행동을 했다. 최 씨 가족 참살이라는 형태로 비극은 완성됐고, 범인의 계획은 무너졌다.

그렇다. 후미오의 계획이 아니다. 가와베는 확신했다. 지유리의 시신은 절벽 아래가 아닌 커브길 풀숲에 뉘어져 있었다. 동반 자살을 위장하려면 시신을 움직일 필요가 없다. 그대로 현장에 둬도 자연스럽게 동반 자살로 간주될 만한 상황이었다. 그럼에도 불구하고 시신이 옮겨진 이유는 '두 머리의 거인', 즉 범인이 두 명이었기 때문이다.

굵힌 핏자국. 계단에서 발을 헛디뎌 여기서 쓰러졌다가 다시 일어선 듯하다.

  생각해 보면 긴타는 그날 노래방에서 이미 사건의 진상을 짐작하고 있었다. 지유리의 시신이 찾기 쉬운 커브길 풀숲에 버려져 있었다는 그 한 가지 사실로부터 시작해 가와베가 이자와의 메시지 없이는 도달할 수 없는 답을 그려냈다. 아니, 이자와의 증언이 있었음에도 가와베는 긴타에게 듣기 전까지 인형이 신호라는 발상에 이르지 못했다. 긴타의 힌트 없이는 암호를 풀 수도 없었을 게 분명하다.

  그리고 또 한 사람, 지유리 살해의 해답에 도달한 남자가 있었다. 깨달은 진실을 암호로 만든 장본인, 즉 사토시다.

  일단 스마트폰 불빛을 껐다. 계단 벽에 몸을 숨기고 가와베는 2층 복도를 살폈다. 바로 옆 교실 문을 응시했다. 이 어둠 속에서도 알 수 있을 정도의 틈새가 있다. 명판에는 '2학년 1반'이라고 적혀 있다.

  가늘고 길게 숨을 내쉬었다. 희한하게도 두려움은 사라졌다. 상대는 부상을 입은 채로 권총을 손에 들고 사람을 죽이고 있다. 당장 한 발 맞아도 불평할 수 없다. 그걸 알면서도 가와베는 지극히 평범한 걸음걸이로 교실에 걸어갔다. 문틈으로 안을 들여다보니 교단이 보였다. 칠판이 있었다. 책상이 줄지어 있었다. 질서정연한 그 배열 중 맨 앞줄만 흐트러져 있다. 비틀거리며 책상을 밀치고 나아가는 모습이 눈에 선했다.

그는 창가 벽에 등을 기대고 앉아 있었다.

"도움을 요청했나요?"

가와베의 목소리에 놀라는 기색은 없다. 의심하는 기색도 없다. 자신이 여기 있으니 올 사람은 너로 정해져 있다. 그런 확신마저 느껴졌다.

"왜죠?"

가와베는 한 발짝씩 천천히 그를 향해 다가갔다. 그리고 헌책방 시모겐도의 주인에게 물었다.

"왜 꼭 지유리 씨를 죽여야 했습니까?"

"운명이었으니까."

그렇다. 세이 씨의 목소리가 대답했다.

바닥에 주저앉은 그의 두 다리는 노인이라는 단어가 무색할 정도로 길었다. 마찬가지로 가늘고 긴 팔이 가와베 쪽을 향해 뻗어 있다. 창문으로 희미하게 들어오는 가로등 불빛 덕분에 베레타 타입 권총을 쥐고 있다는 걸 알 수 있었다.

"어깨인가요?"

축 늘어진 왼팔에 부상 기미가 있었다. 그는 대답 없이 권총 끝을 가볍게 흔들었다.

"확실히 조준하고 있어. 설마 못 쏠 거라고 생각하는 건 아니겠지."

잔뜩 가라앉은 목소리였다. 통증 때문인지 피로 때문인지 고통스럽게 쉰 것처럼 들린다. 얼굴은 그림자로 검게 칠해져 있다. 그래도 가와베는 그가 이와무라 기요타카라고 확신할 수 있었다.

"저한테 총을 쏴서 뭐가 달라질까요? 여기까지 온 이상 이미 늦었습니다."

"닥쳐."

총의 그립을 다시 잡는 모습이 보여도 가와베는 여전히 두려움을 느끼지 않았다. 쏘지 않을 거라고 안도하는 건 아니었다. 마비돼 있었다. 나사가 풀려 있었다.

"후미오가 곤도를 죽인 것까지는 알고 있습니다. 산속 폐가 근처에서, 차 안에서, 아마 그 일은 갑작스럽게 일어났겠죠. 하지만 그곳에 지유리 씨는 아직 도착하지 않았습니다. 지유리 씨가 폐가에 온 건 후미오가 곤도를 죽인 후입니다."

자신을 스포츠카에 태운 남자를 스가다이라 쪽으로 유도하는 건 어렵지 않았을 것이다. 하지만 약속 장소까지 데려다 달라고 할 수는 없었다. 군마의 산속 근처까지 가게 하는 동시에 도중에 차에서 내려 모습을 감추는 건 쉽지 않았을 것이다.

"하지만 후미오가 집에 돌아왔다는 하루코의 전화가 거짓이었을 리는 없습니다. 지유리 씨는 어떻게든 스포츠 카 남자를 따돌리고 우리가 그녀를 수색하고 있을 때 폐가에서 후미오와 마주쳤을 겁니다."

"마치 직접 본 것처럼 말하는군."

"긴타라면 더 그럴싸하게 설명했을걸요. 그 녀석의 두뇌와 상상력에는 늘 놀랍니다."

"상상력이라. 절묘하군."

그가 코웃음을 쳤다.

"분명히 말하지만 난 그 사건과 관계없어. 전부 그 녀석과 네 망상일 뿐이지. 후미오가 곤도를 죽였다고? 그럼 지유리를 죽인 것도 후미오겠지."

"그럼 당신에게는 사토시를 죽일 이유가 없어집니다."

"그러니까 그것도 내가 아니라고. 긴타 앞에서는 인정하는 척했지만 상황에 따라서 그렇게 했을 뿐이야. 머리에 권총을 들이대고 있으니 당연히 그 녀석이 원하는 대답밖에 할 수 없었어."

총구가 가와베에게서 살짝 벗어났다.

"부탁이니 냉정하게 생각해 봐. 긴타에게 무슨 말을 들었는지 모르지만 내가 사건에 관여했다는 증거가 있나? 그리고 애초에 사토시는 정말 살해당한 건가? 그 증거는 어딨지?"

흥분한 목소리가 간곡한 톤으로 바뀌었다.

"알겠냐? 지유리가 죽은 건 운명이야. 인간의 삶과 죽음이란 원래 그런 거라고. 이제 와서 들춰서 무슨 소용 있겠나. 사토시의 죽음도 마찬가지야. 운명. 그저 그뿐인 거야."

그가 고개를 크게 흔들었다.

"……나도 괴로워. 그 녀석과는 오랫동안 함께 일해 왔어. 오사카에서 내 일을 도와준 적도 있고."

"그만하시죠. 당신의 정체는 이자와에게 들었습니다."

놀라는 기색이 느껴졌다. 파친코 가게에서 일했다는 것, 상습 절도범이었다는 것. 그 때문에 일자리를 잃었다는 것.

"궁핍해진 당신은 히데키 씨와 함께 마쓰모토에서 나가노시로 이주했습니다. 올림픽 특수의 혜택을 받아 그 후 사토시에게 얹혀 살았고요."

총구가 다시 한번 가와베를 똑바로 겨냥했다.

"시모겐도 서점은 직접 산 겁니까?"

"……물려받았어. 전 주인과는 여기 살면서 알게 됐지. 신세를 많이 졌어. 마침 오사카에서 먹고살기가 힘들 때쯤 가게를 이어받지 않겠냐고 제안했지."

같은 시기에 사토시도 오사카를 떠났다. 나가노시와 마쓰모토에 따로 살면서도 책을 통한 교류는 계속됐다.

"주인이 세상을 뜬 지 7년이 지났어. 그동안 내가 가게를 꾸려온 거고. 알겠나? 고생했어. 물론 불법적인 일을 한 적도 있었지만 지금은 정직하게 살고 있어. 소박하게 말이야. 그런데 내가 왜 그런 터무니없는 비난을 받아야 하지?"

"과거가 끝나지 않았기 때문입니다."

가와베는 어둠에 잠긴 그를 바라봤다.

"아직 계속되고 있습니다. 설령 상상이나 망상이든 그걸 이야기하는 사람이 있는 한 끝나지 않는 겁니다."

마음 한구석에 얼룩이 남아 있다. 평소에는 보이지 않는 이면, 그러나 분명하게 흰 눈에 흩뿌려진 붉은 피의 얼룩이 새겨져 있다. 혹은 상처일지도 모른다. 결코 아물지 않는 상처. 사토시에게도, 긴타에게도, 고쇼에게도, 그리고 가와베에게도 새겨진 상처는 여전히 마르지 않은 채 지금껏 조용히 피를 흘리고 있었다.

너도 그랬겠지, 사토시. 그래서 그 오행시를.

"이야기를 1976년 12월로 되돌려 보겠습니다."

후미오가 곤도를 죽인 후, 약속 장소에 지유리가 도착한 시점부터.

"곤도의 죽음을 듣고 과연 지유리 씨는 어떤 생각을 했을까요. 경찰을 불러야 하나? 아니, 후미오가 잡히면 자신들이 하려던 일이 들통날 테니 그럴 수는 없었겠죠. 당시 지유리 씨에게 우선순위가 가장 높았던 건 혁명 운동이었습니다. 그것에 몸을 바치는 것이었습니다."

안정된 직장과 가족까지 버릴 각오로 준비해 왔다. 물러설 길 따위 없었다.

"혁명 그룹과 접촉하고 합류 일정을 잡은 사람도 지유리 씨였을 겁니다. 그런 그녀 입장에서 가장 큰 문제는 후미오가 곤도를 죽인 게 아니었어요. 그보다 더 중대한 건, 곤도가 죽으면서 약속한 참가 인원이 줄었다는 것이었죠."

신뢰에 금이 가는 실수였다. 운동가라고 해도 성별로 무시당하는 시대이기도 했다.

"가장 큰 전력인 곤도가 없으면 쫓겨날 위험도 있었을 겁니다. 무사히 받아들여진다고 해도 중요한 역할을 맡기지 않을 수도 있고요. 그래서 지유리 씨는 생각했습니다. '어떻게든 한 명을 보충할 수 없을까' 하고요."

실수를 덮어 줄 인원을.

"그렇게 당신이 선택됐죠."

"제정신이 아니군."

그가 내뱉었다.

"너도, 네 이야기 속 등장인물들도."

"맞습니다. 미쳤죠. 보통 생각만 하고 실행에 옮기지는 않을 겁니다. 하지만 지유리 씨는 달랐습니다. 교수의 집에 드나드는 당신의 언행을 가까이서 지켜본 그녀에게는 승산이 있었던 겁니다."

야쿠자 출신의 대담함에 기대하는 측면도 있었을 것이다. 거절당하면 후미오와 둘이 가면 그만이다. 그리고 그때 세이 씨라면 곤도의 죽음을 눈감아 줄 거라고 그녀는 판단했을 것이다.

하지만 연락을 취하려고 해도 집으로 전화할 수는 없었다. 자신의 실종으로 소란이 일어났을 걸 쉽게 상상할 수 있었고, 실제로 그날 밤 세이 씨는 지유리를 찾아 우에다 일대를 돌아다녔다. 그래서 지유리는 세이 씨가 들를 만한 가게에 후미오를 보냈다.

우에다에 있는 가게는 한정돼 있다. 두 사람은 순조롭게 만났고 세이 씨는 후미오의 안내를 받아 지유리가 기다리는 폐가로 향했다.

"그녀에게 사정을 전해 듣고, 설득당했겠죠. 함께 혁명을 하지 않겠냐고."

과연 지유리의 본심은 어디 있었을까. 정말 곤도 대신 세이 씨가 할 수 있을 거라고 생각했을까. 태어나고 자란 그 좁은 곳을 벗어나기 위해, 이번만큼은 만반의 준비를 한 두 번째 결행이 눈사태에 휩쓸리듯 급변했고, 눈앞에 시체와 살인범이 동시에 있는 상황에서 아무리 강철 같은 의지를 지녔다고 해도 갓 성인이 된 젊은 여자가 침착할 수 있었을 리 없다. 인원을 보충한다. 그걸 구실로 의지할 수 있는 어른을 원했던 건 아닐까.

"당신은……."

가슴에 생긴 망설임을 가와베는 꾹 눌렀다.

"당신은 그 제안을 받아들였습니다. 평소 같으면 쉽게 결단할 수 없는 위험한 제안에 고개를 끄덕였죠."

겁먹기보다는 마음이 들떴을 것이다. 교수의 집에서 마신 술 때문일 수도 있다. 하지만 그 이상 매료됐다. 혁명이라는 단어가 주는 울림, 그 온도에.

불우했기 때문이다. 또래들에게 무시당하고, 하는 일도 잘 안 풀리고, 오직 어린아이들 앞에서나 으스댈 수 있었으니까.

세상을 바꾸는 일을 동경했으니까.

그런 기회가 오는 순간을, 내 차례가 오기만을 은근히 기다리고 있었으니까.

그런데도 그는 지유리를 죽였다.

"지유리 씨는 몰랐습니다. 모르고 당신을 선택했고, 그래서 실망하고 말았죠. 당신이 글자도 제대로 읽지 못하는 사람이라는 사실에."

곤도를 대신하는 이상 세이 씨를 최소한 활동가로 부끄럽지 않은 인물로 만들고 싶었을 것이다. 마침 손에는 즉석 교양을 쌓기 적합한 게 있었다. 그녀의 청춘이 다다른 혁명가 '인터내셔널'의 일본어 가사. 지유리는 그것을 건네며 합류할 때까지 외워 달라고 하지 않았을까. 당연히 동료들 사이에서 통하는 암호로 오자가 섞여 있다는 것도 전했을 것이다. 세이 씨는 당황했다. 그는 어느 것이 오자인지 알 수 없었다.

"기대한 만큼 반동도 컸습니다. 그러다 결국 실망에 그치지 않고, 지유리 씨는 그 감정을 말로 분명히 표현하지 않았을까요. 당신 같은 무식한 남자는 동료로 받아들일 수 없다고."

여동생처럼 아끼던 소녀는 혁명을 목표하며 자신을 친동생처럼 돌봐주던 사람을 파트너로 선택했다. 보충 요원 취급을 받다가 마침내 선택된 세이 씨의 고양감은 자신의 존엄을 모욕당하자 무참히 얼어붙었다. 검은 그림자에 뒤덮였다.

그래서 죽였다. 등을 돌린 지유리 뒤에서 목도리를 붙잡아 있는 힘껏 당겼다. 후미오는 말리려고 했을 것이다. 하지만 멈추지 않았다. 모든 게 비정상이었다. 미쳐 있었다. 후미오가 곤도 마사토를 죽인 것, 지유리가 세이 씨를 불러낸 것, 그에게 던진 잔인한 말. 혁명, 살인, 폭설, 어둠, 그리고 산…….

"교수가 후미오를 죽이러 간 후 당신은 마을 의사의 연락을 받아 교수의 집에 전화를 걸었죠?"

뭔가 이상한 일이 생기면 알려 달라고 부탁했을 것이다. 지유리의 실종 이후 교수의 집에 머물며 교수를 돌봤던 세이 씨다. 의사는 의심 없이 그대로 따랐다.

교수가 의사에게 전해 들은 후미오의 부상. 하지만 거기서 그가 도달한 정보는 가와베를 비롯한 아이들의 예상과 반대되는 것이었다. 골절 치료를 한 기록이 없다. 그렇게 드러난 위장은 교수의 의심을 확신으로 바꾸기 충분했다.

"당신은 전화로 우리가 교수에게 쓸데없는 소리를 했다며 비난했습니다. 그런데도 후미오의 골절이 위장이었다는 점에 대해서는 한마디도 언급하지 않았죠. 명백히 이상한 상황이었는데도 단 한마디도."

이미 알고 있었기 때문이다. 그에게 후미오의 위장은 자명한 일이었고, 중요한 건 교수의 동향뿐이었다. 하지만 생각해 보면 의사에게 문의한 것 정도로 그렇게까지 당황할 필요는 없다. 교수가 후미오를 죽이려 한다는 건 예상할 수 없는 일이었다.

"그럼에도 당신이 당황한 건, 지유리를 죽인 진범을 오직 후미오만 알고 있었기 때문입니다."

추궁을 당하면 후미오가 모든 걸 실토할 수도 있다. 자신의 죄가 밝혀질 수 있다는 불안감이 이성을 마비시켜 결국 전화기 다이얼을 돌리게 했다.

"결국 그 전화는 교수를 걱정하거나 후미오를 걱정해서 한 게 아닌 단순한 자기 보호였던 겁니다."

그러고 나서 가와베는 "아니" 하고 말을 고쳤다.

"모든 것이 자기 보호였습니다. 지유리 씨를 죽인 후 당신은 자수는커녕 그 죽음을 숨겼습니다. 익명으로 신고해 발견하게 할 수도 있었을 텐데 그러지 않고, 꼭 돌보듯이 교수의 집에 머물며 쇠약해져 가는 그를 지켜보고 후카 앞에서는 착한 삼촌 노릇을 하며 계속 지유리 씨의 시신을 방치했죠. 당신의 걱정은 지유리 씨의 개인 물품이나 지인들에 대한 탐문을 통해 운동에 참여하려던 그녀의 계획이 드러날지 여부였습니다. 상대 그룹의 특정, 곤도와의 관계, 그리고 그것들이 후미오와 연결될 위험이 없는지."

후미오의 체포는 곧 자신의 체포를 의미했다.

"후미오의 성격을 고려하면, 당신은 언제 그 착하고 소심한 남자가 죄책감을 견디지 못해 자기 죄를 고백해 버릴까 봐 조마조마했을 겁니다. 아마 필사적으로 설득했겠죠. 날 위해 제발 참아 달라. 너희 가족에게도 피해가 갈 것이다. 하루코의 미래를 생각해라……."

어떻게든 후미오를 설득해서 골절을 위장하게 했다. 2주가 지나도 의심당하는 기색은 없었다. 이대로 실종으로 결론 날지도 모른다. 겨울이 지나 시신이 발견되더라도 의도한 대로 연인의 동반 자살로 매듭지어질지 모른다.

그런 희미한 기대를 깨뜨린 사람도 역시 후미오였다.

"지유리 씨의 시신이 발견됐을 때는 얼마나 놀랐을까요. 후미오가 몰래 지유리 씨의 시신을 그 커브길로 옮겼다는 걸 알았을 때는 어땠나요? ……후미오의 목적은 지유리 씨의 시신을 최대한 깨끗한 상태로 아버지인 교수에게 전달하는 것이었습니다."

후미오는 지유리를 원망할 이유가 없다. 교수에 대해서도 마찬가지다. 그리고 그에게는 집안 가르침이 있었다. 효의 정신. 전에 하루코도 죽음의 문턱에서 말했다. 자신의 몸은 원래 부모님의 것이니 깨끗하게 돌려드려야 한다고.

동반 자살을 가장하면서도 지유리의 시신을 유기해서 발견되게 한 것. 이 모순된 행동이야말로 범인이 두 명이라는 추론의 핵심이었다.

후미오 나름대로 연인의 동반 자살 스토리를 지킬 수 있다는 논리가 있었을 것이다. 하지만 본심은 어땠을까. 가와베의 기억에 남아 있는 "히사노리!"라는 비통한 외침은 그의 갈라진 양심에서 나온 게 아니었을까.

시신 발견 후 세이 씨는 장례식에도 가지 않았다. 언제든 도망칠 준비를 하고 있었다고 생각해도 크게 틀리지 않을 것이다.

하지만 교수의 돌발 행동으로 후미오가 살해되며 상황이 바뀌었다. 은폐할 필요가 없어지자 익명의 신고를 가장해 곤도의 시신을 발견하게 했다. 숄더백에 '인터내셔널' 편지지를 남긴 것도 이제는 두려워할 이유가 없어졌기 때문이었다. 오히려 운동가들 사이에서 일어난 다툼으로 여겨지는 편이 더 좋았다.

히데키와 하루코를 데리고 마쓰모토로 돌아가 사나다 마을과 인연을 끊었다. 진실을 삼키고 등을 돌린 채 도망치듯 부패한 삶을 살았다. 아이들 앞에서조차 당당하게 행동하는 것을 그만뒀다.

"말 그대로 당신은 '진실'이라는 사슬에 묶여 있었습니다. 그런데도 계속 모른 척했죠. 감탄스러울 만큼 겁쟁이였고, 또 비겁했습니다."

"잘도……."

지친 목소리가 들렸다.

"잘도 그런 이야기를 지어내는군."

그가 시선을 피하는 게 느껴졌다.

"사토시도 너 같은 망상을 했다는 건가?"

적어도 긴타는 그렇게 추측했다. 그리고 더 나아가 사토시에게 의문을 제기했다. '사토시는 세이 씨가 범인인 걸 알면서도 계속 함께 지낸 걸까?' 하고. 만약 사토시가 진실을 알면서도 태연하게 세이 씨를 도왔다면 사토시가 정상적인 상태가 아니라고 생각했을 것이다.

"사토시가 진실을 알아차렸기 때문에 내가 그 녀석을 처리했다?"

그가 숨을 내쉬었다. 가늘고 긴 숨이었다.

"……그게 몇십 년 전 일이지? 벌써 시효가 지났고 증거도 남아 있지 않아. 마음대로 지껄이게 내버려둬도 되는 거야. 입을 틀어막을 이유가 없어."

"진심으로 그렇게 믿는다면 교수의 마당을 파헤칠 필요도 없지 않았을까요?"

사토시의 오행시는 그의 불안을 파고들었다. '내 산에 눈이 내리네'는 살해 현장을, '어린아이는 묻히고'는 커브길에 버려진 시신의 상황을, '사냥꾼'은 살인을 각각 암시하고 있지 않을까 하고. 그리고 다섯 번째 행의 '두 머리의 거인'은 유령 나무와 사과나무를 의미하는 동시에 자신과 후미오, 즉 범인이 두 명이라는 것을 암시하는 게 아닐까 하고.

1999년 여름부터 약 20년간 그와 사토시의 관계는 끊기지 않았다. 옛날이야기를 함께 나누는 밤도 있었을 것이다. 그때 상대가 입에 담는 단어와 몸짓, 표정을 사토시는 계속 지켜봐 왔다. 그렇게 축적된 이미지가 이자와의 메시지를 계기로 형상을 이루었다. 이루어져 버렸다. 차라리 잊고 있었다면 좋았을 텐데, 깨닫지 않았다면 아무 일도 일어나지 않았을 텐데.

"그 역시 그 녀석의 과거도 끝나지 않았기 때문입니다."

40여 년의 세월이 흐른 죄의 고발. 오행시의 암호가 가리키는 곳에 지유리 살해와 관련한 확실한 증거가 묻혀 있는 건 아닐까. 지유리의 시신을 혼자서 옮긴 후미오가 뭔가 증거가 될 만한 걸 주머니에 넣었을 가능성은? 아니면 뭔가 적어 놓은 게 있지는 않을까. 그리고 그게 사토시의 손에 넘어갔다면…….

"그런 망상에 사로잡힐 정도로 당신의 과거 역시 끝나지 않았고요."

법이 심판할 힘을 잃어도 기억은 쫓아온다. 결코 도망칠 수 없는 속도로.

빗방울이 창문을 두드리고 있다.

"웃기지도 않은 소리……."

어느새 권총을 쥔 그의 오른팔이 내려가 있었다.

"끝나지 않았다고? 엉뚱한 소리를 잘도 지껄이는구나."

피로에 지친 토로였다. 길고 긴 한숨이 교실을 가득 채웠다.

"이봐."

그가 말을 걸어 왔다.

"실제로는 알고 있지? 내가 그 사건을 운명이라고 하는 이유를.

수많은 사정과 감정들이 복잡하게 얽히고설켜서, 거기에 갖가지 생각과 행동들도 뒤섞여서 후미오와 교수, 지유리도 스스로에게 좋은 일을 하려고 필사적으로 노력한 결과가 바로 그거였어. 너희도 마찬가지 아닌가? 그 어디에도 악의는 존재하지 않았다는 말이다. 있었던 것이라고는 얄궂은 우연의 배열뿐이지. 설령 그 시절로 다시 돌아간다고 해도 우리는 당당하게 같은 일을 반복할 거야. 같은 비극이 일어날 거고, 그건 피할 수 없어. 이 세상에는 거대한 운명이 있고, 스스로 눈치채지도 못하는 사이에 그렇게 돼 버리는 거야. 의지의 힘이나 노력 같은 것으로 해결할 수 없는, 그렇게 있을 수밖에 없는 구조 속에서 우리는 그저 작은 부품에 불과하지. 아무리 발돋움을 해도 부품이 전체를 보는 건 불가능해. 자신이 어떤 부품인지, 무엇에 필요한 부품인지, 언제 그것이 완성될지, 완성되지 않고 끝날지 아무것도 모르는 채로 그냥 살아야 하는 거야. 이웃을 사랑하고, 고생을 아끼지 않으며 세상에 더 쓸모 있는 부품이 되고자 한 결과, 최종으로 조립된 제품이 기관총일 수도 있지. 내가 무기가 됐다는 걸 부품은 알 수 없어. 총알이 발사되고 누군가가 피를 흘리고 나서야 비로소 깨닫게 되지. '아, 이렇게 됐구나' 하고."

그러더니 그는 다시 "아니야" 하고 고개를 숙였다.

"그래도 대부분은 알아차리지 못해."

"쓸데없는 소리 그만해!"

가와베는 자신이 내뱉은 목소리에 가슴이 저릿했다.

"구조라고? 운명이라고? 그런 시답잖은 소리나 하려고 40년을 살아온 거야? ……말도 안 돼. 그런 식으로 우리의 그 시간을 단순화시킬 순 없어."

주먹이 굳어 있었다. 손톱이 살을 파고들었다.

"끔찍한 일이었어. 최악의 사건이었어. 모두 엉망진창으로 실패하고 돌이킬 수 없는 불행을 짊어지고 말았어. 맞아, 그래. 쉽게 설명할 순 없겠지. 우리가 알지 못할 거대한 힘이 작용했을지도 몰라. 하지만 말이야. 잘 들어. 설령 그렇다고 해도 그건 결코 운명 같은 게 아니야. 그런 애매모호한 건 난 절대 인정하지 않아. 당신 말대로 우리는 어리석은 부품이야. 그것도 녹슬어서 곧 버려질 불량품. 거대한 구조 같은 건 죽을 때까지 이해할 수 없겠지. 하지만 말이야. 이것만큼은 단언할 수 있어. 20년 전, 그리고 40년 전에도 살아 있었던 건 바로 우리였다고."

고개를 숙인 그를 내려다봤다. 몸속에서 갈 곳 없는 마그마가 들끓었다.

"당신, 이와무라 기요타카 아니야? 우리에게 여러 가지를 가르쳐 준 사람 아니야? 설령 그게 어디선가 빌려온 싸구려 지식이었다고 해도 우리는 당신에게서 배웠어. 누가 뭐라고 하든 당신에게서."

계속 고개를 숙이고 있는 그를 보며 분하다는 생각이 들었다. 내려다보는 자신에게 화가 났다. 도대체 난 뭐란 말인가. 우리는 왜 이렇게 하찮은 인간이 돼 버린 걸까.

"부탁이니 대답해 줘. 당신의 40년은 뭐였어? 그저 과거에서 눈을 돌린 채 하루하루를 살아온 것뿐이었나? 아니면 뭔가를 이룬 거야?"

패배가 그저 패배일 뿐이라면 이 삶에는 무슨 의미가 있을까.

"대답해. 당신이 이와무라 기요타카라면 나에게 대답해야 해."

목소리가 울리고 곧 사라졌다. 둘만 남은 교실의 쓸쓸한 공기를 가와베는 주먹으로 움켜쥐었다.

그가 고개를 들었다.

"……자를."

조용히 중얼거렸다.

"글자를 배웠어."

중얼거림이 분명하게 가와베에게 전해졌다.

"시모겐도 주인이 가르쳐 줬어. 돈도 받지 않고. 취미였는지도 모르지만 훌륭한 선생님이었지. 글자를 배워서 난생처음 제대로 책을 읽었어. 미친 듯이 읽었지. 가후, 오가이, 다자이, 안고, 마르크스까지. 오사카에 가서도 스스로 공부하며 계속 읽었어."

사토시도 감탄할 만큼 열성적으로.

"세상이 넓어지더군. 정말로, 세상이 넓어지는 게 느껴졌어. 지금은 내가 동네 아이들에게 글자를 가르치고 있어. 책도 읽어 주고. 아이들은 날 선생님이라고 불러. 그 애들의 부모들도. 간신히.

간신히 난 그런 사람이 될 수 있었어."

내려가 있던 총구가 다시 가와베 쪽을 향했다.

"바로 이게 내 영광이야. 잃을 수 없어. 이걸 잃으면 난 더 이상 다시 시작할 수 없어. 남은 시간이 너무 부족해."

"그래서 사토시를 죽인 거야? 그런 것 때문에……."

"자기 보호라고 비웃을 건가?"

그가 목소리를 높였다.

"네가 뭘 알지? 그 녀석의 삶이 어땠는지 정말 알고 있나? 누구에게도 대접받지 못하고, 바보 취급을 당하고 멸시당했지. 무엇보다 스스로 자포자기하고 있었어. 가슴 뛰는 것, 욕망, 쾌감 같은 걸 깡그리 잃어버린 거야. 자기 몸 하나 제대로 가누지 못해 어린 양아치놈에게 꾸중을 듣고 부끄러워하지 않을 자신이 네게는 있나? 볼품없는 여생에 자부심을 가질 수 있나?"

할아버지의 모습이 머리를 스쳐 갔다. 아버지의 최후. 그리고 자신의 더러운 방.

"그 녀석은 그만두고 싶어 했어. 그 암호는 고발 같은 게 아니야. 내게 보내는 부탁이었지. 자신은 이미 끝났으니 끝내 달라. 그게 그 녀석의 본심이었어."

"헛소리하지 마!"

침이 튀었다. 눈가에 쏠린 피가 온도를 높였다.

"아무리 볼품없어도, 그래도 그 녀석은 책을 읽고 있었어. 당신이 준 책을."

 2천 권에 달하는 헌책들의 산을.

 "매일매일 책장을 넘겼잖아? 설령 그게 그저 관성이었더라도, 오른쪽에서 왼쪽으로 훑어보기만 했더라도, 다음 새로운 글자를 읽는 그 순간을 당신만큼은 비웃으면 안 되는 거 아니야?"

 비가 내리고 있다. 건물을 두드리고 있다. 돌처럼 굳게 쥔 주먹이 아팠다.

 낮은 웃음소리가 들렸다. 천천히 그가 움직였다. 비틀거리며 벽에 기대 커다란 몸을 일으켰다.

 "참 순진한 녀석이야. 예나 지금이나 전혀 성장하지 않았네."

 이봐, 히사노리.

 "겁쟁이에 비겁한 인간. 그래. 네 말대로일지 모르지. 하지만 난 시작했어. 나만의 혁명 운동을."

 쉰 목소리가 불현듯 생기를 되찾았다. 그림자에 덮인 얼굴에 미소가 번졌다.

 "싸우는 것조차 허락되지 않았지. 날 때부터 패배를 강요당했어. 그런 남자가 마침내 시작한 싸움이야. 법 같은 건 상관없어. 언제나 정의는 자기 삶의 방식에 깃드는 법. 속박을 버리고 죄를 삼키는 게 바로 투쟁이란 말이야. 후회 따위 할 겨를이 없다고. 모든 장애물을 쓸어버리고 계속 전진하는 거지. 누구도 방해하게 두지 않아. 설령 그가 생명의 은인이라 할지라도."

아주 살짝 표정이 일그러지는 기색이 있었다.

"과거에 사로잡혀 있다고? 헛소리. 내가 뭘 이뤘냐고? 웃기지 마. 그럼 넌 어떻지? 너 역시 이루지 못하지 않았나? 결국 아무것도 이루지 못했다고. 우리의 역사는 실패로 끝난 거야."

그가 고개를 들었다. 보이지 않는 눈빛이 열기를 띠었다.

"희망은 오직 미래에만 있어. 그렇지? 그게 우리에게 남겨진 일 아닌가? 아이들을 키운다. 지식을 베풀고, 삶의 방식을 가르쳐 준다. 그게 바로 내 혁명이야. ……교육자. 문어 선생이 내게 그랬던 것처럼."

총을 쥔 손이 천천히 앞으로 나왔다. 그리고 손짓하듯 움직였다. 히사노리.

"오지 않을래? 너도, 이쪽으로."

그림자가 뒤쪽 창문을 열었다. 거친 빗소리와 바람이 밀려들어 왔다. 시야가 가려지고 소리가 모든 것을 지배했다. 그가 말하고 있다. 뭔가 중요한 것을, 말하고 있다. 직감이 그렇게 호소했지만 목소리는 폭풍에 파묻혀 거의 들리지 않았다. 그가 창틀에 걸터앉았다. 그만둬, 하고 가와베는 외쳤다. 그가 창밖으로 빨려 갈 때까지 몇 초도 걸리지 않았다. 달리려던 다리가 엉켰다. 허벅지 상처가 쑤셨다. 비바람이 온몸을 때리고, 눈을 가리고, 숨을 쉬기 어렵게 했다. 그 모든 것에 맞서 가와베는 달렸다. 창틀을 붙잡고 아래를 내려다봤다. 그곳에는 사나운 밤이 있었다. 그 안에서 그림자가 움직이고 있었다. 한쪽 다리를 질질 끌며, 왼쪽 어깨를 누르고 앞으로 나아가고 있다.

그만둬! 하고 다시 한번 외쳤다. 그는 돌아보지 않았다. 오로지 앞으로 나아갔다. 목소리가 닿지 않았을지 모른다. 아니, 닿았다고 해도 걸음을 멈추지 않을 거라고 생각했다. 그가 부지 밖으로 사라지는 모습을 2층 창문에서 지켜봤다. 모든 게 너무 늦었다. 이제는 따라잡을 수 없다. 그러나 정신을 차려 보니 가와베는 창밖으로 오른손을 뻗고 있었다. 몸을 내밀어 뻗고 있었다. 증오스러운 살인자의, 뒤늦게 찾아온 혁명가의, 그리고 자신이 동경하고 사모하던 이와무라 기요타카라는 한 남자의 뒷모습을 향해 일직선으로. 닿지 않는 저편으로 사라져 가는 그림자를 붙잡고 싶은 것인지, 밀어내고 싶은 것인지, 결국 똑같은 것인지. 뻗은 손은 비에 젖고 손가락은 아무것도 잡지 못한다. 그래도 이 손은 뻗어야 했다. 내밀어야 했다. 곧이어 눈사태 같은 태동이 일어났다. 그것이 가까워져 왔다. 학교가, 마을이, 예감에 떨었다. 압도적인 폭력이 들이닥쳐 뭔가를 가져가려 한다. 가와베는 콘크리트 건물 2층에 서서 범람한 지쿠마강의 탁류가 지상으로 흘러드는 광경을 그저 말없이 눈에 새겼다.

10월 13일, 태풍이 지나간 새벽녘에 스마트폰이 진동하자 가와베는 중학교를 떠났다. 학교 직원에게 응급처치를 받고 허벅지 상태는 많이 나아졌다. 대신 교내를 돌아다닌 것에 대해 핀잔을 들었다.

이와무라 기요타카에 대해 가와베는 아무 말도 하지 않았다. 그가 흘린 혈흔은 자기 것이라고 했다. 안부를 확인하려고 하지도 않았다.

긴타도 모습을 감췄다. 전화는 연결되지 않고 문자 메시지에도 답이 없었다. 계획성이 철저한 녀석이니 총알은 이미 수거했을 것이다. 그리고 두 번 다시 가와베 앞에 나타나지 않을 것이다. 날아가던 화살 하나가 땅에 꽂혀 마침표를 찍었다. 가와베는 그렇게 실감했다.

마을 곳곳에 간판과 쓰레기가 널브러지고 비릿한 흙탕물 냄새가 진동했다. 날아간 베란다가 길을 막고 수많은 곳이 물에 잠겼다. 무릎까지 잠기는 곳도 있었다. 그래도 기울어진 전신주를 오가는 참새들의 울음소리는 새벽을 알렸다.

나가노역 로터리에 주차된 차는 프리우스였지만, 가와베는 그게 정말 자신이 타고 온 차인지 잠시 알아보지 못했다. 조수석 창문에는 낯선 금이 가 있고 사이드미러는 휘어졌으며 차체 여기저기에 긁힌 자국이 도색을 벗겨냈다. 미등 한쪽이 깨져 있고 뒷좌석 문은 찌그러졌으며 어째서인지 반대쪽 차체에는 분홍색 페인트가 흩뿌려져 있었다.

"여러 가지가 있었어."

시게타가 말했다. 그 '여러 가지'를 물어보는 게 바보 같아질 만큼 후련한 참상을 보며 가와베는 젖은 머리카락을 쓸어 넘겼다. 뭐, 됐다. 어차피 차 안도 이미 피범벅이었으니까.

"잘 해결했나?"

"그게 말이지. 그 녀석, 생각보다 가난하더라고. 게다가 피어스도 아무리 찾아도 없었고."

뭐, 그렇게 일이 잘 풀릴 거라고 생각하지도 않았지만. 시게타는 그렇게 중얼거리고 말을 이었다.

"어쩔 수 없으니 현물로 받아 왔어."

시게타가 엄지로 뒤쪽을 가리켰다. 건너편에서 키리이가 바이크에 올라타 있다. 네이키드 타입의 SR*이다.

"저걸 타고 오사카에 가기로 했어."

"오사카?"

"어차피 여기에는 있을 이유가 없으니까."

"가서 뭘 하게?"

"글쎄. 어떻게든 되겠지."

"저 녀석이랑 같이?"

"어쩔 수 없잖아. 바이크는 몰아 본 적도 없고. 차는 이 모양이고."

확실히 자살 행위나 다름없지만.

---

* 일본의 바이크 제조사 야마하가 만든 전면 덮개가 없는 타입의 스포츠 바이크.

"배신당하면 어쩔 거지?"

"어쩌긴 뭘 어째. 본때를 보여 줘야지."

즉답이었다.

"그걸로 충분해. 난 이미 그런 데 익숙하니까."

"시게타."

"됐어."

노란 반삭발 머리가 옆으로 흔들렸다.

"이러쿵저러쿵할 필요 없어. 어차피 여러 사정이 있겠지. 영감 나이까지 살다 보면."

도쿄에 오지 않을래? 준비했던 그 말이 목에 걸렸다. 무면허 운전보다 오히려 이 녀석들을 모르는 땅으로 보내는 게 훨씬 더 자살 행위에 가까울 것이다. 도둑질을 계속하고, 폭력에 의존하다 보면 그 앞에 밝은 미래는 기다리고 있지 않다. 무모한 짓을 그만두게 하고 타이르고 설득한다. 억지로라도 돌본다. 아마 제대로 된 교육자라면 그게 정답일 것이다.

가슴에 그 남자의 손가락이 걸려 있다. 이쪽으로 오지 않겠냐는 목소리가 들렸다. 가르치고 베푸는 게 혁명임을 깨달은 그 남자라면 어떻게 할까.

하지만 분명 그건 가와베의 방식이 아니다. 이들이 스스로 선택하고 싶어 하는 한.

"전화번호는 바꾸지 않을 거야."

그것만은 전했다. 맹세하듯.

시게타가 "뭐야, 닭살 돋게" 하고 얼굴을 찌푸렸고, 키리이가 바이크를 몰고 왔다. 뒷자리에 시게타가 앉는다. 피어스 대신 얻은 반짝이는 전리품에 올라탄 채 소년처럼 미소 짓는다. 헬멧 정도는 사 두라는 충고에 그는 "길가에 떨어져 있으면 주울게" 하고 얼버무렸다.

"이거."

시게타가 주머니를 뒤적거리더니 뭔가를 내밀었다.

"사토시 씨의 유품."

시게타가 훔쳐 온, 금괴를 믿은 원인이 된 물건은 금빛의 작은 나사 같은 열쇠였다.

"도둑맞지 않게 관리인실 열쇠 뭉치 속에 섞어 뒀어. 똑똑하지?"

시게타는 의기양양하게 코웃음을 쳤다.

"당신한테 줄게."

"……돈으로 안 바꿔도 되나?"

"됐어. 난 라이터로 만족할 테니 보물 상자는 알아서 찾아."

손에 쥔 열쇠를 봤다. 기억이 아려 왔다. 전에도 비슷한 것을 본 적이 있다. 그렇다. 분명 교수의 집에서…….

"뭐, 거짓말은 아니었네."

시게타가 중얼거리는 말의 의미를 이해 못 하고 고개를 들었다.

"그러니까, 그 체리브랜디 병 말이야. 그건 내 아이디어가 아니었어. 정말 빨간 펜으로 그린 동그라미가 있었고 실제로 숨겨져 있었다고. 말린 종이에 당신 전화번호가 적혀 있었어."

어차피 말로 하면 잊어버릴 거라고 생각해서, 그 쓰레기 집 안에서도 찾을 수 있게.

"사토시 씨가 그랬어. 금괴와는 상관없이 무슨 일이 생기면 당신을 부르라고. 곤란한 일이 생기면 도와줄 거라고. 믿을 만한 녀석이라고. 그 녀석은 내 영광의 레드라고."

가와베의 머릿속에 하늘로 뻗은 손이 떠올랐다. 그 눈 내린 산에서, 가늘게 이어진 다섯 명 가운데 사토시가 하늘을 향해 들어 올린 손이다.

"만약 자서전을 쓴다면 말이지."

시게타가 씩 웃었다.

"당신과 어울린 이야기도 넣을게. 목욕탕 이야기도."

"……재미없는 서두군."

"그럼 1장은 사토시 씨 이야기로 해야겠다. 똥 청소부터 시작해서."

"창가에 나란히 서서 오줌 눈 이야기도?"

"19금이 될지도 모르겠네."

키리이가 스로틀을 돌려 시동을 걸었다. 콧노래가 들렸다. '내 이름은 모르겠어'의 후렴구다.

"그럼 잘 지내. 영감."

바이크가 물보라를 일으키며 달려갔다. 가와베는 새로운 화살이 하늘로 날아가는 걸 느꼈다. 곧 햇살이 비쳐서 흠뻑 젖은 도로가 눈부시게 반짝이기 시작할 것이다.

6장
누군가 이 아이에게 사랑의 손길을 – 2020년

이 계절에 경차의 일반 타이어는 무모했던 것 같다고 가와베는 후회했다. 눈은 내리지 않았지만 이미 쌓인 눈이 두껍다. 일을 끝마치고 지친 몸이다. 자칫 방심하면 절벽 아래로 곤두박질칠 위험이 있지만, 반면 시야를 가득 채운 설경은 그런 걸 감수할 가치가 있었다. 기슭에서 올려다본 산꼭대기는 안개에 가려져 있고, 순백의 화장을 한 산비탈에는 누구도 범접하지 못할 장엄함과 문득 뛰어들고 싶은 도취감이 뒤섞여 있다. 일단 산길에 들어서면 길 양옆에 나무들이 근위병처럼 줄지어 있다. 빽빽이 선 나무 기둥이 손잡이라면 하늘을 찌르는 나뭇가지들은 은빛 칼날이다. 이 또한 장엄함과 도취감의 대비가 틀림없었다.

산 정상에 가까워질 무렵 옆길로 꺾었다. 카 내비게이션을 믿는다면 사람이 못 지나다니는 길은 아니겠지만, 눈에 비치는 풍경과 몸에 느껴지는 진동은 문명의 이기에 대한 맹신을 허락하지 않았다. 거기에 다시 10분 정도 사람이 걷는 속도로 차를 몰고 가니 마침내 목적지가 보였다. 주차장으로 보이는 공간에 알토라팡*을 진입한다. 그날의 소동으로 폐차가 된 프리우스의 대체차를 선택한 사람은 에비누마였고, 할부금의 절반은 가와베가 떠안게 됐다.

주차장에는 다른 차가 두 대 있었다. 세월이 묻은 지프는 관리인의 차일 것이다. 다른 한 대는 새하얀 폭스바겐. 가와베는 그 아름다운 차체를 한 번 힐끗 보고 펜션 쪽으로 향했다.

통나무를 쌓아 올린 집은 정확히 산속 펜션 같은 분위기였다. 눈이 쌓여도 묻히지 않게 바닥이 높고 건물 자체는 2층짜리다. 똑같은 건물이 비스듬히 뒤쪽에 한 채 더 지어져 있다. 둘 다 삼각 지붕에 굴뚝이 튀어나와 있지만 진짜인지 장식인지는 알 수 없다.

그때는 진짜 벽난로가 있었다. 50년 가까이 된 기억이지만 어째서인지 선명하게 기억났다.

역시나 리모델링을 했을 것이다. 숙박 시설 영업 기준과 소방법도 까다로울 것이다. 변하는 게 보통이고, 오히려 반세기 동안 바뀌지 않고 같은 가족이 이 팬션 두 채를 운영했다는 점이 더 놀라웠다. 거의 기적이라 할 만하다. 아니, 운명. 문득 그렇게 부르고 싶어졌다. 그런 생각을 하며 현관으로 이어지는 열 계단 정도 되는

---

* 일본 자동차 제조사 스즈키사가 생산하는 경차 모델.

계단을 올랐다.

튼튼해 보이는 현관문을 열자 따스한 바람이 흘러나왔다. 문을 닫고 돌아보니 커다란 원목 테이블이 있었다. 그곳에 앉아 있는 사람에게서 가와베는 곧장 눈을 돌렸다.

짐짓 방 안을 둘러보던 시선이 안쪽 벽에서 멈췄다.

"뭐 불만이라도 있어?"

놀리는 듯한 질문에 가와베는 안쪽 벽에 붙은 에어컨을 턱으로 가리켰다.

"저건 왠지 안 어울리는 것 같아서."

"맞아. 하지만 벽난로보다 안전하고 온기가 골고루 퍼지니까."

그렇다. 편리해졌다.

발걸음을 내디디니 나무 바닥의 기분 좋은 감촉이 느껴졌다. 에어컨 아래에 있는 나무 장식장에 먼지 하나 없는 골동품이 말없이 늘어서 있다. 왼쪽에는 안락한 거실 소파가 보이고, 높은 천장에서는 실링팬이 천천히 돌고 있다. 예전과 같은 구조라면 침실은 2층에 두 개 있을 것이다. 한 가족이 지내기에는 적당한 공간이지만 지금은 인기척이 전혀 없었다.

가와베는 마음을 굳히고 원목 테이블 쪽을 돌아봤다.

"앉아도 될까?"

"허락이 필요해?"

"여긴 네가 주인이니까."

"마음만 먹으면 당신을 쫓아낼 수도 있겠지."

"경찰을 부를 수도 있고."

"귀찮네."

"원래 이 나이쯤 되면 세상 모든 일이 귀찮아."

가와베는 짊어지고 있던 배낭을 테이블에 내려놓고 의자에 앉았다. 맞은편에서 그녀가 찻잔을 입에 가져갔다. 홍차를 즐기는 습관은 없지만 좋은 향기라고 느꼈다. 마음이 편안해지고 긴장을 잊게 했다.

그녀는 계속 시치미 떼는 표정으로 앉아 있다. 불청객에게 맛있는 차 한 잔을 대접할 생각은 없는지 혼자서 온기를 즐기고 있다. 보라색 스웨터와 흰색 카디건. 윤기 나는 검은 머리는 어깨 부근까지 자라 있다. 찻잔을 향해 있는 눈동자. 속눈썹이 소녀처럼 길다.

"넌 나이를 안 먹었네."

"응, 그런 말 자주 들어."

가와베를 보며 다케우치 후카는 꽃을 피우듯 미소 지었다.

관리인에게 미리 이야기는 해 뒀다. 가와베가 찾아오리라는 건 알고 있었을 텐데, 그래도.

"전혀 놀라지 않네."

"왜? 눈물을 흘리며 포옹하기를 바랐어?"

적개심이라곤 없이 오히려 재미있어하는 말투다. 하지만 그것을 순수한 친근함으로 받아들이기에는 두 사람을 갈라놓은 세월이 짧지 않았다.

문득 빼앗긴 듯한 공백이 찾아왔다. 서로를 마주하면서도 눈을 마주치지 않고, 각자 짊어져 온 시간을 건드리기를 주저하듯 입을 다물고 있다. 조용했다. 에어컨 소리가 신경 쓰일 정도로.

"이대로 말라죽을 때까지 침묵하고 있을 작정이야?"

후카가 먼저 참지 못해 입을 열었다.

"나한테 죽는 모습을 보여 주려는 거면 됐어. 따분한 건 싫어."

독설에 무심코 웃음이 새어 나올 뻔했다. 그녀 뒤편 창문에 스가다이라의 산 정상이 펼쳐져 있다. 스키장은 스키 객들로 붐비고 있을 것이다.

"정확히 48년 전 오늘이었지."

가와베는 그렇게 입을 열었다.

"우리는 초등학교 6학년이었고, 겨울방학이 끝나기 직전 주말이었어. 생각해 보면 다섯 가족이 두 채에 모이는 것 자체가 무리였어. 아이들은 아마 이쪽 건물의 침실에서 함께 잤었던 것 같아. 나, 사토시, 고쇼, 긴타, 내 두 누나들, 사토시의 남동생과 여동생, 교헤이 씨, 그리고 너와 지유리 씨."

꽉 들어찬 잠자리였다. 시끄럽고 좁다며 불평하면서 가와베의 누나들은 거실로 내려갔던 것 같기도 하다. 하지만 이제 그런 기억은 확신할 수 없는 환상일 뿐이다.

"아마 그런 무리한 일이 가능했던 것도 여기가 사토시의 친척이 운영하던 펜션이기 때문일 거야."

그리고 지금도 경영자 가족은 바뀌지 않았다.

"1년에 한 번, 너와 사토시는 여기서 만나고 있었어."

그때와 같은 날, 같은 장소에서.

고향과 인연을 끊은 후카와 연락을 취하려면 그녀가 오기를 기다릴 수밖에 없었다. 그녀가 방문할 만한 장소인 동시에 사토시가 그걸 알아챌 수 있는 곳. 처음 '영광의 5인조'가 되었던 이 펜션 외에는 가와베는 떠올릴 수 없었다.

"처음에는 네가 다니기 시작했고, 아마 그 이야기를 사토시가 들었겠지."

매년 1월 같은 날에 묵으러 오는 여자 손님이 있다. 마쓰모토로 이사한 후 사토시는 친척과의 교류를 다시 시작했다. 고쇼의 죽음을 들었을 때와 마찬가지로 후카 소식도 알게 된 것이다.

"아마, 라고?"

후카가 중얼거렸다.

"사토시에게 직접 들은 건 아니구나."

"그래. 난 죽은 얼굴만 봤고 이야기를 나누지는 못했어."

후카는 "그래" 하고 시선을 돌렸다.

"그럼 1년에 한 번만 만났다고 단정 지을 수는 없지 않아?"

"단정 지을 수 있어."

"어떻게? 네 상상보다 우리가 훨씬 친했을 수도 있는데."

"그렇다면 더더욱, 꾸미지 않고 네 앞에 설 수 있는 그런 녀석이 아니야."

세탁소에 정장이 드나든 것이 사토시의 행적 그 자체였다.

"너한테 반해 있었으니까."

후카는 대답하지 않았다. 가와베는 말없이 뒤에 이어질 말을 기다렸다. 다시 채워진 찻잔에서 김이 살며시 피어올랐다.

"그런 애매한 근거를 믿고 여기까지 온 거야?"

"못해도 반반은 될 거라고 봤어."

"실제로는 사전에 주인분께 확실히 확인을 받았지?"

"편도 2백 킬로미터를 도박 삼아 달려올 기운은 없으니."

가와베는 어깨를 살짝 으쓱했다.

"요새 유행한다는 서프라이즈 이벤트를 하고 싶다고 부탁해 뒀지만."

사토시의 조카뻘 되는 펜션 주인 겸 관리인과는 세탁소에 있던 사토시의 유품을 전달한다는 명분으로 만나 여러 이야기를 들었다. 그는 가와베 집안과 다케우치 집안에 대해서도 아는 현지인이라 무엇이든 친절하게 알려 줬다. 이 역시 작은 마을의 장점일 것이다.

"하지만 넌 알려 줬다기보다 내가 올 걸 처음부터 예상하고 있었던 것 같은데."

후카는 대답 대신 물었다.

"사토시, 마지막이 고통스러워 보였어?"

"아니."

가와베는 대답했다. 그 이상 말할 생각은 없고, 후카도 더 묻지 않았다. 그저 눈을 내리깔고 살며시 숨을 내쉴 뿐이었다.

"죽었다는 건 알고 있었나?"

"응. 편지가 오지 않아서 걱정돼서 알아봤거든."

"편지?"

"매년 가을에 도착하던 편지. 그게 작년에는 아무리 기다려도 오지 않길래."

신경 쓰여 전화를 건 것은 태풍이 온 날 이후였다. 사토시의 구형 휴대폰 전화번호는 누군지 모를 불친절한 타인에게 연결됐고, 펜션 주인에게 문의하고서야 겨우 알게 됐다고 했다.

사토시와의 재회는 2014년에 이뤄졌다.

"지금 당신처럼 갑자기 찾아왔어. 그때는 별로 대화를 못 했던 것 같아. 서로 무슨 말을 해야 할지 몰라 당황했던 느낌이야. 그럴 만도 하지. 40년 동안 서로에게 수많은 일이 있었으니까."

형식적으로 연락처를 교환했지만 아마 전화가 와도 자신은 받지 않을 거라고 생각했다. 하지만 그해 가을, 사토시에게 온 것은 전화가 아닌 편지였다.

"특별히 만나자는 내용도 아니었어. 그런데 어째서인지 내가 전화를 먼저 걸어 날짜를 정해서 만나기로 했어. 사토시는 도쿄까지 와 줬고."

"그리고 넌 녀석에게 교수의 일기장을 건넸군."

"뭐든 잘 아네."

후카는 비꼬는 듯이 미소 지었다.

아사쿠사에서 만났다. 일기장과 함께 상자에 든 양과자를 선물로 준비했다.

"만약 전화가 왔다면 거절했을 거야. 직접 쓴 서툰 편지라는 게, 조금 이상할지도 모르지만 참 교묘했어. 무심코 마음이 넘어갈 정도로. 하지만 그때 왜 아버지의 일기장을 가져가야겠다고 생각했을까? 귀신에 씌었다고밖에 표현할 말이 없는 것 같아."

정말 이상하지. 후카는 그렇게 옆얼굴을 가와베 쪽으로 돌렸다.

"그 후로도 전화는 없었어. 이메일도. 1월에 여기서 만나는 것 외에는 얼굴을 마주치지 않았고, 그때도 연락을 주고받지는 않았어. 내가 마음대로 가고, 그가 마음대로 오고. 그 밖에는 가을에 편지가 오는 것뿐이었지. 만났을 때도 별 의미 없는 이야기만……. 그래서 지속될 수 있었던 것 같아. 분명 서로에게 딱 그 정도가 좋았던 거야."

가는 손가락이 찻잔의 가장자리를 부드럽게 어루만졌다.

재회 후 4년 동안 두 사람은 1월의 이날 계속 만났다. 그녀가 묵은 다음 날 아침 사토시가 와서 체크아웃 전까지의 짧은 시간 동안, 이렇게 테이블을 사이에 두고 평범한 일상 이야기나 농담을 주고받았다. 옛날이야기도, 친구들 이야기도 하지 않았다. 그리고 마치 무언의 약속이라도 한 것처럼 현재 이야기도 피했고, 그것은 사토시가 보낸 편지도 마찬가지였다.

"그런데 작년에는 여기 나타나지 않았어. 그때 난 스스로도 놀랄 정도로 당황했어. 패닉이라고 해도 될 정도로. 전화를 걸어서 사토시가 어쨌든 살아 있다는 건 확인했지만."

걱정이 사라지지 않아 며칠 후 다시 한번 전화를 걸었다.

"독감이었대. 그런데 사실은 늙어서 그런 거라며 웃더라. 바로 그때였어. 다들 만나고 싶지 않냐고 사토시가 물은 게."

처음에는 후카도 대답할 수 없었다. 싫으면 억지로 만나지 않아도 된다는, 그런 당황한 사토시의 목소리가 귀에 들어오지 않을 정도로 동요했다.

"솔직히 그만두라고 하고 싶었어. 이제 와서 무슨 낯으로 만나야 하지? 만나서 무슨 이야기를 해야 하지? ……꼭 나쁘게 생각하지는 말아 줘. 물론 너희에게 잘못이 있는 건 아니야. 싫어했던 것도 아니고. 다만 난, 역시 다케우치 미키히코의 딸이야. 살인자의 딸이라고. 후미오와 그 가족뿐 아니라 너희의 인생, 그리고 하루코의 인생을 이기적으로 뒤틀어 놓은 남자의 자식이야. 설령 날 위한 친절한 말들이 준비돼 있다고 해도 너희와 함께 웃는 건 불가능하다. 도저히 불가능하다. 그게 나라는 사람의 본성이었어."

한숨을 쉬는 동안 어깨까지 자란 머리카락이 흔들렸다.

"그래서 난 모든 걸 없었던 일로 하고 살아왔어. 사나다 마을 일은 일절 귀에 들어오지 않게. 눈을 감고, 발길을 돌리고. ……아무리 시간이 흘러도 아마 그 죄책감은 사라지지 않을 거야."

천천히 들어 올린 찻잔을 후카는 그대로 다시 내려놓았다.

"하지만 어째서인지 딱 잘라 거절할 수는 없었어. 말도 안 돼. 이제 와서 모두를 만나다니. 자꾸 그런 소리 할 거면 당신과도 더 이상 만날 수 없어. ……머릿속에 그런 말이 떠올랐지만 입 밖으로는 나오지 않았어. 꼭 그의 마음에 설득당했다기보다는 단순히 내 마음의 문제였어. 그리고 만나고 싶지 않고, 알고 싶지도 않다는 마음은 지금도 전혀 변하지 않았고. 하지만 지금이라는 건 틀림없었어. 지금을 놓치면 두 번째는 없다. 참 신기하지. 두 번 다시 없어도 된다고 계속 생각하고, 아니 그런 생각조차 잊으려고 노력했는데도 막상 이번이 마지막 기회라는 현실과 직면하니 마음이 흔들리더라. 나도 어쩔 수 없을 만큼, 크게 흔들리고 말았어."

후카는 천장을 올려다보며 천천히 눈을 깜빡였다.

"나도 알아. 진심으로 모든 것을 버릴 생각이었다면 애초에 이 펜션에 오지도 않았을 거라는 걸."

가볍게 미소 지으며 가와베를 본다.

"그 통화에서 우리는 처음으로 당신과 긴타 이야기를 했어. 옛날이야기를. 하지만 난 계속 듣기만 했고 주로 이야기한 건 사토시였어. 도쿄에서 만났을 때 이야기, 과일 파르페 가게와 노래방 이야기. 당신이 형사였다는 것. 그리고 고쇼와 하루코의 마지막 이야기도 들었어."

두 사람의 죽음에 대해 사토시가 어떤 마음을 품었는지 후카는 알려 주지 않았다. 설령 뭔가를 듣거나 느꼈다고 해도 후카는 끝까지 말하지 않을 거라고 가와베는 생각했다.

"그 녀석은 여기에 우리를 모으려고 했던 거군. 너와 만나게 하기 위해."

그 전화가 걸려 온 시점에 사토시는 이미 긴타의 집 주소를 알아냈다. 교헤이에게서 들은 연줄을 통해 『방문자』를 보냈고, 가와베에게는 오래전 외운 전화번호로 전화할 생각이었을 것이다. 옛 친구가 놀라는 목소리를 듣기 위해.

"사토시답지."

후카는 장난스럽게 눈꼬리를 내렸다.

"네 번호가 정말 연결되는지 확인하고 싶어서 발신번호 표시 제한으로 무언 전화를 걸었다고 해. 불친절하고 괴팍한 노인 목소리가 됐다며 즐거워하면서 알려 주더라."

가와베는 무심코 혀를 차고 쓴웃음 지었다. 천진난만함. 그것도 사토시의 재능이었다.

"그 계획에 동의했으니 오늘 내가 올 걸 예상했던 거겠지?"

후카는 고개를 끄덕이다가 곧 다시 턱을 비스듬히 기울였다.

"결국 난 대답을 얼버무렸어. 만나고 싶으면 네 마음대로 하라고 하고 전화를 끊었지. 그게 마지막이 될 줄도 모르고, 쌀쌀맞게."

후카는 쓸쓸하게 미소를 만들었다. '만들었다'라는 표현이 정확히 맞는 표정이었다.

"역시 난 두려웠던 거야. 너희를 만나는 게……."

"하지만 넌 그 후 고쇼의 본가를 찾아갔어."

거주지는 도호쿠라고 들었다. 적어도 도쿄보다 먼 곳에서 후카는 사나다 마을까지 왔다.

"……결단이라고 할까. 욕을 먹고 쫓겨날 각오도 했어. 하지만 교헤이 씨는 친절하더라. 무뚝뚝했지만 알 수 있었어. 그 따뜻한 마음만은."

유품을 보러 2층으로 올라갔다. 레코드 더미에서 한 장 한 장을 꺼내 봤다. 이 마을에서 보낸 날들의 추억을 더듬으며.

"그렇게 난 고쇼의 레코드를 찾아내 산산조각을 내 버렸어."

가와베는 눈앞의 여자를 응시했다. 상대도 이쪽을 바라보고 있다. 부드러운 표정이었다. 그럼에도 불구하고 갑자기 바람이 멎는 것 같은 서늘한 불안감이 가와베를 사로잡았다.

"……이유를 물어도 될까?"

"특별한 건 없어. 고쇼에게도, 교헤이 씨에게도 미안한 짓을 했다고 생각해. 그냥 감정이 격해졌어. 과거가 한꺼번에 밀려오고, 잊고 있던 기억들이 쏟아져 나왔어. 감정이 폭발해서 견딜 수 없었어. 그도 그럴 게, 그 제목은 정말 너무하지 않아? '내 이름을 모르겠어'라니……."

환하게 웃는 얼굴에서 오직 눈빛만 차갑게 빛나고 있다.

"그 음반 재킷을 보고 문득 떠올랐어. 아, 그래. 이름이 바로 모든 것의 시작이었구나, 하고."

가와베는 고개를 돌릴 수도 없이 후카의 얼굴에서 사라져 가는 친근감을 바라봤다.

"당신도 의문스러웠던 적이 있지 않아? 내 이름이 왜 '후카風花'일까, 하고. 가후花風를 사랑하던 아버지가 왜 그 이름을 장녀에게 붙이지 않았을까 하고."

후카의 빈틈없는 미소는 차갑고 아름다웠다.

"어른이 된 지금이라면 몇 가지 상상할 수 있겠지? 예를 들어, 그래. 나와 지유리 언니의 어머니가 다르다거나."

가와베의 뇌리에 두 사람이 떠올랐다. 조용해 보이는 지유리와 강단 있어 보이는 후카. 전혀 닮지 않은 자매.

"아버지에게는 내 어머니 전에 첫 번째 부인이 있었어. 결혼하자마자 아버지는 군대 일 때문에 상하이에 갔고, 전쟁이 끝나고 돌아왔을 때 그분은 행방불명돼 있었대. 하지만 그게 사실이라는 보장이 어딨어? 만난 적이 없고 얼굴도 이름도 모르는데. 그 사람의 존재 자체가 나한테는 진실이 아니라는 소리야. 마찬가지로 그분이 어딘가에서 지유리 언니를 낳고 아버지가 데려왔을 가능성도 부정할 수 없고."

그러더니 후카는 "아니" 하고 고개를 흔들었다.

"어쩌면 지유리 언니는 아버지의 자식조차 아니었을지도 몰라. 그때는 그런 시대였으니까. 무슨 일이 일어나도 이상하지 않은, 그런 시대. 아버지가 상하이에서 어떤 일을 하고, 무슨 일을 겪었는지. 돌아와서는 어땠는지. 난 확실한 이야기를 하나도 듣지 못했어. 아버지의 과거는 나와 연결돼 있지 않아. 단절돼 있는 거야."

바람이 후카의 뒤편 창문을 때리고 지나갔다.

"다만 이것만큼은 알아. 아버지는 언니를 사랑했지만, 언니를 사랑한 만큼 내 어머니를 사랑하지는 않았다는 것. 어떻게 생각해? 사랑하지 않는 여자의 아이를, 당신이라면 사랑할 수 있어?"

가와베의 대답을 기다리지 않고 후카는 계속 말을 이어 갔다.

"결국 아버지는 사랑하지도 않는 여자의 아이를 사랑하기 위해, 억지로라도 사랑하려고 가후의 이름을 붙이기로 결심했어. 그런데도 결국 실패했고, 게다가 그걸 내가 눈치채고 말았어. 사랑하지 못한 것보다 그쪽이 더 아버지로서 실격이겠지."

후카는 눈을 살짝 가늘게 떴다.

"이건 내 이름이 아니야. ……난 줄곧 그렇게 생각하며 살았어."

가와베는 물을 수 없었다. 너의 그 피해망상 같은 추론에 근거가 있냐고. 혹시 잃어버린 교수의 1959년 일기장에 적혀 있었던 거냐고. '암수' 같은 단어가…….

"어린 마음에 난 확신했어. 아빠가 지유리 언니를 사랑한다는 것. 날 사랑하지 않는다는 것. 언니가 부러웠지만, 그런 동시에 내게는 언니가 필요했어. 언니가 있기에 우리는 가족처럼 지낼 수 있었으니까. 나 혼자서는 안 됐으니까……. 그래서 어렸을 때 난 언니의 모든 말과 행동에 주의를 기울였어. 미워했으니까. 없어질까 봐 두려웠으니까. 다행히 언니는 그런 동생도 귀여워해 줬어. 모든 걸 내게 말해 줬어. 미래의 꿈과, 사랑 이야기도."

보통 사이좋은 자매들이 그러하듯이.

하지만 후카는 말했다. 그게 실수였어, 라고.

"가족 모임 둘째 날 기억해? 아침에 일어나니 눈이 내려서 신나서 밖에 뛰쳐나갔잖아. 술래잡기를 하고, 숨바꼭질도 했지. 잊어버렸겠지만 그때 숨바꼭질을 하자고 제안한 사람은 나였어."

그리고 그 두 번째 숨바꼭질 때 가와베를 비롯한 아이들은 곤도 마사토와 그의 일행을 산길에서 발견했다.

"그 두 사람을 처음 알아챈 사람은 너였어. 하지만 네가 놓치면 내가 알려 줄 생각이었어. 왜냐하면 난 그 두 사람이 거길 지나갈 거라는 걸 알고 있었으니까. 지나가기 전부터 발견했고, 처음부터 쫓아가자고 제안할 생각이었어. 첫 번째 숨바꼭질 때 난 일부러 그 두 사람이 오는 길로 달려갔어. 네가 발견하기 전에 이미 그 두 사람을 만났던 거야."

거구의 곤도와 동행한 남자는 쏟아지는 눈 속에서 산길을 묵묵히 걷고 있었다. 그곳에 니트 모자와 목도리를 한 초등학교 6학년 소녀가 나타났다.

"난 알고 있었어. 그날 지유리 언니의 동료들이 펜션 근처에 올 거라는 걸. 언니가 집을 나가려고 한다는 걸. 가족 모임 전날 밤에 들었거든. 이불을 덮고 함께 자면서 언니는 날 꼭 끌어안고 미안하다고 했어. 용서해 달라고도 했지만, 난 용서할 수 없었어."

숨바꼭질을 구실로 눈 속을 달리던 후카는 몸을 숨긴 채 기다렸다. 곤도 일행이 그 길을 그 시각에 지날 확률이 얼마나 될지는 누구도 알 수 없었다. 하지만 그들은 왔고, 후카는 그들 앞을 가로막았다. 그리고 말했다. 지유리 언니는 저쪽에서 기다리고 있어요.

"그렇게 말했어. 펜션과 전혀 다른 방향을 가리키면서."

기억을 확인하듯 후카는 엉뚱한 방향으로 손가락을 뻗었다. 먼 곳을 바라보고 있었다. 스가다이라의 스키장, 그보다 훨씬 더 먼 곳. 이제 두 번 다시 닿을 수 없는 곳을.

"그날 이후 언니는 내 앞에서 중요한 이야기를 하지 않게 됐어. 나도 어린 마음에 엄청난 짓을 저질렀다는 걸 깨닫지 않았을까. 내 안에 있는 그 기억을 점점 희미하게 만들어 갔어. 언니가 세상을 뜰 무렵에는 완전히 잊어 버렸고. 너희와 탐정 놀이를 하며 다시 돌아보기 전까지는."

후카의 방에서 회의를 할 때 그림자가 깃든 후카의 눈빛을 가와베는 떠올렸다.

곤도가 형을 살고, 지유리는 운동을 향한 열정을 숨긴 채 신중히 다음 기회를 기다렸다. 그리고 그것이 역설적으로 후카의 마음을 안정시켰다. 성장하면서 그녀는 언니를 솔직히 존경하게 됐다.

"아마 그것도 일방적인 감정이었을 거야. 언니는 절대 날 용서하지 않았을 테니까."

순진한 추억의 무대 뒤에서 후카는 홀로 서 있었다. 어린 소녀의 집게손가락이 몇 사람의 인생을 바꿨다. 비극의 화살이 날아갔다. 그러나 그 순간에 소녀가 그걸 이해할 수 있었을 리 없다. 세이 씨라면 역시 운명이라고 불렀을까.

"네가 일부러 그 두 사람을 다른 곳으로 유도했다는 걸 교수는 알고 있었어?"

일기장은 한 권 더 사라졌다. 1972년. '영광의 5인조'가 탄생한 해의 일기가.

"그래서 네가 그걸 처분한 건가."

후카는 표정을 서서히 누그러뜨리며 쓴웃음을 지었다.

"그 사람은 가끔 언니를 애타게 바라보곤 했어. 마치 마음이 맞지 않는 연인을 바라보는 것처럼. 그리고 식탁 앞 아주 작은 틈새, 함정에 빠진 듯한 침묵의 순간에 문득 멍한 표정을 지었어. 난 왜 여기 있는 걸까. 왜 죽지 않은 걸까. 왜 여기서, 이렇게 살아 있는 걸까……. 그러고는 날 쳐다봤어. 난 왜 이 아이의 아버지일까. ……그럼 난 모르는 척 TV 쪽으로 고개를 돌렸지."

다다미가 깔린 거실, 밥상, 젓가락이 식기에 부딪히는 소리, TV에서 들리는 웃음소리. 두 딸과 그 가운데에서 당황하면서도 필사적으로 미소 짓는 아버지라는 남자. 태엽 장치 유령.

"언니가 살해당하자 그 사람은 복수를 결행했어. 내 미래 따위는 생각지도 않고."

마지막까지.

"사랑할 수 없었던 거겠지."

그 대답으로 충분했다. 이 이상의 속내를 들춰내는 건 어릴 적 친구라는 선을 넘는 행위였다.

다만 후카는 일기장을 두 권만 처분했다. 언제든 전부 없앨 수 있었을 텐데도.

후카는 설명하지 않을 것이다. 가와베도 묻지 않았다. 과거에 새겨진 상처는 아물지 않고 그대로 무르익어서 지금도 생생한 통증을 안기고 있다. 세월은 무력하다.

하지만 그런 저주를 한껏 비웃을 노래를 가와베는 이미 가지고 있었다.

"그 녀석이 네게도 오행시를 보냈나?"

가와베는 어안이 벙벙해진 후카에게 오행시를 들려줬다.

거리에 비 내리듯
내 산에 눈이 내리네

어린아이는 묻히고, 음악가는 떠나갔네
사냥꾼과 춤추는 새끼 늑대들
진실로 연결된 두 머리의 거인

처음 두 행은 베를렌, 세 번째 행은 나카하라 주야와 다자이 오사무, 그리고 『다스 게마이네』를 패러디한 '내 이름을 모르겠어(Doesn't get my name)'. 후카는 놀랐다. 곡 제목의 유래를 듣고는 바보 같다며 웃었다. 고쇼도 고쇼, 사토시도 사토시. 정말 어쩔 수 없는 남자아이들!

"난 줄곧 이걸 암호라고 믿었어. 완전히 틀린 건 아니었지만, 정답이라고 하기도 어렵지. 실제로 이건 초대장이기도 했어. 이곳으로 우리를 부르는, 그 녀석다운 장난기 가득한 초대장이었던 거야."

특히 긴타. 그 똑똑한 녀석의 관심을 끌기 위해. 사토시가 꾸민 수수께끼 놀이에 긴타는 고스란히 걸려들었고, 의도대로 전화를 걸었다.

"사토시 녀석은 여기서 동창회를 열 계획이었어."

가와베는 일어나 장식장 앞으로 걸어갔다. 골동품이 두 개 놓여 있다. 한쪽은 멋진 레코드플레이어, 그리고 그 옆에는 레코드판 몇 장. '내 이름을 모르겠어'도 있다. 사토시가 직접 가지고 있던 걸 여기로 옮겨 놓은 것이다.

거실 쪽으로 눈을 돌렸다. 과거 지유리가 곤도 마사토가 나타나기를 기다리며 앉아 있던 창가가 보였다. 그곳에는 인형이 매달려 있다. 수제품이라는 걸 알 수 있는 사랑스러운 인형들. 그때와 변함없는 팔걸이의자.

그리고 가와베는 장식장에 놓인 그것을 손바닥으로 감싸듯 들었다. 생각해 보면 사토시의 정장 세트에는 중요한 게 빠져 있었다. 우리 세대 남자들이 멋을 내려면 절대 빼놓을 수 없는 아이템인 손목시계가.

빠진 이유는 간단했다. 이곳에는 시간을 새기기 적합한 것이 따로 준비돼 있기 때문이다.

가와베는 두 손으로 잡은 직사각형의 골동품을 테이블로 가져왔다. 금빛 기둥이 선 교수의 탁상시계는 바늘이 멈춰 있었다. 재킷 가슴 주머니에서 같은 금빛의, 나사와 비슷한 열쇠를 꺼냈다. 시게타에게 받은 이 태엽 감는 열쇠는 탁상시계 시계판에 난 열쇠 구멍에 정확히 들어맞았다. 가와베는 태엽을 감았고, 후카는 눈을 가늘게 떴다. 후카가 이곳에 가져온 탁상시계의 태엽 감는 열쇠를 사토시는 해마다 챙겨 갔을 것이다. 그것을 후카는 묵인했다. 내년에도 여기서 만나자는 약속 대신.

분명 그 녀석은 엄숙한 척 태엽을 감았을 것이다. 이건 의식이다. 우리의 시간을 움직이는 의식. 몇 시간이야? 히사노리가 물었다. 두 시간. 후카가 대답했다. 여름 합숙의 두 배나 된다고? 우린 어른이니까. 그야 그런가. 하지만 오늘은 이미 많이 지났네.

그래, 실패했군. 히사노리는 적당한 때 감는 걸 멈췄다. 바늘이 숨을 되찾았다. 똑딱거리며 시간이 움직이기 시작했다. 자리에 앉아서 후카를 바라봤다. 후카는 눈을 살짝 감고 있었다. 평온한 표정이었다. 바늘 소리를 즐기며 조용히 콧노래를 흥얼거리고 있다. 평온하면서도 발랄한 어린 시절 모습 그대로다. 쳇, 너한테도 보여 주고 싶었는데, 고쇼. 이렇게 멋진 여자가 된 이 녀석의 모습을.

"두 머리의 거인을 물리친 보상으로 황금빛 노래가 울려 퍼진다."

히사노리는 누구에게랄 것 없이 말했다.

"사토시가 남긴 힌트인데, 처음에는 무슨 뜻인지 전혀 몰랐어. 암호 해독에 정말 도움이 될지도 의심스러웠고."

암호의 답을 금괴로 오도하려는 목적도 있었을 테니까.

하지만 이렇게 해석할 수도 있었다. 친구들을 초대하는 편지와 '세이 씨 고발'이라는 이중적 의미를 담으려다 보니 암호가 너무 복잡해졌다. 그래서 그 녀석은 답을 확실히 끌어낼 힌트를 미리 생각해 두고, 그것을 각색해서 시게타에게 전한 게 아닐까.

암호의 또 다른 답.

고발을 A면이라고 한다면, '영광의 5인조'를 향한 B면.

"두 머리의 거인이란 뭘 가리키는가. 여기 와서야 비로소 알 것 같아. 기억해? 가족 모임 이틀째 아침, 술래잡기를 하기 전에 사토시가 눈을 뭉쳐 먹어서 네가 혼냈잖아."

"기억나. 긴타가 광화학 스모그니 뭐니 떠들기도 했지."

"그런데 고쇼도 갑자기 눈을 뭉쳐 먹기 시작했잖아. 다들 관심 받고 싶었던 거야. 어릴 때는 고쇼도 널 좋아했어. 사실 나도 함께 눈을 먹을까 고민했고. 결국 거기서 한 발짝 더 나가지 못하는 게 내 단점이지만."

"알지. 누구보다 잘 알아."

시끄러워.

"아무튼 내가 하고 싶은 말은, 그날은 역시 우리에게 특별했다는 거야. 곤도 일행을 쫓은 건 무모한 모험이었어. 그들은 어른이고 우리는 아이. 게다가 그때 사토시는 긴타보다도 작았잖아. 산장에서 펜션까지 다 함께 길을 만들자고 했을 때 산장에서 제일 가까운 곳에 남은 사람이 고쇼였지? 키가 커서 놓치지 않고 볼 수 있다고. 넌 '부탁해'라고 하면서 고쇼의 손을 꼭 잡아 줬어. 그걸 보며 우리는 속으로 '제기랄' 하고 부러워했고. 알겠어? 사토시에게 '거인'이란, 말하자면 얄미운 존재의 대명사인 거야."

그 녀석은 자이언츠도 싫어했고.

"그럼……."

"그래. 우리를 향한 암호에서 '두 머리의 거인'은 곤도 일행을 가리키는 거였어. 두 명의 나쁜 어른들. 그게 다섯 번째 행이 의미하는 절반이고, 나머지 절반은 바로 너야, 후카."

"나? 나도 '거인'이라고?"

"정확히는 아니야. 이 오행시는 전부 너였어."

베를렌은 굳이 말할 것도 없다. 나카하라 주야와 다자이 오사무에서 유추할 수 있는 건 노발리스의 『푸른 꽃』인데, 그건 주인공이 꿈에서 만난 소녀에게 사랑을 느끼고 그 아이를 현실에서 찾기 위해 여행을 떠난다는 이야기다.

"하지만 '내 이름을 모르겠어'는 나와 상관없지 않아?"

"아니. 꼭 그렇지도 않아. 이걸 봐. 이 음반 재킷에 그려진 차의 이름이……."

페어레이디(아름다운 아가씨)

"뭐야, 바보 같아!"

후카가 허리를 젖히며 손뼉을 쳤다.

"그거, 정말 진지하게 하는 이야기야?"

"난 진지하게 해독하고 있어. 불만 있으면 사토시한테 말해."

"그럼 마지막 행도 제대로 풀어 주시는 건가요?"

"웃지 마."

"응. 신께 맹세코."

정말이냐.

"그날 펜션에 도착한 네가 신호를 줄 때까지 난 노래를 불렀어. 무섭고 외로워서, 있는 힘껏 밝은 노래를."

"'바카봉의 노래'."

"그래. 그때 애들은 비웃었지만 고쇼도 노래를 불렀잖아. '히어 컴즈 더 선'."

"처음 듣는 이야긴데."

"그 녀석, 비틀스를 좋아하는 걸 숨기고 싶어서 비밀로 했던 거야. 그리고 넌 모르겠지만, 사실 사토시와 긴타도 그때 노래를 불렀어."

긴타는 뭘 불렀을 것 같아?

'시나노의 나라*' 같은 거?

어떤 의미에서는 비슷하네. '시레토코 여정**'이야.

뭐야. 그런 걸 부르는 초등학생이 어딨어!

어머니가 자주 부르던 곡이었다고 해. 참고로 사토시는 '즌도코 부시***'였어.

"아까도 말했지만 사정이 있어서 암호는 복잡해졌어. 그걸 좀 낮게 하기 위한 힌트가 '두 머리의 거인을 물리친 보상으로 황금빛 노래가 울려 퍼진다'. 황금은 무시해도 돼. 중요한 건 '노래'야. 이건 다섯 번째 행의 '진실'과 대응돼. 즉, '진실로 연결된'을 '노래로

---

* 1900년에 만들어진 나가노현의 현가.

** 1960년 발표된 일본의 유명한 민요로 홋카이도 시레토코 지역의 아름다움과 정서가 담긴 곡.

*** 일본의 전통적인 민요로 '자 도리후타즈' 등 다양한 가수들이 리메이크하면서 대중적인 사랑을 받았다.

연결된'으로 바꾸는 거야. 우리는 그 눈 덮인 산에서 각자 노래를 부르며 추위와 외로움을 견뎠고, 마침내 두 명의 거인을 물리쳤잖아? 노래가 우리를 사슬처럼 연결해 줬다고 해도 과언이 아니야. 그리고 그 보상은 뭐지? 바로 우리가 듣고 싶은 노래 아닐까? 그건 하나뿐이지. 이제 알겠어? 그건 바로 네 노래야, 후카. 산장에서 펜션까지 계속 걸어간 너만 마지막까지 노래를 부를 시간이 없었잖아. 우리는 그때 모두 저마다 다른 노래를 불렀지만, 분명히 연결돼 있었어. 노래로 연결될 수 있었던 거야. 그래서 사토시는 이 장소에서 우리의 영광을, 다시 한번 연결하고자."

암호에 소원을 담았다.

네 노래를, 들려줘

후카는 웃음을 멈추고 말없이 허공을 바라봤다.
"사토시답네. 확실히."
"그래, 틀림없어."
암호를 풀어도 금괴는 준비돼 있지 않았다. 이곳에 있었던 것은 찬란한 시간, 그리고 영원한 마이 페어레이디다. 제기랄. 그 거짓말쟁이 자식. 오행시는 보물의 암호도, 동창회 초대장도 아닌 단순한 러브레터였던 것이다.

동시에 고발문이기도 했던 오행시를 사토시는 세이 씨에게 전했다. 모두 모일 거야. 이런 암호를 보내 줄 거야. 분명 즐거워하며, 의기양양하게. 세이 씨가 그날 곧장 살해를 결심하고 실행에 옮겼을 거라고 생각되지는 않는다. 적어도 두 사람은 한 번 더 얼굴을 마주쳤을 것이다. 살인범은 주사기를 숨겼고, 고발자는 기꺼이 그를 맞이했다. 한때 자신이 사모하던 여자를 죽이고, 그걸 계속 숨겨 온 남자 앞에서 술을 마셨다. 주사기에 찔려도 저항할 수 없을 만큼 만취했다.

방심했다면 어리석고, 뭔가를 짊어졌다고 생각한다면 지나친 자아도취다. 진의는 알 수 없다. 다만 사토시가 거짓이 벗겨진 진짜 세이 씨의 모습을 알고도 그를 받아들이고 함께 살아온 건 사실이었다.

그 녀석은 이제 그만두고 싶어 했다고 세이 씨는 말했다. 확실히 그럴지도 모른다. 아무리 후회해도 끝나지 않는 실패, 내가 모르는 절망이 사토시의 인생에 있었을 것이다.

그렇다고 해서 모든 걸 포기하는 그 녀석의 모습을 나는 전혀 상상할 수 없다.

과거의 죄를 바로잡으면서도 사토시는 바랐던 게 아닐까. 가능하다면 이곳에 세이 씨도 와 주기를. 순진하게 그렇게 바랐던 것이다. 끝내려는 생각 따위 없었다.

어리석은 로맨티시즘이다. 술꾼이자 도박 중독자의 자포자기한 멋 부림. 그런 사기꾼이 멀쩡한 인간이었을 리 없다. 하지만 세이 씨. 그 녀석도 싸우고 있었을 거야. 당신이 말한 운명, 시대와 노화, 무력감 같은, 개인은 어찌할 도리가 없는 이 세상의 거대한 구조를 관조하며, 하찮은 부품으로 따르며, 실수를 거듭하며, 얼어붙은 땅에 매달린 초목처럼 때로는 소소하게 선한 일도 해 가며.

그게 아름답지 않다는 건 난 절대 인정할 수 없다.

가와베는 장식장으로 향했다. 세워져 있는 레코드 재킷들 중 '내 이름은 모르겠어'를 꺼냈다. 플레이어의 전원을 켜고 레코드의 B면을 세팅했다.

"네 40년은 어땠어?"

곡을 재생하기 전 물었다.

"행복했을 게 당연하지 않아?"

망설임이라곤 없는 당당한 목소리였다.

"지금까지도 행복했고, 앞으로도 행복하게 살아갈 거야."

"역시 강하구나, 넌."

돌아가는 턴테이블을 보는데 사토시의 말이 되살아났다. 알려줄게. 다음에 만나면.

"과거는 지키지 못한 약속으로 가득해."

"아니, 여전히 진행 중이야. 죄와 희망, 과거와 미래도."

그것은 그녀의 노래였다. 사람에게 배신당하고, 자신에게 실망하고, 상처만 늘어 간다. 지나간 시간은 되돌릴 수 없다. 그러나 아직 진행 중이라고 생각하는 한 약속을 이어 가면 된다. 다음 음표를 덧붙이면 된다.

　내년에도 후카는 내키는 대로 이곳을 찾을 것이고, 가와베도 내키는 대로 올 것이다. 그리고 떠날 것이다. 모든 방문자들이 그러하듯.

"그런데" 하고 가와베는 돌아봤다.

"결국 너, 우리 중에서 누굴 좋아했던 거야?"

"그런 건……."

후카가 싱긋 웃었다. 예쁜 연분홍색 꽃이 피어난다.

"비밀로 하는 게 당연하잖아."

가와베는 쓴웃음을 지으며 플레이어의 바늘을 회전하는 레코드판 위에 올렸다.

'Snowflakes dance', 눈꽃의 춤을, 후카*에게.

　히가시이케부쿠로의 골목길에 우뚝 선 9층 빌딩. 그 앞에 주차된 알토라팡 안에서 가와베는 하늘을 확인했다. 낮에 일어났을 때부터 흐린 하늘은 변함없다. 언제 비가 내려도 이상하지 않고 기온도 어제에 비해 많이 쌀쌀해졌다.

　뜨거운 캔 커피를 한 손에 들고 스마트폰을 만졌다. 그 소동 이

---

* 일본어 '후카(風花)'는 '가자바나(かざばな)'로도 읽을 수 있으며 이는 바람에 흩날리는 눈을 의미한다.

후 빈 시간에 전자책을 읽는 게 일과가 됐다. 집에 물건을 늘리고 싶지 않다는 이유로 전자책을 택했지만 언젠가는 종이책에도 손을 댈 것 같다. 가끔 손가락으로 책장을 넘기는 감각이 이상하게 그리워질 때가 있었다.

헤이세이 시대에 다시 일어난 납치 사건을 보며 주인공이 놀랐을 때, 비보다 무거운 입자가 시야 한구석을 지나갔다. 창밖에서 연이어 그게 내리고 있다. 눈이라고 하기는 어려운 진눈깨비다.

문득 떠올라 클라이맥스에 다다르는 경찰 소설을 덮고 가후의 『단장정일승』을 펼쳤다. 『단장정일승』은 대부분의 일자가 날씨 묘사로 시작한다. 맑음, 비, 흐림. 간혹 음陰이라 쓰고 '구모리(くもり, 흐림)'라 읽는다. '반음반청半陰半晴', '한기릉렬寒気凛冽' 같은 낯선 단어가 나오기도 하는 걸 보면 역시 문호 가후의 글이다. '하늘이 맑아지고 눈 녹은 물방울이 떨어진다', '동남풍이 강하게 불어 어지러운 구름이 달을 스치며 날아간다' 같은 풍류 넘치는 표현도 많다. 그렇다면 '진눈깨비'에 해당하는 특이한 표현이 있었을까. 그런 호기심이라고 부르기도 어려운 호기심을 느끼며 스마트폰을 두드리니 지난번 읽은 부분이 화면에 나타났다. 마지막 페이지, 쇼와 34년*, 가후가 79년의 생을 마감한 해의 4월이다.

하루도 빠짐없이 붓을 들리라. 40년에 걸쳐 써 온 일기 문학은

* 1959년.

만년에 이르러 극도로 간소화됐다. 쇼와 30년*대에 접어들며 긴 문장은 거의 사라지고 빈 날짜도 많아졌다. 쇼와 34년의 일기는 거의 메모 수준이다. 체력과 기력이 다한 가후의 모습이 잔인할 정도로 행간에서 느껴졌다.

하지만 그는 병으로 죽기 전날까지 이 글을 써 내려갔다.
마지막 기록은 이렇다.

4월 29일. 축일. 흐림.

스마트폰이 진동했다. 메시지가 도착했다. 오늘 첫 목적지는 가와베의 담당 구역을 벗어나 있었다.

전화를 걸었다. 에비누마가 받았다. "뭐야?" 하는 불쾌한 목소리가 들렸다.

"일이 좀 진정되면 같이 여행이라도 갈까?"

―……뭐라고?

"오키나와나 다보스? 하와이도 괜찮고."

사실 여권은 없지만.

"가끔은 느긋하게 쉬는 것도 좋잖아."

―잠꼬대 그만해.

* 1955년.

정말로 화난 목소리였다

─진정되면? 느긋하게? 나한테 정말 그런 순간이 올 거라고 생각하는 거야?

대답할 새도 없이 에비누마는 수화기 너머로 침을 튀겼다.

─미리 말해 두는데 당신도 마찬가지야. 내가 계속 달리는 한 느긋하게 쉴 시간 같은 게 있겠어?

"……나도 알아. 유가와라 온천으로 만족할게. 대출금 다 갚으면."

─10년 동안 열심히 해야 할 거야.

"도깨비 눈에도 눈물이 있다*는 속담이 있긴 한데."

전화가 끊겼다. 동시에 건물에서 젊은 직원이 나왔다. 진눈깨비를 보고 놀라 들떠서 하늘을 향해 스마트폰을 들이민다. 가와베는 그 모습을 힐끗 보며 시동을 걸고, 앞으로 5초를 센 후에 작게 경적을 울릴 것이다.

* 비정한 사람에게도 때로는 눈물이 있다는 뜻의 일본 속담.

◦◦◦◦◦◦ **옮긴이의 말**

거대한 운명에 맞서 노래하는 모든 존재를 위해

　일본 추리 소설 가운데 1995년 후지와라 이오리가 발표한 『테러리스트의 파라솔』이라는 전설적인 작품이 있습니다. 국내에도 출간된 이 작품이 전설로 꼽히는 이유로는 여러 가지가 있지만, 가장 큰 이유는 바로 이 작품이 1995년 제41회 에도가와 란포상과 이듬해 제114회 나오키상을 동시에 수상한 최초의 작품이라는 점입니다. 에도가와 란포상은 일본 추리 소설계의 가장 저명한 신인상이며, 나오키상은 그해 일본에서 출간된 소설 중 대중적으로 가장 훌륭한 작품에 수여하는 권위 있는 상입니다. 작가의 첫 번째 데뷔작으로 두 상을 동시에 거머쥔 작품은 『테러리스트의 파라솔』이 유일무이하기에 일본 추리 문학계의 전례 없는 쾌거라고 할 수 있는 것입니다. 또 『테러리스트의 파라솔』의 가치는 단순히 수상 경력에만 국한되지 않습니다. 이 작품은 추리 소설이라는 테두리 안에 일본 근현대사의 아픔을 깊이 있게 녹여낸 것으로 유명

합니다. 1960년대의 학생 운동과 전공투 세대의 이야기를 중심으로 그 격동의 시대를 치열하게 살아낸 세대의 과거와 현재, 미래, 그리고 그들의 고뇌와 상처를 생생하게 그리며 일본 사회 심연에 자리 잡은 근원적 문제들을 파헤칩니다. 그러면서도 주인공을 중심으로 펼쳐지는 테러 사건의 긴박한 전개와 수수께끼를 푸는 과정은 독자에게 손에 땀을 쥐게 하는 긴장감과 지적 유희를 동시에 선사합니다. 이처럼 『테러리스트의 파라솔』은 추리 소설의 재미와 문학적 깊이를 동시에 갖춘 명작으로 일본 추리 소설사에 깊숙이 자리매김했습니다. 그리고 이 작품이 지닌 성과와 가치에 도전하기 위해 그동안 수많은 작가들이 시도를 이어 갔지만, 번번이 고배를 마셔야 했습니다. 그러던 중 어느 출판사의 안목 있는 편집자가 한 젊은 작가의 재능을 포착했습니다. 그는 작가에게 '『테러리스트의 파라솔』을 뛰어넘는, 당신만의 『테러리스트의 파라솔』을 써보지 않겠습니까?'라는 제안을 건넸고, 전공투 세대와는 무관한 1981년생 젊은 작가가 이 제안에 과감하게 응했습니다. 그가 바로 고 가쓰히로(이하 오승호) 작가이며, 그가 내놓은 작품이 바로 본 작품 『우리의 노래를 불러라』입니다.

『우리의 노래를 불러라』는 2021년 오승호 작가가 발표한, 단행본 6백 페이지가 넘는 장편 대하 추리 소설입니다. 2015년 『도덕의 시간』으로 재일 동포 작가 최초로 에도가와 란포상을 받으며 일본 추리 소설계에 혜성처럼 등장한 오승호 작가는 이후 발표하는 작품마다 명망 있는 문학상 후보에 오르고 각종 연말 미스터리 랭킹 순위에 이름을 올리며 새로운 거장으로 자리매김했습니다. 특히 2020년 『스완』으로 요시카와 에이지 문학신인상과 일본 추리작가 협회상을 동시에 거머쥔 데 이어 본 작품 『우리의 노래를 불러라』로 2년 연속 나오키상 후보에 오르며 그 문학적 성취를 인정받았습니다. 오승호 작가는 재일 한국인 3세 작가로서 모든 작품에 자신만의 독특한 정체성을 녹여 왔고, 『우리의 노래를 불러라』 역시 예외가 아닙니다. 작품 속 주인공 가와베는 옛 친구 사토시의 의문사에 감춰진 진실을 추적하며 1970년대, 1990년대, 2020년대라는 장장 50여 년의 세월을 가로지르는 장대한 여정에 오르게 됩니다. 그 과정에서 개발에서 소외된 일본 시골 마을의 쓸쓸한 풍경, 재일 한국인 차별, 학생 운동의 번성과 좌절, 버블 붕괴 등 일본 근현대사의 굵직한 사건이 씨줄과 날줄처럼 등장인물들의 삶과 얽히며 깊이 있는 서사를 만들어냅니다. 특히 일본 문호들의 고전과 연결된 정교한 암호 해독, 등장인물 간의 갈등, 쫓고 쫓기는 추격전, 한 치 앞을 예상할 수 없는 긴박감 넘치는 전개는 독자들을 작품으로 빨아들이는 강한 흡인력을 발휘합니다. 그러면서 작가는 늘 그러듯 작품 속에서 '거인'으로 표현되는, 개인의 힘으로 저항할 수 없는 거대한 운명에 맞서 싸우고 결국에는 돌파구를 찾아내는 인물들을 그리며 희망의 메시지를 전달하는 것을 빼놓지 않습니다. 이는 작가가 '오직 싸웠던 사람만이 느낄 수 있는 좌절과 그 미학'을 높이 평가하며 영향을 받았다고 공언한 『테러리스트 파라솔』과 가장 차별화되는 본 작품만의 특징이기도 합니다. 단순한 과거 회상과 후회에 그치지 않고, 과거를 극복하고 현재를 이해하며 미래를 향한 메시지를 제시하는 오승호 작가만의 새로운 성취인 셈입니다.

지금껏 국내에 출간된 오승호 작가의 여러 작품을 번역하면서 새삼 느끼는 건, 작품을 번역하는 시간이 저에게 오 작가만의 치열한 도전 정신을 마주하는 고되지만 보람찬 시간인 동시에 독자에게 멋진 작품을 소개할 수 있다는 설렘으로 늘 가득하다는 것입니다. 특히 『우리의 노래를 불러라』는 거대한 운명에 맞서 싸우는 인물들의 장대한 이야기와 그들의 내면을 섬세하게 표현하면서도, 작가 특유의 영화적인 묘사와 기존 문법에 좀처럼 얽매이지 않는 문체와 작풍을 전달하기 위해 끊임없이 고민하고 다듬는 과정을 거쳤습니다. 또 일본 고전 문학과 시, 노래 가사 등 작품 곳곳에 스며든 문학적 장치를 국내 독자들이 이질감 없이 받아들일 수 있게 번역하는 데도 심혈을 기울였습니다. 『테러리스트의 파라솔』이라는 전설을 뛰어넘어 자신만의 『테러리스트의 파라솔』을 완성하고자 한 오 작가의 의도와 도전 정신이 모쪼록 국내 독자분들께도 최대한 온전히 전달되기를 바랍니다.

『우리의 노래를 불러라』는 한 편의 장엄한 교향곡과도 같은 작품입니다. 시대의 아픔과 개인의 상처를 어루만지는 선율 속에서 결국 우리 모두는 각자의 삶을 연주하는 '노래하는 존재'라는 숭고한 진실을 일깨워 주기 때문입니다. 그렇기에 저는 미스터리가 주는 재미를 넘어 작금의 어렵고 혼란스러운 현실 속에서 삶의 무게에 지친 분들, 살아오면서 잃어버린 자신만의 노래를 찾고자 하는 모든 분들께 이 작품을 권하고 싶습니다. 그리고 추리 소설이라는 틀 속에서 펼쳐지는 이 장대한 서사시의 마지막 페이지를 덮는 순간, 저처럼 여러분의 가슴에도 벅찬 감동과 울림이 가득하기를 기원합니다.

2025년 봄
이연승

우리의 노래를 불러라 2
おれたちの歌をうたえ

1판 1쇄 인쇄 2025년 4월 8일
1판 1쇄 발행 2025년 4월 21일

지은이 오승호(고 가쓰히로) **옮긴이** 이연승

발행인 송호준 **편집장** 민현주 **총괄이사** 황인용
표지디자인 솔트앤블루 **본문디자인** 송재원 **제작** 송승욱

발행처 블루홀식스 **출판등록** 2016년 4월 5일 제 2016-000100호
주소 경기도 파주시 회동길 483-1 **전화** 031-955-9777 **팩스** 031-955-9779
이메일 blueholesix@naver.com

ISBN 979-11-93149-45-4 03830 **값** 17,800원

· 저자와 출판사의 서면 허락 없이 내용의 일부를 무단 인용하거나 발췌하는 것을 금합니다.
· 책값은 뒤표지에 있습니다. 잘못된 책은 구입하신 곳에서 교환해 드립니다.